要在教育"双减"中做好科学教育加法，激发青少年好奇心、想象力、探求欲，培育具备科学家潜质、愿意献身科学研究事业的青少年群体。

——2023年2月21日，
习近平在主持中共中央政治局第三次集体学习时的讲话

科学与科学家故事

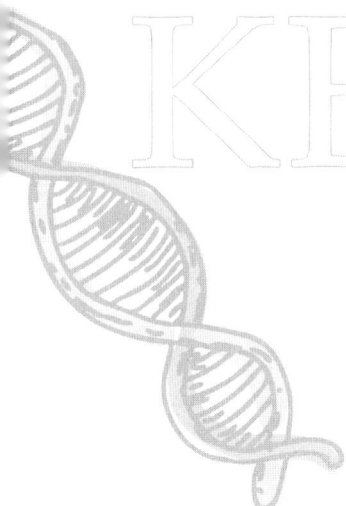

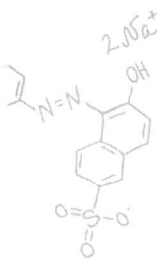

姚喜双◎主编

裴鸿卫◎执行主编

上册

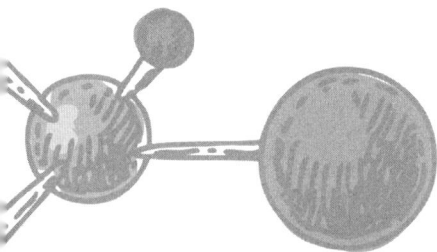

江西人民出版社
Jiangxi People's Publishing House
全国百佳出版社

图书在版编目（CIP）数据

科学与科学家故事：全 2 册 / 姚喜双主编 . -- 南昌：
江西人民出版社，2024.2
ISBN 978-7-210-14853-1

Ⅰ . ①科… Ⅱ . ①姚… Ⅲ . ①科学故事—作品集—中
国—当代 Ⅳ . ① I247.81

中国国家版本馆 CIP 数据核字（2023）第 164462 号

科学与科学家故事（全2册）
KEXUE YU KEXUEJIA GUSHI（QUAN 2 CE）

主编　姚喜双

出　版　人：梁　菁
策 划 编 辑：张芝雄　蒲　浩
责 任 编 辑：何　方　周伟平
封 面 设 计：游　珑

江西人民出版社
Jiangxi People's Publishing House
全 国 百 佳 出 版 社
出版发行

地　　　　址：江西省南昌市三经路 47 号附 1 号（330006）
网　　　　址：www.jxpph.com
电 子 信 箱：jxpph@tom.com
编辑部电话：0791-86898965
发行部电话：0791-86898815
承　印　厂：南昌市红星印刷有限公司
经　　　销：各地新华书店

开　　　本：720 毫米 ×1000 毫米　1/16
印　　　张：27
字　　　数：356 千字
版　　　次：2024 年 2 月第 1 版
印　　　次：2024 年 2 月第 1 次印刷
书　　　号：ISBN 978-7-210-14853-1
定　　　价：68.00 元
赣版权登字 –01-2023-368

在党的二十大报告中，习近平总书记指出："教育、科技、人才是全面建设社会主义现代化国家的基础性、战略性支撑。"这一重要论断阐释了新时代实施科教兴国战略、强化现代化建设人才支撑的重大战略意义，明确了建设教育强国、科技强国、人才强国的出发点。在教育、科技、人才三位一体背景下，科学教育就是架设教育、科技、人才的天然桥梁，具有越来越重要的战略地位。科学是国家发展和社会进步的原动力。国家要发展、要强大，核心是自主创新。习近平总书记多次提到科技创新的重要性，指出关键核心技术是国之重器。技术研发的基础是科学发展，核心是人才培养。

2023 年 2 月，习近平总书记在主持中共中央政治局第三次集体学习时指出："要在教育'双减'中做好科学教育加法，激发青少年好奇心、想象力、探求欲，培育具备科学家潜质、愿意献身科学研究事业的青少年群体。"我国要加快建设创新型国家，就要瞄准科技前沿，强化基础研究，实现前瞻性基础研究、引领性原创成果的重大突破。

党的二十大报告指出："加快建设国家战略人才力量，努力培养造就更多大师、战略科学家、一流科技领军人才和创新团队、青年科技人才、卓越工程师、大国工匠、高技能人才。"我国在进行科技战略布局时充分考虑了人才培养的重要位置。国家要有更好的发展，需要大批的科技精英和高水平的创新人才，同时也需要数以亿计的高素质劳动者和数以千万计的能工巧匠。全面贯彻落实习近平总书记关于科学教育的重要指示精神，要从小抓起，培养深厚的人才土壤，孕育出大批的高水平的科技人才，提升国家的竞争力。这既是我们的国家战略，也是科学教育的重要使命。这是我们编写这部《科学与科学家故事》的出发点。

这就需要科学教育从幼儿园、小学、中学到大学持续开展，让学习者学会探索自然的方法，培养其正确的科学态度、创新精神和实践能力。

故事是提高青少年建立科学兴趣的有效途径。在这部《科学与科学家故事》的编写中，我们始终贯彻以下宗旨：

一是家国情怀。中国科学家探索未知、献身科学的故事能够激起青少年阅读兴趣，帮助他们更加深入地了解科学研究是如何推动国家和人类社会发展的，从而激发他们对科学的热爱和探索欲望。中国科学家的成功经历反映了民族自强不息、勇攀高峰的精神内涵，这种艰苦创业、勇攀高峰的进取精神具有很强的凝聚力和向心力。传扬这些成功者的故事，能够增强青少年对中国特色的认同感，进而增强国家自信心，提高民族凝聚力。

二是科学精神。通过阅读科学家的故事，青少年可以深刻领悟到科学家们持之以恒、不畏艰险、勇攀高峰的科学精神。这种精神表现在人们怀着好奇心去探索未知，抱着求真心态去研究未解之谜，并且不断探索新的科学领域，推动科技进步与社会发展。

三是科学品格。通过阅读科学家的故事，青少年可以了解科学研究的原则和规范，了解从事科学工作所需的品格和能力。

四是国际视野。除了解中国科学家的故事以外，通过阅读外国科学家的故事，青少年可以了解域外科学发展历程、国际前沿科技的最新进展和成就，从而拓展他们的国际视野，培养他们良好的全球化认知能力。

"绿水青山就是金山银山。"生态科学、环境科学等方面的发展任重道远。在编写这本读物时，我们有意识地选取了我国在生态环境领域的科学家和科学发明故事，这是本书编写的一个特色，以彰显我国科学家在"绿色地球""碳中和"等国际关切中的中国担当、中国智慧、中国方案。

　　总之，通过阅读古今中外的科学与科学家故事，青少年可以获得丰富的科学知识和启示，包括科学精神、科学方法、国际视野以及学科知识。学习这些故事，可以帮助他们更好地理解和认识科学的重要性，在全社会营造出崇尚科学的良好氛围，推动国家在科学技术领域的发展和繁荣，提高国民素质和道德水平，增强全民族的自信心和凝聚力。

目录

建筑工匠的祖师：鲁班

鲁班 （约前507—前444）

　　姬姓，公输氏，名班，人称公输班、公输盘，春秋时期鲁国人，我国古代杰出的建筑工匠和发明家，被后世尊为建筑工匠的祖师；所著《鲁班经》是流传至今的一部民间木工行业的专用书。

　　《墨子》一书对鲁班的木鸟有过这样的记述："公输子削竹木以为鹊，成而飞之，三日不下。"意思是鲁班造的木鸟御风而飞，三天都不降落。要知道，莱特兄弟发明出能够载人飞行的飞机，也才是20世纪初的事。从《墨子》记载来看，鲁班似乎更早接触航天技术！

　　受工匠家庭影响，鲁班从小就跟随家人参加建筑劳动，久而久之便掌握了一些生产劳动的技能。

　　公元前450年，鲁班离开了家乡，到了当时实力雄厚的楚国。当时的楚国，有意吞并齐、楚之间面积不算小的宋国，以扩张自己的领土。楚王便命令鲁班为楚军创制攻城所用的云梯。墨子得知楚国有想灭掉自己国家的举动后，便日夜兼程，赶到楚国都城，拜谒楚王，凭借着自己出色的口才，说服楚王，让他和鲁班进行了一场著名的"输攻墨守"的演习。由于墨子善于防守，最终鲁班以失败告终，于是楚王便打消了攻打宋国的意图。

鲁班是中国历史上伟大的发明家。据春秋战国时遗留下来的书籍记载，鲁班一生中先后发明过墨斗、锯子、刨子、尺子、钻等工具。这些工具的发明，让木匠工人们从繁重的工作中解脱出来，使得生产效率大大提高。

据说，锯子的发明，还颇有些意外。鲁班居鲁期间，鲁王好大喜功，大肆修建宫殿，命令他3年之内修建好王宫。鲁班是一介布衣，只得领命。但是，3年工期建造一个豪华、大型的宫殿，太过仓促，眼瞅着工期就要到了，要是完不成，掉脑袋事小，牵连全家、全族事大。为了加快工程，鲁班每日天蒙蒙亮就从小道上山，开采工程所需要的木料。

一天，鲁班早早就上山了。由于山路坡陡，路面碎石障路，他一不小心从山上滑了下去，好在抓到一把茅草，缓住了下滑之势，落到山底时，掌心已是鲜血淋漓。为何茅草能够划破自己的掌心呢？鲁班十分惊奇。他仔细地观察着，发现那些茅草边缘都生有锋利的细齿，人的手握住它拉一下，便会被划破。鲁班心想，如果仿照茅草叶，做一件边缘带有细齿的工具，用来伐竹砍木，岂不是更加方便？有此奇想后，鲁班立即回城，请人打造一把边缘带有细齿的铁条，然后拿去锯树，果然效率大增。因为有锯子的辅助，鲁王宫也得以在3年期限内完工。

传说，鲁班做木匠活的时候，母亲就帮他拉住墨线头，后来母亲觉得这样太麻烦，便在线头拴个小钩，钩在木块上，这样可固定丝弦，一个人便可操作。后人便将这个小钩命名为"班母"，以此纪念鲁班的母亲。鲁班刨木头时，妻子便在前面扶住木料，所以后来人们就将前面顶住木材的卡扣，叫作"班妻"。

鲁班发明创造的故事，在民间流传了千百年，如今他的名字已经成为中国古代劳动人民智慧的象征。

中医的开山鼻祖：扁鹊

扁鹊 （前407—前310）

　　又名秦越人，渤海郡人，春秋战国时期名医；医术高超，擅长各科，在赵为妇科，在周为五官科，在秦为儿科，名闻天下，被认为是中国传统医学的开山鼻祖。

　　扁鹊是中国传统医学的开山鼻祖，世人敬他为神医。扁鹊精于内科、外科、妇科、儿科、五官科等，应用砭刺、针灸、按摩、汤液、热熨等法治疗疾病，奠定了中医临床诊断和治疗方法的基础，被尊为医祖。在山东出土的汉代石刻中，曾有扁鹊的形象——人首鸟身，头戴冠帻，这既反映了原始鸟图腾的崇拜意识，也说明扁鹊在人们心目中是一个神人。

　　扁鹊在诊视疾病中，创造了望、闻、问、切的诊断方法。他精于望色，通过望色判断病症及其病程演变。如他初次见蔡桓侯时，通过望诊判断出桓侯肌肤纹理有点小毛病。他劝蔡桓侯进行治疗，否则病情将会加深。桓侯因自我感觉良好，拒绝治疗。过了 10 天，扁鹊二度见桓侯时，指出其病已入肌肉里，不治将会更加严重，再次劝说其接受治疗。桓侯仍然拒绝治疗，且为此心中颇为不悦。又过 10 日，扁鹊三度见桓侯时，发现其病已恶化深入内部肠胃，如不及时治疗，终将难治。桓侯仍不予理睬。又过了 10 日，扁鹊通过望诊，判断桓侯病情危重，已深入骨髓、病入膏肓，无法救治。果然不出所排洪等方面发挥了重要作用。在适宜河段修建鱼嘴，能使枯水期内江多引水，丰水期外江多泄洪排沙。在河流弯段末端修建飞沙堰，可借助环流溢洪排沙。凿通玉垒山，将内江水通过宝瓶口引向成都平原，灌溉 300 万亩良田。宝瓶口在人字堤的配合下，又能够控制内江少进洪水，从而减轻成都平原的洪涝灾害。在历代治水人的妥善保护及细致管理下，都江堰历经 2000 多年依然发挥着调节水利的重要作用。

事实上，李冰除主持修建都江堰之外，还主持修建了蜀地文井江、南安江、洛水等水利工程。这些水利工程造福了历代百姓，因此他的事迹也被大家传颂和怀念，从东汉开始便流传着一系列关于李冰治水的神话故事。

以今天的科技眼光来看待 2000 多年前的都江堰工程，其在规划、施工以及最终效果方面依然闪耀着科学的光辉。都江堰工程成功地实现了对内江和外江水量的控制，解决了西部涝灾和东部旱灾的问题，将原本的灾害地区转变成了"天府"粮仓。即使用现代科技打造都江堰水利工程，虽然有更好的施工手段、设备材料，但仅就最终效果而言，或许与古代相比也并无过大的优势。

丝绸之路的开拓者：张骞

张骞 （约前164—前114）

字子文，汉中郡城固（今陕西省汉中市城固县）人，汉代杰出的外交家、旅行家、探险家，丝绸之路的开拓者。

根据各种历史典籍的记载，汉武帝登基后不久，就开始寻找月氏国，想要与其结盟，于是便发出了招募令。张骞被召入麾下，于前139年，带着100多人奔赴西域。

张骞带着100多名随从离开长安，途经陇西，向西进发。一路上风吹日晒，他们进入河西走廊的时候，却被匈奴人的铁骑发现了，最后全部被抓了起来。

匈奴的单于知道张骞的来意后，让他们在草原上放牧，并派人看管。为了引诱张骞归降，单于甚至强迫张骞娶了匈奴女子为妻。然而，张骞岿然不动，丝毫不肯屈服。张骞被圈禁在家中，每天都过着度日如年的生活，但他始终在等待着机会，随时准备逃出监管以完成他出使西域的使命。

直到11年后，匈奴人对张骞的监视终于松懈了下来。张骞趁着这个机会，带着自己的亲信，偷偷溜出了匈奴的领地，艰难跋涉，一路向西。因为离开得匆忙，没有带任何食物和饮水，一路上经常是饥渴难耐，历经千辛万苦，穿过荒漠，翻过冰雪覆盖的葱岭（帕米尔高原），抵达了大宛国。

幸好，大宛国的国王早已听闻大汉是个富庶之地，有意与之接触，只是碍于距离太远，交通不便，始终没有机会。听到汉人来了，他大喜，把张骞迎到了都城。张骞得到大宛王的接应，先后去了康居、大月氏、大夏。但是，大月氏在阿姆河上过着平静的生活，并不愿意向东进发和匈奴开战。张骞虽然没有成功联合大月氏攻打匈奴，但得到了许多关于西域诸国的人文科学和地理方面的资料。

张骞在回归大汉的路上，再次被匈奴俘虏，因为匈奴单于知道他的结盟计划失败，也就没有再为难他。张骞设法脱身后，于前126年回到长安。汉武帝因他的功劳，册封张骞为博望侯。此番西域之行，不仅让中原腹地人民对西域的真实情况有了更清晰的认识，更激起了汉武帝的"拓边"之志。

到了前119年，汉武帝又派遣张骞前往西域，与乌孙结盟，共同对抗匈奴。这一次，张骞率领的300余人，一路畅通无阻，抵达了乌孙城。但是，因为乌孙内部的纷争，联盟的目标也没有达到。后汉武帝派遣大将霍去病率军讨伐匈奴，一举攻占河西、漠北的匈奴领地，并在那里设立4个郡县、2个关隘，开辟了"丝绸之路"。

张骞把中原文化带到了西域，并把西域各国的汗血马、葡萄、紫花苜蓿、石榴、胡麻等品种带到了中原，使东西方两个世界的文化交融在一起，对东西方文化产生了巨大影响。张骞历经艰辛，先后两次出使西域，打通了亚洲腹地的交通要道，正式与西欧各国建立起友好关系，推动了东西方经济、文化的广泛交流。

莫高窟323窟主室的北壁——《张骞出使西域图》被认为是目前世界上最早的一幅关于张骞"西行"记载的壁画，它不仅证实了张骞西行的事实，同时也确认了张骞在丝绸之路上的历史功绩。

中华『医圣』：张仲景

张仲景 （约150—约219）

名机，字仲景，南阳涅阳（今河南邓州）人、东汉末年医学家，被后人尊称为"医圣"；所著《伤寒杂病论》中确立的"辨证论治"原则，是中医临床的基本原则，是中医的灵魂所在。

张仲景出生在没落的官僚家庭，其父张宗汉是个读书人，在朝廷做官。由于家庭的特殊条件，他从小便有机会阅读诸多典籍。他笃实好学，酷爱医学。汉桓帝延熹四年（161），张仲景拜同郡名医张伯祖为师，学习医术。

张伯祖当时已经是颇有名气的医家。他性格沉稳，刻苦钻研医术，每次给病人看病、开方，都十分精准。凡他经手的病人，十之八九都能痊愈，因此很受百姓尊重。张仲景跟他学医非常用心，无论是外出诊病、抄方抓药，还是上山采药、回家炮制，从不怕苦怕累。张伯祖打心眼里喜欢他，便将自己毕生的行医经验，毫无保留地传授给他。张仲景的一个同乡何颙对他颇为了解，曾说："君用思精而韵不高，后将为良医。"意思是说张仲景非常聪慧，且能精研医术，始终为病人着想，品格高尚，不图官场虚名，日后必成一代良医。何颙的话坚定了张仲景学医的信心。他博览医书，广泛吸收各医家的经验用于临床诊断，很快便成了名医，且"青出于蓝而胜于蓝"，超过了他的老师张伯祖，时人赞曰"其识用精微过其师"。

据史书记载，东汉桓帝时大疫 3 次，灵帝时大疫 5 次，献帝建安年间疫病流行更甚，数以万计的人被疫病吞噬，以致当时十室九空。张仲景的家族本来是个大族，族人二百有余。自建安初年以来，不到 10 年，近七成的人因患疫症而亡，其中死于伤寒者占绝大多数。对此，张仲景内心十分悲痛，潜心研究伤寒病的诊治。到建安十五年（210），他终于写成了划时代的临床医学名著《伤寒杂病论》。原书已散佚，经后人整理而成《伤寒论》和《金匮要略》二书。《伤寒杂病论》系统概括了"辨证论治"的理论，为我国中医病因学说和方剂学说的发展作出了重要贡献。后来该书被奉为"方书之祖"，张仲景也被誉为"经方大师"。

《伤寒杂病论》是集秦汉以来医药理论之大成，并广泛应用于医疗实践的专书，是我国医学史上影响最大的古典医著之一，也是我国第一部临床治疗学方面的巨著。

刘徽（约 225—约 295）

　　山东邹平人，魏晋时期著名的数学家，中国古典数学理论的奠基人之一；杰作《九章算术注》是中国最宝贵的数学遗产之一。

　　刘徽是中国古代杰出的数学家，其在代表作《九章算术注》中融合了多种思想方法，并进行了创新性应用。逻辑思想、重验思想、极限思想、求理思想、创新思想、对立统一思想等均有深刻体现。刘徽集各家优秀思想方法并加以创新，用于数学研究，使以《九章算术》为代表的中国传统数学发生了根本性的变化，得以突破与升华，上升到一个新高度。

　　刘徽的一生是为数学刻苦探求的一生。虽然他的社会地位较低，但他以崇高的人格和无限的追求，刻苦钻研数学。他并非追逐名利的平庸之辈，而是一个具有伟大学识、不断学习进取的人。他给中华民族留下了宝贵的数学财富，为中国传统数学树立了榜样。2021 年 5 月，国际天文学联合会（IAU）批准中国为嫦娥五号降落地点附近的月球地貌命名，刘徽为 8 个地貌地名之一。

　　刘徽的主要著作有《九章算术注》10 卷、《重差》1 卷。《九章算术》约成书于东汉之初，共有 246 个问题的解法。但因解法比较原始，缺乏必要的证明，刘徽则作了补充证明，显示了他在众多方面的创造性贡献。如解联立方程、分数四则运算、正负数运算、几何图形的体积面积计算等，他的方法都属于世界先进之列。他是世界上最早提出十进小数概念的人，并用十进小数来表示无理数的立方根。在代数方面，他提出了正负数的概念及其加减运算的法则，改进了线性方程组的解法。他还提出了"求徽数"的思想，在开方不尽的问题中使用这种方法。该方法与后来求无理根的近似值的方法类似，它不仅是精确计算圆周率的必要条件，还促进了十进小数的产生。在线性方程组解法中，他创造了互乘相消法，与现今解法基本一致。他还首次提出了"不定方程问题"，建立了等差级数前 n 项和公式，并定义了许多数学概念，如幂（面积）、方程（线性方程组）、正负数等等。刘徽还提出了许多公认正确的判断作为证明的前提，他的大多数推理、证明都合乎逻辑，十分严谨，从而把《九章算术》及他自己提出的解法、公式建立在必然性的基础之上。

尽管刘徽没有写出一部自成体系的著作，但他注《九章算术》所涉及的数学知识，实际上已经形成了一个包括概念和判断，以数学证明为联系纽带的理论体系。他的一些方法对后世有很大启发，对现代数学也有诸多可借鉴之处。

祖暅（456—536）

字景烁，范阳遒县（今河北涞水）人，南北朝时期的数学家、天文学家，祖冲之之子，同父亲祖冲之一起圆满解决了球面积的计算问题，得到正确的体积公式，并据此提出了著名的"祖暅原理"。

说起祖冲之，大家都耳熟能详，他是南北朝时期著名的数学家、天文学家、科学家，尤其是他将圆周率值计算到小数点后第 7 位（在 3.1415926 和 3.1415927 之间），因而在数学史上，"这个精确推算值"被命名为"祖冲之圆周率"（简称"祖率"）。然而，他的儿子祖暅，可能就鲜有人知了。其实，祖暅在数学上的贡献，一点都不逊色于他的父亲。

由于家学渊源，祖暅从小就对数学产生了浓厚的兴趣。祖暅非常聪明和专注，读书时十分专心，即使外面在打雷，他也纹丝不动，不受影响，因为这个还闹出过不少笑话。

有一次，他边走路边思考数学问题，走着走着，竟然撞到了对面过来的仆射徐勉。仆射是一种很高的官位，徐勉是朝廷要人，却被这位年轻人撞了，不禁大叫了起来，这时祖暅方才醒过神来。

在数学方面，祖暅的主要工作是修补、编辑他父亲的数学著作《缀术》。

在这个过程中，他提出了一个原理，即"幂势既同，则积不容异"（"势"即是高，"幂"是面积），这就是著名的祖暅原理，用今天高中课本上的话来表达，就是：夹在两个平行平面间的两个几何体，被平行于这两个平行平面的平面所截，如果截得两个截面的面积总相等，那么这两个几何体的体积相等。这一原理主要被应用于计算一些复杂几何体的体积。在西方，这一原理直到 17 世纪才被意大利数学家卡瓦列利发现，并在 1635 年出版的《连续不可分几何》中提出了等积原理，所以西方人把它称为"卡瓦列利原理"。其实，他的发现要比祖暅晚了 1100 多年。此外，祖暅运用他自己创造的开立圆术以及祖暅原理，进一步拓展了其父的研究成果，巧妙地证得球的体积公式。这个公式比卡瓦列利的类似研究至少早了 1100 年。祖暅的杰出工作在数学史上留下了浓墨重彩的一笔，为后世学者提供了宝贵的学术财富。

祖暅还有不少其他方面的科学发现，比如，通过测量日影长度，证实北极星并非真正位于北天极，而要偏离一度多等。这一结果的算得，同他丰富的数学知识是分不开的。此外，他继父志，精研历算，修订其父编制的《大明历》，并于梁朝天监三年（504）、八年（508）和九年（509），先后 3 次上书朝廷，建议采用《大明历》。通过不懈努力，《大明历》在天监九年得以颁行，最终使父亲的遗愿得以实现。有记载说，《缀术》里也有他的研究成果。他还研制了铜日圭、漏壶等多种精密的观测仪器。

值得一提的是，祖暅的学术传承得以延续，他将数学知识传授给了毛栖成、信都芳和他自己的儿子祖皓，他们 3 位后来都成了杰出的数学家，为科学领域的发展作出了贡献。

郦道元 （466—527）

　　字善长，范阳涿州（今河北省涿州市）人；北魏地理学家、散文家，北魏晚期担任多个行政和军事职务，如东荆州刺史、河南尹、御史中尉、北中郎将等；因秉公持正，得罪权贵被免官，后被朝廷重新起用；有《水经注》40 卷传世。

　　郦道元出身于仕宦之家，幼时除能博览奇书外，还曾随其父青州刺史郦范到山东访求水道，后又游历秦岭、淮河以北和长城以南广大地区，考察河道沟渠，以《水经》为纲，对各地的河流、湖泊、山川、地貌、气候、植物、动物、矿物等详加描述、注释，杂以各种风土民情、历史故事、神话传说，最终成此 40 卷皇皇巨著《水经注》。《水经注》被后世誉为"宇宙未有之奇书""片语只字，妙绝古今"。

　　为了撰注《水经》，郦道元广阅相关书籍和地图，研究文物资料，进行实地考察，以核实书中所载。经过他考注后，《水经注》所载大小河流凡 1200 余条，详记各河之源流，流域之自然、经济、物产和水利工程等。通过《水经注》，我们可以了解那个时代的江河湖海、山川地貌、城池要塞及相关历史文化遗存。可以说，郦道元的《水经注》将中国古代地理学研究提升到了一个新的高度，开创了中国地理学的新篇章，为后世留下了宝贵的文性、保健相结合的防病治病主张。

孙思邈也很重视研究常见病和多发病。如山区人民由于食物中缺碘，易患粗脖子病（即甲状腺肿大病），他认为这种病是由于山中的水质不洁净引起的，所以就用海藻等海生植物和动物的甲状腺来治疗，具有较好的效果。他对脚气病做了详细的研究，首先提出用谷白皮煮粥常服可以预防，效果很好。

孙思邈对针灸术也颇有研究，曾经"一针活两命"。故事是这样的：某天，他偶遇一送葬队伍，发现棺材在滴血，便追上去寻问，得知棺内一妇人刚刚难产而逝。孙思邈上前嗅了嗅血迹，断定人或可一救，便极力说服逝者亲人开棺以便施救。孙思邈找准穴位，一针下去，片刻妇人便苏醒过来，并顺利诞下一名男婴。

孙思邈还对良医的诊病方法做了总结："胆欲大而心欲小，智欲圆而行欲方。""胆大"是要有如赳赳武夫般自信而有气质；"心小"是要如同在薄冰上行走、在峭壁边落足一样时时小心谨慎；"智圆"是指遇事圆活机变，不得拘泥，须有制敌机先的能力；"行方"指不贪名、不夺利，心中自有坦荡天地。

唐永淳元年（682），孙思邈与世长辞，享年142岁。

孙思邈是古今医德医术堪称一流的名家，他在名著《千金方》中把"大医精诚"的医德规范放在了极其重要的位置上来专门立题，重点讨论。而他本人，也是以德养性、以德养身、德艺双馨的代表人物之一，成为历代医家和百姓尊崇的伟大人物。

石油制墨肇始者：沈括

沈括（1031—1095）

字存中，号梦溪文人，杭州钱塘（今浙江杭州）人，北宋官员、科学家，被誉为"中国整部科学史中最卓越的人物"；代表作《梦溪笔谈》内容丰富，集前代科学成就之大成，在世界文化史上有着重要的地位，被称为"中国科学史上的里程碑"。

沈括一生致力于科学研究，在众多学科领域都有很深的造诣和卓越的成就，不仅是科学家、政治家，还是文人雅士，著有《梦溪笔谈》一书，被誉为"中国整部科学史中最卓越的人物"。

笔、墨、纸、砚，并称"文房四宝"，是我国传统文化的重要组成部分，也是历代文人再熟悉不过的物品。其中，墨作为写字绘画的显色材料最为重要，沈括最先发明了石油制墨技艺。

千百年制墨史中，墨的主要原料都是松树。由于大规模砍伐松树不仅影响生态环境，甚至对人类的生产生活产生影响。沈括看到这种现象后十分担忧，就想用一种新材料代替松木制墨。

沈括到延州（今陕西延安一带）任职时，在当地人的引导下，发现了一种物质——脂水，后来沈括将其命名为"石油"。

当地人知道它是好东西，可以燃烧，就用野鸡的尾羽一点点蘸取，收集到罐子中。沈括甚是好奇，也学着当地人的样子，收集了一些带回家中，用火点着，不一会儿就冒出了浓浓的黑烟，很快就把房里的帐幔熏成了黑色。望着那缕缕黑烟，他不禁想，可否用它来制墨呢？

有了想法，沈括立即付诸行动。他将石油置于缸中点燃，并将燃烧产生的烟尘收集起来，按照制墨流程试制了一小块，然后用石油烟尘做的墨在宣纸上写了几个字，一看，墨的出色效果比松烟墨还要好。试制成功后，沈括格外高兴，"遂大为之"，并取名"延川石液"，向文人圈子推广。

沈括的墨一问世，就得到了人们的认可和追捧。和他同时代的大文豪苏轼就赞美此墨"可谓上乘"。虽然沈括关于"延川石液"的制作工艺没有传承下来，但是却给后人的制墨提供了新思路，各种烟墨制品逐渐兴起，形成了百花齐放的局面，如漆墨、松烟墨、油烟墨等，对后世产生了深远的影响。

秦九韶（1208—1268）

字道古，普州安岳（今四川安岳）人，南宋著名数学家，与李冶、杨辉、朱世杰并称"宋元数学四大家"；精研星象、音律、算术、营造之学，所著《数书九章》，体现了世界同时代数学的最高成就，其数学思想是中华优秀传统文化的重要组成部分。

秦九韶幼时生活在家乡，18岁时曾"在乡里为义兵首"，后随父亲移居京都。他是一个非常聪明的人，处处留心，好学不倦。其父任职工部郎中和秘书少监期间，正是他努力学习和积累知识的时候。工部郎中掌管营建，而秘书省则掌管图书，其下属机构设有太史局，因此，秦九韶有机会阅读大量典籍，并拜访天文历法、建筑等方面的专家，请教天文历法和土木工程问题，甚至可以深入工地了解施工情况。他曾向"隐君子"学习数学，还向著名词人李刘学习骈俪诗词，并达到了较高水平。通过这一阶段的学习，秦九韶成了一位学识渊博、多才多艺的青年学者，当时的人说他"性极机巧，星象、音律、算术，以至营造等事，无不精究……游戏、球马、弓剑，莫不能知"。

秦九韶在任时，利用数学知识智断了一起缴纳公粮的作弊案。有一个纳粮户向公仓缴纳了1534石米，按规定应缴净米，但米内难免夹杂谷粒，于是就要数出米内夹杂的谷粒数，折成相应的净米补缴入仓。1534 石米一粒一粒地数当然不可能，秦九韶利用简单的随机抽样方法，取一捻米作为样本，数了数共 254 粒，其中谷子 28 粒，在样本中所占比例为 28/254，约掉公因数等于 14/127，由样本推断总体，谷子在 1534 石米的总体中所占的也应该是这个比例，于是用 1534 乘以 14/127，得到约 169 石的谷数，应根据法令折成相应的净米数补缴入仓。这个方法对于纳粮户来说是基本公正的，所有纳粮户也都按这个方法抽样统计谷数、米数。但这一次，秦九韶统计完谷数、米数后，突然把脸一沉，对这个纳粮户说："你的米不应该只有这么多谷子，是你看到公人偷懒，有时候取米样只取上层，你也偷奸耍滑，故意多加秕谷，还把秕谷倒入米堆下层。这样从上层取样计数得出的谷数，就会比你整堆米夹杂的谷数少。你偷加的秕谷至少也有 50 石，你全部谷数应该是 220 石上下。"这个纳粮户见秦九韶连他偷加的谷数也说准了，知道再也瞒不下去，只好认错受罚，补足了净米数，从此再也不敢作弊了。

虽然秦九韶智破纳粮户作弊是事先得到佃户举报信息，知道纳粮户确实掺入了 50 担秕谷，但是他通过多次随机抽样统计反推，证实纳粮户掺入秕谷在先，这样就使得纳粮户心服口服了。

秦九韶的主要成就是在数学方面，他创立了"正负开方术"（即一元高次方程数值解法）和"大衍求一术"（即一次同余式组解法）。其中"正负开方术"把我国的高次方程数值解法推进到一个新的阶段，比英国数学家霍纳提出的解法早了 500 多年；"大衍求一术"比高斯的同余理论早 550 多年，被西方称为"中国剩余定理"。秦九韶吸收中国古代数学精华，将数学应用于社会生活并有所拓展，在数学观上的创见和突破对世界数学发展作出了贡献。

精良历法《授时历》
编订者：郭守敬

郭守敬 （1231—1316）

字若思，邢州邢台（今河北省邢台）人，元朝著名的天文学家、数学家、水利工程专家；早年师从刘秉忠、张文谦，官至太史令、昭文馆大学士、知太史院事，世称"郭太史"，有《推步》《立成》等 14 种天文历法著作。

《授时历》是由我国元朝著名科学家郭守敬等人编制而成的历法，是中国古代科学史上的一大成就。《授时历》将一年定为 365.2425 日，这与地球围绕太阳公转一周的时间仅有 26 秒之差。据此可以说，《授时历》的精度与如今在全球通用的公历相差无几，但它的出现却比现行的公历早了 300 余年。在我国，《授时历》总共沿用了 360 多年，是我国历史上使用时间较长的历法，对于我国百姓的日常生产和生活都发挥了巨大的指导作用。

在《授时历》出现之前，我国百姓一直沿用由南北朝时期的著名科学家祖冲之编制的《大明历》。然而，《大明历》受南北朝时的科技条件所限，存在着巨大的误差，这让当时的元世祖忽必烈产生了编制新历法的念头。从 1276 年 6 月开始，元世祖忽必烈先后命令王恂、许衡、郭守敬等国内著名的科学家编制新历。为此，朝廷总共建立了 26 个测验所，在长达 5000 多千米、宽达 3000 多千米的广阔地域中进行了一系列的测试，历经四载寒暑，终于完成了新历的编制。在《授时历》的编制过程中，郭守敬功不可没。

　　郭守敬的爷爷郭荣学富五车，天文、数学、水利，无所不通。在他的影响下，郭守敬从小就对科学和数学兴趣浓厚。郭荣很重视对孙儿的教育，不仅教他书本上的知识，还时常带他到大自然中去参加实践活动，培养他的观察能力和动手能力，这对郭守敬日后的发展大有帮助。后来，郭守敬被爷爷送到故交刘秉忠家中学习深造。其间，郭守敬认识了日后的挚友王恂。在《授时历》的编制过程中，王恂的功劳也不可小觑。不久之后，忽必烈听闻刘秉忠在科学方面造诣颇深，遂将他召入大都。郭守敬转而跟随刘秉忠的好友张文谦学习。张文谦时常带他勘查各地地形，兴修水利工程。两年后，张文谦向元世祖举荐了自己这位优秀的学生。第一次见到元世祖，郭守敬就提出了 6 条水利建设方面的建议。元世祖对此大加赞赏，马上任命他在朝中担任水利官员。过了两年，元世祖派遣张文谦和郭守敬前往西夏旧地兴修水利，恢复当地的农业生产。郭守敬在当地修建了大量水坝，并疏浚水渠，以方便农田灌溉。元世祖对此相当满意，于是他被派往各地修建水利工程。

　　郭守敬发挥自己从小就培养起来的高超的动手能力，修好了多架勘测仪器，并亲自动手制作了接近 20 种更为精密的仪器。使用这些仪器得到的各项测试结果，与先前相比更加可靠。《授时历》之所以能够如此接近现行公历，与郭守敬制作的这些精密的仪器密切相关。郭守敬提出的"历之本在于测验，而测验之器莫先仪表"的言论，对从事科学研究的后人影响深远。

　　经过 4 年的不懈努力，《授时历》终于被成功地编制了出来。就在这时，王恂却因病去世了，余下的大量的数据整理工作全都由郭守敬完成。在接下来的两年多时间里，郭守敬一直为此殚精竭虑，最终将《授时历》编制完成。

南宋杰出的数学家和数学教育家：杨辉

杨辉 （生卒年不详）

　　字谦光，钱塘（今浙江杭州）人，南宋杰出的数学家，世界上第一个排出丰富的纵横图并讨论其构成规律的数学家；还曾论证过弧矢公式，时人称为"辉术"，与秦九韶、李冶、朱世杰并称"宋元数学四大家"。

　　杨辉曾做过地方官，足迹遍及钱塘、台州（今浙江临海）、苏州等地，与他同时代的陈几先称赞他"以廉饬己，以儒饰吏"。杨辉特别关心社会生活中有关数学的问题，多年从事数学研究和教学工作，是东南一带有名的数学家和教育家。他走到哪里都有人请教数学问题。从1261年到1275年，他先后完成了5种数学著作共21卷，即《详解九章算法》12卷（1261年）《日用算法》2卷（1262年）、《乘除通变本末》3卷（1274年）、《田亩比类乘除捷法》2卷（又称《田亩算法》，1275年）和《续古摘奇算法》2卷（1275年）。今人将后3种合称为《杨辉算法》。

　　关于这5部书的编著过程，杨辉写道："《九章》为算经之首，辉所以尊尚此书，留意详解。或者有云：无启蒙之术，初学病之，又以乘除加减为法，秤斗尺田为问，目之曰《日用算法》，而学者粗知加减归倍之法，而不知变通之用，遂易代乘代除之术，增续新条，目之曰《乘除通变本末》，及见中山刘先生益撰《议古根源》，演段锁积，有超古入神之妙，其可不为发扬，以俾后学，遂集为《田亩算法》。通前共刊四集，自谓斯愿满矣。一日忽有刘碧涧、丘虚谷携诸家算法奇题及旧刊遗忘之文，求成为集，愿助工板刊行。遂添撤诸家奇题与夫缮本及可以续古法草总为一集，目之曰《续古摘奇算法》。"

　　杨辉数学著作的主要优点就是深入浅出、图文并茂，更加有利于学生的阅读，但同时又有不少创新之点。另外，在他的著作中，杨辉不仅记录了我国古代一些有价值的数学成果，还详细介绍了贾宪的增乘开方法和开方作法本源，这部分内容被收录于《详解九章算法·纂类》中。此外，他还发展了垛积术，这是在沈括隙积术的基础上进一步发展而来的。杨辉在研究垛积与各类多面体体积之间的联系时，导出了相应的垛积术公式，并将其记录在《详解九章算法·商功》中。

尝遍百草
成『药圣』：李时珍

李时珍（1518—1593）

　　字东璧，晚年自号濒湖山人，湖北蕲州（今湖北省蕲春县蕲州镇）人，明代著名的医学家、药学家和植物学家；与"医圣"万密斋齐名，去世后明朝廷敕封为"文林郎"。

　　李时珍从小聪明、好学，喜欢读书和钻研草药。他在33岁那年因治好富顺王朱厚焜儿子的病而名声大振，后面就顺理成章地进入太医院工作。随着年龄的增长，他逐渐意识到中医药学的重要性，辞职后就开始游历全国各地，收集药材并对草药进行实地观察和探究，并着手编写《本草纲目》。

　　作为一名医药专家，李时珍在中国医学史上写下了不朽的一页。他花费27年时间写出了《本草纲目》，这部相当于百科全书式的巨著几乎涵盖了当时所有已知的草药学知识。他在书中注重实证科学研究，通过自己的实地考察、实验和经验总结，针对每种草药给出了详细的描述，包括它的性味、功效、用法、副作用等。《本草纲目》成为古代中医药知识的重要来源，并对后世中医药学的发展产生了深远影响，至今仍为中医药学界的重要参考书。

　　李时珍在中医药学领域进行了长期深入的研究和探索，为中医药学的发展作出了杰出的贡献。他以实证科学为基础，创立了中医药学的理论体系，开创了中国药物研究的新局面。同时，他也为推广中医药学作出了贡献，使其得到更广泛的传播和应用。

李时珍的《本草纲目》影响深远，不仅在中国，而且在日本、朝鲜等其他亚洲国家被广泛使用。同时，它也向世界展示出了中国古代科学文化的特点和财富，并为后世学者提供了有价值的学术研究资源。

综上所述，李时珍是中国药学史上的一位巨匠，他的突出贡献不仅在于以实证科学研究的态度编写了《本草纲目》，还在于他的探索实践的精神激励后人继续保护、传承、发扬中华草药文化，为中国传统医学繁荣作出不懈努力。

李善兰（1811—1882）

　　原名心兰，浙江海宁人，数学家、天文学家、力学家、翻译家等；毕生致力于科研和科学著述的翻译工作，所创译之"代数""微分""积分""常数""函数"等数学名词一直沿用至今。

　　李善兰出身于殷实家庭，自幼就读于私塾，受到了良好的家庭教育。他天资聪慧，勤奋好学，所读之诗书，过目即能成诵。9 岁时，他在父亲的书架上发现了一本《九章算术》，感到十分新奇有趣，从此迷上了数学。之后他又阅读了大量的数学名著，为以后的科学研究和探索奠定了坚实的基础。

　　几年后，作为州县的生员，李善兰到杭州参加乡试，由于痴迷数学，八股文章做得不好，所以名落孙山。但他丝毫不介意，还利用在杭州的机会搜集各种数学书籍，这使得他的数学造诣日益精进。1852 年夏，李善兰将自己的数学成果在上海墨海书馆展示给国外的传教士，得到了一致好评，之后他与国外传教士开始了合作翻译西方科学著作的工作。1859 年，李善兰与伟烈亚力合译了《代微积拾级》。该书前九卷为代数几何，继七卷为微分，末两卷为积分，这是中国第一部微积分学的译本。在编译过程中，李善兰基于对微积分学的深入理解以及极高的数学修养，对该书进行了一番创造加工，尤其是一些数学名词的创立，影响深远。

1863 年，李善兰前往安庆充任曾国藩的幕僚，在曾国藩的资助下，于 1865 年在南京刊行了中国历史上第一部完整的《几何原本》中译本（后九卷为李善兰、伟烈亚力合译，时距徐光启、利玛窦合译的前六卷刊行已 258 年）。1867 年，李善兰刊行了集其一生数学工作之大成的《则吉昔斋算学》。同年，李鸿章资助李善兰重刻《重学》《圆锥曲线论》等著作。

李善兰不仅在微积分的传播上建立的功勋卓著，还在数学研究上有很深的造诣。1845 年，李善兰在传统极限思想的基础上创立了一种微积分的方法——尖锥术，对当时的数学研究产生了深远影响，并应用其解决了圆面积公式。他认为圆面积为其外切正方形的面积减去 4 个曲边三角形面积，而其中任一曲边三角形均可看作乘尖锥的合积，并给出了具体求法。

李善兰潜心科学，淡泊利禄。曾国藩等人赏识他，"屡欲列之荐牍，皆力辞"。晚年他虽官居内阁高位，但从来没有离开过同文馆教学岗位，也没有中断过科学研究工作。他自书对联"小学略通书数，大隐不在山林"张贴门上，表明他仍然以在野之隐士自居，而不与贪官污吏者同流合污。

读书，著书，译书，教书，这就是李善兰一生的活动。

中国铁路之父：詹天佑

詹天佑 （1861—1919）

广东南海县人，我国近代科学与工程技术史上的先驱，近代史上杰出的爱国知识分子；投身于中国铁路建设事业，曾主持过我国京张、川汉、粤汉等早期铁路的建设，为我国早期铁路建设事业呕心沥血，奋斗终身。

詹天佑出身于茶商世家，曾祖、祖父常年在广州做茶叶生意，家境殷实。到了他父亲（詹兴洪）这一辈，受第二次鸦片战争的影响，茶叶生意举步维艰，家道中落，一家人的生活只能靠种田维持，间或做一些刻章、代写书信业务补贴家用。因而，在詹天佑的记忆中，听到过很多中国人反抗西方帝国主义列强侵略的故事，在不知不觉中，爱国的种子在他幼小的心灵中生根、发芽，不断长大。

望子成龙是父母的天性。为了孩子有出息，詹兴洪将詹天佑送到私塾读书，期望他能鱼跃龙门、光宗耀祖。但是私塾教授的四书五经，他一点都提不起兴趣，反而喜欢摆弄一些机械小玩意。他尤为感兴趣的是工程、机械等。他常常用泥巴捏火车，做机器，身上老是装着小齿轮、发条、螺丝刀、镊子等，一有空就拿出来摆弄，小伙伴们都称他是"机器迷"。

按照惯常路径，詹天佑会沿着他父亲的规划，参加科举，步入仕途。然而，时代却为他安排了另一条路——出国留学。这个命运的转折，与他未来的岳父谭伯邨有极大的关系。

詹天佑在私塾读了 4 年多，品学兼优，这引起了谭伯邨的注意。谭伯邨长期在澳门经商，眼界开阔，认为詹天佑是个好苗子，便与詹兴洪结下了儿女亲家。詹天佑 11 岁那一年，适逢清政府公布公派留学招考计划，谭伯邨从孩子前途的角度考虑，强烈建议詹兴洪夫妇将孩子送去参加留美考试。开始，詹父多少有些犹豫，一是家境不佳，二是儿子年幼出远门不放心。不过，在谭伯邨表示会在经济上给予其资助后，詹父点头应许了。次年 3 月，詹天佑顺利通过考试，正式被录为第一批留美官学生，到上海参加为期半年的出国培训（进入预备学堂学习英文）。1872 年 7 月，12 岁的詹天佑登上了前往美国的远洋轮船，开始了留学生活。在美国留学期间，詹天佑学习非常刻苦，立志为中华民族崛起而读书。为了学好英语，詹天佑住到美国市民家里。第二年他考进了西海文小学，仅用 3 年就小学毕业，2 年就中学毕业了。他考取耶鲁大学土木工程系，专攻铁路工程专业。他发誓一定要让中国也有自己的火车、轮船。在这里，他重拾少时的爱好，加上自己的刻苦钻研，各门功课成绩一直名列前茅。

留美归国后，詹天佑几经周折，进入中国铁路公司任工程师，投身于中国铁路事业。詹天佑先后参加了唐胥轻便铁路和关内外铁路的建设，但当时修路大权都控制在外国工程师的手里，中国自己并无修路自主权。1905 年，清政府决定修建京张铁路，詹天佑被任命为总工程师兼会办，由中国人自己修建铁路的日子终于到来了。当时，詹天佑就喊出了"京张铁路是我们用自己的人、自己的钱，建造的第一条铁路，全世界的眼睛都在望着我们，必须成功！"的口号。为了缩短工期，詹天佑想出了"竖井开凿法"；为了火车上山，他创造了"人"字形线路。在铁路工人的艰辛努力下，原计划 6 年完成的京张铁路只用了 4 年便全线通车了，并且工程费用只有外国人评估的 1/5，在中国铁路史上写下了光辉的一章。

京张铁路的建成，极大地振奋了中华民族的自信心，正如著名地质学家李四光所说："詹天佑领导修建京张铁路的卓越成就，为当时深受侮辱的中国人民争了一口气，表现出我国人民伟大的精神和智慧，昭示着我国人民伟大的将来。"而詹天佑喊出的"各出所学、各尽所知，使国家富强不受外侮，足以自立于地球之上"的口号，则充分体现了中华儿女百折不挠、永不屈服的高尚民族气节。

李四光 （1889—1971）

字仲拱，原名李仲揆，湖北黄冈人，蒙古族，地质学家、教育家、音乐家、社会活动家，中国地质力学的创立者、中国现代地球科学和地质工作的主要领导人和奠基人之一，新中国成立后第一批杰出的科学家和为新中国发展作出卓越贡献的元勋，2009 年被选为 100 位新中国成立以来感动中国人物之一。

李四光出身贫寒，自幼就读于其父李卓侯执教的私塾。14 岁那年，李仲揆告别父母，独自一人来到武昌报考高等小学堂。在填写报名单时，他误将姓名栏当成年龄栏，写下了"十四"两个字，随即灵机一动将"十"改成"李"，后面又加了个"光"字，便改名为李四光，从此便以"李四光"传名于世。

由于学习成绩优异，李四光获得了官费赴日留学的机会，并于 1904 年 7 月入东京弘文学院修习日语和初等数理化。同年 12 月，李四光结识了当时在东京法政大学学习的宋教仁，经宋教仁介绍又认识了在东京京西大学学习工艺化学的马君武。此时，他接受了很多民主革命思想，开始走上革命的道路。为表明自己站在革命的一边，他毅然决然地剪掉了盘在头上的辫子。1910 年，李四光学成归国，1913 年又考入英国伯明翰大学，他以实业报国计，选择了地质学专业。1920 年从伯明翰大学毕业回国后,李四光进入北京大学地质系任教,培养了一大批著名的地质学家,对发展中国地质事业,提高中国地质科学水平,起了极其重要的作用。

中华人民共和国成立后,在全国地质院系调整工作中,李四光亲自主持了北京、长春两个地质学院的建院工作。在他的关怀下,又相继建立了成都地质学院以及许多中等地质技术学校,为地质勘探工作和地质科研工作源源不断地培养输送了大量人才,配合了地质事业大发展的需要。

李四光用一生践行着"努力向学,蔚为国用",着力破解"卡脖子"问题,提出"陆相生油理论",打破西方鼓吹的"中国贫油论"谬论……恰如钱学森对李四光所作的评价:"李四光在旧社会走过的道路,尽管有些曲折和坎坷,但他毕生努力的方向和最终达到的高度,以及对祖国和人民作出的贡献,在当代中国科技界、知识界,的确是一面旗帜,无愧于党和人民给予的这个高度评价。"

晚年的李四光,生活简朴。1971 年 4 月 29 日,李四光去世后,人们在他的床头发现了一张纸条:"在我们这样一个伟大的社会主义国家里,我们中国人民有志气、有力量克服一切科学技术上的困难,去打开这个无比庞大的热库,让它为人民所用……"他对中国地质学的贡献、他的治学精神和高风亮节,都堪称后世师表。李四光作为革命先驱者,有敢于向旧事物挑战的精神;作为教育家,有诲人不倦、孜孜追求的品德;作为地质学家,在科学实践中贯穿了革命、育人、为人三者辩证统一的科学思想。他的精神将永远激励我们!

竺可桢 （1890—1974）

　　字藕舫，浙江绍兴人，中国科学院院士，
中国共产党党员，中国近代气象学家、地理
学家、教育家，中国近代地理学和气象学的
奠基者，曾任浙江大学校长。

　　有一位老人，年复一年、日复一日给大自然写日记，是为了让更多的人
听到大自然的语言，懂得鸟语花香、草长莺飞与气候的关系。这位老人就是
竺可桢。

　　竺可桢出身于小商人家庭，自小展现出对科学的独特兴趣。竺可桢具有
国内外丰富的学术经历。求学时期，他在土木工程、物理学、气象学等多个
领域进行探索，后来公费留美学习，在哈佛大学获得博士学位后回国任教，
致力于推动中国科学事业的发展。他还与翁文灏、张其昀一起成立了中国地
理学会，为中国地理学界作出重要贡献。

　　竺可桢是我国历史气候学的创建人、奠基人。他曾经在国内建立了拥有
40 多个气象站和 100 多个雨量测量站的中国气象观测网。他一方面重视物候
的观察，另一方面广泛收集历史物候资料，并与宛敏渭合作撰成《物候学》
一书。

　　"立春过后，大地渐渐从沉睡中苏醒过来。冰雪融化，草木萌发，各种

花次第开放。再过两个月，燕子翩然归来。不久，布谷鸟也来了。于是转入炎热的夏季，这是植物孕育果实的时期。到了秋天，果实成熟，植物的叶子渐渐变黄，在秋风中簌簌地落下来。北雁南飞，活跃在田间草际的昆虫也都销声匿迹。到处呈现一片衰草连天的景象，准备迎接风雪载途的寒冬。在地球上温带和亚热带区域里，年年如是，周而复始。"还记得这段课文吗？透过朴实温馨的文字，竺可桢把物候学这门科学讲得娓娓动听。多少年来，《大自然的语言》一文，在一届届学生心中留下了关于"物候学"、关于科学的美好印象。

竺可桢热爱祖国，为我国科教事业尽心尽力。作为我国现代气象科学的奠基人，他始终关注并"尽毕生之力"开展气候变化研究；作为"可持续发展"的思想先行者，他始终关注中国的人口、资源和环境问题；作为我国现代教育的先行者和实践家，他担任浙江大学校长13年，使浙大成为全国著名学府；作为中国科学院的奠基人和卓越领导者之一，他为发展新中国科学事业打下了坚实基础。

侯德榜 （1890—1974）

名启荣，字致本，福建闽县人，中国化学家，"侯氏制碱法"创始人，中国科学院学部委员，被业界誉为"科技泰斗、士子楷模"；代表作品有《纯碱制造》《制碱工学》；曾任中华全国自然科学联合会副主席、中国化学会理事长、中国化工学会理事长等。

20世纪初，我国工业刚刚开始发展，基础工业需用的两大基本化工原料——酸和碱，大部分依靠进口。1921年，侯德榜从美国麻省理工学院化工科毕业，在实业家范旭东的邀请下，踏上了回国的航船，受聘担任永利碱厂工程师。侯德榜利用自己的智慧，破解了"索尔维制碱法"，永利碱厂很快量产了纯碱，命名为"红三角"牌纯碱。这款纯碱纯度高、价格便宜，一经推出就受到了不少厂商的欢迎。

七七事变后，日本帝国主义发动了全面侵华战争，他们盯上了侯德榜和他的制碱技术，便想收买侯德榜，但是遭到侯德榜的严正拒绝。为了不使工厂遭受破坏，侯德榜决定把工厂迁到四川，新建永利川西化工厂。制碱的主要原料是氯化钠，而四川的盐都是井盐，要用竹筒从很深的井底一筒筒吊出来。井盐浓度低，要经过浓缩才能成为制碱原料，这样制碱成本就上去了。

另外，"索尔维制碱法"的致命缺点是食盐利用率不高，有30%的食盐会被白白浪费掉，因此，侯德榜决定不用"索尔维制碱法"，而另辟新路。早在破解"索尔维制碱法"的秘密时，侯德榜就发现"索尔维制碱法"中只有食盐中的钠和石灰中的碳酸根二者结合才生成了纯碱，而氯和石灰中的钙结合生成的氯化钙，则没有得到利用，于是他大胆设想能否把"索尔维制碱法"和合成氨法结合起来。

侯德榜同技师们通力合作，进行了500余次的实验，分析了2000个样品……最终获得成功，于1940年研发出新的制碱方法"联合制碱法"，即后来的"侯氏制碱法"。相比于"索尔维制碱法"，这个新方法大大提高了食盐利用率，使食盐利用率从70%提高到96%；同时副产品也不再是污染环境的氯化钙，而是可以用于土壤施肥的肥料，开启了世界制碱业的新纪元。

1953年，"侯氏制碱法"获颁了新中国第一张发明证书。然而，侯德榜并不满足于已取得的成绩，想要寻找一种更理想的制碱方法，把制碱工业和合成氨工业有机地联合起来，最终，一个全新的氨碱联合流程得以完成。从20世纪60年代起，"侯氏制碱法"氨碱联合制碱工艺在我国纯碱行业全面推开，目前该制碱法仍然是国际制碱领域的先进技术。侯德榜虽然拥有发明专利权，却将这项技术无偿提供给全世界，体现了一位科学家无私奉献的精神。

怀揣报国梦的味精大王：吴蕴初

吴蕴初 （1891—1953）

字葆元，上海嘉定人，中国近代化工专家，著名的化工实业家，我国氯碱工业的创始人；在我国创办了第一家味精厂、氯碱厂、耐酸陶器厂和生产合成氨与硝酸的工厂，为我国化学工业的兴起和发展作出了卓越贡献。

吴蕴初出生于上海嘉定一个贫苦家庭，早年就读于上海广方言馆，学习外语，当过短暂的英文老师。由于对化学有浓厚的兴趣，吴蕴初 15 岁时便考入了上海兵工学堂半工半读学习化学，并以优异的成绩于 1911 年毕业，此后他继续从事与化学有关的工作，为他后来献身化学事业奠定了基础。

经过几年的社会历练，1920 年，吴蕴初从武汉回到上海，与他人合伙成立炽昌新牛皮胶厂。当时上海的大街小巷都张贴着日本味精产品的广告。于是，吴蕴初对其产生了兴趣，尝试分析出它的化学成分，发现主要成分是谷氨酸钠，并且找到了廉价的制备方法。当时的中国还没有一家自己的味精加工厂，于是在 1923 年，他出技术、酱园老板张逸云出资本合办了第一家国产味精厂——天厨味精厂，生产"佛手"牌味精。产品一经上市，就广为畅销，甚至远销南洋各地，从而打破了日货味精垄断中国调味品市场的局面。吴蕴初的味精制备工艺还获得了美、英、法等国的专利，吴蕴初被业界誉为

"味精大王"。

随着国产味精的畅销，为解决味精原料和其他化工材料问题，吴蕴初相继成立了一系列"天"字号化工企业——天原电化厂（我国第一家生产漂白粉、烧碱、盐酸等基本化工原料的氯碱工厂）、天利氮气厂（我国第一家生产合成氨及硝酸的工厂）、天盛陶瓷厂（生产耐酸陶管、瓷板、陶质阀门等，开国产耐酸陶瓷工业之先河）等。吴蕴初创办的这些"天"字号轻重化工企业，自成体系，实力雄厚，在我国化工史上留下了辉煌篇章。

抗战时期，吴蕴初积极回报国家，支援抗战。如淞沪会战时，吴蕴初向国民革命军第十九路军支援了一批防毒面具。七七事变后，吴蕴初积极组织化工企业内迁，以保存民族工业血脉。他还以天厨味精厂的名义，购买一架战机支援抗战。吴蕴初办企业的同时，不忘教育后辈要"蕴志兴华，家与国永"。他常说："做一个中国人，总要对得起自己的国家。"抗战胜利后，吴蕴初回到上海，重新收回了天利、天原，接管了日本在上海建立的小型氯碱厂，并逐渐恢复生产。

中华人民共和国成立后，吴蕴初担任了华东军政委员会委员、上海市人民政府委员、化学原料工业同业公会主任委员等职。正当他怀着激情想投身于新中国化工事业之际，因为妻子的逝世打击和积劳成疾，于1953年10月病逝，终年62岁。

吴蕴初身上所蕴含的独立自主、不断进取、力克时艰、发展民族工业的爱国主义精神，刻苦钻研、不断进取、自学成才的精神，重视科学技术、积极培养人才的孺子精神，都值得我辈学习传扬。

中国现代数学
拓荒者：熊庆来

熊庆来 （1893—1969）

字迪之，云南弥勒人，无党派人士，数学家、教育家、中国现代数学先驱、中国函数论的主要开拓者之一，中国科学院院士；曾任云南大学校长，清华大学算学系主任、教授，中国科学院数学研究所研究员、函数论研究室主任，等等。

严济慈、赵忠尧、陈省身、赵九章、钱三强、华罗庚、杨乐、张广厚……这一串名人，我们大体都能说出个一二来，但是，对于他们的恩师熊庆来，我们就未必有所了解了。

熊庆来自幼聪颖过人、勤奋好学，在村塾受启蒙教育时靠着昼夜苦读，先后念完了四书五经。1911 年，他考入云南省外文专修班学习法语，两年后以第 3 名的成绩考取赴比利时留学的公费生资格，学习采矿。一战期间，比利时被德国占领，他转赴法国改学数学和物理。经过 7 年苦读，1920 年，熊庆来从马赛大学毕业，获得理科硕士学位。1921 年，经过长时间的海上颠簸和长途跋涉，他回到祖国，被东南大学校长郭秉文直接聘为教授，从此开始了教书育人、科学研究的生涯。在东南大学，流传着熊庆来"卖皮袍资助学生"的故事。其中一个版本是：当时东南大学有一个叫刘光的学生，熊庆来非常欣赏他，认为他极具潜力和才华，于是就经常指点他读书、做研究，还资助他出国深造。为此，熊庆来不惜卖掉自己身上穿的皮袍子。当然，刘光也没有辜负熊庆来对他的期望，后来成为一名著名的物理学家。

1926年，清华学校改为清华大学，时任校长梅贻琦聘请熊庆来前去创办算学系。在清华任教期间，熊庆来作为中国的唯一代表，出席了在瑞士苏黎世召开的世界数学会议，这也是第一次有中国代表参加这个会议。1930年，一次偶然的机会，熊庆来在杂志上看到了华罗庚的名字，了解了华罗庚的自学经历和数学方面的才华，便打破常规，推荐只有初中文凭的华罗庚进入清华大学学习。在他的精心栽培下，华罗庚后来成为闻名世界的数学家。1933年，熊庆来获得法国国家理科博士学位。1949年，熊庆来出席在巴黎召开的联合国教科文组织会议，并留在法国从事数学研究。虽然身在国外，但是熊庆来始终心念国家。1957年回国后，他一面继续从事数学研究，一面热情指导培养后起之秀，为国育才，直至生命的终点。

纵观熊庆来的一生，他在数学领域，尤其是在函数理论领域造诣很深。他引进的无穷级定义被称为"熊氏无穷级"，成为以后研究无穷级整函数与亚纯函数的得力工具；关于消去原始值、建立正规定则的方法，他卓有成效地解决了海曼教授搜集与提出的全纯和亚纯函数的新正规定则方面的大部分问题。此外，他惜才爱才，诲人不倦，一生为中国的数学教育事业呕心沥血，可以毫不夸张地说，他是中国现代数学的拓荒者。

熊庆来晚年回忆道："平生引以为幸者，每得与当时英才聚于一堂，因之我的教学工作颇受其鼓舞。"寥寥数语，熊庆来的伟大胸襟和人生境界彰显无遗。

深藏功与名的中国地质学奠基者：李捷

李捷 （1894—1977）

字月三，号大鼻，河北成安人，师承章鸿钊、丁文江、翁文灏，中国地质学家，中国地质学会创始会员之一，深藏功与名的中国地质学奠基者；周口店遗址发掘工作的主持者、中国东部第四纪冰川研究的先行者、新中国水利水电事业的推进者。

1929 年 12 月，科学家在周口店发现了震惊中外的北京猿人头盖骨。而为这次发现立下头功的，是一位地质先贤——我国地质学家李捷。

李捷天资聪颖，幼时读过私塾，小学毕业后，进入河北保定的育英中学就读，以优异成绩毕业，考入北京农商部地质研究班（后为农商部地质研究所），并于 1916 年以优异成绩毕业，入该部地质调查所任调查员。

1926 年，瑞典地质学家安特生在北京周口店发现了脊椎动物化石。李捷敏锐地意识到，这种被当地农民称作"龙骨"的东西，绝非他们口中的"中药材"，而是古脊椎动物化石。安特生决定进行小规模勘探，不久即在周口店西的龙骨山发掘出两颗古人类牙齿化石。这一重大发现一经公布就震惊了全世界，引来了大批中外考古专家学者。在中国开展考古发掘活动，中国科学家自然不能缺席。我国地质学家翁文灏与北京协和医学院教授、人类学家步达生达成协议，由美国洛克菲勒基金会出资共同开展考古发掘工作，并且特别强调，发掘出土的所有化石归中国所有。1927年春，中国地质调查所安排李捷和瑞典学者布林共同组织发掘工作。

1927年4月，周口店大规模发掘工作开始。李捷夜以继日地守候在发掘现场，等待着惊世奇迹的出现。终于，又一颗保存完好的古人类牙齿化石呈现在世人面前。根据这颗下臼齿的性质和地理分布上的意义，一个直立人新属新种诞生——这就是"北京人"，人类历史由此向前推进了40万年。李捷在周口店工作了两年，对周口店1号洞穴内的堆积物进行了详细的岩性描述和地层划分，先后发表《周口店化石层》和《周口店采集研究之经过》，为进一步发掘提供了重要的科学依据。后来贾兰坡接替李捷继续开展发掘工作，并于1929年12月首次发现完整的北京人头盖骨。多年之后，贾兰坡不无遗憾地说："公平地说，（在周口店研究中）李捷先生是立了头功的。"

此后，李捷转入地质矿产、水文地质、工程地质等方面的研究，尤其是对中国第四纪冰川的研究为他的人生涂抹上了耀眼的亮色。如《鄂西第四纪冰川的初步观察》《河南陕县三门峡第四纪冰川遗迹》和《三门峡地区三门系地层及冰碛物研究》等等，都成为早期冰川研究的重要文献。中华人民共和国成立后，李捷依然在科研之路上继续前行。他曾担任水利部勘探设计总局地质总工程师、水电部水电总局副总工程师，主要从事水利电力建设中的工程地质工作，并做了大量的调查研究工作，为我国多个水库、水坝、水电站的选址和建设作出了贡献。

事了拂衣去，深藏功与名！李捷少小离乡，青年辗转，壮年颠沛，暮年仍未停止奔波，为国家、人民奉献终生。斯人已逝，风范长存！

茅以昇 （1896—1989）

　　字唐臣，江苏镇江人，我国著名的土木工程学家、桥梁专家、工程教育家，中国科学院院士、美国工程院院士，被誉为"中国桥梁之父"，荣获"最美奋斗者"称号。

　　1937年9月26日是中国桥梁建筑史上具有里程碑意义的一天，中国自行设计和建造的第一座双层式铁路、公路两用特大桥——钱塘江大桥正式建成通车。这座大桥的设计和建造者，就是茅以昇。

　　茅以昇一生与桥结缘。少年时，他听闻端午时节秦淮河上的文德桥不堪重负而坍塌，暗生"长大了一定要造出最结实的桥"的决心。20岁时，他考取清华官费赴美留学，在美国康奈尔大学和卡内基梅隆大学工学院专攻桥梁专业并获博士学位。虽然留在美国有很好的发展前途，但是他毅然选择回国，先后任职于唐山工业专门学校、东南大学、南京河海工科大学、北洋大学、天津北洋工学院等多个学校，并且克服重重困难，不负祖国重托，完成了一个又一个艰巨的任务。

　　1933年3月，茅以昇受邀在钱塘江上建大桥。要知道，彼时中国桥梁的建造全都控制在外国人手中，在钱塘江大桥落成之前，钱塘江上无一座桥梁。而且在钱塘江上建造大桥，是异常困难的。桥墩打桩、江下施工难题，架设钢梁难题……茅以昇和技术施工团队攻克一个个技术难题，克服一个个障碍和艰险，历经900多个日日夜夜，至1937年9月，钱塘江大桥建成通车。钱塘江大桥是中国第一座完全由中国人自行设计建造的现代化的双层铁路、公路两用桥，打破了只有西方人才能建造钢铁大桥的神话。钱塘江大桥横贯钱塘江南北，是连接沪杭甬铁路、浙赣铁路的交通要道。钱塘江大桥建成仅89天后，为了阻滞日寇进攻杭州，茅以昇受命炸掉自己设计建造的大桥。茅以昇痛苦地写下一首诗："斗地风云突变色，炸桥挥泪断通途。五行缺火真来火，不复原桥不丈夫！"抗战胜利后，他带着精心保护的14箱资料回到杭州。1946年，茅以昇接到修复大桥的命令，经过8年的艰苦岁月，克服重重困难，到1954年，钱塘江大桥终于修复完成，至今仍然屹立于钱塘江之上。接着，茅以昇又参与设计了武汉长江大桥。

此后数十年，茅以昇投身铁道科学研究院工作，为我国的铁路交通发展事业作出了卓越贡献。晚年，他编写了《中国桥梁史》《中国的古桥和新桥》等著作。

茅以昇一生学桥、造桥、写桥，为中国的桥梁事业作出了重要贡献，正如他自己所说："人生一征途耳，其长百年，我已走过十之七八。回首前尘，历历在目，崎岖多于平坦，忽深谷，忽洪涛，幸赖桥梁以渡。桥何名钦？曰奋斗。"2019年9月25日，茅以昇被评选为"最美奋斗者"，恰与其人生信条完美契合。

吴有训 （1897—1977）

字正之，江西高安人，物理学家、教育家，中国科学院院士，中国近代物理学研究的开拓者和奠基人之一；验证了康普顿效应，代表作有《经轻元素散射后的钼 K 射线的波长》《康普顿效应与三次 X 辐射》等，毕生致力于中国的科学事业和教育事业。

吴有训幼时入家塾学习，先后在县城和省城度过中学时代，1916 年，他以优异成绩考入南京高等师范学校，开始接触 X 射线研究。1921 年，他通过官费留美考试，次年初入美国芝加哥大学物理系学习。那个年代，中国的物理研究领域还是一片荒芜，大部分国人压根就不知道啥是物理，因此，做一个中国物理学研究的拓荒者就成为吴有训的个人使命。在芝加哥大学，吴有训成为物理学家康普顿教授的研究生，他们共同从事 X 射线散射光谱研究。当时，康普顿以康普顿效应闻名于世，但是康普顿仅仅进行了石墨等少量实验，验证尚不够充分，对这一理论的普遍性缺乏可靠的说服力。于是，吴有训做了大量的实验，先后获得了 15 种元素散射 X 线的光谱图，以科学事实回应了对康普顿效应的各种否定。1927 年，康普顿因此项工作获得诺贝尔物理学奖，吴有训则因验证康普顿效应工作而受到物理学界的重视，声名鹊起。在美国物理学会第 140 届会议上，吴有训一人就宣读了 3 篇论文。1926

年获得博士学位后，他婉拒导师康普顿要他继续留在实验室工作的盛情邀请，毅然回国，在当时几乎空白的中国物理界"开疆拓土"。他开创 X 射线散射光谱等方面的实验和理论研究，创造性地发展了多原子气体散射 X 射线的普遍理论。

回国之初，吴有训辗转于多所大学短期任教。1928 年，吴有训受当时清华大学物理系主任叶企孙之邀，来清华大学物理系任教，先后出任了系主任、理学院院长，而叶、吴二人"互让"物理系主任，成为清华大学的一桩美谈。在清华大学，吴有训亲自讲授"普通物理学"等基础课程，将最新研究成果引进课堂，激发同学们钻研探索的精神。他还十分注重实验科学，在清华大学创设了第一个物理实验室，是我国开展近代物理学实验研究的先行者。他极为重视教育理念和教学方法的创新，以独特的人格魅力，为我国培养了一大批物理学人才，王淦昌、钱伟长、钱三强、邓稼先、杨振宁、李政道、王大珩等都是他的学生。

吴有训一生都献身于科学事业，取得了重要成就。其学生王淦昌撰文写道："吴先生的一生，说明中国人是有聪明才智的，是勤奋而有创造力的，不仅中国人的智力可以与其他任何民族相较量，中国人的品质也可以与任何民族相媲美！"

黄鸣龙（1898—1979）

江苏扬州人，有机化学家，中国科学院学部委员（院士），中国科学院上海有机化学研究所研究员；曾任国际顶尖的有机化学杂志《四面体》的荣誉顾问编委。

黄鸣龙出身于一个贫寒的书香门第。他自幼好学不倦，受二哥药物学家黄胜白的影响，也走上了药学之路。

1915年，黄鸣龙考进浙江医学专门学校，一面在诊所担任门诊挂号员，一面攻读药科，立志为人类造福。1918年毕业后，他任上海同德医专化学教员。此后，他三渡重洋，足迹遍布欧美。1919年起，黄鸣龙先后赴瑞士苏黎世大学、德国柏林大学求学，于1924年取得博士学位后回国。他先在母校教授药学，后到南京卫生署化学部工作，发现假药充斥市场，深感无奈之余，于1934年选择再次奔赴德国、英国从事研究，并将注意力转移到甾体化学领域。1940年，黄鸣龙再次回国，任中央研究院化学研究所（昆明）研究员。1945年，他应美国哈佛大学甾体化学家费希尔的邀请赴美从事相关研究工作，其间创造性地改进了沃尔夫－凯惜纳还原法，简称"黄鸣龙还原法"。这是第一个以中国科学家命名的有机化学反应，被写入多国有机化学教科书中。

1949 年 10 月，中华人民共和国宣告成立。那时黄鸣龙还身在美国，但是，他从祖国寄来的一封封家书中感受到祖国的日新月异和活跃跃的创造，遂冲破美国的重重阻挠，辗转欧洲，于 1952 年 10 月踏上了祖国的土地。

回国后，黄鸣龙应邀出任解放军医学科学院化学系主任，随后又担任中国科学院有机化学研究所研究员。他曾在一封给海外友人的信中写道："我庆幸这次回到祖国获得了新生，我觉得自己年轻多了。我以一个儿子对母亲那样的忠诚、热情，竭尽我的努力……如果你也能和我一起在祖国的原野上一同耕耘该多么快乐！我尊敬的教授，回来吧！我举起双手迎接你的归来！"在他的鼓励下，当时一些医学家、化学家毅然选择了回国。他的子女在完成学业以后，也相继归国，投身祖国建设中。

黄鸣龙一生为科学，尤其是回国后，他把全部精力献身给祖国的科学事业。他一直从事着有机化学的教育和研究工作，在有机化学的"结构与机理"和"反应与合成"两方面的工作，大多数都居于当时的国际同类研究的先进行列，受到国内外同行的密切关注和重视，也激励了进入这一领域的后来者。与此同时，他不仅在学术上发展了我国的有机化学，特别是甾体化学，还引领了我国甾体药物的生产发展，是我国甾体药物工业的开拓者。

黄鸣龙非常重视自己的专业和科研工作与实际需要的结合。他说："一方面，科学院应该做基础性的科研工作，我们不应目光短浅，忽视暂时应用价值尚不显著的学术性研究。但另一方面，对于国家急需的建设项目，我们应根据自己所长协助有关部门共同解决，这是我们应尽的责任。"只言片语彰显出他常常念及的理念："一个人不能为科学而科学，应该为人民为祖国作出贡献。"

『万婴之母』：林巧稚

林巧稚 （1901—1983）

福建厦门人，医学家、医学教育家，中国科学院学部委员（院士），中国妇产科学的主要开拓者、奠基人之一，被誉为"万婴之母"。

北京协和医院有这样一位医生，她是第一位中国籍妇产科主任，首届中国科学院唯一的女学部委员（院士）。她虽然一生未婚，却亲自接生了 5 万多名婴儿，被尊为"万婴之母""生命天使""中国医学圣母"，与梁毅文合称"南梁北林"。这位医生就是林巧稚。

林巧稚出身于归国华侨家庭，5 岁丧母，由哥嫂抚养长大。她就读鼓浪屿女子师范学校时，在一次手工编织课上，老师见她编制的手工很巧，便夸奖她说："手很灵啊，当大夫合适。"这句话触动了林巧稚，她决心当个医生，尤其要为那些受妇女病伤害的女人找到一条出路。

1921 年，北京协和医院面向全国招生，得到消息的林巧稚决定去试一试。考试时，一个女生突然晕倒了，林巧稚毅然放下未完成的试卷去照顾这个女生。这种舍己为人的精神，连主考官也深受感动，而且本身卷面成绩也很不错，她被破格录取了。1929 年，林巧稚以优异的成绩毕业，获博士学位，并留在协和，做了一名妇产科医生。从此，协和多了一个"说话做事直截了当、有着男人一样思路"的女大夫。

由于工作成绩突出，林巧稚在协和提前晋升为住院医师，1932 年被派往伦敦妇产科医院和曼彻斯特医学院进修，次年又到奥地利的维也纳进行医学考察。1939 年，林巧稚又到美国芝加哥大学医学院攻读研究生，一年后就回到灾难深重的祖国，用自己的医术救助同胞，不久升任协和医院妇产科主任。林巧稚成为第一位中国籍的妇产科主任。

1941 年底，协和医院被日军占领，全体医务人员被赶出医院。次年，她便在北京东堂子胡同开办了一间私人诊所，为苦难中的同胞服务。她爱病人胜过爱自己，主动降低挂号费、对贫穷患者医疗费减免等，以此来减轻病人的负担。她成为老百姓口中的"活菩萨"。不久，她又担任了中和医院（前身为中央医院，今为北京大学人民医院）妇产科主任。

北平和平解放后，林巧稚关闭了私人诊所，重回协和，尽一个医生治病救人的本分。中华人民共和国成立后，她继续践行"一辈子当值班医生"的誓言，曾七天七夜连续手术，成功抢救了中国首例新生儿溶血症患者。她积极推动中国妇女健康普查，尤其是大规模子宫颈癌的普查和防治，从而使子宫颈癌的死亡率大大降低。

林巧稚不仅坚持治病救人，还钻研医理医技，创造出用脐静脉换血治疗新生儿溶血症的医疗方法；她甚至在轮椅上、病床上完成了近 50 万字的关于妇科肿瘤的专著《妇科肿瘤学》……

1983 年 4 月 22 日，林巧稚在协和医院逝世。林巧稚医术高明，医德、医风、奉献精神有口皆碑。在她的追悼会上，一副幛联显示了她伟大的一生："创妇产事业，拓道、奠基、宏图、奋斗，奉献九窍丹心，春蚕丝吐尽，静悄悄长眠去；谋母儿健康，救死、扶伤、党业、民生，笑染千万白发，蜡炬泪成灰，光熠熠照人间。"

中国人口地理学的开创者：胡焕庸

胡焕庸（1901—1998）

字肖堂，江苏宜兴人，地理学家、地理教育家，曾任华东师范大学教授、华东师范大学人口研究所所长；中国地理学会的发起人和首届理事，中国现代人文地理学和自然地理学的重要奠基人。

在我国的国土上，有这么一条看不见的直线，它起自黑龙江黑河，终至云南腾冲，让人惊奇的是，中国九成以上的人口集中在这条线的东边，这就是我们今天所熟知的"胡焕庸线"，最初称"瑷珲—腾冲线"，因地理名称变化，又称"黑河—腾冲线"。这条线就是我国人口地理学的开创者胡焕庸提出的。

胡焕庸幼年失怙，家境贫寒。艰苦的生活激发了他勤奋好学之心，从高小到中学，他始终潜心向学，于1919年考入南京高等师范学校，师从地学系主任竺可桢，专攻地理与气候。1923年，他毕业后进入中学任教。1926年，他同几个家境贫寒的学生集资互助赴法国巴黎大学和法兰西学院留学，师从白吕纳等名师学习人文地理和自然地理。

1928年，胡焕庸从法国留学归来便投入了人口地理研究。在做了几个省和区县的人口地理研究之后，胡焕庸开始着手全国人口地理的研究。然而，当时只有一套不完整的各县人口统计资料，胡焕庸不得不从各种公报、杂志上逐省逐县地收集、补充资料，终于获得了一套基本覆盖全国的县级人口统计数据。他用每点代表2万人，将这套数据表达在地图上，共有2万多个点。1935年，胡焕庸依据点的密度，绘出了中国第一张人口分布图。

依据这张地图，胡焕庸敏锐地发现一条东北—西南向的直线，即"瑷珲（现名黑河）—腾冲线"，国际上称为"胡焕庸线"。这条直线将中国的国土分为东南和西北两部分。以这条线为界，西北部占当时陆地面积的64%，人口仅占全国总人口的4%；东南部占当时陆地面积的36%，却聚集了全国96%的人口。

"胡焕庸线"在中国人口地理上起着画龙点睛的作用，一直为国内外人口学者和地理学者所承认和引用。这条决定经济社会发展格局的线恰恰与我国夏季风过渡区重合。而夏季风过渡区不仅是中国气候环境的过渡带，还对中国的人口分布和区域发展具有重要约束作用。随着时间的推移，人们逐渐发现，这条人口分割线与气象上的降雨线、地貌区域分割线、文化转换的分割线以及民族界线均存在某种程度的重合。

正如《发现西部》一书所写："它还是一条文明分界线：它的东部，是农耕的、宗法的、科举的、儒教的……是大多数人理解的传统中国；而它的西部，则是或游牧或狩猎，是部族的、血缘的、有着多元信仰和生活方式的非儒教中国。"

时隔80多年，我国的人口总数已翻了近两番，然而，"胡焕庸线"所划分的我国东南部和西北部的人口比例并没有多大变化。2009年，我国地理学界推选出的30项"中国地理百年大发现"中，"胡焕庸线"位列第7。

如今，如何突破"胡焕庸线"，社会各界依然在探索讨论之中，相信随着时间的推移，西部乡村会越来越美丽，农民的日子会越来越好，"胡焕庸线"终将被突破。

童第周 （1902—1979）

　　浙江鄞县（今宁波鄞州区）人，生物学家、教育家、社会活动家、中国科学院学部委员（院士）、中国实验胚胎学的主要创始人、中国海洋科学研究的奠基人、生物科学研究的杰出领导者，开中国"克隆"技术之先河，被誉为"中国'克隆'之父"。

中国『克隆』之父：童第周

　　1978 年 3 月，全国科学大会在北京召开。在这次大会上，共有 34 人被授予全国先进科技工作者称号，其中之一就是被誉为"中国'克隆'之父"的科学家童第周。

　　童第周出身于农民家庭，幼年丧父，家境贫寒，一度辍学，17 岁时在兄长的资助下他才得以上中学，当年的成绩倒数第一。但他始终谨记父亲送给他的"滴水穿石"的座右铭，不气馁，路灯下，厕所边，到处都留下他刻苦攻读的身影，成绩最终从倒数第一进到全校第一。经历报考北京大学和东南大学失败后，童第周到复旦大学做特别旁听生，并于 1927 年以优异成绩考入复旦哲学系。1927 年大学毕业后，他进入南京中央大学生物系任教。

　　1930 年，童第周在亲友的资助下，前往比利时比京大学（今布鲁塞尔大学）留学，主攻胚胎学。由于童第周的家庭并不富裕，因而留学生活是十分清苦的。但是童第周不畏清苦，默默地在生物学研究领域奋力拼搏，瘦小的身体迸发出强大的力量。那时，童第周的导师、生物学家达克教授正在做青蛙卵子试验，需要把卵子外面的一层薄膜剥掉，但是重复几十次都没有成功。而童第周到显微镜下拿针把卵膜刺一下，卵瘪下去了，很容易就剥开了。达克教授十分惊喜，他发现了这个学生潜藏的生物学天赋。正如《一定要争气》一文所描述的童第周当时的激动心情："一定要争气。中国人并不比外国人笨。外国人认为很难办的事，我们中国人经过努力，一定能办到。"此后，童第周在比京大学布拉舍实验室做了一系列关于胚胎方面的实验，证明卵子对称面不完全决定于受精面，卵子中存在着器官形成的物质，卵质对个体发育非常重要等。这项具有开创性的研究成果使他成为中国实验胚胎学的创始人之一。1934 年，童第周获得比京大学哲学博士学位，此时他已经是一位非常有名的实验胚胎学家了。此后，他前往剑桥大学作短期访学。1934年底，不顾日本侵略军即将发动大规模侵华战争的危险，他毅然放弃国外优渥的工作和生活条件，回到中国，用所学知识报国。

回到国内后，童第周一直从事发育生物学研究。他通过对两栖类和鱼类的研究，揭示了胚胎发育的极性现象；他通过研究文昌鱼的个体发育和分类地位，在对核质关系的研究中取得重大成果；1963 年，他首次完成鱼类的细胞核移植研究，为 20 世纪七八十年代国内完成鱼类异种间克隆和成年鲫鱼体细胞克隆打下了基础。

除了学术领域的成就外，童第周在科学普及、教书育人等方面也作出了重大贡献。可以说，童第周为祖国的生物科学和海洋事业奉献了一生，真正践行了他当初立下的"有生之年，为国家，为人民多做工作"的誓言。

桃李满园的一代宗师：周培源

周培源 (1902—1993)

　　江苏宜兴人，著名的流体力学家、理论物理学家、教育家和社会活动家，中国科学院学部委员（院士），中国近代力学奠基人和理论物理奠基人之一，杰出的民间外交家、备受尊重的"和平老人"。

　　周培源出身于书香门第。父亲是被村里人称为"大先生"的开明绅士，正直、善良、乐于助人。这种耳濡目染，对周培源以后的人生道路影响深刻。由于家中读书气氛浓厚，又因为是家中唯一的男孩，长辈们都对周培源寄予厚望。清末时局动荡，周培源花了10年时间才读完小学。时间来到了1915年，本来可以立即上中学的，因为择校遇到挫折，直到1918年春他才考入上海圣约翰大学附属中学。后因参加五四运动，触怒校方，他被开除，但是他不觉得有遗憾，反而更加坚定了自己的爱国之心。后通过清华学校的插班生招生考试，周培源于1919年进入清华学校高等科读三年级。这是周培源的人生转折点，从此，他与清华结缘。在清华学习期间，周培源在学术研究上初露锋芒，写了人生中第一篇学术论文——《三等分角法二则》，开启了70余年的科研生涯。

　　五四时期的中国，社会贫穷、落后、动荡，饱受列强凌辱，周培源看在眼里，记在心中，读书报国的种子在他心里生根、发芽、长大。由于在校期间成绩优异，1924年，周培源获得"庚款留美"资格，并且仅仅用3年多时间拿了

3 个学位（学士、硕士、博士）。1929 年，周培源获得加州理工学院理学博士学位，成为该校毕业的第一位中国博士生，那一年，他才 27 岁。

学成回国后，周培源入清华大学物理系任教，成为最年轻的物理系教授。1936 年，周培源利用休假时间，赴美参加由爱因斯坦亲自主持的广义相对论高级研讨班，在那里，他与爱因斯坦一起工作了一年。在美期间，他先后收到美国国防委员会、海军总部的留用邀请，就连移民局也为他大开绿灯，要为其全家办理在美的永久居留权，但周培源皆一笑置之。1937 年，国难当头，他毅然决定回国。

周培源在学术上的成就，主要为物理学基础理论的两个重要方面，即爱因斯坦广义相对论中的引力论和流体力学中的湍流理论研究，他的研究奠定了湍流模式理论的基础。在广义相对论方面，周培源致力于求解引力场方程的确定解，并将其应用于宇宙论的研究。在引力理论方面，他提出了"谐和条件是物理条件"的重要观点，并且指导了中国科学院高能所李永贵等的"地球引力场中光速各向同性检验"实验，在世界上首次获得地球表面水平方向和竖直方向传播速度的相对差值在 10—11 量级上相同的结果。这一结果使人们对爱因斯坦引力论的认识产生重大影响。在湍流理论方面，1940 年，周培源写出了第一篇论述湍流的论文，奠定了湍流模式理论的基础。经过半个世纪的坚持不懈，周培源的湍流模式理论体系已相当完整。

中国科学院院士王志珍评价他说："周培源先生一生向往光明进步，追求真理，以国家独立、民族振兴、社会进步、人民幸福为己任，把毕生精力献给了祖国和人民，献给了民主科学事业。"他在 60 余年的高等教育生涯中，培养了数代知名的力学家和物理学家，半数的"两弹一星"元勋都出自其门下，堪称"桃李满园的一代宗师"。他的爱国精神，他对民主和科学的追求，将一直激励着我们，让我们永远铭记与怀念他！

苏步青 （1902—2003）

原名苏尚龙，浙江温州人，中国著名的
数学家、教育家，中国科学院院士，中国微
分几何学派创始人，被誉为"东方国度上升
起的灿烂的数学明星""东方第一几何学家"
"数学之王"。

苏步青出身于卧牛山下的农民家庭，父亲靠种地过活，他就干些力所
能及的农活，如割草、喂猪、放牛等。家境虽然清贫，但是父母依然省吃
俭用供他上学。1914 年，他以优异成绩考入浙江省立第十中学（温州中学前
身）。在这里，校长洪岷和数学老师陈叔平对他影响至深，苏老曾写下"岷
老怜我如幼子，叔师训我作畴人（数学家）"的诗句，表达对二位恩师的感
激之情。

1919 年，苏步青在洪校长的资助下留学日本，并于次年 2 月进入东京高
等工业学校电机系学习。1923 年东京大地震，苏步青死里逃生，衣物、学习
物品丧失殆尽。翌年 3 月，他从学校毕业后，报考了日本东北帝国大学理学
院数学系，以两门课满分和总分第一的成绩被数学系录取，并于 1927 年从该
校毕业。1928 年初，苏步青在做一般曲面研究中发现了四次三阶代数锥面，

论文一经发表即震惊数学界，后这一成果被称作"苏锥面"。随后，他进入微分几何研究新领域，陆续在日本、英国、美国、意大利等国的数学刊物上发表了 41 篇微分几何方面的研究论文，备受国际数学界的瞩目，被视作"东方国度上升起的灿烂的数学明星"。

1931 年，苏步青获得日本东北帝国大学理学博士学位。怀着对祖国和故乡深深的眷念，他回到阔别 12 年的故土，从此开启了科学报国、科研兴国之路，"毕生事业一教鞭"，先后在浙江大学、复旦大学为我国的数学事业、高等教育事业、科学普及事业倾尽心力，作出了重大贡献。

这里有必要提一下苏步青与他的妻子苏米子携手相伴 60 余年的感人故事。苏步青在东北帝国大学读书期间，结识了帝国大学松本教授的女儿松本米子。当时，苏步青在大学中已经小有名气，米子的父亲也经常提起苏步青如何才华横溢，米子对苏步青顿生仰慕之情。在一次晚会上，他们相识了。后来两人经常相约探讨学术，逐渐聊的话题也多了起来。有一天她问苏步青："你为什么这么拼命地学数学呢？你真的觉得有很多的乐趣吗？"苏步青回答："中国的发展需要数学。起初我确实觉得它没有听歌、跳舞有意思，但当你把数学同国运联系起来，你就会发现这是一个多么丰富并且诱人的领域。"这使米子看到，苏步青是一个有抱负、有责任感的男子。1928 年，这对异国青年有情人终成眷属，于仙台市喜结连理。从此，松本米子随夫姓成为苏米子，给予丈夫生活上精心照料。每当丈夫深夜还在演算、研究的时候，她就会轻轻地为丈夫端来一杯牛奶或者是香茶。他们跨越国度，不离不弃，全心全意，共克时艰，相携 60 余年。

纵观苏步青的一生，他在微分几何和计算几何学，特别是在射影微分几何学和仿射微分几何学领域取得了出色的成果，他的成就主要集中在几何外形设计、计算机辅助几何设计、一般空间微分几何学、高维空间共轭理论等方面。从 1927 年开始，他在国内外著名期刊共发表 160 余篇数学论文，出版了 10 多部专著，他创立的浙江大学微分几何学学派受到了国际上的公认和肯定。他将毕生精力无私奉献给了我国的教育事业，培养了一大批数学人才，堪称一代数学宗师。苏步青曾言："个人的成名成家是次要的，重要的是要根据时代发展的要求，努力使我国的科研教育事业发扬光大。"这句"口头禅"，苏步青用一生践行着。

缘定一生
『北京人』：裴文中

裴文中 （1904—1982）

　　字明华，河北丰南人，史前考古学家、古生物学家、中国科学院学部委员（院士），中国科学院古脊椎动物与古人类研究所研究员；第一个北京猿人头盖骨的发现者。

　　1929年12月2日，这一天发生了一件揭开人类进化史上重要一页的大事。在北京房山龙骨山上的周口店遗址第1地点，我国著名的史前考古学家、古生物学家裴文中发现了第一个北京猿人头盖骨化石。"北京人"头盖骨被发现的消息一经传出，立即引发学术界的高度重视。

　　裴文中出身于河北一个贫苦的知识分子家庭，自小酷爱学习、聪慧过人。小学毕业后，他进入滦县师范学校，1923年考入北京大学地质系，毕业后进入北京地质调查所工作，1928年参与到周口店发掘工作中。1935年，他前往法国进修，两年后获得巴黎大学博士学位后回国。此后，他一直从事地质学、古人类学和考古学的研究、教学和科普工作。

　　1928年，裴文中作为杨钟健（接替李捷）的助手参与发掘工作。那时裴文中才24岁，刚从大学毕业，对挖掘工作并不熟练。而且近一年的发掘工作也没有取得什么大的成绩。恰逢年底，周口店的挖掘工作碰到了坚硬的石层，专家们觉得发掘工作也就到此为止了，就一个个离开了。裴文中留了下来，带领工人们继续最后的挖掘工作。

在裴文中的坚持下，1929 年 12 月 2 日那天，在开挖地方的北部，大家发现了一个很深的小洞。裴文中特别高兴，他将自己的腰用绳子系住，并请几个工人拉住绳子，自己则亲自前往探洞。到了洞里面，他看见各种动物的骨骼化石，于是就让工人再拉他到洞上来。在出洞之际，他注意到洞口附近有一个黑黑的、圆圆的东西。出洞后，裴文中赶忙叫人将洞口又开大了一些，露出了那个黑黑的、圆圆的东西。当时天色已晚，裴文中担心留在野外不安全，连夜将其掘出来。经过反复查看比对，当天晚上裴文中即确定发掘的化石是古人类的一个完整的头骨。裴文中异常兴奋，即时向翁文灏（时任地质调查所所长）发报，报文极短：“顷得一头骨，极完整，颇似人。”没想到，第二天即得到回电，令他将标本急送北京。随后，“北京人”头骨被发现的消息，迅速传到全世界，引起了学术界的震动。裴文中也因这一发现，从一名普通的青年考古工作者，成为名扬天下的考古学家。

全面抗战爆发后，“北京人”头盖骨化石在转运过程中神秘失踪了。得知“北京人”头盖骨化石失踪后，裴文中痛惜不已。此后几十年，他始终在追寻头盖骨化石，直至生命的终点，心里还在挂念着。

裴文中一生与“北京人”结缘，因“北京人”而名扬天下。他热爱考古事业、爱护青年、治学严谨、富于创造和进取精神。他的名字将永远为后人所铭记。

中华第一女建筑师：林徽因

林徽因（1904—1955）

原名徽音，祖籍福建闽侯（今福建福州），生于浙江杭州，清华大学教授，中国著名的建筑学家、作家，中国第一位女性建筑学家，"中国现代文化史上的杰出女性"。

民国时期，有一位美丽的女子，她穿梭于古建筑群，游走于诗文中，闲适，从容。她，就是集建筑学家、诗人、作家于一身的才女——林徽因。

林徽因出身于杭州一户官宦家庭，少年时随父游历欧洲，被欧洲各式豪华建筑所吸引，立下了攻读建筑学的志向。回国后，她结识了梁思成。他们一见如故，相谈甚欢。林徽因说自己要学建筑，梁思成因为喜欢绘画也选择了建筑专业。1924年，林、梁同赴美国宾州大学修习建筑学。由于当时宾州大学建筑系不招女生，因此，林徽因只好改入该校美术系，但是主要还是修习建筑学课程。1927年夏大学毕业后，她入耶鲁大学戏剧学院学习了半年，主攻舞台美术设计。在共同的学习过程中，她和梁思成互生情愫，于1928年3月在加拿大的中国总领事馆举行了隆重的婚礼。婚后，他们游历欧洲，考察建筑，并于同年8月回国，一起进入东北大学建筑系任教。从此时起，林徽因的传奇故事揭开了序幕。

林徽因和梁思成奔波于祖国各地，考察古代建筑物。他们的足迹踏遍祖国的 15 个省市，亲自测绘古建筑物。曾经在网上还流传过这样一张照片：林徽因独自一人登上高高的梯子，半蹲在梯子上测绘古建筑物。

在东北大学工作期间，林徽因参与了校徽的设计大赛，她设计的"白山黑水"图案拔得头筹。如今，"白山黑水"依然是东北大学的重要标志，乃至于是描述东北的关键词。

中华人民共和国成立前夕，林徽因和建筑系的 10 名教师参与了新中国国徽的设计。她倾注心力和心血，最终设计方案获得全国政协一届二次全会选定为国徽。此后，她被委任为人民英雄纪念碑建筑委员会委员，亲自设计碑座和碑身的饰纹以及纪念碑小须弥座上的花环浮雕。后来人们将她设计的花环图案草稿放在八宝山她自己的墓碑前纪念她。

此外，林徽因还设计了八宝山革命公墓主体建筑格局、西南林大校舍等，还在景泰蓝工艺革新等方面作出了突出贡献。

林徽因一生始终执着于对美的追求，在建筑和文学方面都造诣颇深，正如清华大学教授吴良镛评价她说："一位了不起的中华第一女建筑师，才华横溢的学者，她在文学艺术方面有如此的造诣，她在建筑方面和梁先生并驾齐驱，共同作出卓越的贡献。"

童村 （1906—1994）

　　满族，辽宁沈阳人，医学家、微生物学家，从事医学临床、教学、微生物学和抗生素研究工作。他主持领导青霉素研究工作，在较短时间内实现青霉素工业化生产，奠定了中国抗生素事业的基础，是中国抗生素事业的先驱者。

　　1949 年 6 月，一个平静的夜晚，陈毅市长敲开了一位科学家的门，两人彻夜长谈，讨论为了打破帝国主义对中国的经济封锁，为了提高全国人民的健康水平，我们要发展中国自己的抗生素事业，并先从实验室试制青霉素开始。这位科学家就是中国抗生素事业的先驱者——童村。

　　童村出身于满族官宦家庭，其父是清政府主管吉林、辽宁和黑龙江三省学政的官员，非常重视子女教育，兄弟三人都学有所成。童村中学时就酷爱生物学，1926 年考入燕京大学医学预科，1929 年进入协和医学院，1934 年获医学博士学位，随后在协和医院从事临床工作，在协和医学院教书。1940年，他被选送到约翰·霍普金斯大学进修，攻读公共卫生学。在美求学期间，恰逢英国病理学家弗洛里和德国生物化学家钱恩合作，从青霉菌的培养液中分离出青霉素，用于治疗败血症，疗效显著。童村预见到青霉素将来具有广阔的应用，因此对于青霉素的理化性质和生物活性研究特别上心。而且那个时候，美国也在秘密研究青霉素。因此，他抓住一切机会搜集资料，参观美国农业部北部地区研究室、施贵宝、默克等研究或生产青霉素的机构，并获赠青霉素产生菌。1942 年，童村获得约翰·霍普金斯大学公共卫生学博士学位，并留校任教。

抗日战争胜利的消息传来，童村欣喜万分，决定回国，用自己所学报效国家。于是，他婉拒了美国得克萨斯大学皮肤病学与梅毒学系的聘请。是时，中美客轮尚未通航，他便绕道大西洋，将存有青霉菌菌种的小小玻璃瓶揣在怀里，在海上颠簸了近两个月才回到国内。同大多数学人一样，他回国后也受到冷遇。即便如此，他也不曾一刻停止青霉素的研究和试制。因经费不足、实验条件简陋，工作进展缓慢，但在他的不懈努力下，经历无数次尝试后，终于在实验室内得到不耐热的青霉素粉末。1948 年，他因工作调动，前往上海继续研究试制青霉素。

1949 年 5 月 27 日，上海解放。人民政府派人来到童家，见面就说："我们希望你把青霉素试验继续下去，办起工厂为人民造福。"于是就出现了开头的那一幕。童村因陋就简，边研究边试制，终于在 1951 年 4 月生产出中国第一瓶青霉素。此后 30 多年，童村领导抗生素生产工艺和新抗生素的寻找研究，金霉素、链霉素、头孢菌素 C 等抗生素生产工艺相继用于生产，半合成抗生素研究取得突破，为扩大抗生素的应用范围探索出一条成功的道路。

因为中国有了童村，让中国在抗生素研究生产、新抗生素寻找、抗生素在医学上的应用、抗生素在农牧业上的应用突飞猛进。他的卓越贡献及其影响，将永载中国医学界、微生物药学界的史册。

王淦昌 （1907—1998）

江苏常熟支塘镇人，核物理学家、中国核科学的奠基人和开拓者之一，中国科学院学部委员（院士），"两弹一星功勋奖章"获得者。生前曾任中国原子能研究院院长，九三学社中央名誉主席。

○三四

共和国科学的拓荒者：王淦昌

王淦昌出身于医学世家，但是 4 岁时父亲离世，13 岁时母亲也随爸爸而去，他成了一个孤儿。好在王淦昌有个好外婆，在她的精心培养下，王淦昌 18 岁时考上了清华大学，也开启了他传奇般的人生。1929 年 6 月，王淦昌从清华毕业并留校任教，1930 年考取江苏省的官费留学，前往德国柏林大学读研究生，导师是核物理学家迈特内。在校期间，他提出了诺奖级别的"中子"理论，这是他第一次与诺贝尔奖擦肩而过。1934 年，王淦昌获得博士学位后，谢绝多所德国科研院所的挽留，回到祖国，报效国家，先后任教于山东大学、浙江大学。1941 年，王淦昌提出了中微子的想法，由于当时国内不具备实验条件，只能以论文的形式发表在权威杂志上。无疑，这又是一项诺奖级别的研究。国外的科学家基于他的论文果真研究出了中微子，并获得诺奖。王淦昌再一次与诺奖错过。新中国成立后，王淦昌调入中国科学院近代物理研究所。1956 年，王淦昌前往苏联进行物理学课题研究，发现了反西格玛负超子和超子的反粒子。但是当时中苏关系恶化，课题研究无法继续深入下去，王淦昌再次与诺奖失之交臂。

时间来到 1961 年 4 月，王淦昌有了新的使命，那就是从事核武器研究。当时核武器研究是"不能说的秘密"，一旦投身其中，就要放弃一切，要隐姓埋名，要断绝一切与海外的关系，自然也与诺奖的距离愈来愈远。但是王淦昌毫不犹豫，当即写下了"王京"两个字，给出了掷地有声的回答："我愿以身许国。"这个决定改变了王淦昌的人生轨迹。此后，王淦昌从科学界消失了整整 17 年，在新疆罗布泊多了一个叫"王京"的核物理学家。家人和他通信也同样用"王京"这个名字，地址是某某信箱，至于工作单位、做什么工作则是一概不知，他的妻子嗔怪地对孩子们说："你们的爸爸调到信箱里去了。"

从 1964 年到 1976 年，中国接连成功爆炸第一颗原子弹、第一颗氢弹，进行首次地下核试验、迄今最大当量（500 万吨）核试验……劫波渡尽，核云消散。1978 年，他告别了"王京"的身份，再次以王淦昌的身份现身，出任核工业部副部长，兼原子能研究所所长。对于王淦昌隐姓埋名十七载，以身许国铸科技长剑，国务委员张劲夫给予了高度评价："无私奉献，以身许国，核弹先驱，后人楷模。"此后，他依旧坚持科学研究，为我国的物理学发展作出了重大贡献。

王淦昌一生致力于科学研究上的求新与创造，他的名字一直和科学上的重大发现紧紧联系在一起。对于王淦昌一生的成就，曾有评论说："任何人只要做出其中的任意一项，就足以在中国科技发展乃至世界科技发展历程中名垂青史。"华裔科学家李政道也说："王淦昌为祖国的科学和教育事业献出了毕生的精力，取得了很大的成就。他终生保持了年轻学生的求学精神。他为人诚恳热情、正直、坦诚，治学严谨，是祖国近代物理学的一代宗师，后人之楷模。"

王应睐 (1907—2001)

福建金门人，生物化学家，中国科学院学部委员（院士），中国现代生物化学主要奠基人和分子生物学开拓者，世界上首次人工合成牛胰岛素和酵母丙氨酸转移核糖核酸工作的主要组织者、领导者。

○三五

牛胰岛素人工合成开创者：王应睐

1965 年 9 月 17 日是个值得纪念的日子，在历经了 6 年 9 个月的艰辛求索后，中国科学院上海生物化学研究所、上海有机化学研究所和北京大学化学系的科学家成功获得人工合成的牛胰岛素结晶。其中一位科学家就是王应睐。

王应睐出身华侨家庭，自幼丧父、丧母，辛酸的童年，养成了他坚韧、执着的秉性。他先后考取福建协和大学和南京金陵大学，主攻化学。他成绩优异，1929 年毕业时还获得学校颁发的"金钥匙"奖，并留校任教。1933 年，他进入燕京大学化学研究生院工作，开展氯仿、甲苯对蛋白酶的作用以及豆浆与牛奶消化率的比较等方面的研究。因成绩卓越，他考取庚款留英，前往剑桥大学攻读博士学位，并于 1941 年获得生化博士学位。此后，他在剑桥大学多个实验室开展研究工作，均取得较突出的研究成果。

1945 年，王应睐取道印度回国，被南京中央大学医学院聘请为生化教授，并从事维生素与代谢方面的研究。但是国民政府治下的中国，官僚腐败，民不聊生，科研更是不受待见，王应睐空有一身本领无法施展。新中国的成立，让王应睐迎来了一展抱负的舞台。1950 年，王应睐担任中国科学院生理生化研究所副所长，负责生化方面的工作，开展酶与代谢的研究。他在琥珀酸脱氢酶的分离纯化、辅基鉴定、辅基与酶肮连接方式等方面展开了系统的研究，攻克了琥珀酸脱氢酶的提纯方法，并且在酶的性质研究上取得重大进展。王应睐不仅重视基础理论研究，也很重视理论联系实际。他在上海解放初期找到了解决解放军战士维生素 B2 缺乏症的措施，抗美援朝时期完美解决了志愿军战士干粮保存问题。

1958 年，生理生化研究所划分为生理研究所和生物化学研究所，王应睐被任命为生物化学研究所所长。在他的带领下，生物化学研究所同相关单位共同协作，在世界上首次人工合成结晶牛胰岛素和人工合成酵母丙氨酸转移核糖核酸。这两项重大成果代表了我国基础科学研究成就，而王应睐为这两项成果倾注了大量的心血。

1963 年，王应睐担任人工合成胰岛素协作组组长，亲自制定合成方案，调配力量。在经历了数次实验后，到 1965 年，终于用人工法合成了具有生物活性的蛋白质——结晶牛胰岛素。人工牛胰岛素的合成，轰动了当时的国际学术界，也为祖国赢得了巨大的荣誉。它标志着人类在认识生命、探索生命奥秘的征途上迈出了重要的一步。面对功绩和荣誉，他首先想到的是集体和他人，亲笔划掉了科研报告中自己的名字。

1981 年，我国人工合成酵母丙氨酸转移核糖核酸，王应睐也是主要组织者之一。该项成果使我国在生物大分子人工合成领域继续保持世界领先水平。

退居二线后，王应睐担任上海生物化学研究所名誉所长，亲自组建课题组，开展分子生物学前沿课题研究，并取得一批较高水平的研究成果。

王应睐是功勋卓著的科学家，备受赞誉和尊崇，但是在耄耋之年，他依然以"往者不可谏，来者犹可追"自勉，表达出自己为发展中国生化事业矢志不渝的一片赤诚。这种崇高的学者风范，值得我辈学习！

吴大猷 （1907—2000）

笔名洪道、学立，广东高要人，出生于广州番禺，著名的物理学家、教育家，研究工作多在原子分子结构及光谱、核子散射、大气物理、电离体及气体方程式、统计物理、相对论等方面，尤其在原子和分子理论、散射理论和统计力学方面有独创性，被誉为中国物理学之父。

吴大猷出身书香世家，幼年丧父，由伯父吴远基供养长大，并进入南开中学读书。这一年，吴大猷 14 岁。此后 10 年，他都在南开度过，中学 4 年，大学 4 年，留校任教 2 年。吴大猷后来在回忆文章中写道：南开十年是我"性格、习惯的形成，求学基础的训练的重要时期"，"这十年决定了我这一生的为人和工作"。1929 年，吴大猷以理科成绩第一名从南开大学毕业。当时学生人数不多，师生之间的关系很融洽，饶毓泰教授给予吴大猷悉心指导，可以说，是饶毓泰将他领进了物理学的大门。从此，吴大猷在物理科学上开拓进取，以致后来教学育人，研究攻关，毕生奉献，获得卓越的成就。

1931 年，在饶毓泰教授和叶企孙教授的推荐下，吴大猷拿到中华教育文化基金董事会的研究奖学金，前往美国密歇根大学物理系学习，跟随系主任雷道尔教授开展红外光谱研究，并在二氧化碳、氧化氮等分子的红外光谱领域取得了多项研究成果。1932年6月获得硕士学位后，他进入高德斯密门下攻读博士学位，并于1933年6月获得博士学位，成为中国历史上第三位获得博士学位的理论物理学家。之后，他回到祖国，任教于北京大学物理系。不久，在中华教育文化基金会的资助下，他再赴密歇根大学做了一年的博士后研究，方向是原子及分子理论和实验。

1934年夏，年仅27岁的吴大猷接到已荣任北京大学理学院院长、兼任物理系主任的饶毓泰教授寄来的聘书，不久他即乘船回国就任北京大学物理系教授。在北大期间，吴大猷把他在密歇根大学学到的最新的物理学引进中国，同时利用自己在美求学时建立的关系，采购最好的仪器，逐渐把物理系建立起来。吴大猷在北大三年，完成了许多重要的理论工作，多数成果刊登在世界级的物理学刊物上，从而奠定他在中国物理界的学术地位。这段时间，吴大猷最重要的教育工作是把量子力学带到中国，并在北大进行了系统教学，仅此一项，他就当之无愧地成为"中国物理学之父"。

全民族抗战爆发后，北大、清华、南开等大学西迁，合并成立西南联大。吴大猷亦执教于西南联大，主要教授电磁学、近代物理、量子力学和古典力学等学科，培养了许多杰出人才，其中有诺贝尔物理学奖得主李政道、杨振宁，还有黄昆、朱光亚、马大猷、张守廉、黄授书、李荫远等著名的资深学者、教授专家。此外，一些外国杰出的科学家也称自己曾受吴大猷的教益，1951年诺贝尔物理学奖得主西博格在1985年见到吴大猷时高兴地说："当年能获得诺贝尔奖，应该归功于您的论文。"足见其影响深远！

张青莲（1908—2006）

江苏常熟人，无机化学家、同位素化学家、教育家，中国科学院学部委员（院士），长期从事无机化学的教学与研究，对同位素化学造诣尤深，是我国稳定同位素化学的奠基人和开拓者。

张青莲出身书香门第、小康之家，自幼聪慧好学。14 岁时考入苏州桃坞中学，即圣约翰大学附中，曾在校内中、英文竞赛中名列榜首。1926 年高中毕业，考入私立光华大学化学系。在大学学习期间，张青莲仅用三年半时间就修完了所需的学分，毕业时以第一名获得"银杯奖"。1931 年，张青莲考取了清华大学研究生。当时，中国无机化学人才奇缺，张青莲便选择了无机化学专业，在高崇熙教授指导下开展稀有元素领域的研究，并在无机合成、分析鉴定和物化测量三个方面均取得了成果，以优异成绩获得中华教育文化基金公费留学。1934 年，张青莲入德国柏林大学化学系，师从无机化学家李森菲尔特开展重水研究。之后两年的时间里，张青莲发表了 10 篇论文，这些成果成为国际上早期重水研究的经典文献。1936 年，张青莲获柏林大学哲学博士学位，并跟随导师做了一年的访问学者，于 1937 年回国。

回国后，张青莲先生长期从事无机化学的教学与科研工作。他担任过中国多所著名大学的化学系教授和系主任，培养了大批无机化学和同位素化学的学术带头人。1952年，张青莲任教育部课程改革委员会化学组副组长。1955年，他与戴安邦、严志弦、尹敬执合写了《无机化学教程》，这部著作是我国化学家自编的第一本基础无机化学教材。此后，他又主编了18卷的"无机化学丛书"。

张青莲先生从1934年至1984年的50年中一直在进行着重水和稳定同位素的研究，涉及十几种元素的同位素，在重水和同位素化合物的物理化学性质、同位素的动力学效应及同位素分离原理和方法、同位素标准样品的研制、同位素天然丰度等方面，进行了深入系统的研究。

耄耋之年，张青莲开始致力于原子量的精确测定工作。他主持测定的铟、铱、锑、铕、铈、铒、锗、锌、镝等十种元素的相对原子质量新值，被国际原子量委员会采用为国际新标准。这是国际上第一次采用中国测定的原子量数据作为标准数据。

张青莲治学严谨，关爱学生，品行高洁，他身上体现出的爱国报国、追求真理、务实创新的科学精神，激励后人奋勇争先创佳绩。

贾兰坡 （1908—2001）

直隶（今河北）玉田人，考古学家、第四纪地质学家、中国科学院学部委员（院士）、美国国家科学院外籍院士、第三世界科学院院士。主要从事中国的石器考古工作，对周口店遗址的发掘和研究有特殊的贡献。

〇三八

一生相伴 考古学：贾兰坡

在我国考古学的历史上，有这样一个人不得不提。他就是三块周口店龙骨山"北京人"头盖骨化石的发现者，我国著名的考古学家、古人类学家——贾兰坡。他将一生贡献给人类考古学，并痴心不改。

贾兰坡出身贫苦农民家庭，12 岁时随父亲来到北京，在汇文小学、中学读书，1929 年高中毕业后，因家中经济拮据，没钱上大学，只能四处找工作。那段时间，贾兰坡只要有空，就泡在北京图书馆看书，一坐就是一天。不久之后，中国地质调查所新生代研究室周口店办事处发布公告，要招聘一名负责管理账目、参加发掘、整理和登记出土标本等日常事务的练习生。贾兰坡不假思索地报了名，而泡图书馆积累的知识派上了用场，他被录取了。

贾兰坡从练习生做起，参加了周口店第 1 地点、第 15 地点和山顶洞人遗址的挖掘。在挖掘现场，他挖土块背化石，做各种杂活、苦活、累活、脏活，从不挑剔，甚至主动干一些不属于自己分内的工作，比如主动刷洗标本、学习绘剖面图、用拉丁文编号、记录、照相、填日报等。

那时的周口店，大咖云集。因为"北京人"遗址发掘合作项目，一大批中外学者汇聚于此，如中国古脊椎动物学家杨钟健、德国人类学家魏敦瑞、加拿大解剖学家步达生、法国古生物学家德日进和史前考古学家步日耶、英国地理学家巴尔博、荷兰人类学家孔尼华，以及青年学者李捷、裴文中等。贾兰坡一有机会就向这些学者请教问题，还向普通的技工师傅请教有关化石的知识。他还经常把人体、动物不同部位的骨头装进口袋里，伸手随便摸出一块，凭手感判断是哪块骨骼。正是凭借着勤奋努力和不断的练习，贾兰坡成了大家公认的"骨头专家"。

自 1935 年起，贾兰坡接替赴法留学的裴文中，主持周口店考古挖掘工作，天天起早贪黑，坚守在考古挖掘工地。功夫不负有心人，一年后，两天时间里竟然连续发现三块"北京人"头盖骨，这一成果震惊了全世界。

1936 年 11 月 15 日，技工张海泉挖出一块核桃大小的骨片，放在荆条筐里。贾兰坡恰好在现场，随口问道："挖出的是什么？"张海泉回答："是韭菜（烂骨头的意思）。"贾兰坡凑过去瞅了瞅，便道："这是人头骨的碎片呀！"于是他赶紧用绳子将发现头骨的地方圈了起来，并挑了三位技术好的技工师傅，一同去挖掘。他们挖出许多人类头骨、枕骨、眉骨、耳骨碎片……大家把这些骨头装入垫好棉纸的荆条筐里，送回办事处，然后用火烤干后再复原。就这样，他们拼出了 2 个人类头盖骨化石。到了第二天晚上，第三个"北京人"头盖骨化石出土，保存完好，脑底巨孔、鼻骨及眼眶上部的内外部分都完整存在。如此完整的头骨化石首次被发现，立即轰动世界！

纵观贾兰坡一生，他并非科班出身，却用自己的努力，为考古事业作出了巨大贡献，是"北京人"考古发现的领军人物。忆及当年情形，贾兰坡说道："我没有上过大学，也没有留过学，但是在周口店什么都能学得到。"

中国现代遗传学
奠基人：谈家桢

谈家桢 （1909—2008）

　　浙江宁波人，国际遗传学家、中国现代遗传学奠基人，中国科学院学部委员（院士）、美国国家科学院外籍院士、第三世界科学院院士，在复旦大学建立了中国第一个遗传学专业、第一个遗传学研究所和第一个生命科学学院，被誉为"中国的摩尔根"。

　　谈家桢出生于浙江省宁波市慈城镇。从小沐浴在江南古镇的草木山水中，谈家桢对周围的一草一木都充满着好奇心，故乡也为他日后成为一代科学巨匠提供了丰润的心灵滋养。1926 年，谈家桢中学毕业，因成绩优异，被免试保送至东吴大学，主修生物学。1930 年夏大学毕业后，谈家桢经胡经甫推荐，入燕京大学继续深造，师从中国遗传学家李汝祺教授，一年半时间即完成研究论文，并获得硕士学位。研究成果得到现代实验生物学奠基人摩尔根的赏识，后在《美国博物学家》发表。1934 年，应摩尔根的邀请，谈家桢前往加州理工学院攻读博士学位。1936 年，他获得加州理工学院哲学博士学位。在美国深造期间，谈家桢发表遗传学方面论文 10 余篇，在世界遗传学界初露锋芒。博士毕业后，他谢绝导师的盛情挽留，回到祖国。1937 年，他应竺可桢校长之邀，前往浙江大学任教，任理学院院长。

　　抗战时期，浙大辗转内迁，在遵义湄潭祠堂办学。在这里，谈家桢发现了瓢虫色斑变异的镶嵌显性现象，首次提出镶嵌显性遗传，国际遗传学界为之轰动。1945—1946年间，谈家桢担任哥伦比亚大学客座教授，对嵌镶显性现象的规律做了进一步研究，发表了《异色瓢虫色斑遗传中的嵌镶显性》，丰富和发展了摩尔根遗传学说。

新中国成立后，谈家桢先后在复旦大学、浙江大学工作，继续破解生命密码，译介国外遗传学研究先进成果，为遗传学研究培养人才，为中国人类基因资源保护与人类基因组研究鼓与呼。

谈家桢在遗传学领域辛勤耕耘七十余载，创造了"三个第一"，即建立了中国第一个遗传学专业、第一个遗传学研究所、第一个生命科学学院，为中国遗传学的发展作出了巨大贡献，对中国遗传资源的保护及人类基因组研究起到了关键的推动作用。

中国现代数学之父：华罗庚

华罗庚 （1910—1985）

祖籍江苏丹阳，出生于江苏常州，数学家，中国科学院学部委员（院士）、美国国家科学院外籍院士、第三世界科学院院士，中国解析数论创始人和开拓者，被誉为中国现代数学之父。

在中国数学史上，有这么一位数学家，他只有初中文凭，他开创了中国数学学派，培养了一大批蜚声海内的数学人才，被誉为"中国的爱因斯坦"，他就是中国现代数学之父——华罗庚。

华罗庚出生于江苏常州金坛，幼年时就喜欢动脑筋，有时候因过分投入被人称为"罗呆子"。初中时期，华罗庚的老师王维克注意到他的数学天赋，并尽自己的最大努力对华罗庚进行培养。华罗庚初中毕业以后，在上海中华职业学校就读，因家庭困难而被迫退学，最终只有初中文凭。但是凭着心中对数学的热爱，他顽强自学，仅用五年时间就学完了高中和大学低年级的所有数学课程。

18岁时，华罗庚不幸感染了流行性疫病，卧床近一年才痊愈，但是却落下了左腿终身残疾。1930年，华罗庚在生病前写就的论文《苏家驹之代数的五次方程式解法不能成立之理由》发表在上海《科学》杂志上，引起数学界轰动。这一年，华罗庚遇到了他人生中的伯乐——清华大学数学系主任熊庆来。了解了华罗庚的基本情况后，熊庆来打破常规，让只有初中文凭的华罗庚进入清华大图书馆，边工作边学习。华罗庚很快就学完了数学系的所有课程。为了与国际接轨，他还自学了几门外语，并在国外的期刊上发表了 3 篇论文。1931 年，他被破格担任助教。后来，由于华罗庚的优异表现，他在 26 岁的时候被保送到英国剑桥大学进行深造，其间他的研究成果得到国际数学界的广泛肯定。1938 年，华罗庚顺利完成学业回国，并被聘为西南联合大学教授。在一个非常简陋的吊脚楼里，他完成了第一部数学著作《堆垒素数论》。之后几年，华罗庚先后访学苏联、美国，38 岁时被聘为伊利诺依大学终身教授。

新中国成立后，华罗庚毅然决然地放弃了美国伊利诺依大学的工作，舍弃了优渥的薪资条件，怀着对祖国和亲人的思念回国。在回国途中，他曾向留美学生写了一封公开信，其中言道："为了抉择真理，我们应当回去；为了国家民族，我们应当回去；为了服务人民，我们应当回去；就是为了个人出路，也应当早日回去，建立我们工作的基础，投身我国数学科学研究事业，为我们伟大祖国的建设和发展而奋斗。"此后，在百家争鸣、百花齐放的学术环境下，华罗庚发表了很多优秀论文，完成多部著作，成果颇丰，并挖掘培养了非常多的数学人才，比如王元、陈景润等。他还大力开展应用数学研究，用数学来解决生产中的实际问题，为社会创造了巨大的经济效益和物质财富。

华罗庚是"人民的数学家"，他的著作是全国中学生们打开数学殿堂的神奇钥匙，他自学成才的故事激励了无数的有志青年。

钱学森 （1911—2009）

　　浙江杭州人，出生于上海，中国共产党的优秀党员，忠诚的共产主义战士，享誉海内外的国家杰出贡献科学家和中国航天事业的奠基人，中国科学院、中国工程院资深院士，"两弹一星功勋奖章"获得者，被评为"100位新中国成立以来感动中国人物"。

　　新中国成立之时，我们还很羸弱，但是有这么一个人，他不惧千难万险，毅然决然回到祖国怀抱。是他给中国带来了导弹，也是他让外国人不敢侵略我们的国家。他被所有国人所敬仰。他就是"中国导弹之父"——钱学森。

　　钱学森系出名门，从小就十分聪颖，小学、中学都在北京度过，1929年以优异成绩考入国立交通大学机械工程系。目睹九一八事变爆发后由于没有制空权而被日军肆无忌惮地狂轰滥炸下死伤无数的同胞，钱学森决定转向学习航空专业。这一决定改变了钱学森的一生。

　　1934年大学毕业后，钱学森考取清华大学公费留学生，次年9月入美国麻省理工学院航空系学习，后转入加州理工学院航空系，师从空气动力学大师冯·卡门，系统学习航空理论，先后获得航空工程硕士学位，航空、数学博士学位。1947年，年仅36岁的钱学森晋升为麻省理工学院教授，成为美国科学界一颗闪亮的明星，世界知名的火箭喷气推进专家。

新中国成立的消息传到美国后，钱学森决定回国，为祖国效力。但是当时美国麦卡锡主义盛行，钱学森被怀疑加入了共产党组织、窃取机密企图运回中国而遭到审查并无端羁押 15 天，虽然后来得以保释，但是此后数年都在监视下生活，几无自由。直到 1955 年，经过多方斡旋，钱学森得以离开美国，踏上回国之路，在海上漂泊月余，于 10 月抵达香港并过境，回到了祖国的怀抱。

回国后，钱学森即潜心投入新中国导弹的研究之中。在钱学森和技术人员废寝忘食的研究下，导弹有了初步的雏形。1960 年初，东风一号划破苍穹，实验获得成功，随后东风二号、原子弹、氢弹、东方红一号、载人航天飞船……这些成就中都能看到钱学森的身影和付出的心血。正是这些成就让中国人站了起来，不再被人随意欺凌。

"在他心里，国为重，家为轻，科学最重，名利最轻。5 年归国路，10 年两弹成。开创祖国航天，他是先行人，劈荆斩棘，把智慧锻造成阶梯，留给后来的攀登者。他是知识的宝藏，是科学的旗帜，是中华民族知识分子的典范。"这是钱学森当选 2007 年度"感动中国"人物时的颁奖词，也是钱老一生的真实写照。

整体微分几何
之父：陈省身

陈省身 （1911—2004）

　　祖籍浙江嘉兴，出生于浙江嘉兴秀水，是 20 世纪最伟大的几何学家之一，被誉为"整体微分几何之父"，美国国家科学院院士、第三世界科学院创始成员、英国皇家学会国外会员、意大利国家科学院外籍院士、法国科学院外籍院士、中国科学院首批外籍院士。

　　在数学史上，有这么一个人，他是中国自己培养的第一名数学研究生，他是高斯、黎曼、嘉当的继承者与拓展者，他是第一个获得"沃尔夫数学奖"的华人，他创立了南开大学数学研究所，宇宙中有一颗以他名字命名的小行星，他就是"整体微分几何之父"——陈省身。

　　陈省身出身书香门第，少时就显现出数学天赋，只上了一天小学便辍学回家，通过刻苦自学第二年就考入中学，15 岁时以全校第二名的成绩考入南开大学理学院，专攻数学，1930 年从南开毕业，进入清华读研究生，跟随几何学家孙光远教授学习射影微分几何，逐渐踏上数学研究之路。由此，他也成为中国培养的第一名数学研究生。1934 年清华毕业后，陈省身前往德国汉堡大学数学系留学，在那里，他接触到了布拉施克、凯勒、嘉当等著名的数学家，同他们交流思想和学术。1935 年 10 月，陈省身完成博士论文《关于网的计算》和《2n 维空间中 n 维流形三重网的不变理论》，并在汉堡大学数学讨论会论文集上发表。1936 年 2 月，陈省身获科学博士学位后，转去法国巴黎大学师从嘉当研究微分几何。陈省身后来回想起这段经历时说："年轻人做学问应该去找这方面最好的人。"1937 年回国后，陈省身被聘为清华大学数学教授。次年，迁居云南昆明，并进入西南联大执教。在昆明期间，他培养了一批优秀学生（许多后来成为著名的数学家），学术研究上也硕果累累。1943 年，陈省身应普林斯顿高等研究院之邀前去做学术访问。他结合微分几何与拓扑学的方法，相继发表了《闭黎曼流形的高斯—博内公式的一个简单内蕴证明》和《埃尔米特流形的示性类》等两篇划时代的微分几何学论文，由此奠定了他在世界数学史上的地位，他也因此被国际数学界尊为"整体微分几何之父"。1960 年起，陈省身长期任教于美国加州大学伯克利分校，直至 1979 年退休。

晚年的陈省身回到国内，将主要精力放在中国的现代数学事业上，他为着"在 21 世纪中国将成为数学大国"的远大目标而努力耕耘。他主持南开大学数学研究所工作，利用他的国际声望在中国举办"微分方程和微分几何国际研讨会"，还亲上讲台给学生讲授微分几何课程，等等。

陈省身教授是国际著名的数学大师，高尚而睿智。路甬祥院士曾做过这样的评价：陈省身"开创并领导着整体微分几何、纤维丛微分几何、'陈省身示性类'等领域的研究；在整体微分几何上的卓越贡献，影响了整个数学的发展"，"陈省身先生献身科学、追求真理的精神和在科学上的功绩将永垂青史"。

东方的居里夫人：吴健雄

吴健雄（1912—1997）

　　原籍江苏太仓，美籍华人，杰出的实验物理学家、中国科学院外籍院士、美国国家科学院院士、美国艺术与科学院院士，被誉为"东方的居里夫人""核物理女王""物理学第一夫人"。

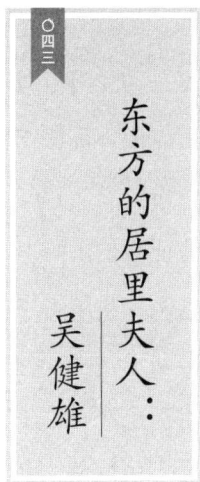

　　在物理学史上，有一位女物理学家，她被誉为"东方的居里夫人""物理学第一夫人"，曾参与世界上首颗原子弹的研发，为核物理研究奉献了一生，逝后唯一遗愿就是埋在中国，做一个永远的中国人，她就是吴健雄。

　　吴健雄出身书香门第，自幼聪慧，并接受了良好的教育。1930 年，吴健雄考入中央大学数学系。大学期间，吴健雄对物理产生了浓厚兴趣，居里夫人是她的偶像，于是在 1931 年转入物理系学习。1936 年大学毕业后，她在浙江大学物理系做了两年的助教，深感自己学养不够，需要更多的物理知识积淀，于是在家人的支持下，入美国加州大学伯克利分校学习，1940 年获得博士学位。在美留学期间，她开始接触原子核研究。1944 年，吴健雄以中国人身份被"曼哈顿计划"邀请，成为该项目的工程师，参与研制出了原子弹，加速了日本的战败。

　　新中国成立后，吴健雄万分欣喜，也迫切想回到祖国，为国效力，但是碍于当时她在美国的身份与地位、中美关系的敌对，她被迫留在美国。

1957 年，吴健雄用 β 衰变实验证明了在弱相互作用中的宇称不守恒。可以说，杨振宁和李政道因为"宇宙不守恒定律"获得诺奖，也有吴健雄的一份贡献。1962 年，她用实验证明了"向量流不灭原理"。1963 年，她用实验证明了核的 β 衰变中矢量流守恒理论，这是物理学史上第一次由实验定实电磁相互作用与弱相互作用有密切关系，证实了 β 谱形状的源效应，澄清了早期 β 衰变理论中的一些错误，支持了费米理论。她对 β 衰变的各种跃迁，特别是禁戒跃迁的全部级次进行了系统的研究，丰富和完善了 β 衰变理论。

1971 年，中美关系正常化后，吴健雄和其丈夫袁家骝得以归国省亲，并受到了周恩来总理的亲切接见。此后，吴健雄夫妇为国内学子引入了很多美国学习到的知识，提供了大量珍贵的物理研究资料，推动了我国现代物理研究的发展。

中国科学院院士张杰评价她说："吴健雄先生的一生都奉献给了崇高的科学事业，她对科学真理的不懈追求，坚忍不拔的崇高品格，博大的爱国情怀，对物理学的卓越贡献，都将在人类探索自然的历史上留下光辉印记。"她的爱国精神和崇高的品性享誉当代，堪称世人的楷模、华人的翘楚、后学的典范！

黄秉维（1913—2000）

　　广东惠阳（现惠州）人，著名地理学家，中国科学院学部委员（院士）、罗马尼亚科学院院士，国际山地学会顾问，中国当代地理学研究的主要组织者和带头人，一生致力于为华夏江山探大地之理。

　　黄秉维出身于知识分子家庭，但是家境清贫，靠着勤奋自学，于1928年秋考入中山大学预科。原本想学化学的黄秉维，看到报刊中屡屡刊登外国科学家来华考察的消息，认为江山是中国人的江山，外人不应越俎代庖，便决定改学地理，从此与地理研究结缘一生，并且不停地思索着中国地理学大厦的"艰苦缔造"之法。1930年夏，黄秉维升入中山大学理学院地理系。四年学习，黄秉维成绩优异，大学毕业后进入北平地质调查所攻读研究生，由翁文灏指导研究山东海岸地貌。在地质调查所学习期间，黄秉维前往各地实地考察，并学习了中国矿产、土壤、植物、土地利用、农村社会经济等知识。1934年，黄秉维写出《山东海岸地形初步研究报告》和《山东海岸地形研究》，对李希霍芬关于中国长江以北海岸的上升性质观点提出质疑，首次给出山东海岸下沉的证据。这是中国人第一次否定外国人的学术思想。他编著的《中国地理》对我国气候、土壤、植被、地貌等相互关系作了系统介绍，这个过程中，他的学术思想逐渐形成。

新中国成立后，在竺可桢的力邀下，黄秉维出任中国科学院地理所所长。在这里，他的学术思想开始改变中国地理学的格局。在地貌与自然区划研究领域，他开拓了自然地理学的三个方向，即热量和水分平衡、化学地理和生物地理群落。他先后组织了大规模的研究项目，包括水土保持、中国综合自然区划和热量与水分平衡。此外，他还提出了开展陆地地球系统科学与区域可持续发展战略研究的新方向。在中国现代地理学的发展中，黄秉维遵循学科的发展规律和特点，紧跟国际前沿，倡导学科交叉融合，大搞理论联系实践，通过引入新的技术与方法，为经济建设和农业服务，为推动中国地理学的进步和科学研究水平的提高作出了巨大的努力。

纵观黄秉维院士的一生，他是我国地理学、资源、环境科学研究领域的思想家和设计大师。他孜孜不倦、博览群书，掌舵我国地理学科的发展。

钱三强 （1913—1992）

　　原名钱秉穹，原籍浙江湖州，出生于浙江绍兴，核物理学家，中国科学院学部委员（院士），中国原子能科学事业创始人，"两弹一星功勋奖章"获得者，被誉为"中国原子弹之父"。

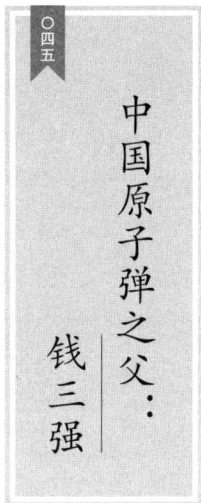

　　1964年10月16日，罗布泊，一朵巨大的蘑菇云伴随着一声冲天巨响，缓缓升起在戈壁滩的上空——这一声巨响宣告了中国第一颗原子弹试爆成功。而引动这声巨响的，就是被誉为"中国原子弹之父"的钱三强。

　　钱三强出身于书香世家，父亲钱玄同是著名的语言文字学家。他少年时代随父在北京生活，6岁入北京高等师范学校附属小学，后转入蔡元培创办的新式学校——孔德学校，1929年考入北京大学预科。由于经常去听吴有训、萨本栋等教授讲授的物理学，还读了罗素的《原子新论》，他逐渐对原子物理学产生了浓厚的兴趣。1932年，钱三强考入清华大学物理系，并在吴有训等一帮大师级的物理教授的指导下，系统学习物理学理论。1936年，钱三强从清华毕业后，赴法国巴黎大学镭学研究所留学，师从二代居里夫人，从事原子能核物理研究，并于1940年取得了博士学位。在法国，他遇到了相伴一生的才女何泽慧并结婚。钱三强夫妇在铀核三裂变研究领域取得了突破性成果，声名享誉国际，被称为"中国的居里夫妇"。

在钱三强心里，祖国始终是第一位的，他时刻关注着祖国的发展，希望为祖国建设出一分力。1948年4月，钱三强告别导师，携妻女踏上归途。钱三强回国不久，北平即告解放，新中国也迎来了曙光。

中华人民共和国成立后，钱三强便全身心地投入我国的原子能事业。因为有钱三强的存在，一大批顶尖的物理学家，如邓稼先、郭永怀、赵忠尧、何泽慧、周光召等，会聚在一起，共同为中国的核武器事业而努力奋斗。1964年10月16日，一声"惊雷"打破了罗布泊的寂静，中国第一颗原子弹成功爆炸。中国从此成为继美、苏、英、法之后第5个拥有核武器的国家。而巧合的是，这一天，是钱三强51岁的生日。两年零八个月后，中国第一颗氢弹爆炸成功。

钱三强为中国原子能科学事业的发展呕心沥血，为中国原子能科技人才的培养不遗余力。诚如中国科学院院士周光召对钱三强的评价："熟悉钱先生的人，不会忘记他那宽阔的胸怀，勇挑重担的气魄，杰出的组织才能，甘为人梯的精神，谦逊朴实的作风，以及只求奉献不求索取的高风亮节。在钱先生身上，科学和道德达到了高度的统一。"

让『飞蝗蔽空日无色』
成为历史：马世骏

马世骏 （1915—1991）

原名马守义，又名马宜亭，山东兖州人，昆虫生态学家、环境科学家、中国科学院学部委员（院士），系统生态学理论与生态控制、可持续发展理论与应用的先驱，曾任中国科学院动物研究所研究员、生态环境研究中心名誉主任。

马世骏家境贫寒，读过几年私塾，后入新式学堂学习新知识。由于聪慧过人，他小学时曾连续跳级，很早便毕业，后被父母送到济南中学继续学业。因参加抗日救亡活动，他被学校开除，后转学北平念完高中，并经过自己的刻苦努力，于1933年考入北平大学农学院生物系，4年后顺利毕业，获得学士学位。大学毕业后，马世骏回到农村，从事烟草害虫的研究防治工作，这一待就是10年。1948年，马世骏远赴美国犹他州州立大学攻读昆虫生态学，仅用1年时间就拿到硕士学位，随后前往明尼苏达大学攻读博士学位，同时参与美国农业部组织的玉米螟生物学及防治研究。1951年，马世骏获得博士学位后就着手准备回国，希望用自己学到的知识回报祖国。但是回国之路并不顺畅，马世骏辗转多地，由荷兰到英国，再经地中海、红海、印度洋，绕了一大圈，耗时3个月方才回到祖国。

中华人民共和国成立之初，蝗虫问题依然严峻。虽然那时已经有了农药防治，但是很难做到根治。回到祖国的马世骏自 1952 年以来，即全身心地投入中国昆虫生态学以及生态地理学的创建与发展工作，对东亚飞蝗生理生态学、黏虫越冬迁飞规律、棉花害虫种群动态及害虫综合防治理论进行了系统研究，创造性地提出"改治结合、根除蝗害""种群变境成长"以及系统防治等新理论和新方法，在植保工作中发挥了重要作用。尤其是在蝗虫防治方面，马世骏基于对不同区域的蝗区特征的系统考察和比较研究，提出了根治洪泽湖和微山湖蝗害的建议，即改造洪泽湖和微山湖附近的生态结构，用修建堤坝、控制水位等方式转变蝗虫生殖繁衍的有利条件。马世骏从蝗虫的源头开始，从根本上遏制了蝗虫的大量繁殖。从那时候开始，危害中国 2000 多年的蝗灾就再也没有出现过，让"飞蝗蔽空日无色"成为历史。

马世骏正如他的名字一样，是一匹不知疲倦的骏马，一生都在赶路、开路和引路。强烈的民族感与爱国心、博学的才华、孜孜以求的治学精神与精深的学术造诣，使他成为生态学的巨匠、系统生态学理论与生态控制、可持续发展理论与应用的先驱。

橡胶树选育种专家：徐广泽

徐广泽（1916—1989）

出生于马来亚，广东归国侨胞，高级工程师，我国杰出的橡胶专家。

徐广泽出身于广东籍华侨家庭，1925 年随父回国读书，18 岁时考入中山大学农学院农艺专业，师从水稻专家丁颖教授。

马来亚以盛产橡胶著称，徐广泽的祖辈便是从事橡胶业，且在当地颇有名气。徐广泽大学毕业后，回到自家的橡胶园，专注橡胶育种、栽培研究，积累了丰富的科研经验，并购买了大量有关橡胶等热带作物的期刊资料，对热带作物科技知识有了广泛的了解。

在马来亚，徐光泽一直和丁颖教授有联系，也很关注国内的情势。1946 年，在丁颖教授的邀请下，怀着振兴祖国的梦想，徐广泽回到祖国，到母校中山大学任教。1950 年，为了发展祖国的天然橡胶事业，他辞去中山大学的教职，积极参加海南橡胶考察团。1951 年，徐广泽对海南岛做了二次考察。经过考察，徐广泽认为，北纬 17° 以北地区，存在着不同程度威胁着橡胶生长的风、寒、旱等自然灾害，要保证橡胶大面积北移成功，必须搞好橡胶选育种工作。同年，徐广泽又带领学生进入海南岛的胶树林，精心挑选了 900

株高产的母树，使用芽接法培育出自己的优良品种。徐广泽在坚持培育国内良种的同时，也重视引进国外新品种。

针对传统的"一代一代"繁殖法的缺陷，徐光泽创新"一代多次"繁殖法，将橡胶良种繁殖速度大大提高。在他的组织指导下，海南垦区率先培育出了抗风抗寒能力强、产量高的"海垦 1 号""海垦 2 号"等良种，并大规模推广种植。此后，徐广泽扎根海南 20 余载，专注橡胶育种与种植实验，先后选育出 47 个高产橡胶良种，为我国的橡胶事业和经济社会发展作出了突出贡献。

一生胶林选育种，流尽汗水浸乳胶。徐广泽将一生都奉献给了中国橡胶育种事业，他艰苦奋斗、开拓进取的革命精神，勇于追求真理、实事求是的科学态度，值得我们传扬。

中国人文与经济地理学开拓者：吴传钧

吴传钧 （1918—2009）

别号任之，江苏苏州人，中国人文地理与经济地理学家，中国科学院资深院士；主要从事综合经济地理（含国土开发整治）和人文地理研究。

吴传钧出身于书香门第。父亲是东吴大学法律系教授，当过法官和律师，还是著名书法家。吴传钧自幼受到良好的家庭教育，出于朴素的爱国愿望，立志走"科学救国""教育救国"的道路。1936 年高中毕业后，他以优异成绩考入中央大学地理系。1941 年 7 月获得理学学士学位后，他考入本校研究生院，成为该院地理学专业第一位硕士生。1943 年 7 月，吴传钧获得理科硕士学位，毕业后留校当了讲师；1945 年，他进入英国利物浦大学研究生院深造；1948 年 7 月，他获得哲学博士学位，并毅然返回了祖国。

吴传钧长期从事地理学的综合研究，是我国现代经济地理学与现代人文地理学的学科带头人。20 世纪 50 年代，他提出，经济地理学并非一般所说的经济科学，而是与自然科学及技术科学密切交叉，具有自然—技术—经济三结合特点的边缘科学。20 世纪 80 年代，他又提出，地理学的中心研究课题是人地关系以及地域系统的发展过程、机理、结构特征、发展趋向和优化调控。这些学术见解促进了中国地理学的基础理论研究。

吴传钧在经济地理学上的研究创新，开拓了国土整治研究新领域。他在研究中不局限于农业地理，而是面向整个经济地理学，顺应国家经济发展各个阶段的形势和任务来确定各个阶段的研究方向。20世纪50年代初期，他承担原铁道部包头—银川—兰州的经济选线调查和黄河流域规划；20世纪50年代中期至60年代初期，他参加了中苏两国科学院合作的黑龙江流域综合考察、华北地区工业布局和工业用水调查；20世纪90年代，他虽年逾古稀，仍主持了"中国经济地理学的理论与实践"自然科学基金项目的研究。

中华人民共和国成立后，许多地理工作者虽然为国家经济建设开展了资源考察、区域开发、制订规划等工作，但未能把理论研究放在应有的位置，以致地理学本身的理论建设尚且薄弱。吴传钧倡导理论和实践紧密结合，在经济地理学的理论建设中起了重大作用。

吴文俊 （1919—2017）

祖籍浙江嘉兴，出生于上海，数学家，
中国科学院学部委员（院士）、第三世界科学
院院士、陈嘉庚科学奖获得者；曾任中国科学
院数学与系统科学研究院研究员、系统科学
研究所名誉所长。

1984 年，在丹佛近郊的格里美大学城召开的"全美定理机器学术会议"
上，一个华裔学生周青成提交了一篇《用吴方法证明几何定理》的论文，并
现场用电脑在极短的时间演示了用"吴方法"（代数消元法）证明数百条几何
定理，轰动学术界。这个"吴方法"的创立者就是吴文俊。

吴文俊出身于书香世家，1936 年以优异的成绩被保送至交通大学数学
系，1940 年从大学毕业后，因为战争，辗转多地教学以补贴家用，直到抗战
胜利。这 5 年，吴文俊几乎没有接触过数学研究。1946 年，吴文俊经人介绍，
结识了他人生中至为重要的伯乐——陈省身。在陈省身的指引下，吴文俊研
究起当时学术界最前沿的拓扑学，并且在短短一年半时间里就取得了重大进
展。陈省身对此感到非常高兴，将他送至法国斯特拉斯堡大学深造，在埃里
斯曼与嘉当的门下继续专攻拓扑数学，并完成了学位论文《论球丛结构的示
性类》。1949 年，吴文俊获得法国国家博士学位。该论文 1952 年发表后，引

发了世界数学界的震动。此后，吴文俊还发表了一系列拓扑数学成果，在国际上崭露头角。这些成果被人们以他的姓氏命名为"吴公式""吴示性类"。

1951 年，吴文俊谢绝老师和朋友的挽留，放弃国外的优厚待遇，回到了刚刚成立不久的新中国，成为北京大学数学系教授，一年后调入中国科学院数学研究所任研究员，继续在拓扑数学领域开疆拓土。他在代数拓扑学示嵌类方面作出了独创性的成果，被称为"吴示嵌类"。

进入 20 世纪 70 年代，吴文俊接触到了中国古代数学，并且作了深入研究，认为中国古代数学的道路与西方公理化体系的数学道路并不一样。吴文俊将中国古代数学史的研究成果与现代计算机相结合，开拓了独特的数学机械化领域，这是他人生的第 2 个重要里程碑。1979 年，吴文俊发表了《几何定理机器证明的基本原理》，荣获中国科学院自然科学一等奖。

此后数十年，吴文俊继续耕耘在数学领域，尤其在中国数学史研究上取得了重大成果。或许吴文俊过于兴奋，一贯谦虚低调的他居然说出了令人震惊的话："我是真正理解中国古代数学的首屈一指的人。"同时他又补充了一句："我国古代机械化和代数化思想的辉煌以及伟大成就是不可忽视的。"这两句话刻画出了一个完整的吴文俊：一个从古代走向未来的数学家。

○五○

中国稀土之父：徐光宪

徐光宪（1920—2015）

　　浙江上虞人、物理化学家、无机化学家、教育家、中国科学院学部委员（院士），被誉为"中国稀土之父""稀土界的袁隆平"。

　　徐光宪出身于知识分子家庭，在母亲"家有良田千顷，不如一技在身"的告诫下，于1936年9月考入杭州高级工业职业学校，次年杭州沦陷后转入宁波高级工业职业学校（浙江工业大学前身），并于1939年毕业，同年考入位于英租界的大同大学理学院化学系。当时徐光宪租住在法租界的一个煤球厂里，因而1940年又改考入交通大学。1944年毕业后，徐光宪入上海宝华化学厂担任技师，后入交通大学化学系任助教。1948年，徐光宪获得自费公派留学美国的名额，进入哥伦比亚大学攻读博士学位，于1951年3月获得哥伦比亚大学物理化学博士学位。正当研究事业蒸蒸日上之时，徐光宪和妻子高小霞毅然放弃优越的生活条件和科研环境，借华侨回国省亲的名义，于同年4月回到祖国。

　　回国后，徐光宪夫妇投身教育、科研事业，培养了一大批理论化学教师。20世纪60年代初，为打破西方国家的核讹诈，中国决定自行研制核武器。徐光宪团队运用自己研究的萃取法，制造原子弹的原料钚，为我国的核武器研制作出重大贡献。后来，徐光宪的事业一度被中断，但是他始终未放弃自己的研究。

1971年，徐光宪回到北京大学，次年北京大学化学系接到一项紧急任务——分离稀土中的镨和钕，徐光宪勇挑重担。徐光宪将核材料萃取技术应用到稀土元素的分离之中。经过大量对比萃取剂，反复实验，经过3年多的时间，徐光宪团队创新出一套稀土分离的串级萃取理论。此后，徐光宪又独创了一套"三出口"稀土分离工艺，从而让中国的稀土产业摆脱了"守着金饭碗要饭"的困境，实现了从稀土资源大国向稀土生产大国、稀土出口大国的转变。

2009年1月9日，因在稀土研究领域的突出贡献，徐光宪获得2008年度国家最高科学技术奖。纵观徐光宪长达60余年的科研生涯，他在稀土化学领域的研究成果，使我国的稀土分离技术和产业化水平一举超越世界其他国家，而独创性的串级萃取理论国内领先、国际瞩目，被称为"理论上的突破，实践上的创新"。

屹立于世界物理发展史的科学巨匠：杨振宁

杨振宁 （1922— ）

安徽合肥人，中国科学院院士、美国国家科学院外籍院士，20世纪中国著名的理论物理学家，全球物理学界的杰出代表之一，曾获得诺贝尔物理学奖，并被誉为"中国最杰出的现代科学家之一"；研究领域涵盖粒子物理、相对论物理、统计力学等多个方向，为现代物理学的发展作出了杰出的贡献。

杨振宁自幼聪慧过人，对世界充满好奇。他的父亲杨武之是大学数学教授。受父亲的影响，杨振宁自幼就对数学和物理有着浓厚的兴趣，阅读了大量的科学著作，积淀了广泛的知识背景。1938年夏，他考入名家聚集的西南联合大学，开始从事科学研究的光辉历程。

1942年，杨振宁从西南联大毕业，随后进入西南联大研究院。两年后，他以优异的成绩硕士毕业。为了写好硕士论文，杨振宁请教了王竹溪。当时的王竹溪还是一位很年轻的教授，刚从英国回来不久。在他的精心指导下，杨振宁写出了一篇关于统计力学的论文，从此以后，这位未来的物理学大师就和统计力学结下了不解之缘。在以后的40年里，杨振宁的研究对象始终是对称原理和统计力学，并在此领域内取得卓越成就。

1944年，杨振宁获得留美奖学金，1945年秋动身前往美国。1949年秋，年轻的杨振宁来到了由奥本海默教授主持的普林斯顿物理研究所，同举世闻名的学者们一起工作，当时已近暮年的爱因斯坦也在那里工作。

1956 年，杨振宁和李政道合作发表论文《弱相互作用中的宇称守恒质疑》，推翻了物理学的中心信息之一——宇称守恒基本粒子和它们的镜像的表现是完全相同的。随后，吴健雄及其合作者的实验证实了他们的猜想。他们的宇称不守恒定律的提出，轰动了物理学界。杨振宁和李政道因这一发现一同获得了诺贝尔物理学奖，宇称不守恒定律也成了物理学中弱作用理论的基石。

杨振宁作为 20 世纪最伟大的物理学家之一，在粒子物理学、统计力学和凝聚态物理等领域，都作出了里程碑性的贡献。杨振宁的成长经历和伟大事迹，如同一盏永恒的灯塔，为人类的科学进步照亮了前路。他的名字将永远镌刻在科学史册上。

『两弹一星』元勋：邓稼先

邓稼先 （1924—1986）

出生于安徽怀宁，核物理学家，中国科学院学部委员（院士），"两弹一星功勋奖章"获得者。

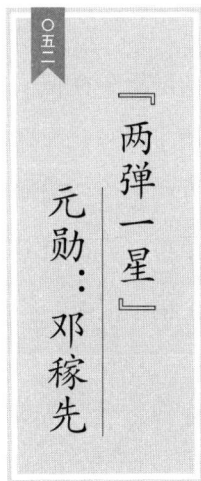

邓稼先出身于书香门第。1935 年，他考入志成中学，在读书求学期间，深受爱国救亡运动的影响。1937 年北平沦陷后，他曾秘密参加抗日聚会。后在父亲邓以蛰的安排下，他随大姐去往昆明，并于 1941 年考入西南联合大学物理系。1948 年至 1950 年，他远赴美国普渡大学留学，获得物理学博士学位。虽然毕业后可以留在国外发展，但出于对祖国的忠诚，他毅然回国。

1958 年，国家下达了研制原子弹的命令。这是一项绝密工作。年轻的邓稼先被选为主要研制者之一。他深感自己肩负的责任重大，坚定地表示："为了完成这项任务，死了也值得。"从此，他开始了秘密的研制工作，彻底地消失在公众视野中。无论是公开场合还是亲人相聚，他都不再露面，甚至他的妻子和亲人也对他的工作地点和所从事的工作一无所知。他将对家人的爱与关怀深深埋藏在内心，长期过着独身生活。与他同时代的许多同学成为备受赞誉的科学家和社会活动家，然而，邓稼先的名字却鲜为人知。

邓稼先先后领导完成了中国第一颗原子弹的理论方案并参与指导核试验

前的爆轰模拟试验，为中华人民共和国的原子弹研制作出了重大贡献。即使原子弹和氢弹爆炸成功后，他的名字仍然未被公众所知晓。有一次，他的好友杨振宁回国探亲，点名要和他见面。两人相见后，杨振宁询问了他的工作单位，并且对原子弹爆炸的事情进行了提问。邓稼先只回答说他在京外的一个单位工作，丝毫未透露自己正是参与原子弹研制的人。

1982 年，邓稼先获国家自然科学奖一等奖，1985 年获两项国家科技进步奖特等奖，1986 年被授予全国劳动模范称号，1987 年和 1989 年又各获一项国家科技进步奖特等奖，1999 年被追授"两弹一星功勋奖章"。

邓稼先是一位不折不扣的伟大科学家，他在航天领域的卓越成就不仅对中国而言具有重要意义，也为全球的空间科学研究作出了杰出的贡献。这些成就在其他领域的广泛应用，更是为人类社会的发展带来了巨大的影响和实际利益。他一生奋斗、追求卓越的精神，不仅鼓舞了中国人民的士气，提振了中国人民的信心，也给世界各国的年轻人树立了崇高的榜样。

长期艰苦工作损害了邓稼先的身体。1986 年，他患癌症病逝。一直到报上发布了他去世的消息，全国人民才知道邓稼先这个名字。他不图个人的名和利，舍弃了个人的幸福，几十年默默无闻地为国家大业奋斗，却从不后悔。临终前，他欣慰地说："我可以瞑目了。"

李政道 （1926— ）

　　出生于上海，祖籍江苏苏州，美籍华裔物理学家，中国科学院外籍院士，哥伦比亚大学全校级教授、诺贝尔物理学奖获得者；主要在量子场论、基本粒子理论、核物理、统计力学、流体力学、天体物理等领域进行研究。

　　"以天之语、解物之道"，这是李政道的毕生追求，更是他的人生写照。

　　李政道 1944—1946 年先后就读于浙江大学、西南联合大学，1946 年入美国芝加哥大学物理系研究院深造，1950 年 6 月获哲学博士学位，1953—1960 年历任哥伦比亚大学助理教授、副教授、教授，1960—1963 年任普林斯顿高等研究院教授，1964 年至今任哥伦比亚大学费米物理教授。

　　李政道和杨振宁关于弱相互作用中宇称不守恒定律及其一些对称性不守恒的发现是划时代的贡献。1957 年 12 月 10 日，两位年轻的学者抵达斯德尔摩领取诺贝尔物理学奖——李政道成为诺贝尔奖史上第二年轻的获奖者。

　　半个多世纪过去了，李政道仍然关注、探索着物质最基本的构造。他重点关注的是基本粒子的对称性。2007 年 8 月，李政道应邀访问欧洲核子中心，并作了宇称不守恒发现 50 周年的报告。在报告中，李政道指出："我们关于物质是由什么构成的概念与 50 年前相比已大不相同了。今天，我们知道所有一切物质都是由 12 种粒子组成，即 6 种夸克和 6 种轻子……每颗星星，我们的银河系，宇宙中所有的星系都是由这 12 种粒子构成的。这 12 种粒子，可以分成 4 个家族，每个家族包含 3 种具有相同电荷的粒子。这构成了当前粒子物理标准模型的基础。可是，在 1957 年，物理学家只清楚它们中两种粒子的知识——电子和 μ 子，这两者都是带电轻子。夸克是后来才知道的，而 50 年前所说的与核 β 衰变相关联的中微子事实上是现在了解的 3 种不同中微子的一种混合态。50 年来，这个领域硕果累累，共发现了 6 种夸克——3 种带电轻子和 3 种中微子。"

作为享誉世界的物理学巨擘，李政道一生都在践行着"细推物理须行乐，何用浮名绊此身"的科学家精神，在基本粒子理论、量子场论、天体物理、核物理、流体力学、统计力学、凝聚态物理等多个物理学领域，均做出了具有开创性和里程碑意义的研究工作。现在，李政道的主要兴趣集中在研究轻子和夸克的混合现象，这种混合分别由两个 3×3 矩阵描述，他称这两个矩阵是粒子物理学的重要基石。李政道为粒子物理的进展感到骄傲，他相信这个领域正处在新发现的边缘，随着对这些基本组元的进一步探索，新的伟大的物理发现将会诞生。

谷超豪 （1926—2012）

　　浙江温州人，数学家，中国科学院学部委员（院士），国家最高科学技术奖获得者；曾任复旦大学副校长、中国科学技术大学校长、温州大学校长。

　　1926年5月15日，谷超豪出生于浙江省永嘉县（现温州市鹿城区）。他自幼由无儿无女的婶婶带大，婶婶的性格对他产生了很大影响，他自小便心地善良、乐于助人。1933年，谷超豪入瓯江小学（今广场路小学）二年级就读。他聪明好学，各科成绩都非常好。他性格温和，不太爱说话，也不喜欢运动，但是在课堂上思维异常活跃，尤其在数学方面。小学三年级时，他就掌握了分数与循环小数的互化，并且已知晓数学上的无限概念。小学毕业后，他于1937年考入联立中学（今温州二中），由于各科成绩优异，次年免试转入温州中学初中部，1940年入高中部，1943年考入浙江大学工学院，同年9月转入理学院，就读数学系。1948年，谷超豪从浙江大学毕业并留校任教。

　　1957年1月1日，于谷超豪来说是个重要的日子，他与同门师妹胡和生成婚，二人谱写了中国数学史上的一段佳话。婚后不久，他前往莫斯科大学力学数学系学习，其间加入了菲尼可夫和拉舍夫斯基分别主持的关于微分几何的讨论班，这为他研究微分几何奠定了基础。1959 年 6 月，他获得莫斯科大学物理—数学科学博士学位，成为中国首位通过莫斯科大学论文答辩并被授予博士学位的学生。答辩委员会给予他非常高的评价，赞扬他是继微分几何大师嘉当之后，在此领域作出了实质性发展和推进工作的第一人。毕业后，他立刻回到了祖国，组建了"双曲守恒律"讨论班，并担任复旦大学数学系微分方程教研组组长，开始招收研究生。谷超豪为国家培养了 30 多名博士、硕士研究生，许多人在数学领域取得了卓越成就，成为中国数学领域的中坚力量。

谷超豪主要从事微分几何、偏微分方程等方面的研究与教学工作，在一般空间微分几何学、齐性黎曼空间、规范场理论、无限维变换拟群以及调和映照等方面取得了重要研究成果，尤其是他首次提出高维高阶混合型方程的系统理论，在解决超音速绕流的数学问题、规范场的数学结构、波映照和高维时空的孤立子研究等方面取得重要突破，在国际上产生了重大影响。

2009 年 8 月 6 日，一颗编号为 171448 的小行星被正式命名为"谷超豪星"，作为对谷超豪这位著名数学家的褒奖。

袁隆平 （1930—2021）

江西德安人，享誉海内外的著名农业科学家、中国杂交水稻事业的开创者和领导者、"共和国勋章"获得者；曾任湖南省政协副主席、国家杂交水稻工程技术研究中心主任，中国工程院院士、美国国家科学院外籍院士，被誉为"杂交水稻之父"。

袁隆平出生在战乱、饥荒不断的年代，小时候辗转四方的痛苦经历，让他在心中默默许下一个愿望——要让中国人民都能吃饱饭。于是，报考大学时，他不顾父母的反对，选择了学农。1953 年，袁隆平从西南农学院毕业后，一直从事农作物育种研究。

1960 年 7 月，袁隆平意外发现一株特殊性状的水稻。在农校试验田，他利用该株水稻试种，发现其子代有不同性质。由于水稻是自花授粉的，不会出现性状分离，因此他推测这株水稻可能为天然杂交水稻。随后他用人工授粉的方法，把雌雄同蕊的水稻雄花授到另一个品种，想着这样会不会产生杂交品种。

1961 年春，这株变异株的种子被袁隆平播种在试验田里，结果证明了那株"出类拔萃"的水稻就是"天然杂交稻"。1964 年 7 月，袁隆平在试验稻田中找到一株"天然雄性不育株"，经人工授粉，结出了数百粒第一代雄性不育株种子。

20 世纪 60 年，袁隆平目睹了饥荒年代惨痛的一幕，那一段凝固的历史成了他前进道路上的最大动力，他把自己热爱的杂交水稻事业视为一种使命和担当，向着威胁人类的"饥饿恶魔"发起挑战。他尊重权威，但不迷信权威。他敢于质疑西方权威专家提出的论点"水稻杂交无优势"。所以，当袁隆平提出杂交水稻研究课题时，遭到了某些权威学者的反对和嘲笑，但是他把全部心思都放在研究上，他知道，只有自己成功了，才是对他们最有力的回击。他与助手们经过多年的刻苦研究，培育出多个高产且优质的杂交水稻新品种，让水稻的亩产量大幅提高，农民收入也增加了。我国 2002 年发表的水稻基因组测序成果，样品就是袁隆平培育的超级杂交稻。负责测序工作的杨焕明院士认为：袁隆平的超级杂交水稻找到了很好的基因组合。这就从基因组研究的水平上，确证了袁隆平育种实践的先进性。

由于在水稻育种方面的卓越贡献，袁隆平先后获得"国家特等发明奖"、首届"国家最高科学技术奖"、"共和国勋章"等多项国内奖项和"世界粮食奖"等十几项国际奖项。

2021 年 5 月，袁隆平在长沙逝世，享年 91 岁。直到 2021 年，他还坚持在水稻繁育基地开展科研工作。袁隆平将一生都奉献给了杂交水稻事业，他的杂交水稻技术，造福了全世界和全人类。

青蒿济世，科研报国：屠呦呦

屠呦呦（1930— ）

浙江宁波人，药学家，中国中医科学院终身研究员兼首席研究员，诺贝尔医学奖获得者、"共和国勋章"获得者，青蒿素研究开发中心主任，博士生导师；研究发现的青蒿素，为人类带来了一种全新结构的抗疟新药，解决了长期困扰人类的抗疟治疗失效难题。

2015 年 10 月 5 日，一个值得所有中国人欢呼的日子。这一天，中国女科学家屠呦呦和一名日本科学家及一名爱尔兰科学家分享 2015 年诺贝尔生理学或医学奖。屠呦呦成为第一位获得诺贝尔科学奖项的中国本土科学家。

1930 年，屠呦呦出生于浙江宁波。1946 年，就读于宁波私立甬江女中初中期间，屠呦呦不幸染上肺结核，不得不停止上学。在当时的医疗条件下，她能活下来实属不易。经过两年多的治疗调理，她得以好转并继续学业。在此期间，她对医药学产生了浓厚的兴趣。1951 年，屠呦呦考入北京大学医学院药学系生药专业学习。大学 4 年，她努力学习，成绩优异，尤其对植物化学、本草学和植物分类学等专业课有着极大的兴趣。1955 年毕业后，她曾接受两年半的中医培训，随后在中国中医研究院（2005 年更名为中国中医科学院）工作至今。

20 世纪 60 年代，在氯喹抗疟失效后，人类饱受疟疾之害。1967 年，国家组建了代号为"523"的疟疾防治研究项目组，目的是研制出能治疗疟疾的有效药。1969年，屠呦呦成为科技组组长，与军事医学科学院的研究人员一同查阅历代医药记载，挑选其中出现频率较高的抗疟疾药方，并加以验证。在整理中医药典籍、走访名中医基础上，她汇编了640余种治疗疟疾的中药单秘验方集。当时，青蒿提取物实验药效不稳定。东晋葛洪《肘后备急方》中一个治疟草方——"青蒿一握，以水升渍，绞取汁，尽服之"，给了她灵感。据此，她改良了提取方法，并将青蒿萃取液用于治疗被疟原虫感染的小鼠、猴子，发现有效率达100%。

在小鼠、猴子身上有效，不代表在人类身上也安全有效。为了尽快确证有效性，屠呦呦和同事们自告奋勇，在自己身上进行实验，自愿充当了首批志愿者。在当时没有关于药物安全性和临床效果评估程序的情况下，这是唯一的获得信心的办法。在自己身上实验成功之后，屠呦呦和同事们前往海南进行实地考察，开展临床试验并且提取青蒿中的有效成分，确定有效的化学结构。1972年，屠呦呦和同事们提取到了一种活性成分，将其命名为"青蒿素"，这是一种抗疟疾的有效药物。

让屠呦呦没有想到的是，青蒿素研究不断被国际医学界所认可。2011年，屠呦呦获得被称为诺奖风向标的"拉斯克奖"。青蒿素的发现成为人类抗疟之路上一个新的里程碑。2015年，屠呦呦被授予诺贝尔生理学或医学奖。诺奖委员会对屠呦呦及青蒿素的贡献作出高度评价：屠呦呦发现了青蒿素，能极大地降低疟疾患者的死亡率，为人类提供了强有力的新武器，以对抗每年困扰着亿万人的疾病，这在提升人类健康和减轻患者痛苦方面的作用是不可估量的。

数学寰宇中的摘星人：王元

王元 （1930—2021）

　　浙江兰溪人，原籍江苏镇江，数学家、书法家，中国科学院学部委员（院士），中国科学院数学研究所原研究室主任、所长，中国科学院数学与系统科学研究院研究员、博士生导师。

　　王元出身于知识分子家庭，幼年时，中国政局动荡，又逢抗日战争，他没有受过正规教育。1937 年，举家迁至重庆后，他进入一所乡村小学学习。那时，他好奇心重，尤其对数学有着浓厚的兴趣，并且愿意花时间去琢磨和钻研，这为他日后研究数学奠定了坚实的基础。1948 年，王元考入浙江省内的一所私立大学——英士大学数学系，两年后因院校调整转入浙江大学，并专注于数学学习。那时的浙江大学有苏步青、陈建功等数学家，在他们的指导下，王元的数学天赋得以展现，并被推荐到中国科学院数学研究所跟随华罗庚学习研究数学。从此，王元与哥德巴赫猜想结下了不解之缘。

　　王元可谓是数学寰宇中的摘星人。1956 年，26 岁的王元率先在中国将筛法用于哥德巴赫猜想研究，令中国在哥德巴赫猜想研究领域首次跃居世界领先地位；1973 年，他与老师华罗庚合作证明用分圆域的独立单位系构造高维单位立方体的一致分布点贯的一般定理，被国际学术界称为"华—王方法"；

20 世纪 80 年代，他又在丢番图分析方面，将施密特定理推广到任何代数数域，并在丢番图不等式组等方面作出了领先研究。

王元在解析数论、代数数论以及数论方法应用等方面均作出了卓越贡献，先后获得国家自然科学一等奖、陈嘉庚物质科学奖、何梁何利基金奖、华罗庚数学奖等。他在国际数学界亦颇有声誉，被聘为世界科学出版社顾问、联邦德国《分析》杂志编委、斯普林格《图论与组合》杂志编委。

在培养学生方面，王元对数学深刻的洞察力促使他引导和鼓励学生去学习和研究新的方向，比如，对著名数学家张寿武的呵护和鼓励。王元对中国现代数论的发展和人才培养作出了卓越贡献。

王元待人谦和、质朴，对年轻学者呵护备至。他对于批评意见总能虚怀若谷认真听取，即使是对自己曾遭受的不公正待遇，他也往往是"一笑泯恩仇"。

王元 60 岁以后体弱多病，大型手术就做过 3 次，他以令人惊叹的毅力与疾病抗争，每次艰难地恢复或病情缓解后又继续坚持数学研究，同时为中国科学院数学研究院乃至全国数学的发展操劳费心，一直到生命的最后。

陈星弼 （1931—2019）

祖籍浙江省浦江县青塘镇，出生于上海；半导体器件物理学家、微电子学家，中国科学院院士，我国功率半导体领域的领路人和集大成者；2015 年获得电气与电子工程师协会（IEEE）国际功率半导体器件与集成电路年会（ISPSD）颁发的最高荣誉"国际功率半导体先驱奖"。

陈星弼出生在一个官宦之家。祖父为清朝武举人，父亲就读于杭州之江大学化学系，母亲曾进入上海大学读文学。陈星弼 3 岁时就进了小学。6 岁时，日寇侵华烽火蔓延至上海，他随父母先迁至余姚，后又至浦江，最后辗转到重庆。童年漂泊不定的生活，养成陈星弼吃苦耐劳和独立生活的能力。

抗战时期，生活极为艰苦，陈星弼曾想停学，早点谋出路，但父亲坚持让他继续读书，希望他学好科学技术，为国家做实事。1947 年，他考取同济大学电机系，并获得奖学金。他的学习从来不拘一格。人在电机系，却去旁听物理系及机械系的课，而工程力学及画法几何又学得比电机系的主要课程还好。他学过小提琴，而且能背出许多古典交响乐的曲谱……

1952 年，陈星弼从同济大学电机系毕业后，先后在厦门大学、南京工学院及中国科学院物理研究所工作。1956 年，他进入成都电讯工程学院（现电子科技大学）工作。1983 年，他任电子科技大学微电子科学与工程系主任、微电子研究所所长。他曾先后在美国俄亥俄州立大学、加州大学伯克利分校做访问学者及研究工程师，被聘为加拿大多伦多大学客座教授。

陈星弼是我国第一批学习半导体理论、从事半导体科学研究的人员之一，是原电子工业部"半导体器件与微电子学"专业第一个博士生导师，是我国功率半导体领域的领路人和集大成者。他发表超过200篇学术论文，获得中、美等国专利授权40余项。他是国际上首个提出超结耐压层理论的科学家，他的超结发明专利打破传统"硅极限"，被国际学术界誉为"高压功率器件新的里程碑"。陈星弼还曾获得包括国家发明奖及科技进步奖在内的诸多荣誉。

对于科学真理的追求，陈星弼曾言："宇宙很大，人生苦短。……一个人对人类有一点点贡献，就不愧此生。……能够在短促的人生中，以科学服务人类，这就是我此生不倦的追求。"正是秉持这个信念，耄耋之年的陈星弼仍奋战在科研战线最前沿。

经历过山河破碎，对国弱民贱、生灵涂炭的印象锥心刺骨，陈星弼始终保持这样的"初心"：要把自身的前途命运同国家和民族的前途命运紧紧联系在一起，在祖国需要的科研战线上建功立业。他"心有大我、至诚报国"，也激励着广大科研工作者开拓创新，解决关键技术"卡脖子"问题，将科研人生融入实现中华民族伟大复兴中国梦的历史洪流中。

李振声 （1931— ）

山东淄博人，遗传学家，农业发展战略专家、小麦遗传育种学家、中国科学院院士、第三世界科学院院士、中国小麦远缘杂交育种奠基人，有"当代后稷"和"中国小麦远缘杂交之父"之称。

〇五九

中国小麦远缘杂交之父：李振声

从血气方刚的青年到白发苍苍的老人，他将自己的一生交付于小麦的研究。他被誉为"当代后稷""中国小麦远缘杂交之父"，他就是中国科学院院士、国家最高科技奖获得者——李振声。

李振声出身于农家，小时候经历过 1942 年的山东大旱，挨过饿，知道粮食意味着什么。高中辍学之后在街上偶然看到山东农学院招生简章中说可以免费提供食宿，于是他就报考了，没想到一下子就考上了，这成为李振声人生中最重要的转折点。1951 年，李振声从山东农学院毕业后被分配到北京从事牧草研究。1956 年，李振声从中国科学院北京遗传选种实验馆奔赴西部小镇陕西杨陵，在中国科学院西北植物研究所开始了小麦育种研究。

到陕西当年，25 岁的李振声恰巧遇到一种被称为"小麦癌症"的流行性病害，造成小麦严重减产。此前，他研究过 800 多种牧草，于是有了个大胆的想法，就是通过牧草与小麦杂交，把草的抗病基因转移给小麦。有了想法就付诸实践。历经 20 年艰苦攻坚，"小偃 6 号"被繁育出来，抗病害能力强，产量高。到了 20 世纪 80 年代末，"小偃 6 号"在黄河流域被广泛种植，当地至今还流传着"要吃面，种小偃"的民谣。

在 20 年的艰苦攻坚过程中，李振声还在小麦育种理论和方法方面取得了令世界震惊的突破。他首创了一套全新的育种方法——小麦缺体回交法，在三年四代的过程中即可完成，大大地缩短了杂交育种时间。

投身于小麦杂交研究几十年，李振声获得了巨大的成就，却忽略了自己的家庭。研究杂交小麦时，李振声得知母亲病重的消息，他只照顾了母亲一段时间，随后便再次回到实验田。母亲去世时，李振声还忙碌在实验室中。

1985—1987 年，中国粮食产量出现下滑。李振声对此忧心忡忡，如果小麦培育、种植无法突破，最终会坐吃山空。于是，他与其他农业科学家前往各地小麦种植基地实地考察，寻求突破口。在河南封丘县，李振声发现，中低产田经过改良，小麦产量从 400 斤增长到 1000 斤。如果将该县经验进行推广，即便不能实现最大程度的增收，最起码能够保证粮食的增长。在国务院的支持下，李振声率领 400 名科研人员深入黄淮海平原地区，发起治理中低产田的"农业黄淮海战役"。数年之后，全国粮食产量增加 1000 亿斤，小麦生产终于突破了瓶颈。

1992 年，李振声退居二线，但是研究并没有停止。他继续小麦研究，关注粮食安全问题。如今，90 多岁高龄的李振声，依旧风里来雨里去，与小麦为伴。他是中国"麦田"的守望者与拯救者，也是带领中华民族走出饥荒、走向富足的民族脊梁。

陈景润 （1933—1996）

　　福建福州人，中国著名数学家，中国科学院学部委员（院士），中国科学院数学研究所研究员，主要从事解析数论方面的研究，因"哥德巴赫猜想研究"获国家自然科学奖一等奖。

　　1978 年 1 月，徐迟在《人民文学》发表了报告文学《哥德巴赫猜想》，介绍了陈景润的先进事迹和奋斗精神，从而使陈景润家喻户晓，也激发了无数人的科学热情。

　　陈景润一生坎坷，却颇具传奇色彩。他出身寒微，从小体弱多病，在母亲的鼓励下，努力学习，1950 年考入厦门大学数理系。在厦门大学读书期间，陈景润没有看过一次电影，也没有去过近在咫尺、风光奇秀的鼓浪屿。对此，非常了解陈景润的林群院士，曾经说过一段非常精辟的话："科学好比登山，有的人登上一座山，浏览了峰顶的风光，就满足而归了。而陈景润却不一样，同样登山，倘若上山有十条小径，他每一条小径都要去爬一次。他重视的不全是结果，而是贵在过程。直到把上山的路径全摸透了，他才会感到满足。功底、基础就是这样一步一个脚印建立起来的。"

　　1953 年，大学毕业后，陈景润被分配到北京四中当老师，由于浓重的闽南口音，加上性格内向，被"停职回乡养病"。在厦门大学王亚南校长的帮助下，只做了一年中学老师的陈景润回到了母校任图书馆资料员，同时开启了数学研究工作。1956年，他公开发表了《塔内问题》，因改进了华罗庚在《堆垒素数论》中的结果而引起华罗庚的关注。1957年9月，通过华罗庚的努力协调，陈景润调入中国科学院数学研究所，并加入华罗庚组织的"数论讨论小组"。

1966年，陈景润住在面积只有6平方米的小屋里，点着煤油灯，趴在床板上研究数学问题。然而就是在这样艰苦的条件下，陈景润解决了困扰国际数学界的知名难题"哥德巴赫猜想"中的"1+2"问题。这让他对哥德巴赫猜想的研究超过了国际上绝大多数数学家。在国际数学界，这一证明以"陈氏定理"的名称被很多数学家引用。

陈景润的伟大之处，就在于他一生为国奋斗，对科学的执着追求，始终不曾放弃或懈怠。在证明了"1+2"后直到生命的终结，陈景润一刻也没有停止过向"1+1"这一顶峰攀登。1996年3月19日，63岁的陈景润带着对"1+1"冲刺而未竟的遗憾走了。

1999年10月，一颗编号为7681的小行星被命名为"陈景润星"，以纪念这位伟大的数学家。2018年12月18日，陈景润被党中央、国务院授予改革先锋称号，颁授改革先锋奖章，并获评激励青年勇攀科学高峰的典范。

欧阳自远（1935—　）

江西吉安人，天体化学与地球化学家，中国月球探测工程首席科学家，中国科学院院士、第三世界科学院院士，中国科学院地球化学研究所研究员；代表作有《吉林陨石综合研究》《地下核试验地质效应综合研究》《核转变能与地球物质演化》《月球科学概论》和《天体化学》。

他是中国天体化学学科的开创者，是中国月球探测工程首席科学家，成功推动中国第一颗探月卫星嫦娥一号发射升空，他积极参与并指导中国月球探测的近期目标与长远规划的制订，被誉为"嫦娥之父"，他就是欧阳自远。

欧阳自远的探月梦其实是从地面开始的。1957 年，苏联发射的第一颗人造卫星轰动世界，也震撼了当时 22 岁的欧阳自远。1960 年，一颗陨石坠落在中苏边境，让欧阳自远成了中国最早研究陨石的人，同年，他在中国科学院地质研究所建立了天体化学与核子地球化学研究组，正式开始跟踪研究月球探测动态和成果，并在中国率先系统开展各类地外物质和比较行星学的研究。1970 年 4 月 24 日，中国第一颗人造卫星东方红一号发射成功，开启了中国的太空纪元，这让欧阳自远离他的深空探测梦又近了一步。

随着中国科技的快速发展和经济实力的增强，中国已经具备深空探测的能力。1993 年，欧阳自远向国家"863"计划专家组提出我国应该开展月球探测工程的建议后，带领科研团队，从中国开展月球探测的必要性和可行性研究，到中国开展探月的战略与长远规划研究，再到月球探测工程的布局与实施，展开了长达 10 年的科学论证。2003 年，欧阳自远等人提交了中国首次月球探测立项报告。2004 年 1 月，国务院批准绕月探测一期工程立项，并正式命名为嫦娥工程。继"两弹一星"、载人航天之后，嫦娥一号绕月探测工程被誉为中国航天发展的第 3 个里程碑。欧阳自远为首席科学家，与总指挥栾恩杰院士、总设计师孙家栋院士组成了嫦娥工程的铁三角，于 2007 年 10 月 24 日共同见证了嫦娥一号奔月成功。2010 年 10 月 1 日，嫦娥二号成功发射。2013 年 12 月 2 日，嫦娥三号携带中国第一台月球车玉兔号成功着陆月面，中国成为第 3 个实现月表软着陆的国家。2019 年 1 月 3 日，嫦娥四号探测器自主着陆在月球背面，是人类探测器首次在月球背面软着陆。2020 年 11 月 24 日，嫦娥五号成为中国首个成功实施无人月面取样返回的月球探测器。

几十年从钻研地质到开展地下核试验的艰苦工作，再到与月球结缘，最后到深空探测的跨界科研历程，欧阳自远的每次选择都与时代同步，都是从国家的需要出发。2014 年 11 月，为弘扬欧阳自远的学术贡献和科研精神，一颗编号为 8919 号的小行星，被命名为"欧阳自远星"。

欧阳自远是科学普及的积极传播者。他在各种场合为大中小学生讲述探月梦，2016 年 12 月荣膺十大科学传播人物，2017 年 5 月当选最受媒体欢迎的科学家。目前，欧阳自远将视野瞄准更远的星空，开展火星探测，他坚信，进入空间时代，未来的中国一定会飞得更高，飞得更远。

一生『只做一件事』：丁肇中

丁肇中 （1936— ）

祖籍山东日照，实验物理学家、美国科学院院士、中国科学院外籍院士；长期从事高能物理实验，精确检验量子电动力学、量子色动力学和电弱统一理论，寻找新粒子和新的物理现象，取得了一系列重大成果。

1936 年 1 月 27 日，丁肇中出生在美国密歇根州安娜堡，他是第 3 位获得诺贝尔奖的华裔科学家。丁肇中的父母都是大学教师，受家庭环境的熏陶，他学习一丝不苟，读书专心致志，遇到疑难问题，务必得到答案方才罢手。一次，物理老师出了一道难题，同学们都等着老师讲解，丁肇中却吃饭想、走路想，一个小时、两个小时……终于解决了。

1956 年，丁肇中赴美深造，学习工程学、数学和物理学，1962 年获得物理学博士学位。他本来想成为理论物理学家，但他的导师石纳文（Owen Chamberlain）告诉他，实验家比理论家有用。受到导师的影响，他后来成为一名实验物理学家。

20 世纪 70 年代初期，丁肇中加入了斯坦福线性加速器中心。在那里，丁肇中领导的实验组，进行了一系列实验工作。1974 年，他们发现了一个质量约为质子质量 3 倍的长寿命中性粒子。丁肇中将其称为"J 粒子"。有人以为 J 粒子就是丁粒子，寓意是中国人丁肇中发现的。与此同时，美国一个科学家也发现了这种粒子。这个发现推动了粒子物理学的发展。1976 年，丁肇中和这位美国科学家共同获得了诺贝尔物理学奖。

丁肇中虽然是美国籍，但是他知道他的根在中国。为了中国的发展，他不辞辛劳，远涉重洋，多次到中国大陆进行学术交流，介绍高能物理的发展，促进学术合作。他担任了中国科学院大学名誉教授，并积极帮助中国科学工作者在欧美获得博士学位。

在受聘成为中国科学院大学名誉教授后，有记者采访他，问他天分的重要性。丁肇中回答："我绝不是天分高的人。我很早就认识到我的能力很有限，所以呢，就集中我所有的能力做一件事，就是我认为最重要的事。"有人问丁肇中："一个人需要具备什么条件才能加入阿尔法磁谱仪研究的团队中？"丁肇中回答说："一个条件是脑子清楚一点，另一个条件是你一定要认为这是你最重要的工作，其他工作都是次要的。我一直说我只能干一件事，我从来没有同时从事过两件事，这是非常关键的。"

又有研究生问："丁教授，在您一生中最重要的选择是什么？"丁肇中回答说："……我一生中最重要的选择就是只做一件事。"

丁肇中 3 次谈到"只做一件事"，体现了他对研究的执着追求。他之所以能够这样做，是因为他对自然科学有着不懈追求的探索精神，目标明确，把实验物理作为主攻方向。丁肇中之所以能在科研上取得这么大的突破，他的专注精神发挥着极其重要的作用。

李远哲 （1936— ）

化学家，诺贝尔化学奖获得者，美国艺术与科学院院士、美国国家科学院院士、德国哥廷根科学院院士，被誉为"物理化学界的莫扎特""世界上最杰出、最有创意的物理化学家之一"；在化学方面的杰出工作主要是从分子和原子等微观层次上研究和揭示了化学反应过程，回答了"化学反应是怎样发生的"这一基本问题。

1936 年，李远哲出生于台湾省新竹县。外貌敦厚、书生气浓厚的李远哲，在公开场合中偶尔会流露出害羞神情，但其内心里有着一股顽强的、不服输的劲。"我从小就喜欢打乒乓球、棒球，参加竞争性很强的球赛。"他形容在球场上的自己像个拼命三郎，"胜败我不太在意，但还是要拼命，我要尽最大努力把球打好"。在科学研究上，李远哲更有拼命三郎的精神。

1965 年，李远哲获得加州大学伯克利分校化学系理学博士学位。1965 年至 1968 年，他在劳伦斯伯克利国家实验室和哈佛大学进行博士后研究。1968 年至 1974 年，他在芝加哥大学化学系任教，1974 年后重返加州大学伯克利分校化学系担任教授。为了汲取外国的最新科技成就，李远哲先后掌握了英、德、日、俄等国语言。李远哲长期坚持不懈地从事交叉分子束方法的研究，在揭示化学物相互反应的原理方面取得了举世瞩目的成就，在化学动力学方面开辟了一个新的研究领域。

分子束是一门新学问，李远哲用了近 20 年时间才试验成功。交叉分子束方法是李远哲攻取博士学位后，与他的指导教授赫希巴赫共同研究创造的。因这项研究，他们共同获得了 1986 年度的诺贝尔化学奖。此后，李远哲不断地对这项技术加以改进，并运用于研究较大分子的重要化学反应。目前，分子束相关技术已经在工业上发挥了巨大的作用，而他设计的"分子束碰撞器"和"离子束交叉仪器"，可以对化学反应的每一阶段进行分析。开发超大型集成电路时，借用分子束的技术，可以把极高纯度的半导体性原子积存在电脑板上。

坚持到底就是胜利！李远哲面对近 20 年不断的失败，依然能够鼓足勇气、充满信心。他用自己的亲身经历再一次告诉我们这样一个朴实而又深刻的道理。

「敦煌女儿」：樊锦诗

樊锦诗（1938— ）

　　浙江杭州人，生于北京。曾任敦煌研究院院长，现任敦煌研究院名誉院长、研究馆员、兰州大学兼职教授、敦煌学专业博士生导师，长江文明考古研究院院长。

　　"舍半生，给茫茫大漠。从未名湖到莫高窟，守住前辈的火，开辟明天的路。半个世纪的风沙，不是谁都经得起吹打。一腔爱，一洞画，一场文化苦旅，从青春到白发。心归处，是敦煌。"这是"感动中国"2019年度人物颁奖盛典主持人白岩松深情地诵读的颁奖词。她就是敦煌研究院名誉院长、研究馆员，"敦煌女儿"——樊锦诗。

　　樊锦诗出生在北京，却在上海长大。1958年，樊锦诗考入北京大学考古系。1963年大学毕业后，她怀揣研究祖国文化遗产的梦想，只身来到大漠深处的敦煌莫高窟。住土房，喝咸水，点煤油灯，在这样艰难的环境下，她扎根大漠50余年。

　　1966年，樊锦诗和大学同学彭金章结婚。彭金章毕业后在武汉大学工作，而樊锦诗却在千里之外，两人长年两地分居，只能千里鸿雁传书，遥寄相思。每隔一两年，樊锦诗会回去看望爱人孩子一次，"表现表现，给他们做点好吃的"。后来，甘肃省委、省政府出面，于1986年，将彭金章从武汉大学调到敦煌研究院。有了丈夫的理解与支持，樊锦诗很是感动，认为"他是打着灯笼也难找的好丈夫"。樊锦诗的同事说她是少有柔情的人，但她说起孩子时依然充满慈祥与母爱："我对这个家怀有深深的歉疚，尤其是对孩子。"

其实，樊锦诗从踏上敦煌土地的第一天起就意识到"莫高窟几乎所有洞窟都不同程度地存在着病害"。1998年，年届六十的樊锦诗接过前任院长段文杰的重担，成为敦煌研究院第三任院长。同年，全国掀起"打造跨地区旅游上市公司"热潮，有关部门要将莫高窟捆绑上市。为了保护莫高窟文物，缓解游客过多给壁画、彩塑带来的影响，敦煌研究院在2003年初开始筹建莫高窟游客服务中心。游客服务中心建成后，游客在未进入洞窟之前，可以通过影视画面、虚拟漫游、文物展示等，全面了解敦煌莫高窟的人文风貌、历史背景、洞窟构成等。之后，游客在专业导游的带领下进入洞窟实地参观。

"数字敦煌"是樊锦诗另一个大胆构想，即将洞窟、壁画、彩塑及与敦煌相关的一切文物制作成高智能数字图像，同时将分散在世界各地的敦煌文献、研究成果以及相关资料汇集成电子档案。如此，敦煌将得到"永生"。

50余年来，她把自己的青春和生命都融入保护、研究莫高窟的工作中。有人问樊锦诗："为什么面对漫天的风沙、艰苦的工作环境和无穷的寂寞，您却无怨无悔地坚守50余年？"她毫不犹豫地说："爱上了莫高窟，把研究、保护石窟当成了一份终生的事业，我躺下是敦煌，醒来还是敦煌。"樊锦诗对敦煌文物保护事业所作的贡献，可谓"功德无量"！

中国高温超导研究领军人：赵忠贤

赵忠贤 （1941— ）

辽宁新民人，物理学家，中国科学院学部委员（院士）、第三世界科学院院士，中国高温超导研究的奠基人之一。长期从事低温与超导研究以及高温超导电性研究。获 2016 年"国家最高科学技术奖"、陈嘉庚科学奖、2023 年"未来科学大奖"等。

在物理上，有这样一种现象，金属的电阻率会随着温度的下降而下降，并且在温度极低的情况下，某些金属表现出了 0 电阻的特殊现象，这种现象就是超导现象。科学家首次发现超导现象是在 1911 年，当时这一特殊现象震惊了科学界。随着研究的深入，科学家发现，金属和合金产生超导现象所需的温度都很低。到了 1986 年，研究者能够找到超导材料的最高临界温度为 23.2 K（−249.95 ℃）。1987 年，中国科学家赵忠贤研制出钇－钡－铜－氧系（Ba–La–Cu–O 系）材料，将超导转变温度提高到 90 K（−183.15 ℃）。

20 世纪 70 年代中期以来，赵忠贤一直从事低温物理与超导电性研究，终于在 1986 年，带领团队获得了 40 K 以上的高温超导体，突破了认为"超导临界温度最高不大可能超过 40 K"的麦克米兰极限。

赵忠贤的研究嗅觉非常敏锐。当他于 1986 年得知瑞士物理学家柏诺兹与缪勒等人在 La–Ba–Cu–O 材料中发现了 35 K 超导电性的可能性，他立刻带领自己的研究团队展开了深入探索。他们没日没夜地在实验室里实验、实验、再实验，功夫不负有心人，他们于 1987 年发现了一种性质优良的超导材料，其超导转变温度高于 100 K。赵忠贤及其合作者将液氮温区高温超导体这一成果公布后，国际物理学界掀起了高温超导研究的热潮。1988 年春，赵忠贤团队又在钛金属氧化物的超导体中获得了超导转变温度在 120 K 的超导体。

赵忠贤在高温超导研究领域的突出贡献还在于发现了系列起始转变温度在 50 K 以上铁基高温超导体。在长期坚持不懈的探索、总结过程中，赵忠贤逐渐地发展出一种新的关于高温超导体的研究思路，他认为在存在多种合作现象的层状四方体系中，可能实现高温超导。2008 年日本一小组报道了 La-Fe-As-O 有 26 K 的超导电性，赵忠贤结合他的学术思路和国际超导研究成果，提出轻稀土元素替代和高温高压的合成方案，率先将铁基超导体的临界温度从 26 K 提高到 52 K，在此基础上，又合成了绝大多数 50 K 以上的系列铁基超导体，创造了大块铁基超导体 55 K 最高临界温度纪录。2013 年，赵忠贤因"40 K 以上铁基高温超导体的发现及若干基本物理性质研究"荣获国家自然科学奖一等奖；2015 年，他又获得国际超导领域重要奖项马蒂亚斯奖。

赵忠贤坚持高温超导研究 40 余年。他注重培养人才，积极为年轻人营造良好环境。他是我国高温超导研究主要的倡导者、推动者和践行者，为高温超导研究在中国扎根并跻身国际前列作出了重要贡献。

多元复变函数领域的翘楚：萧荫堂

萧荫堂 （1943— ）

　　祖籍广东南海，生于广州，数学家，美国国家科学院院士、美国艺术与科学学院院士、中国科学院外籍院士、香港科学院创院院士、哈佛大学讲座教授。曾获伯格曼奖，1998—2000 年担任美国国家研究委员会与国家科学院的全国数学委员会主席。

　　萧荫堂在广州度过童年时光，并在西关培英小学接受启蒙教育，后入香港培正中学学习。他从香港培正毕业后，进入香港大学学习。1963 年，萧荫堂从香港大学毕业后，赴美留学，先后获得明尼苏达大学硕士学位、普林斯顿大学博士学位；1966 年博士毕业后进入普渡大学担任助理教授；1967 年进入圣母大学担任助理教授；1970 年赴耶鲁大学任教，先后担任副教授、教授；1978 年转至斯坦福大学任教；1982 年受聘哈佛大学，先后担任教授、威廉·艾伍德·拜尔利讲座教授。萧荫堂曾三次受邀国际数学家大会作报告，并多次被邀至世界各地大学任客座教授，主要从事多复变函数论与复几何研究。

　　萧荫堂是改革开放后最早来中国大陆讲学的华裔数学家之一。他多次深入介绍了国外多复变函数的现代发展，包括自己的研究成果，令中国多复变函数学者获益匪浅，他的讲稿也成为中国后来在大学开设多复变函数课程的重要教学参考资料。1981 年，他协助中国在杭州召开了一个中、美、德三国的多复变函数国际会议，邀请了一批国外学者参与，为中国与世界顶尖的多复变函数专家的交流开辟了新的途径。

萧荫堂为多元复变函数领域之翘楚，在复分析、复几何、代数几何领域中解决了一系列重大问题，是享有国际盛誉的世界一流数学家之一。

『中国天眼』之父：南仁东

南仁东（1945—2017）

吉林辽源人，天文学家。中国科学院国家天文台研究员，人民科学家，主要研究领域为射电天体物理和射电天文技术与方法，负责国家重大科技基础设施 500 米口径球面射电望远镜（FAST）的科学技术工作，曾任 FAST 工程首席科学家。

2020 年 1 月 11 日，用时 22 年建造，有着 500 米口径的球面射电望远镜"中国天眼"，正式投用。"中国天眼"是目前地球上最大、最灵敏的单口径射电望远镜，凝聚了我国四代科学家的智慧和心血。它不仅体现了国家的综合实力和强大的科技创新能力，而且在一定程度上提高了中国的国际地位，而这在很大程度上要归功于"中国天眼"的建造者南仁东先生。他被誉为"中国天眼"之父。

南仁东出身贫寒，但是好学上进、成绩优异，以吉林省理科"状元"的名头，考上了清华大学无线电系。其实，最初清华大学发来的是建筑系的录取通知书。当时，由于无线电专业缺少人才，清华大学就把他调剂到了该专业，但他不想去。父亲知道后，训斥了他一顿，说国家缺少一个建筑师，但多了一个无线电科学家，这也是帮助国家，也是一件好事情。经过父亲的点拨，他也想通了，就调剂到无线电专业进行学习。

1978 年，南仁东从清华大学毕业 10 年后，拜入中国科学院研究生院王绶琯（1980 年当选为中国科学院学部委员）门下继续深造，先后获得理学硕士、博士学位。其间，南仁东使用国际甚长基线网对活动星系核进行系统观测研究，并取得丰富的天体物理成果。1993 年，在日本国际无线电科学联盟大会上，科学家们提出，要在全球电波环境继续恶化之前，建造新一代射电望远镜，接收更多来自外太空的讯息。南仁东跟同事们说："咱们也建一个吧。"从此，他为促成中国的射电望远镜建设积极奔走。

从 500 米口径的球面射电望远镜概念的提出，到选址，再到建造方案、施工等等，南仁东奔波了 22 年。他用自己生命的近三分之一的时间，不辞辛劳地建造"天眼"，为国家天文事业作出了巨大贡献。幸运的是，他在去世之前亲眼看到了"天眼"工程的竣工，完成了自己毕生的梦想，没有留下什么遗憾。在南仁东先生身上，我们看到了他的努力、他的坚韧、他的决心。

"感官安宁，万籁无声 / 美丽的宇宙太空以它的神秘和绚丽 / 召唤我们踏过平庸 / 进入它无垠的广袤。"南仁东的这首诗体现了一位科学家的追求与胸怀。南仁东先生如同一颗明星闪耀于天际，他的爱国情怀、科学精神、无私奉献和勇于担当，激励着无数人前行。

丘成桐（1949— ）

　　原籍广东蕉岭，出生于广东汕头，国际知名数学家，菲尔兹奖首位华人得主，美国国家科学院院士、美国艺术与科学院院士、中国科学院外籍院士、中国香港科学院名誉院士。

　　1976 年，困扰世界数学界数十年的卡拉比猜想被一个年仅 27 岁的数学研究者攻克，他就是丘成桐。

　　丘成桐小时候就对数学兴趣浓厚，也颇有天赋。1966 年，丘成桐考入香港中文大学数学系，从此与数学结下了不解之缘。从香港中文大学提前一年毕业后，丘成桐前往加州大学伯克利分校深造。那一年，他 20 岁，意气风发，就像一颗数学王国冉冉升起的明星。在数学家陈省身的指导下，丘成桐仅用一年时间就完成了博士论文，两年后从伯克利博士毕业。当时伯克利数学大师云集，丘成桐不断吸收先进数学思想和理论的滋养，大胆与来自世界各地的数学家讨论前沿问题，很快便在数学界崭露头角，而攻克卡拉比猜想，令他一举成名。

　　卡拉比猜想自 1954 年提出以来，一直未能证明。大多数数学家都认为该猜想不成立。其实，在证明卡拉比猜想之前，丘成桐也曾百分之百地认为，卡拉比所称的空间不可能存在，"没有数学家或物理学家曾经发现过其中一个存在的例子，几乎所有的几何学家都认为，这个猜想完美得不可能真实"。因而，丘成桐花了相当多的时间思考如何证明卡拉比猜想是错的，并且花了相当大的工夫去找寻能够证明卡拉比猜想不成立的实例，但是，每当他觉得自己接近成功时，证明总会在最后一刻崩溃。在这个过程中，丘成桐对卡拉比的猜想有了更深层次的了解，感觉到这个问题背后有着重要的东西。他已经在潜意识里觉得卡拉比猜想是没有问题的，是一个重要的正确结论。

时间来到 1975 年，卡拉比猜想的证明对于丘成桐来说只剩下最后一部分。这一年也是他人生重要的时期，他与爱人喜结连理。于他个人而言，婚后的生活难免会被更多的事务所困扰，然而他意志坚定，索性将自己关在了自己的办公室，不再去管家长里短，而是专注于卡拉比猜想研究。最后，他终于把这个全球难题给搞定了，并且作了三次重复论证，以确保证明过程是正确无误的。

丘成桐因证明卡拉比猜想而声名大噪，成为数学界炙手可热的明星学者，并因此荣获了 1983 年度的菲尔兹奖。该证明方法就是众所周知的"丘定理"，所用到的新空间就是数学界及物理界常用到的"卡拉比—丘流形"。

丘成桐一生心系数学，在代数几何、拓扑学、相对论、表示理论等数学和物理领域都产生了深远的影响。2022 年 4 月，从哈佛大学退休后，丘成桐全心入华夏，倾力育英才，全职加盟清华大学，建立数学研究中心，为祖国培养更多的数学人才，以实现自己心中的报国梦。

何金娣 （1955—2016）

生于上海，祖籍浙江绍兴，中国共产党党员、全国教书育人楷模、特级教师、特级校长，国务院政府特殊津贴获得者，被称为特教界"提灯女神"。

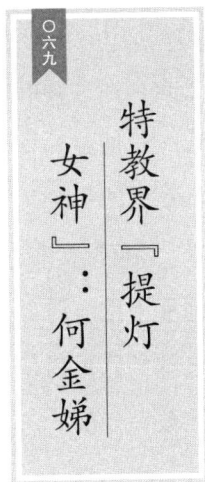

每年的 9 月 10 日教师节正好是她的生日，"为教育而生"是对她最好的注解，她就是 2012 年度全国教书育人楷模、特教界"提灯女神"——何金娣。

何金娣与特殊教育结缘，始于 1995 年。那一年，何金娣已经从事小学语文教育 20 载，但是上级的一纸调令，令她到卢湾辅读学校担任校长。何金娣服从组织安排，离开她熟悉的领域，踏入几乎是一张白纸的特殊教育领域。当时，何金娣想着去卢湾辅读学校是一种轻松的日子，可她到了那才发现完全不一样：面临的新问题不再是"适应"这份工作，而是如何让特殊孩子爱上学习，让他们成为对社会有用的人。

1996 年，香港辅读教育代表团来卢湾区辅读学校考察。参观之后，代表团跟她说，内地的辅读学校不像辅读学校，既没有特教课程，还缺乏特教理念。对于何金娣来说，这句话犹如一次核裂变，彻底改变了她的人生轨迹。她开始重新思考自己的定位。

"内地的辅读学校不像辅读学校，那么特教'特'在何处？"这个问题一直在何金娣的脑海里萦绕。为此，她两至香港，还去了北京两次、大连三次……何金娣骨子里的认真劲令她如饥似渴地学习与考察。与这些特殊孩子和家庭的一次又一次接触，像一扇又一扇开启的窗户，使她不能自已。

"我要读书，我要读书！"这是一位家长向政府恳求给孩子上学机会时，他那中重度弱智孩子嘴里一遍又一遍重复的话语。何金娣知道这件事后，与老师们商量后认为，既然是特殊教育学校，就要为有特殊需要的孩子服务，拯救一个孩子，就等于拯救一个家庭。

招生容易，可是要将弱智学生培养成半自立或自立于社会的具有最基本的生存能力的人可就难了。摆在何金娣面前的困难是：如何培养？没有教材，教师无法教，学生无法学。要想有所突破，只能自己想办法，于是何金娣和同事们便开始了《中度弱智儿童生存教育课程与教学》的研究。

研究的突破口选在编教材上，编教材谈何容易呢？很多人认为，在这样一所基层学校编教材，是不可能完成的事情！但是何金娣就是有那么一股认真劲，硬是咬着牙干了下去。她说，编写教材的那五年，就好像走在沼泽地：不走会陷下去，但每前进一步，都要使出全身的气力。那几年，何金娣硬是把编教材、读本科、写论著三件事完成了，而且件件都完成得非常好！

从白手起家编写教材，到倡导"零拒绝"的全纳教育，到风雨无阻送教上门，为残障儿童提供平等的生存能力教育，何金娣用百分之百的努力为孩子们的社会化争取着百分之一的希望。可以说，每一个成功融入社会的"折翼天使"，都坚定了何金娣无悔奉献特教事业的人生选择。

生态学高峰攀登者：方精云

方精云 （1959— ）

安徽怀宁人，生态学家，中国科学院院士、发展中国家科学院院士、欧洲科学院外籍院士，云南大学校长，是我国陆地碳循环研究的奠基者、生态学科的领导人物。

他是生态学家，世界三极，他去过两极；他是严师，也是益友；他呈交国务院的报告直接推动了呼伦贝尔生态草牧业试验区建设的启动。他就是生态学高峰攀登者——方精云。

方精云出身于安徽怀宁一个普通农民家庭，很小的年纪就懂得"学习是自己的事"。他白天下地干活，晚上点着煤油灯看书。而后来他报考安徽农学院林学系也缘于一个朴素的愿望——家乡没有木材，希望"长大了从事跟木材有关的工作，帮村里人搞到木材"。大学毕业后，方精云作为教育部出国代培研究生在北京林业大学学习，后来到日本攻读硕士、博士，做博士后研究。

1989 年，方精云回国，来到了中国科学院生态环境研究中心，最先做的就是植物种群生态调查。他带着并不充裕的资金，背着背包，装上锅、干粮、罗盘和锤子等，与组里的几名年轻人一头钻进原始森林开展调查，有时一待就是两三个月。东起江浙，西达青藏和新疆，南至海南岛，北抵大小兴安岭，方精云对全国主要植被类型都进行了实地定点监测，初步发现了我国植物多样性的地理分布规律，并在此基础上完善和发展了生态学相关理论。

在关于植物多样性的野外调查过程中，方精云被"森林碳汇"在缓解全球变暖方面的价值所吸引。经过对森林、草地、农作物、灌丛以及土壤等碳储量的研究，方精云课题组构建了我国第一个国家尺度的陆地碳循环模式，为我国陆地碳循环研究奠定了基础。

2009 年哥本哈根气候大会召开前夕，受中国科学院生命科学与医学学部委托，方精云带领团队奋战两个多月，对全球主要国家的碳排放趋势和排放量作了详细测算，并据此对我国的气候谈判政策提出建议，对制定我国的气候变化政策产生了重要影响。

2014 年，方精云在呈交国务院的报告中，率先提出"草牧业"概念，得到中央重视并被写进一号文件，内蒙古呼伦贝尔草牧业试验区建设变成现实，草原上那"天苍苍，野茫茫，风吹草低见牛羊"的美好记忆指日可待。

30 多年来，最让方精云痴迷的是科研，而最让他欣慰的是学生，与学生在一起的时间远远超过了和家人在一起的时间。每逢毕业季，方精云总是语重心长地嘱咐学生：要坚持"做实事、做好事、多做事"，做好人终究不会吃亏；发扬脚踏实地的作风，一如既往地耐得住寂寞，坐得住"冷板凳"；以主人翁的积极态度参与到国家的建设进程中，把自己的命运、梦想与国家民族的荣辱兴衰紧密联系在一起……

方精云所说的这些，也正是他从农村到城市，从中国到日本再回到中国，求学工作的心路历程。

〇七一

人工合成生命的
探索者：覃重军

覃重军 （1965— ）

中国科学院分子植物科学卓越创新中心研究员、中国科学院合成生物学重点实验室主任，国家杰出青年科学基金获得者。他主要从事合成微生物、药物生物制造等方面的研究，在国际上首次人工创建了单条染色体的真核细胞酿酒酵母。

爱冒险，爱做梦，聊天说地，畅谈未来……与大众印象中的科学家不太一样，中国科学院分子植物科学卓越创新中心、植物生理生态研究所研究员覃重军，在链霉菌领域深耕 30 年，却在第一次研究的酿酒酵母领域"一鸣惊人"。面对团队共同创建国际首例人造单染色体真核细胞，实现"人造生命"里程碑式的重大突破，他坦言自己的成功就是一个普通人的"逆袭"。

覃重军小时候学习并不出众，他曾自言自己是个"学渣"，中学老师也说他考不上大学。但是，覃重军就是为了赌一口气，1983 年他超水平发挥，出人意料地考上了武汉大学，后来又到华中农业大学硕博连读。在校期间，他博览群书，黑格尔《小逻辑》、罗素《西方哲学史》、《马克思恩格斯选集》、司马迁《史记》、德国古典音乐……对一名理科生来说，这个阅读似乎跨界得有些离谱。不过，这些阅读却成为他后来科研道路的独特养分。

人类能否创造生命？不管是针对这个问题的思考还是实践，国际同行一直走在中国人的前面。覃重军偏偏将重大基础研究的远大梦想聚焦于此。"能不能人造一个真核生物，只有一条线型染色体，集中所有的生长、繁殖、遗传信息在这一条线型染色体上？我后面又把它变成环型，像原核生物一样，彻底打破真核与原核生物的自然界限。"多年前的"突发奇想"，后来登上了《自然》杂志——中国科学院分子植物科学卓越创新中心、植物生理生态研究所覃重军团队与合作者，创建出首例人造单染色体真核细胞。这一成果被誉为中国"合成生物学领域的里程碑"，为细胞生物学的研究打开了一扇新的大门。

然而，覃重军的科研之旅并未因此而止步。他的团队与国内制药企业合作改良了抗寄生虫药物多拉菌素，打破了国外在该领域的垄断，药品销售额超过亿元。

在妻子的眼中，他是拥有赤子之心的普通人，"对自己的理想和梦想不是挂在嘴上，只在回首往事时才发现，一步步走来的路就是最初的梦"。在同事们的眼里，覃重军对基础研究和科技成果产业化拥有独特思想，"能文能武很内秀"让他在科研道路上有着与众不同的敢想敢干。

覃重军曾在博士论文结语处写道："对我而言，科学是一条无穷无尽的探索之路，也许一生都会这样干下去。"如今，他依然在科研领域辛勤耕耘。他坦言："我每天要做的事就是想象，靠想象力打开未来的一扇扇大门，第二天，冷静下来，靠理性选择其中正确的一扇。"

这就是覃重军，一个不断追求突破、勇攀科学高峰的生命科学家。

中华飞天第一人：杨利伟

杨利伟（1965— ）

辽宁绥中人，国际宇航科学院院士，特级航天员，中国载人航天工程副总设计师，中国首位进入太空的航天员。

2003 年 10 月 15 日，由长征二号 F 火箭运载的神舟五号飞船进入太空，飞船上搭载着中国第一个进入太空的航天员，他就是杨利伟。

杨利伟出身于教师家庭，家庭生活舒心而平静。1983 年，杨利伟考进中国人民解放军空军第八飞行学院。四年的航校生活中，他的学习、训练成绩一直很优秀，每个科目都是第一个"放单飞"。航校毕业后，杨利伟成为空军某师一名强击机飞行员。天生聪慧加上勤奋努力，他很快就成为师里的飞行尖子。再后来，他又成为一名优秀的歼击机飞行员。在空军部队的十年间，他从华北飞到西北，从西北飞到西南，祖国的万里蓝天留下了他矫健的身影。

1992 年夏的一天，杨利伟驾驶着战鹰在吐鲁番艾丁湖上空作超低空飞行训练。突然，伴随着一声巨响，飞机仪表显示汽缸温度骤然升高，发动机转速急剧下降！杨利伟明白，自己碰上了严重的"空中停车"故障，飞机的一个发动机不工作了！紧急关头，杨利伟异常冷静。他一边向地面报告，一边按平时训练的要领做一系列动作。他心里只有一个念头：一定要把飞机开回去！在只有一个发动机工作的情况下，他稳稳地握住操纵杆，慢慢地收油门，驾驶着战机一点点往上爬升。500米、1000米、1500米，飞机越过天山山脉，向着机场飞去。当飞机快接近跑道时，另一个发动机也停止工作了。他果断放下起落架，将完全失去动力的战鹰紧急降落在跑道上。当他从机舱出来时，飞行服完全被汗水浸透。战友们纷纷围上来同他拥抱。师长万分激动，当场宣布给杨利伟记三等功一次。这次"空中特情"处置，展现了杨利伟高超的技艺和过硬的心理素质。后经过层层选拔，杨利伟成为我国第一代航天员中的一员。

2003年10月15日，神舟五号载人飞船在酒泉卫星发射中心发射成功。这是中国首次载人航天飞行，航天员杨利伟成为中国首位"太空使者"。

"我奉命执行首次载人飞船飞行任务，准备完毕，待命出征，请指示！中国人民解放军航天员大队航天员杨利伟。"

"出发！"

"三、二、一，点火！"

按原计划，杨利伟有6个小时的睡眠时间，但在这次太空之旅中，他只睡了半个小时。"时间太宝贵了，根本舍不得睡觉！"杨利伟后来回忆，"当飞船完成入轨、可以离开座位时，我第一时间冲到舷窗旁，看着缓缓转动的蔚蓝地球，内心无比激动。"在距地面343千米的太空中，杨利伟展示了中国国旗和联合国旗，向世界各国人民问好。他在工作日志背面写道："为了人类的和平与进步，中国人来到太空了。"

2003年10月16日清晨，神舟五号载人飞船在环绕地球运行14圈，安全飞行了21小时23分、60万千米后，开始返回地球。在神舟五号返回舱落地前，杨利伟割断降落伞伞绳，完成了此次飞行的最后一个操作动作，返回舱在内蒙古主着陆场成功着陆。随后，杨利伟自主出舱，安全地返回了地球。

神舟五号载人飞船的成功发射，标志着我国成为世界上第三个独立掌握载人航天技术的国家，实现了中华民族千年飞天梦，是中国航天史上的里程碑事件。

景海鹏 （1966— ）

　　山西运城人，中国英雄航天员，中国特级航天员，现任中国人民解放军航天员大队大队长、航天员系统副总指挥。

　　2023 年 5 月 30 日，神舟十六号载人飞船发射取得圆满成功，三名航天员乘坐神舟飞船进入太空，有一位航天员格外引人注目：他此前参与过神舟七号、神舟九号和神舟十一号载人飞行任务，实现了中国人首次太空行走、首次交会对接和首次长期驻留太空等历史性突破，这是他第四次飞上太空，他就是该次飞行的指令长景海鹏。

　　景海鹏少时家境困难，还差点辍学，从小就对飞行感兴趣的他，1985 年 6 月参军入伍，成为一名空军飞行学员。1996 年，我国开始选拔首批航天员，他得知消息后，带着飞得更高更远的梦想，投身全新的航天事业。为了实现从优秀飞行员到合格航天员的转变，他积极投身高强度训练、高压力备战、高风险任务，不断锻造飞向太空的坚硬翅膀。

　　面对八大类、上百个课目的训练，景海鹏日复一日勤学苦练。基础理论学习、超重耐力适应性训练、低压缺氧训练、模拟失重训练……景海鹏以惊人的毅力一次次向着生理和心理极限冲锋，始终保持随时征战太空的最佳状态。

执行神七任务时，面对舱门打不开以及轨道舱突发火灾警报的情况，景海鹏作为飞船的操作手准确判断意外险情，沉着冷静，精准操控，出色完成了我国航天员首次出舱活动。作为指令长，神九和神十一任务前，景海鹏带领乘组反复练习，不仅做好自己的工作，还精准把握整个程序、每一项实验以及队友的每个动作。正是这种"分秒不差、毫厘不失"的严谨作风，成就了我国首次手控对接和中期在轨驻留任务的圆满成功。

景海鹏心里清楚，自己不仅要当好飞船"驾驶员"，还要当好太空"专家"。基于自己的飞天经验，他积极参与系统设计、产品研制、技术攻关，先后提出上百条改进意见，为载人航天和科技发展注入了创新活力。例如，在神十一任务中，有一项任务是太空跑台束缚系统验证试验。由于地面无法模拟训练，开始时数次操作都告失败，但景海鹏没有轻言放弃，一遍一遍尝试，最终取得了成功。这为未来我国航天员在轨长期驻留的健康保障奠定了基础。

四次飞天，景海鹏用实际行动诠释了什么是航天精神。他用自己的生命书写了一部部壮丽史诗。他是一个真正的英雄，一个真正的楷模。

教育、科研领域击水
中流者：施一公

施一公 （1967— ）

　　河南郑州人，祖籍云南大姚，中国结构生物学家、中国科学院院士、美国国家科学院外籍院士、美国艺术与科学院院士。现任西湖大学校长，曾任清华大学生命科学学院院长、清华大学副校长。因细胞凋亡领域的研究成就获得瑞典皇家科学院颁发的爱明诺夫奖。

　　施一公是地地道道的河南人。他出生在郑州，两岁半就随父下放至驻马店，童年在驻马店度过。1977年，他以语文、数学、常识总分第一的成绩小学毕业，接着初中毕业也是年级第一。1984年，施一公高中毕业，获全国高中数学联赛河南省第一名，并被保送至清华大学生物科学与技术系。大学毕业后，他又远渡重洋，到美国霍普金斯大学攻读博士学位。35岁那年，他成为普林斯顿大学有史以来最年轻的教授。

　　施一公对科学研究充满热情。在普林斯顿大学，他运用结构生物学、生物物理和生物化学等手段，探究癌症发生和细胞凋亡的分子机制。他在国际权威学术杂志发表论文百余篇，其中作为通讯作者在《细胞》上发表11篇、《自然》上发表7篇、《科学》上发表3篇。这些研究系统揭示了哺乳动物、果蝇和线虫细胞凋亡通路的分子机制，有些成果已经被应用于癌症药物的研发。

2008 年 2 月，施一公辞去普林斯顿大学教职，回到母校清华大学工作。美国神经科学家鲁白对此评价道："他是海外华人归国的典范和榜样。"2014年 4 月 3 日，在瑞典皇家科学院年会的颁奖典礼上，施一公荣获爱明诺夫奖，以表彰他在过去 15 年中所取得的卓越成就，尤其是在细胞凋亡研究领域运用X 射线晶体学方面的突出贡献。施一公也成为首位获得该奖项的中国科学家。

施一公长期从事生物学科研与教学工作。他认为，结构生物分子学是新世纪以来一个重大的突破。在当代生物学发展状况和生物学的前景问题上，他有自己的观点："目前，生物学已经能在分子水平上，利用定量的物理、化学等手段来研究基本的生命过程和重大疾病的分子基础，从根本上理解生命、促进健康。这在 100 年前是不可想象的，这是人类理性和智慧的荣耀。当然，像所有基础学科一样，生物学也有大量激动人心的未解之谜等待我们去破解。在未来，需要更多不同学科背景的研究人员一起努力，揭开生命的奥秘。"

施一公是走在新时代生物学前沿的学者，他在专业研究方面一丝不苟、忘我的精神必将让他成为未来生物学发展和进步的启明灯。

降伏禽流感的科技尖兵：陈化兰

陈化兰 （1969— ）

甘肃白银人，动物传染病及预防兽医学专家、病毒学家、中国科学院院士，农业农村部动物流感重点开放实验室主任，曾被联合国教科文组织授予"世界杰出女科学家成就奖"。

2019 年 11 月 20 日，中国农业科学院发布了 10 项能够充分代表 2018 年我国农业科技前沿研究水平、取得重大突破性进展的基础科学研究成果，其中包括 H7N9 高致病性禽流感病毒的快速进化及其成功防控。而主导这项突破性成果的科学家就是陈化兰。

陈化兰选择兽医学专业，仅仅是因为她高考成绩未达到自己报考甘肃农业大学医学院的志愿，而被"微调"到兽医专业。在甘肃农业大学兽医系，这个从偏远农村走出来的女娃先后获得学士、硕士学位，1994 年考入中国农业科学院研究生院，并于 1997 年获得传染病与预防兽医学专业博士学位。1999 年，陈化兰前往美国疾病控制中心流感分中心做博士后研究，并显露出卓越才华。博士后研究结束后，虽然疾病控制中心想让陈化兰留在美国，但她还是毅然踏上了归国之路。

"条件落后不要紧，我们可以慢慢建。"陈化兰说，中国是养禽大国，一旦暴发禽流感，如果缺少行之有效的手段，难免遭受大损失，"既然自己掌握的知识和技术是国家急需的，我为什么不回来？"

2004年初，H5亚型高致病性禽流感突袭我国14个省份。国家禽流感参考实验室每天都能收到各地送来的需要确诊的疾病资料，要进行终裁性鉴定。陈化兰率领团队与时间赛跑，仅一年多时间就完成了禽流感新疫苗实验室阶段的研究，最终成功研制出H5N1和H5N2禽流感疫苗，从而极大地提高了我国防控禽流感的能力，为国家挽回经济损失数百亿元。

2013年3月，H7N9禽流感爆发，而且出现人感染H7N9禽流感病例。疫情来势汹汹，陈化兰再次开始了与病毒争分夺秒的"赛跑"。陈化兰团队第一时间派出多支队伍进行采样，之后立即进行研究分析。陈化兰团队发现，在中国导致人感染的新型H7N9流感病毒，与同一时期存在于活禽市场上的H7N9禽流感病毒高度同源，首次从病原学角度揭示了新型H7N9流感病毒的来源，为中国科学防控H7N9禽流感提供了重要依据。5月，陈化兰团队研究发现，H5N1病毒确有可能通过与人流感病毒的基因重配，获得在哺乳动物之间高效空气传播的能力，从而具有引发人间大流行的潜力，从全新的角度揭示了H5N1病毒对全球公共卫生构成的现实威胁。7月，陈化兰团队研究发现，H7N9病毒对禽类无致病力，但该病毒侵入人体发生突变后，能够让哺乳动物的致病力与水平传播能力显著增强，从而揭示了H7N9病毒存在人间高传染性。

2019年，在陈化兰的主导下，中国农业科学院哈尔滨兽医研究所通过对家禽禽流感病毒进行大规模监测，对分离的H7N9高致病性禽流感病毒作了系统研究，成功研制出H5、H7二价禽流感灭活疫苗。监测结果显示，疫苗能有效阻断H7N9病毒在家禽中的流行，在阻断人感染H7N9病毒方面也有"立竿见影"的效果。

陈化兰长期致力于动物传染病及预防工作，为加强我国禽流感流行病学主动监测、禽流感疫情防控、人流感预警作出了突出贡献。

测风探云，遥地望宇：航天科技八院509所

航天科技八院 509 所

上海卫星工程研究所（简称"509所"），成立于 1969 年，隶属于第八研究院，是一家适应多型号生产要求的卫星总体研究所，属科研生产事业单位，是我国气象卫星的摇篮和对地遥感、空间监测、深空探测系列卫星的主要研制基地。

1969 年 10 月 31 日，中共中央、国务院、中央军委向上海下达了研制技术试验卫星和气象卫星的要求。1969 年 12 月 8 日，上海市组织召开工程动员大会，长空一号卫星作为 1970 年 1 号任务正式开始工程研制，上海卫星工程研究所（简称"509所"）的前身——上海汽轮机厂七〇一车间承担抓总工作。上海作为我国重要的卫星研制基地由此开端。

从 0 到 100，不是简单的数字变化；100 颗卫星的研制发射，也不是简单的数字重复。靠着一步一个脚印，509 所研制发射的卫星坚持一颗星一个跨越，实现了从低轨到高轨、从近地到行星际、从科学试验到业务应用、从单星到多星多轨协同组网、从跟跑到并跑领跑的跨越，卫星综合效能和技术实力达到世界先进水平。509 所先后获得国家科学技术进步奖特等奖、中国工业大奖、中国专利金奖等国家级科技奖项。

在服务国家战略方面，509 所敢于瞄准全新领域填补应用空白。大气环

境监测卫星——大气一号，在国际上首次实现全球二氧化碳柱浓度高精度全天时探测和主被动结合近地面细颗粒物探测，为我国"双碳"战略以及大气污染防治提供高精度遥感数据支撑，填补了国际激光大气遥感空白，显著提高我国在大气遥感及激光领域的国际影响力。陆地探测一号01组双星搭载了先进的L波段多通道多极化合成孔径雷达载荷，攻克了一系列关键技术，能在千里之外的太空实现毫米级的地表形变测量精度，以更多彩的方式描绘秀美山河。

在科学探测方面，509所长期坚持开展基础技术攻关。天问一号火星环绕器攻克了火星制动捕获、长期自主管理等关键技术，实现了地火间的超远距离测控通信，填补了我国在深空探测技术领域的多项空白，保证了我国首次自主火星探测任务圆满成功。羲和号太阳探测科学技术试验卫星首次在轨应用磁浮技术，突破了"动静隔离非接触"式卫星总体设计等关键技术，验证了卫星超高指向精度、超高稳定度控制指标，确保了相关任务的顺利进行。

回首百星奋斗路，而今扬帆再起航。509所相关负责人表示，站在下一个百星的新起点，509所将持续攻关关键技术，大幅提高卫星综合性能。

在气象卫星领域，全力推进风云五号、风云六号卫星论证实施，加速构建第三代风云气象体系，满足全球气象灾害快速精细监测以及多尺度精准气象预报预测需求，为构建人类命运共同体贡献中国智慧和中国力量。

在行星探测领域，立足行星探测重大工程，推动火星取样返回、木星系探测等各项任务论证及实施，为推动航天强国建设和人类文明进步作出更大贡献。

甲骨文

中国的一种古老文字，又称"契文""甲骨卜辞""殷墟文字"或"龟甲兽骨文"，是中华民族珍贵的文化遗产，是汉字的源头，蕴含着中华文化的基因。

甲骨文距今已有三千多年的历史，是我国发展最早、具有较成熟系统的文字体系。它主要指中国商朝晚期王室用于占卜记事而在龟甲或兽骨上锲刻的文字。

甲骨文因镌刻、书写于龟甲与兽骨上而得名，为殷商流传之书迹；内容为记载盘庚迁殷至纣王间 270 年之卜辞，为最早之书迹。殷商有三大特色，即信史、饮酒及敬鬼神；也因为如此，这些决定渔捞、征伐、农业诸多事情的龟甲，才能在后世重见天日，成为研究中国文字重要的资料。

这些刻有类文字的甲骨最早在河南安阳小屯村被村民们发现，当时他们只是把它当作包治百病的药材"龙骨"来使用，并不知道它是古代遗物。后来，晚清官员、金石学家王懿荣于光绪二十五年（1899）从收到的来自河南安阳的甲骨上发现了这种文字。百余年来，当地通过考古发掘及其他途径出土的甲骨已超过 15 万块。此外，在河南、陕西其他地区也有甲骨文出土，年代从商晚期（约前1300年）延续到春秋时期。

甲骨文具备书法的三个要素，即用笔、结字、章法。汉字的"六书"原则，在甲骨文中都有所体现，但是原始图画文字的痕迹比较明显，象形意义也比较明显。

2017年11月24日，甲骨文成功入选《世界记忆名录》。截至2022年11月，中国甲骨文发现总计约十五万片，经科学考古发掘的有三万五千余片，单字数量已逾四千字。

筹算

中国古代以筹为工具来记数、列式和进行各种数与式的演算的一种方法。筹，又称为策、筹策、算筹，后来又称之为算子。它最初是小竹棍一类的自然物，后来逐渐发展为专门的计算工具，其质地与制作也愈加精致。

算筹是在珠算发明以前中国独创并且最有效的计算工具。中国古代数学的早期发达与持续发展是受惠于算筹的。

据有关文献记载，除竹筹外，算筹还有木筹、铁筹、骨筹、玉筹和牙筹，并且有盛装算筹的算袋和算子筒。算筹实物已在陕西、湖南、江苏、河北等省发现多批。其中发现最早的是 1971 年陕西千阳出土的西汉宣帝时期的骨制算筹。筹算在中国肇源甚古，《道德经》中就有"善数不用筹策"的记述。

《汉书·律历志》中有关于算筹的形状与大小的记载："其法用竹，径一分，长六寸，二百七十一枚而成六觚，为一握。"早在三国以前，中算家便已用筹的颜色（如赤、黑）或形状（如邪、正、三棱形和四棱形）来区分正、负数了。

算筹记数的规则，最早载于《孙子算经》，用算筹表示数目有纵、横两种方式。中国古代的筹算不仅是正、负整数与分数的四则运算和开方，还包含着各种特定筹式的演算。中算家不仅利用筹码不同的"位"来表示不同的"值"，发明了十进位值制记数法，而且还利用筹在算板上的各种相对位置排列成特定的数学模式，用以描述某种类型的实际应用问题。例如列衰、盈朒、"方程"诸术所列筹式描述了实际中常见的比例问题和线性问题；天元、四元及开方诸式，刻画了高次方程问题；而大衍求一术则是为"乘率"而设计的特殊筹式。筹式以不同的位置关系表示特定的数量关系。在这些筹式所规定的不同"位"上，可以布列任意的数码（它们随着实际问题的不同而取不同的数值），因而，中国古代的筹式本身就具有代数符号的性质。可以认为，它是一种独特的符号系统。中国古代的筹算表现为算法的形式，而具有模式化、程序化的特征。

中国的筹算不用运算符号，无须保留运算的中间过程，只要求通过筹式的逐步变换而最终获得问题的解答。因此，中国古算中的"术"，都是用一套一套的"程序语言"所描写的程序化算法，并且中算家经常将其依据的算理蕴含于演算的步骤之中，起到"不言而喻，不证自明"的作用。可以说"寓理于算"是古代筹算在表现形式上的又一特点。

《周髀算经》

《周髀算经》原名《周髀》，算经的十书之一，是中国最古老的天文学和数学著作，主要阐明当时的盖天说和四分历法。唐初规定它为国子监明算科的教材之一，故改名《周髀算经》。

《周髀算经》一书的开头有这样一段，大意是说：周公问商高，听说您精通数学，古时伏羲氏划定天球的度数，但天高得没有梯子可上，地广阔得不可能拿尺来量，请问他是怎样得出数字的？商高说：数学是从研究圆形和方形开始的，圆形出于方形（由于圆形的弧长及面积无法用直尺度量，而方形则是可以度量的，在圆中作内接正多边形，当其边数倍增时，它的周长及面积可近似于圆的周长及面积）。而方形则由矩形做出，矩形的边长可以量度，面积由乘法表计算。矩形依对角线折起来，得出直角三角形，勾三、股四、弦五。推而广之，就是在直角三角形中，勾、股的平方和等于弦的平方。这就是著名的"勾股定理"。

许多定理皆由勾股定理导出，如果没有勾股定理就没有一部三角学。

据传说，在唐尧时代，大禹治水，"左准绳，右规矩"，"身为度"，进行山川测量，这当然使用到了数学，同时又促进了数学发展。

关于矩的使用方法，书中也有明确说明。周公说，数的功用很大，请问怎样使用矩尺。商高说，把矩尺平放，可以确定两绳互相垂直，把矩直立可以测高，把矩尺倒过来可以测深，把矩尺放在地面上可以测远，直角顶点常斜边为直径的圆周上，两矩尺一顺一逆，斜边相合则成矩形。商高是善于用矩、精通测量术的人，在上述的测量方法中必须用到相似三角形，比起希腊塔利斯用相似形原理测量金字塔的高度要早五个世纪。

《周髀算经》卷上之二，有关于利用勾股术测量节气的方法，书中记载了陈子与荣方的问答。陈子对荣方说："髀"是一根八尺长的杆子，立在周城上测日影，所以叫作周髀。髀垂直立在平地上，和影子构成一个直角三角形，以髀为股，以影为勾，夏至时影长一尺六寸，如果在城南千里及城北千里皆同样立八尺高的髀，那么在夏至这一天城南千里的髀影长一尺五寸，城北千里的髀影长一尺七寸。陈子想出一个测髀至太阳的距离的简便方法。陈子曰："候勾六尺……从髀至日下六万里而髀无影，从此以上至日则八万里。"当影长六尺时，观测点距离髀无影处就是六万里，套用"勾三股四弦五"，勾六股就是八，因此"候勾六尺"时日高八万里。

《周髀算经》还有很复杂的分数运算。我们大家都知道，"分数运算，只有繁，没有难"，只要掌握分数的加减乘除和通分约分的方法，任何复杂的分数皆可以算得很清楚。

《周髀算经》不仅是我国古代数学史上的一部重要著作，而且是世界数学史上的重要著作。我国清末数学家、天文学家陈杰评价说："《周髀算经》的伟大，在于它著于占星与卜卦占支配地位的时期，而讨论天地现象，却丝毫不带迷信的成分。"

奠定中国古代数学体系
基础之作：《九章算术》

《九章算术》

中国古代第一部数学专著，成书于公元
1世纪左右，系统总结了战国、秦、汉时期的
数学成就。不仅最早提到分数问题，其中的
《方程》章还在世界数学史上首次阐述了负数
及其加减运算法则。

我国古代是一个数学大国，有着许许多多的数学成就，比如《九章算术》就是中国古代数学专著，是"算经十书"（汉唐之间出现的十部古算书）中最重要的一本。魏晋时刘徽为《九章算术》作注时说："周公制礼而有九数，九数之流则《九章》是矣"，又说"汉北平侯张苍、大司农中丞耿寿昌皆以善算命世。苍等因旧文之遗残，各称删补，故校其目则与古或异，而所论多近语也"。可见《九章算术》上承先秦数学发展之源流，入汉之后又经许多学者的删补方才最后成书。它的出现，标志着中国古代数学体系的基本形成。

《九章算术》共收有246个数学问题，分为九章。

第一章"方田"：主要讲述平面几何图形面积的计算方法。

第二章"粟米"：提出比例算法，称为今有术。

第三章"衰分"：提出比例分配法则，称为衰分术。

第四章"少广"：介绍开平方、开立方的方法。

第五章"商功"：除给出各种立体体积公式外，还给出工程分配方法。

第六章"均输"：用衰分术解决赋役的合理负担问题，西方直到15世纪末以后才形成类似的全套方法。

第七章"盈不足"：提出若干可以通过两次假设化为盈不足问题的一般问题的解法。这也是处于世界领先地位的成果，传到西方后，影响极大。

第八章"方程"：提出一次方程组问题；采用分离系数的方法表示线性方程组，这是世界上最早的、最完整的线性方程组的解法。在西方，直到17世纪才由莱布尼茨提出完整的线性方程的解法法则。这一章还引进并使用了负数，提出了正负术——正负数的加减法则，与现今代数法则完全相同。解线性方程组时实际上还运用了正负数的乘除法。这是世界数学史上一项重大的成就，第一次突破了正数的范围，扩展了数系。

第九章"勾股"：利用勾股定理求解的各种问题，绝大多数内容与当时的社会生活密切相关。"勾股"章还有一些内容很超前，这些知识在西方直到近代才出现。例如"勾股"章最后一题给出的一组公式，在西方直到19世纪末才由美国数论学家迪克森得出。

《九章算术》是几代劳动人民和数学家共同的智慧结晶，后世的数学家大都是从《九章算术》开始学习和研究数学知识的。唐宋两代，国家明令规定其为教科书。北宋元丰七年（1084年）朝廷将其刊刻，这也是世界上最早的印刷本数学书。《九章算术》是当时世界上最简练有效的应用数学著作，它的出现标志着中国古代数学形成了完整的体系。

圆周率

圆周率是圆的周长与直径的比值，一般用希腊字母 π 表示，是一个在数学及物理学中普遍存在的数学常数。圆周率 π 也等于圆形之面积与半径平方之比，是精确计算圆周长、圆面积、球体积等几何形状的关键值。

关于圆周率，最早是在一块古巴比伦石匾上发现的。石匾上面记载了圆周率的大小为 3.125。中国古算书《周髀算经》中也有关于圆周率的记载，它将圆周率取值为 3。汉朝时，张衡得出圆周率约为 3.162。

公元 263 年，中国数学家刘徽用"割圆术"计算了圆周率。他先从圆内画了一个正六边形，逐次分割一直算到圆内接正 192 边形，从而给出了 π=3.141024 的圆周率近似值。刘徽在得到圆周率 π=3.14 之后，将这个数值用晋武库中汉朝王莽时代制造的铜制体积度量衡标准嘉量斛的直径和容积检验，发现 3.14 这个数值还是偏小。于是他继续分割到正 1536 边形，求出正 3072 边形的面积，得到令自己满意的圆周率为 3.1416。公元 480 年左右，南北朝时期的数学家祖冲之进一步得出精确的圆周率，到了小数点后 7 位。

祖冲之自幼喜欢数学，也具有实践的意识，喜欢将想法与行动结合，在父亲和祖父的指导下学习了很多数学方面的知识。一次，父亲从书架上给他拿了一本《周髀算经》，书中讲到圆的周长为直径的 3 倍，于是，祖冲之就用绳子量车轮，进行验证，结果却发现车轮的周长比车轮直径的 3 倍还多一点。他看到盆子，又去量盆子，结果还是盆子的周长比盆子的直径的 3 倍还多一点。于是，他有了一个想法：圆周并不完全是直径的 3 倍。在汉朝以前，中国一般用 3 作为圆周率数值，即"周三径一"，而这在计算圆的周长和面积时，误差很大。那么圆周究竟比 3 个直径长多少呢？

祖冲之在刘徽创造的用"割圆术"求圆周率的科学方法基础上，运用开密法，经过反复演算，计算出圆周率在 3.1415926 和 3.1415927 之间。这是当时世界上最精确的数值，他也成为世界上第一个把圆周率的准确数值计算到小数点以后第 7 位数字的人。直到 1000 多年后，这个纪录才被欧洲人打破。

圆周率在数学和科学领域具有重要的应用价值和研究意义，而祖冲之在圆周率的计算方面具有重大的贡献，于是有外国数学史家把 π 叫作"祖率"。

割圆术

割圆术，是不断倍增圆内接正多边形的边数求出圆周率的方法。公元 3 世纪中期，魏晋时期的数学家刘徽首创割圆术，为计算圆周率建立了严密的理论和完善的算法。

中国古代从先秦时期开始，一直是取"周三径一"（即圆周长是直径的三倍）的数值来进行有关圆的计算，但用这个数值进行计算的结果，往往不是很准确。东汉的张衡不满足于这个结果，他从研究圆与它的外切正方形的关系着手得到圆周率，这个数值比"周三径一"要好些，但刘徽认为其计算出来的圆周长必然要大于实际的圆周长，也不精确。刘徽以求无限为指导，提出用"割圆术"来求圆周率，既大胆创新，又严密论证，为圆周率的计算指出了一条科学的道路。

在刘徽看来，既然用"周三径一"计算出来的圆周长实际上是圆内接正 6 边形的周长，与圆周长相差很多，那么，我们可以在圆内接正 6 边形把圆周等分为六条弧线的基础上，再继续平均分，把每段弧再一分为二，做出一个圆内接正 12 边形，这个正 12 边形的周长不就要比正 6 边形的周长更接近圆周了吗？如果把圆周再继续分割，做成一个圆内接正 24 边形，那么这个正 24 边形的周长必然又比正 12 边形的周长更接近圆周。这就表明，把圆周分割得越细，其内接正多边形的周长就越接近圆周。如此不断地分割下去，一直到圆周无法再分割为止，也就是到了圆内接正多边形的边数无限多的时候，它的周长就与圆周"合体"而完全一致了。

按照这样的思路，刘徽把圆内接正多边形的周长一直算到了正 3072 边形，并由此求得圆周率为 3.1415 和 3.1416 这两个近似数值。这个结果是当时世界上圆周率计算得最精确的数据。刘徽对自己创造的这个"割圆术"新方法非常自信，把它推广到有关圆形计算的各个方面，从而使汉代以来的数学发展大大向前推进了一步。到了南北朝时期，祖冲之在刘徽的基础上继续努力，终于使圆周率精确到了小数点以后的第七位。在西方，这个成绩是由法国数学家韦达于 1593 年取得的，比祖冲之要晚了 1100 多年。

刘徽创立的"割圆术"，首次将极限和无穷小分割引入数学证明，为中国古代数学发展作出了重大贡献，成为人类文明史中不朽的篇章。

小数

实数的一种特殊的表现形式。所有分数都可以表示成小数，小数中的圆点叫作小数点，它是一个小数的整数部分和小数部分的分界号。其中整数部分是零的小数叫作纯小数，整数部分不是零的小数叫作带小数。

小数是我国最早提出和使用的。早在 1700 多年前，我国古代数学家刘徽在解决一个数学难题时就提出了把整数个位以下无法标出名称的部分称为徽数。

最初，刘徽用文字表示小数。到了 13 世纪，我国元代数学家朱世杰提出了小数的名称，同时出现了低格表示小数的记法，这是世界上最早的小数表示方法，这种记法后来传到了中亚和欧洲。后来，又有人将小数部分的各个数字用圆圈圈起来，这样，就把整数部分和小数部分分开了。

有了阿拉伯数字后，出现了新的表示小数的方法。16 世纪，法国数学家克拉维斯用小圆点"."表示小数点，确定了现在小数的表示形式；不过还有一部分国家是用逗号","表示小数点的。

小数点在数学中有着非常重要的地位，一点之差，可能会造成非常大的影响。下面这个事故就是由于小数点造成的。

1967 年，苏联宇航员费拉迪米尔·科马洛夫一人驾驶"联盟一号"宇宙飞船返航。当飞船返回大气层后，他因操作失灵，无法让飞船减速，地面指挥中心无法帮助其排除故障，后来在基地附近坠毁，船毁人亡。坠毁前科马洛夫还与自己的母亲、妻子和孩子通了话，直到最后永别的时刻飞船坠地，电视图像消失，整个苏联一片肃静，人们纷纷走向街头，向着飞船坠毁的地方默默地哀悼。后来得知，地面检查时忽略了一个小数点，导致飞船在进入轨道后出现一系列故障，从而导致悲剧的发生。这个故事告诫我们，对待学习和科学一定要有非常严谨的态度，否则"差之毫厘，谬以千里"。

负数

负数是数学术语，比 0 小的数叫作负数，负数与正数表示意义相反的量。在使用负数方面，古代中国在当时世界上处于遥遥领先的地位。

早在两千多年前，中国就有了正负数的概念，比埃及、印度早六七百年，比欧洲早一千多年。这些内容在《九章算术》等数学著作中就有所记载。

古代中国，人们使用不同颜色或不同方向的小棍表示正负数。对此，数学家刘徽在《九章算术注》中作了说明。在书中，刘徽指出："正算赤，负算黑；否则以邪正为异。"意思是说，用红色的小棍摆出的数表示正数，用黑色的小棍摆出的数表示负数；也可以用斜摆的小棍来表示负数，用正摆的小棍表示正数。这说明，当时的中国人已经掌握了正负数的计算方法，并且将其应用到生产和生活之中。在古代商业活动中，以收入为正，支出为负；以盈余为正，亏欠为负。在古代农事活动中，以增产为正，减产为负。

中国古代数学著作《九章算术》在"方程"一章中，首次引入负数的加减法规则，并将其命名为"正负术"。"正负术"即正负数加减法则。书中有这么一段话："同名相除，异名相益，正无入负之，负无入正之。"我们可以用现代算式为这段作出解释。

"同名相除"，即同号两数相减时，等号右边括号前为被减数的符号，括号内为被减数的绝对值减去减数的绝对值。例如：

（+5）–（+3）= +（5–3）；

（–5）–（–3）= –（5–3）。

"异名相益"，即异号两数相减时，等号右边括号前为被减数的符号，括号内为被减数的绝对值加减数的绝对值。例如：

（+5）–（–3）= +（5+3）；

（–5）–（+3）= –（5+3）。

"正无入负之，负无入正之"，即 0 减正得负，0 减负得正。例如：

0–（+3）= –3；

0–（–3）= +3。

九九乘法表

乘法口诀是中国古代筹算中进行乘法、除法、开方等运算的基本计算规则，至今已有两千多年。九九乘法表是全世界最短的乘法表，它朗朗上口，非常容易记忆，在学习、工作实践中非常好用。

〇八五

规则：九九乘法表

中国古代筹算基本

2002年，湖南考古人员在湘西里耶的一口古井中发现了记载着秦国历史的37000枚秦简，其中一枚长22厘米、宽4.5厘米的秦简引起了考古工作人员的注意。经过一番辨认，排列整齐的乘法口诀映入眼帘。毫无疑问，这是两千多年前的乘法口诀表，也是人类历史上最早的乘法口诀实物资料。

简牍上的释文，有几句很有意思。首先，正面的乘法口诀从"九九八十一"开始到"二半为一"中间一句不差，总共为38句，排列很有规律。但与以往发现的九九乘法表考古资料不同，这枚简出现了"二半为一"这句口诀，这表示至少在两千多年以前，我们的先人就已经掌握了非整数的计算规律。其次，正文最后一句"凡千一百一十三字"在当时让众人费尽脑筋，不解其意。有人说是一种算筹单位，不过后来不知是哪个人发现，这是乘法口诀中各项乘积之和。

最让人费解的还是简牍背面的15个毫无规律可循又不像数字的神秘汉

字："行邮人视、以以邮行守敢以以、小吏有。"这到底是什么意思呢？正当考古学家们百思不得其解之时，有人提出一个大胆的猜想：这可能是一个秦朝小孩上课走神时的涂鸦之作。经过谨慎研究，专家认为这一说法可信。

透过竹简上那漫不经心的画痕，我们仿佛看到：两千多年前一个令人昏昏欲睡的下午，夫子在上面喋喋不休。一个小孩趁老师不注意，在简牍背面胡乱地刻画着……

当这些秦朝竹简出土后，其成果震惊中外，原来中国人早在两千年前就有一套如此先进的数学公式。

2015 年，英国引进了乘法表，但由于语言不同，导致口诀变长，再加上英国人采用十二进制，英国便把九九乘法表改成了 12×12 乘法表，要求英国小学生 11 岁前必须掌握。如今很多英国小学生也掌握了口算技能。当他们父母惊叹于这种变化时，小学生们便会得意地说，这是一种来自东方的神秘力量，你们不懂。

亩

"亩"字来源于中国夏、商、周的井田制度所实施的井田模型。在先秦一些书籍中，"亩"往往是对个人田地的称呼；"田"往往是对公用田地的称呼。

亩，在我们生活中很常见，那亩是什么时候出现的呢？如果对夏、商井田模型加以分解，就不难看出"亩"其实是夏、商时期农户在井田所耕种的土地规划状态的符号化表达方式。其实，"亩"字的繁体字为"畝"，其中"亩"表形状，"久"部是对"亩"当时的实际存在状态，或者结构的进一步解释，这样一来，"亩"就成为表示田地大小的一种字符或者符号。

中国历史上所说的亩，是一个非常模糊的概念。吴承洛先生在《中国度量衡史》一书中明确指出："惟中国历代对于地亩之数，本无精密统计，又未经清丈，亦无法确定计亩之单位。……地积之量，以长度之二次方幂计之，地积本身则无为标准之基本量；故言地亩之大小，可以尺度之数计之。"由此可见，自古以来，作为面积单位的"亩"，并没有一个准确的定量，地亩的大小通常是以尺度来计算的。

不同的朝代对于亩的定义略有不同。按照周朝的规定，一步为6尺，一百步为一亩。到了秦代，则一步为6尺，240步为一亩。汉代沿袭秦代的制度，而唐朝则是宽为一步，长 240 步为一亩。清朝以 5 方尺为步，以 240 步为一亩。那么一步究竟是多长呢？周代的一尺大约有 19.9 厘米，秦尺约合 23.192 厘米，汉尺约 23 厘米。《三国演义》中有"关云长身高九尺"。如果按照现在 33 厘米左右为一尺的话，关云长就有 3 米高了，这就有点离谱了。实际上，《三国演义》上所说的尺，指的应当是汉尺，每尺 23 厘米左右。照此计算，关云长的身高两米多一点，也就不足为奇了。清代的一尺约合 32 厘米，已经相当接近今天的尺寸了。

从上面的叙述中，我们可知，古时的"一亩见方"并不是长百步宽百步，而是面积一亩，呈方形。具体而言，就是指周长约为 240 步的一块正方形，约相当于现在的 193.8 平方米（即 0.2907 亩）。

杆秤

杆秤是用来测量物体质量的衡器，是人类生活和贸易中必不可少的一种衡量工具。在古代，杆秤又习惯被称为"权衡"。"权"指秤砣，"横"指秤杆。

　　杆秤是人类发明的各种衡器中历史最悠久的一种。在中国湖南长沙东郊楚墓出土的公元前 700 年前的文物中，已有各种精制的砝码、秤杆、秤盘、系秤盘的丝线和提绳等。随着历史的发展，秤的种类越来越多，杆秤、台秤、案秤、戥秤，乃至如今的弹簧秤、电子秤，不一而足。

　　秤不仅仅是商业行为的产物，更蕴含着一种深邃的文化理念。

　　相传，秤的发明者是中国春秋时期的范蠡。一次，他看到井边的木桩上用绳子吊着一根横木，横木的一端绑了一块石头，另一端挂着水桶。这样在打水时轻巧灵活，非常省劲。范蠡从中受到启发，发明了秤和秤砣，并发现了移动秤砣可以使秤平衡的道理。范蠡用南斗六星和北斗七星作为计量的符号，每颗星为一两，十三两为一斤。这样使用起来，很称心如意，所以给它取名为"称"。因为"称"字和"秤"字音近，后来人们便写成了"秤"。古时常有些小商贩在秤花上做手脚，短斤缺两，损人利己。于是范蠡把福、禄、寿三星加进了称量行列，告诫商人，少一两没福，少二两缺禄，少三两就短寿。这样十六两为一斤的杆秤就开始广泛使用。

正因如此，昔日生意人，多讲究诚信为本，以义取利；追求货真价实，公平交易，目的是财源广进。于是，大凡商铺内供奉财神爷，还放一杆公平秤，悬挂对联"讲天理良心，讲公平交易"；更有一副对联"三星六星七星星星在照，戥秤盘秤台秤秤秤公平"。

关于秤的习俗还有很多。古代的官员们喜欢在自己的府衙及宅院中，装饰上一杆大秤，来表明他们公正无私的清廉形象。

人们还给杆秤披上神秘的色彩，灵化为龙的化身。秤钩是龙嘴，秤纽是龙眼，秤杆是龙身，秤星即是龙鳞。每逢下雨之时，长辈们就要将大秤悬挂于堂前，以求神龙护佑，镇邪避灾。

当然，秤的历史跨越千年，与之相关的计量文化丰富多彩。与秤相关的谜语，如"满身花纹影如蛇，空闲日子墙上爬，千斤万斤肩上过，一五一十不虚夸"——谜底就是杆秤，"我小小年纪，出门做生意，挈了我辫子，问我多少年纪"——谜底也是杆秤。同样，谜面上含有"秤"的谜语有"电子计量秤（打一常言俗语）——重在表现"，"大升进，小升出；大秤进，小秤出（打一成语）——斗转星移"。

小小一杆秤竟有如此多的习俗，体现出中华民间文化的博大精深。

引发书写材料革命的伟大发明：造纸术

造纸术

中国四大发明之一，是促使人类文化传播的伟大发明。古代造纸原料主要有树皮、麻头及敝布、渔网等。古代造纸工艺为挫、捣、炒、烘。

根据考古发现，西汉时我国已经掌握了造纸术，有了麻质纤维纸。迄今已经在甘肃、新疆、陕西、四川、广东等地出土了西汉时的纸。到了东汉，蔡伦改进了造纸术，使造纸的效率更高，成本更低。在造纸术发明的初期，造纸原料主要是树皮和破布。

在造纸术被发明前，文字是刻在甲骨上，写在竹简、木简、丝帛上。这些材料有的十分笨重，有的十分昂贵，给人们造成了许多不便。到了东汉时期，有个叫蔡伦的宦官改进了造纸术，为人们寻找到一种方便实用的记录文字的材料。

蔡伦出身普通农民家庭，从小随父辈种田，但他聪明伶俐，很讨人喜欢。大约15岁时他入了宫，在宫里读书识字，成绩优异，从底层干起，官至尚方令，主管宫内御用器物和宫廷御用手工作坊。

当时，宫里每天都有很多事情需要记录，但所用的竹简或木简太笨重，丝帛又太贵且不可能大量生产。他一直苦于没有更好的记录方式。

有一段时间，蔡伦经常到河边，仔细观察妇女们在席子上洗蚕丝和抽蚕丝的"漂絮"过程。他发现当把好的蚕丝拿走后所剩下的那些破乱的蚕丝，会在席子上形成一层薄薄的东西，有人就把它晒干，用来糊窗户、包东西，甚至还用来写字。

蔡伦由此受到启发，回到宫里，就采用"漂絮"的方法，带领工匠们用树皮、麻头、破布和破渔网等原料来造纸。他们先把树皮、麻头、破布和破渔网等东西剪碎或切断，放在水里浸渍相当长一段时间，然后再捣烂成浆状物，在席子上摊成薄片，放在太阳底下晒干，最后轻轻地揭下来，这样就变成一张薄薄的纸了。

经过反复试验，蔡伦最终带领工匠造出了质量较高的纸。他用树皮、麻头、破布、破渔网做原料来造纸，是造纸技术的一大进步。因为这些原料来源广泛，价钱便宜，有的还是废物利用。后人用木浆造纸，就是受蔡伦用树皮造纸的启发。

蔡伦把这个重大的成就报告给了汉和帝，受到汉和帝的褒奖并在各地推广。后来，蔡伦被封侯后，由他监制的纸则被人们称为"蔡侯纸"。

由于用这种方法造出来的纸，体轻质薄，很适合写字，因而受到了人们的欢迎。

造纸术是我国古代科学技术的"四大发明"——指南针、造纸术、印刷术、火药——之一，是中华民族对世界文明作出的一项十分宝贵的贡献，它大大促进了世界科学文化的传播和交流，深刻地推动着世界历史的发展进程。

指南针

中国古代四大发明之一，古代叫司南。由司南、罗盘和磁针构成的指南针，在天然磁场的作用下可以自由转动并保持在磁子午线的切线方向上，磁针的南极指向地理南极（磁场北极），利用这一性能可以辨别方向。

在古代，人类面对茫茫海洋，虽然有探秘的愿望，但是受技术的限制，总是无法如愿。对于茫无边际的海洋，也只能"望洋兴叹"。其实，并不是造船技术限制了古人的越洋交流，更主要的是在海上无法辨别方向，虽然有可以横渡大洋的船只，但若在海上迷路，也只能葬身海底。因此可以说，指南针的发明给海船装上了"眼睛"，为航海业的发展提供了最基本的技术条件。

对于海上和陆地上的定向工具，历史上有许多记载和传说。据说黄帝与蚩尤交战时，曾经发明过指南车，可以在大雾弥漫的天气下准确辨别方向，不至于迷路。这可能是关于指南针的最早探索。

指南针的发明可以追溯到周代，距今已有两三千年的历史。春秋战国时期，中国人已经发现了磁石及其吸铁性。《韩非子·有度》有云："先王立司南以端朝夕。"这里的"先王"指周王，"司南"就相当于指南针，"端朝夕"

则是正四方的意思，说明指南针的用途。《管子》亦有记载："上有慈石者，下有铜金。""慈石"就是磁石，"铜金"是指一种铁矿。可见，至少2600年前管子生活的年代，人们已经掌握了磁石的两大特性：吸铁性和指极性。

战国时期，中国人利用磁石能指示南方的性能，制作成指南工具——司南。但司南也有缺点，用磁石制造的司南，磁极不容易找准，而且在琢制的过程中，磁石容易因震动而失去部分磁性。再加上司南在使用时底盘必须放平，而且司南的体积也比较大，因此，古人在发明了司南之后，又不断改进指南工具，制成了一种新的指南工具——指南鱼。由于地磁场的强度不大，指南鱼的磁性也很弱，因此古人渐渐觉得指南鱼的指南效果仍不理想。能不能有一种更理想的指南工具来代替指南鱼呢？技术的探索创新从未间断，在钢片指南鱼发明后不久，又有人发明了用钢针来指南，这种磁化的小钢针是世界上最早制成的真正的指南"针"了。

北宋科学家沈括在《梦溪笔谈》一书中，提到了指南针的几种用法。一是水浮法，即把指南针放在有水的碗里，使它浮在水面，指示南北方向。二是指甲旋定法，即把磁针放在手指甲上轻轻转动后来定向。三是碗唇旋定法，即把磁针放在光滑的碗边通过旋转磁针来定向。四是缕悬法，即在磁针的中部涂一点点蜡，用一根细丝线沾上蜡后，悬挂于空中指南。这种悬挂式指南针，虽然必须在无风处使用，但使用起来比较方便。现代的磁变仪、磁力仪的基本结构原理，就是采用了沈括所说的缕悬法原理。而航海中使用的重要仪表罗盘，也大多是根据水浮磁针这一原理设计而成的。

指南针发明后，很快被用于航海，从此，海船有了"眼睛"，便不会轻易迷失方向。这样，指南针就把航海事业推进到了一个新的时代，促进了各国之间的经济贸易和文化交流。英国科技史专家李约瑟曾指出："指南针的应用是原始航海时代的结束，预示着计量航海时代的来临。"

火药

中国四大发明之一。它的发明与使用对
人类文明的发展产生了深远影响。

"轰"的一声巨响，火光冲天，硝烟弥漫。这是火药的威力，也是人类
智慧的结晶。

火药的发明源于中国。古代的炼丹家们，在追求长生不老的道路上意外
地发现了硫磺、木炭与硝石的混合物燃烧时会产生强烈的爆炸和烟雾效果。
从此，火药开始在人类历史中扮演重要角色。

在炼丹术发展的带动下，晚唐时火药被用于军事。唐昭宗天祐元年
（904），杨行密的军队围攻豫章，守军在城墙上"发机飞火……"，这是有记
载的第一次将火药用于军事。那时候的应用还相当简单，只是在箭杆上绑一
团火药，点燃引信之后用弓弩射出去。

真正进入火药时代是在宋朝。宋朝的军事工业体系庞大而完备，设有专
门研发火药的"火药作"。970 年，大宋已经有了自己创制的火箭、火球、火
炮等各类型制的武器；1044 年，中国第一部军事百科全书《武经总要》编
撰完成，其中记载的火器达十几种，出现了爆炸力惊人的黑火药。

后来，火药先是传播到阿拉伯，又从阿拉伯传到欧洲各国。其强大的威力吸引了众多科学家和工程师的注意。他们开始潜心研究火药技术和应用，将其广泛应用于军事和战争。在欧洲各国的资产阶级革命时期，火药武器成为新兴资产阶级的重要武器。马克思说"火药把骑士阶层炸得粉碎"，充分肯定了火药武器在反封建战争中的巨大作用。

如今，火药除被用于军事领域外，还广泛用于采矿、筑路、兴修水利、工程爆破、金属加工等。此外，火药还在烟火、信号弹、气体生成、航空航天、药品和颜料等方面得到广泛应用。

总的来说，火药的发明是中国古代化学和军事技术发展的重要产物，也是世界科技发展史上一个重要里程碑。它的应用不仅改变了战争的形式，也推动了技术的发展和社会的进步。

改变千年文字传承的伟大创举：活字印刷术

活字印刷术

中国古代四大发明之一，是一种古代印刷方法，是中国古代劳动人民经过长期实践和研究的智慧成果。

自汉朝蔡伦改良造纸术以后，书写材料比起过去用的甲骨、简牍、金石和缣帛要轻便、经济得多，但是抄写书籍还是非常费时费力，远远不能适应社会的需要。东汉末熹平年间（172—178）出现了摹印和拓印石碑的方法，这已经有了印刷术的萌芽。唐朝时，雕版印刷术开始出现，并在唐朝中期开始普遍使用。

雕版印刷是在一定厚度的平滑的木板上，粘贴上抄写工整的书稿，薄而近乎透明的稿纸正面和木板相贴，字就成了反体，笔画清晰可辨。雕刻工人用刻刀把版面没有字迹的部分削去，就成了字体凸出的阳文，和字体凹入的碑石阴文截然不同。印刷的时候，在凸起的字体上涂上墨汁，然后把纸覆在上面，轻轻拂拭纸背，字迹就留在纸上了。

雕版印刷对文化的传播起了重大作用，但是也存在明显缺点，比如刻版费时费工费料，大批书版存放不便，有错字不容易更正，等等。北宋平民发明家毕昇总结了历代雕版印刷丰富的实践经验，经过反复试验，在宋仁宗庆历年间（1041—1048）制成了胶泥活字，实行排版印刷，完成了印刷史上一项重大的革命。

毕昇的方法是这样的：用胶泥做成一个个规格一致的毛坯，在一端刻上反体单字，字画突起的高度像铜钱边缘的厚度一样，用火烧硬，成为单个的胶泥活字。为了适应排版的需要，一般常用字都备有几个甚至几十个，以备同一版内重复的时候使用。遇到不常用的冷僻字，如果事前没有准备，可以随制随用。为便于拣字，把胶泥活字按韵分类放在木格子里，贴上纸条标明。排字的时候，用一块带框的铁板做底托，上面敷一层用松脂、蜡和纸灰混合制成的药剂，然后把需要的胶泥活字拣出来一个个排进框内。排满一框就成为一版，再用火烘烤，等药剂稍微融化，用一块平板把字面压平，药剂冷却凝固后，就成为版型。印刷的时候，只要在版型上刷上墨，覆上纸，加一定的压力就行了。为了可以连续印刷，就用两块铁板，一块加刷，另一块排字，两块交替使用。印完以后，用火把药剂烤化，轻轻一抖，活字就可以从铁板上脱落下来，再按韵放回原来木格里，以备下次再用。

此后，活字印刷术不断得以改进，并迅速传入朝鲜、日本、东南亚等地，后来又经西域传入欧洲，成为人类共享的文化财富。

闪耀着中华民族智慧之光的印刷术，是我国古代劳动人民在长期的生产实践和生活体验中创造出来的。印刷术对人类文化的普及和世界科学文化成果的传播、交流作出了不可磨灭的贡献，极大地加速了人类社会的发展进程，更是为欧洲新航路的开辟、文艺复兴运动及资本主义的产生创造了重要的物质条件。

中国古人对四季气候的科学总结：二十四节气

二十四节气

二十四节气不仅是一种时间体系，更是一套具有丰富内涵的生活与民俗系统。为了便于记忆，人们编出了二十四节气歌诀："春雨惊春清谷天，夏满芒夏暑相连。秋处露秋寒霜降，冬雪雪冬小大寒。"

二十四节气是上古先民顺应农时，通过观察天体运行，认知自然变化规律所形成的知识体系。在时间的长河中，二十四节气以一种独特的方式，描述着自然万物的生长与凋零，描绘着季节的更迭与岁月的流转。

在遥远的周朝，当圭表测日的技术刚刚兴起，人们便开始尝试着去寻找和感知时间的脚步。冬至、夏至、春分、秋分，这四个节气的确立，标志着人类开始尝试掌握时间的规律，以此指导农事活动。这是一个充满智慧的创举，人类开始扮演着时间的主宰者，而不再是被自然牵着鼻子走的孤独个体。

进入秦汉时期，随着农业的发展和历法的进步，二十四节气已经完全确立，并成为指导农事活动的指南。春耕、夏种、秋收、冬藏，人们将生活的节奏与大自然的韵律紧密相连。这一时期，诗歌、农书等文学作品中，开始大量出现对二十四节气的描绘和赞美。

唐宋时期，文化艺术空前繁荣，诗歌、绘画等艺术形式中，二十四节气的身影频繁出现。诗人用浓墨重彩描绘春天的繁花、夏天的炽热、秋天的丰收和冬天的寒冷。画家则用细腻的笔触，勾勒出每个节气的风情和神韵。这一时期，二十四节气的影响力逐渐扩大，成为人们生活中不可或缺的一部分。

明清时期，二十四节气的应用更加广泛。它不仅是农事活动的指南，更深入人们生活的方方面面。人们根据节气的变化，安排衣食住行，祭祀庆典。每个节气都有其独特的习俗和仪式，这些习俗和仪式又反过来丰富了二十四节气的内涵。

今天，我们仍然可以听到这个古老传统在耳边低语。在每个季节的变换中，我们都能感受到它的存在。它告诉我们季节的更迭，告诉我们时间的流逝。它让我们欣赏自然的美妙，感受生活的节奏。二十四节气就像是一部古老的历史长卷，它以生动的画面和深刻的智慧，向我们展示了时间的流转和季节的变化。它让我们理解了自然的力量和生命的节奏。它让我们更加热爱生活，更加敬畏自然。

地动仪

地动仪有八个方位，它们分别是东、南、西、北、东南、西南、东北、西北，每个方位上均有含龙珠的龙头，在每个龙头的下方都有一只蟾蜍与其对应。任何一方如有地震发生，该方向龙口所含龙珠即落入蟾蜍口中，由此便可测出发生地震的方向。

世界上最早的地动仪是由张衡发明的。地动仪是铜铸的，形状像个酒樽，四周有八个龙头，龙头对着东、南、西、北、东南、西南、东北、西北八个方向。龙嘴是活动的，各自衔着一颗小铜球，每个龙头下面，有一个张大嘴的铜蟾蜍，仪器的内部中央有一根铜质"悬垂摆"，柱旁有八条通道，称为"八道"，还有巧妙的机关。公元 134 年甘肃西南部的地震证实了地动仪检测地震的准确性。

地动仪制成后，安置在洛阳。在公元 134 年的某一天，京都和往常一样，周围并没有什么动静，但是小钢球却异乎寻常地从龙口里吐了出来，落到蟾蜍嘴里。激扬的响声，惊动了四周，人们纷纷议论，大地并没有震动，地动仪为什么会报震呢？大概是地动仪不灵吧？谁知过了没几天，陇西（今甘肃省西部）发生地震的消息便传来了，生动地证明了地动仪是何等灵敏、准确！

　　由于地动仪只是记录了地震的大致方向，而非记录地震波，所以相当于验震器，而非真正意义上的地震仪。近代的地震仪在 1880 年才制成，它的原理和张衡地动仪基本相似，但在时间上却晚了 1700 多年。

　　张衡的地动仪是人类历史上的第一台验震器，由于历史久远已经失传，没有留下实物与图样，只留下一些简略的文字记载。但张衡发明的地动仪开创了人类使用科学仪器测报地震的历史。对此，长期以来中外科学家一直给予极高的评价，在科学技术还很落后的 2 世纪能做到这一点，是极其难能可贵的。

日晷

本义是指太阳的影子。现代所说的日晷一般指的是人类古代利用日影测得时刻的一种计时仪器，又称"日规"。

日晷是古代一种利用太阳投射的影子来测定时刻的装置，一般是在有刻度的盘的中央装着一根与盘垂直的金属棍，根据日影的位置，以指定当时的时辰或刻数来观测日影计时的仪器。日晷是我国古代普遍使用的计时仪器。史料中最早关于日晷仪的记载是《汉书·律历志》："乃定东西，主晷仪，下刻漏。"

日晷通常由铜制的指针和石制的圆盘组成。铜制的指针叫作"晷针"，垂直穿过圆盘中心，起着圭表中立竿的作用。因此，晷针又叫"表"。石制的圆盘叫作"晷面"，安放在石台上，南高北低，使晷面平行于天赤道面。这样，晷针的上端正好指向北天极，下端正好指向南天极。

晷面两面都有刻度，分十二时辰，每个时辰又等分为"时初""时正"，这正是一日 24 小时。

日晷计时的原理是这样的。在一天中，被太阳照射到的物体投下的影子在不断地改变着，第一是影子的长短在改变：早晨的影子最长，随着时间的推移，影子逐渐变短，一过中午它又重新变长。第二是影子的方向在改变：在北回归线以北的地方，早晨的影子在西方，中午的影子在北方，傍晚的影子在东方。从原理上来说，根据影子的长度或方向都可以计时，但根据影子的方向来计时更方便一些，故通常都是以影子的方位计时。随着时间的推移，晷针上的影子慢慢地由西向东移动，移动着的晷针影子好像是现代钟表的指针，晷面则是钟表的表面，以此来显示时刻。早晨，影子投向盘面西端的卯时附近；当太阳达正南最高位置（上中天）时，针影位于正北（下）方，指示着当地的午时正时刻。午后，太阳西移，日影东斜，依次指向未、申、酉各个时辰。

人类使用日晷的时间非常久远。日晷不但能显示一天之内的时刻，还能显示节气和月份。当然它的缺点也是显而易见的，笨重而且没有阳光的时候不能用。中国最早关于日晷仪的可靠记载是《隋书·天文志》中提到的袁充于隋开皇十四年（594）发明的短影平仪（即地平式日晷）。赤道日晷的明确记载初见于南宋曾敏行的《独醒杂志》卷二中提到的晷影图。

日晷这项发明被人类使用达几千年之久，后来随着机械钟等更精确计时装置的发明，才逐渐退出历史的舞台。

漏壶

又名"漏刻"或"滴壶"，是一个在壶底
或靠近底部凿有小孔的盛水工具，利用孔口
流水使壶的水位变化来计算时间。

你知道吗？我国古代除了用日晷作为计时的方法外，漏壶也是我国古代
计时器的一种。古时候，人们使用陶器来收集水和储存水。由于陶器材料松
散，不可避免地会出现漏水现象。人们经过长时间观察，发现漏水容器水面
下降的高低与时间存在对应关系，于是人们就根据这一现象制作出了专门用
于计时的漏壶。

漏壶的工作原理是：在一定条件下，每滴水滴的大小和形成时间相等。
水从几个高度不同的容器中依次滴下，最后滴到底层有浮标的容器，根据浮
标上的刻度，也即底部容器中的水位来读取时间。这样，无形的时间就转化
为有形的刻度。

据相关历史文献记载，"漏刻之作盖肇于轩辕之日，宣乎夏商之代"。另据
《周礼》的记载，西周时已经设有专门掌管漏壶计时的官职——擎壶氏。可见，
我国早在黄帝时期漏壶就已经产生，并在夏商周时期得到广泛的应用。

秦代时，计时的壶开始用刻漏。秦宫中掌管刻漏的官员称为"率更"。

汉代时，刻漏分昼漏与夜漏，共一百刻。《说文解字》水部有云："漏，以铜受水，刻节，昼夜百刻。"郑玄注《周礼·挈壶氏》云："漏之箭，昼夜共百刻。冬夏之间有长短焉，太史立成法有四十八箭。"可见，汉代的刻漏计时已经与日晷计时相一致，都是一日百刻之制。汉代还形成了滴漏报时制度。夜漏尽，指天明，要鸣鼓报时；昼漏尽，指夜临，要鸣钟报时。滴漏报时制度自汉以后，历代循行。

我国现存的最早漏壶是西汉时期的单壶沉箭漏。但是，单壶漏计时不是很精确。一般而言，漏壶级数越多，计时越准确。因此，通过不断的改进，漏壶逐渐发展为二级漏壶、多级漏壶，最多的达五级。晋以前多是二级漏壶，晋时已出现三级漏壶，唐时已有四级漏壶。宋朝杨军在《六经图》中转述了王普《官术刻漏图》（该书今已散佚）中提及的莲华漏：莲华漏由 4 个壶组成，天池壶和平水壶逐级向平水小壶供水，小平水壶上的溢流可排入减水桶，保持水面恒定。浮阀用作莲华漏中的自动关闭阀，当接收壶的水位上升到满刻度时，浮阀就会自动堵住上级壶的出水孔，从而切断水滴。多级漏壶能够保持上壶水位的恒定，因此使得漏壶计时准确性大大提高。

我国现存最完整的成组型滴漏是元仁宗延祐三年（1316）铸造的，全组由 4 个安放在阶梯上的漏壶组成，最上层称日壶，第二层称月壶，第三层称星壶，最底下一层称受水壶。各壶都有铜盖，受水壶铜盖中央插一把铜尺，尺上刻有十二时辰的刻度，自下而上为子、丑、寅、卯、辰、巳、午、未、申、酉、戌、亥。铜尺前插一木制浮剑，木剑下端是一块木板，叫浮舟。水由日壶按次沿龙头滴下，受水壶中的水随时间的推移而逐渐增加，浮剑逐渐上升，从而读出时间。

综上，漏壶是我国古代饱含科技感的计时工具，凝结着古代人们的聪明才智，它是我国科技发展史的实物资料。

火箭

由装有易燃混合物的壳体组成的装置，燃烧生成的气体向后排出，从而产生反作用力把它发射到空中，用于燃烧弹或者爆破弹，或者作为发射装置。

你知道火箭最早出现在哪个时代吗？"火箭"一词根据古书记载，最早出现在公元 3 世纪的三国时代，距今已有 1700 多年的历史。当时在敌我双方的交战中，人们把一种头部带有易燃物、点燃后射向敌方、飞行时带火的箭叫作火箭。这是一种用来火攻的武器，实质上只不过是一种带"火"的箭，在含义上与我们现在所称的火箭相差甚远。唐代发明火药之后，到了宋代，人们把装有火药的筒绑在箭杆上，或在箭杆内装上火药，点燃引火线后射出去，箭在飞行中借助火药燃烧向后方喷火所产生的反作用力使箭飞得更远，人们又把这种喷火的箭叫作火箭。这种向后喷火、利用反作用力助推的"火箭"，已具有现代火箭的雏形。

有个非常著名的典故叫"万户飞天"，讲的是明朝时的故事。一位叫万户的明朝官员手执两张风筝，将自己捆绑在座椅上，椅后加装 47 枚火箭，用蜡烛点燃火箭后升空，不幸的是，万户最终殒命。相较于神话传说中的嫦娥奔月故事，万户的故事极具现实特征。万户虽未成功，但具有划时代的意义，他被誉为火箭飞行第一人。1970 年，在英国布莱顿召开的国际天文学会议上，月球背面一座环形山正式以"WanHoo"命名，从此，万户被很多人知晓。

火箭是中国古代的重大发明之一。大约在 13 世纪末到 14 世纪初，中国的火药与火箭等火器技术传到印度、阿拉伯，又经阿拉伯传入欧洲，引发了欧洲国家对火箭技术的应用，推动了火箭技术的发展。

现代火箭自带燃料和氧化剂，可以在地球大气层以外使用。火箭发射时产生巨大的推力使火箭在很短的时间内迅速升入高空，随着燃料不断减少，火箭自身质量逐渐减小，在与地球距离增大的同时，质量和重力影响不断下降，火箭速度也因此越来越快。

随着我国火箭技术的不断发展，"万户飞天"的故事成为现实，"嫦娥奔月"（探月工程）真正得以实现。自 2007 年，我国发射探月卫星嫦娥一号以来，我国接连用自主研发的长征系列火箭，成功发射了嫦娥二号、嫦娥三号、嫦娥四号、嫦娥五号，对月球开展了各个方面的探测和研究。探月工程，是我国继人造地球卫星、载人航天飞行取得成功之后我国航天事业发展的又一座里程碑，开启了中国人走向深空探索宇宙奥秘的时代。

青藏铁路

青藏铁路，简称青藏线，是一条连接青海省西宁市至西藏自治区拉萨市的国铁Ⅰ级铁路，是中国新世纪四大工程之一，是通往西藏腹地的第一条铁路，也是世界上海拔最高、线路最长的高原铁路。

青藏铁路是中国建设的一条高原铁路，全长 1956 千米，穿越了中国西南和西藏的高山峡谷，经过了数百个隧道和桥梁。

青藏铁路的建设始于 20 世纪 50 年代，由于地形险峻、气候恶劣，建设难度极大，工人们需要在高原缺氧、温度低下的条件下施工，还要应对地质灾害和工程安全问题。然而，中国政府和工人们始终坚定不移地推进铁路建设，经过数十年的努力，青藏铁路终于在 2006 年建成通车。这条铁路不仅是通往西藏腹地的第一条铁路，也是世界上海拔最高、线路最长的高原铁路，为中国的经济发展和民生改善作出了巨大贡献。

"青藏铁路精神"就是"舍小家，为国家"的无私奉献精神。从格尔木到拉萨，千里工程线上，有太多的感人故事。当青藏铁路上马的消息传开后，全路 20 多个工程局几十万职工斗志昂扬、纷纷请战。中铁二十局 17000

多名员工中就有 7000 多人写了决心书，报名上高原。他们中有 40 多年高原地质、气象、冻土观测经验的研究者，有父子两代的铁路建设者，有 20 世纪 70 年代奋战青藏线一期西宁至格尔木段又转战上高原者。

"青藏铁路精神"就是实事求是的科学精神、创新精神。青藏铁路是史无前例的开拓性工程，其险其难在世界铁路建设史上前无古人、后无来者。它的勘探、设计、决策经历了几十年的科学探索和论证。为了它，中铁西北研究院三代科研人员在海拔 4900 多米的风火山冻土观测站默默观测了 40 多年，获得了宝贵的数据。全线投入数千万元，对 80 多个施工难点进行科研攻关，在冻土隧道开挖、支护、通风等应用技术方面取得新成果，已完成的工程，优良率在 90% 以上，43 项被评为优质工程。如此艰巨的特大工程，至今仍然是零死亡，这无疑是一个奇迹。

青藏铁路的建成，也带来了环境和生态保护的挑战。因此，中国政府采取了一系列措施，保护青藏高原的生态环境，确保青藏铁路的可持续发展。青藏铁路不仅是一条交通线路，更是中国人民不屈不挠、勇往直前的精神象征。它的故事，见证了一个伟大民族的创造力和拼搏精神。

中国南极科考站

中国南极科考站是中国科学家及科研团体或组织对南极开展科学考察研究、重大科学研究的科学实验基地，最早的科考站长城站于 1985 年 2 月 20 日建设完工。中国南极科考站包括长城站、中山站、昆仑站和泰山站，以及在恩克斯堡岛在建的第五个科考站罗斯海新站。

从 1984 年国家派出首支南极考察队算起，中国南极科考事业已经走过了 40 个年头，虽然与一些发达国家或者南半球具有地缘优势的国家相比，中国南极考察起步较晚，但是发展迅速。目前中国已经建成并投入运行 4 座南极科考站，它们分别是长城站、中山站、昆仑站和泰山站，在建的是罗斯海新站。

长城站。中国南极长城站是中国极地研究中心在南极建立的常年性科学考察站，于 1985 年 2 月 20 日正式落成，是中国在南极建立的第一个科学考察站。长城站位于南极洲南设得兰群岛的乔治王岛西部的菲尔德斯半岛上，东临麦克斯维尔湾中的长城湾，进出方便，背依终年积雪的山坡，水源充足。

中山站。中国南极中山站是中国第二个南极科考站，建立于 1989 年 2 月 26 日，位于东南极大陆拉斯曼丘陵。2016 年 12 月，中国第 33 次南极科考队队员乘"雪龙号"抵达中山站。

昆仑站。中国南极昆仑站是中国首个南极内陆考察站，位于南极内陆冰盖最高点冰穹西南方向约 7.3 千米，高程 4087 米。昆仑站于 2009 年 1 月 27 日建成，是继长城站、中山站之后，中国在南极建立的第三个考察站。

泰山站。泰山站是继长城站、中山站、昆仑站之后中国的第四个南极科考站。其名称寓意坚实、稳固、庄严、国泰民安，寓意中华民族巍然屹立于世界民族之林。2014 年 2 月 8 日，泰山站正式建成开站。

罗斯海新站。罗斯海新站是中国第五个南极科考站，位于南极三大湾系之一的罗斯海区域沿岸，面向太平洋扇区，是南极地区岩石圈、冰冻圈、生物圈、大气圈等典型自然地理单元集中相互作用的区域，具有重要的科研价值。2018 年 2 月 7 日，罗斯海新站在恩克斯堡岛正式选址奠基。一旦新站建成，中国南极科考就进入了"五朵金花"时代。

建立南极科考站的目的，是便于开展极地科学研究，为科研人员观察和研究地壳构造、岩浆活动、地震成因、大气环流变化、气候演进规律等提供良好的观测平台。

极地考察站不仅是我国极地科学研究的重要基地，也是人类认识极地和地球环境变化的重要窗口。通过对极地大陆和周边海域的观测和调查，有助于深入了解地球气候变化、海洋环境、生物多样性以及地质构造等重要科学问题。在未来，随着科技的不断创新和发展，极地考察站将会继续发挥重要作用，为人类探索极地大陆和保护地球环境作出更大贡献。

移动支付

移动客户端利用手机等电子产品来进行电子货币支付。移动支付将互联网、终端设备、金融机构有效地联合起来，形成了一个新型的支付体系。移动支付不仅能够进行货币支付，还可以缴纳话费、燃气、水电等生活费用。移动支付开创了新的支付方式，使电子货币开始普及。

你知道移动支付最早出现在哪个城市吗？是赫尔辛基。当时芬兰梅里塔（Merita）银行向人们推出移动支付银行服务，通过手机短信完成支付指令即可购买到自动售卖机上的可口可乐。客户在自动售卖机上购买可口可乐时，需要通过短信发送支付口令，然后通过支付系统给予这台自动售卖机一条完成支付的口令，机器在接收到指令后会自动放出购买的产品。

早在 1999 年，国内最早的移动支付就已经出现。2002 年，银联推出了手机短信支付模式，方便用户用手机查询、缴费。2011—2012 年间，中国联通、中国移动、中国电信先后成立了电子商务公司，同一时间段，支付宝推出了二维码支付业务，拉开了移动支付的序幕。此后，微信支付、京东支付、财付通等移动支付平台大量兴起，每一个平台的功能于用户来说大同小异，各支付平台便以红包、低风险、使用范围广等优势争夺用户，最终形成了以支付宝为首，多家支付平台共同竞争发展的局面。

我国支付清算协会对移动支付消费者进行调查后发现，一半以上的移动支付消费者会选择或者认可二维码支付，其中直辖市占75.2%，省会城市有70.7%，接受度最低的农村用户也有56.1%。

随着移动支付的不断普及，支付宝、微信支付等支付平台的不断发展，越来越多的用户开始使用手机进行移动支付。现如今，人们已经很少会带现金出门，毕竟随处都可以使用移动支付手段进行付款，人们乘车、吃饭、玩乐、购物都可以扫码付款，移动支付已全面渗入人们的生活当中。有时人们外出游玩仅靠一部手机就足够了。

随着移动支付不断深入人们的生活，人们也越来越重视信息安全问题。移动支付平台与人们的银行卡进行关联，保存了个人的隐私信息，一旦这些信息被泄露，将给人们的生活带来很多的麻烦，如个人财产可能会被窃取，财产安全得不到保障，个人可能会被骚扰等，从而影响人们的正常生活。这也体现了移动支付信息安全的重要性。未来随着移动支付技术的不断完善和发展，移动支付的信息安全系数也将会越来越高。

移动支付除了在国内快速发展外，其热潮也逐渐蔓延到了国外。支付宝、微信支付等移动支付平台在国外兴起。随着跨境电商的兴起和发展，国内消费者可以随时随地通过跨境电商平台购买外国的各类产品并通过移动支付平台进行结算支付。除此之外，在出境旅游方面，国内消费者也可以通过旅游电商平台预订国外酒店、机票等，并通过移动支付平台进行结算付款。如今，移动支付的覆盖范围正在逐步扩大，它让人们的生活变得越来越便捷。

速度与梦想的融合：中国高铁

中国高铁

即中国高速铁路，一般是指新建设计时速为 250 千米（含）至 350 千米（含），运行动车组列车的标准轨距的客运专线铁路。目前中国高速铁路营运动车组列车包括"和谐号"电力动车组和"复兴号"电力动车组。

中国高铁，以其惊人的速度和卓越的性能，不仅改变了人们的出行方式，更见证了中国从铁路大国向铁路强国的历史性跨越。

故事要从 20 世纪 90 年代说起。那时候的中国，铁路交通还主要以传统铁路为主，速度缓慢，效率低下。人们出行往往需要花费大量的时间和精力。然而，随着中国经济的快速发展和人民生活水平的不断提高，对于快速、便捷、舒适的出行需求也日益增长。正是在这样的背景下，中国高铁应运而生。

中国高铁的崛起并非一蹴而就。它经历了从无到有、从引进到自主创新的艰难历程。在最初的阶段，中国高铁通过引进德国、日本、法国等国的高速动车组技术，消化吸收再创新，逐步掌握了高速铁路的核心技术。随后，中国铁路人开始自主创新，研发出适合中国国情的高速铁路技术和装备。从列车的设计制造到轨道的铺设维护，从信号系统的研发到运营管理的创新，中国高铁在各个领域都取得了重大突破。如今的中国高铁已经具备了世界领先的技术水平，不仅速度快、安全可靠，而且舒适度高、服务优质。

截至 2023 年底，中国高速铁路营业里程已经达到 4.5 万千米。从北国的哈尔滨到南国的广州，从东部的上海到西部的成都，它以惊人的速度穿连起中国的东西南北。在一条条巨龙般的铁路上，发生了许多感人的故事。有农民工兄弟乘坐高铁返乡过年的喜悦，有年轻情侣在高铁上邂逅的浪漫，有企业家在高铁上谈成千万级订单的传奇……这些故事见证了中国高铁给人们生活带来的巨大变化。除了给人们的出行带来便利，中国高铁还成为推动地方经济发展的重要引擎。高铁的开通，使得许多沿线城市成为交通枢纽和经济中心，吸引了大量的投资和人才。这些城市在高铁的带动下，实现了经济的快速增长和社会的繁荣发展。

如今，中国高铁已经成为中国制造业的一张亮丽名片。它展示了中国人民的智慧和勇气，也展示了中国制造业的实力和潜力。让我们期待着中国高铁在未来的发展中继续创造更多的奇迹，让世界见证一个更加美好的中国。

中国第一艘服役的航空母舰：辽宁舰

辽宁舰

即辽宁号航空母舰，是中国人民解放军海军隶下的一艘可以搭载固定翼飞机的航空母舰，也是中国第一艘服役的航空母舰。

辽宁舰是中国的第一艘航空母舰，代表了中国海军走向深蓝的开始。历史的时针回拨到 2012 年 9 月 25 日，大连。天气预报中的阵雨没有如期而至，大连港风平浪静，秋阳和煦。我国第一艘航空母舰完成建造和试验试航，正式交付海军，命名为"中国人民解放军海军辽宁舰"，舷号"16"。那一刻，全中国为之沸腾。从那一天起，中国正式进入航母时代。

辽宁舰宏伟壮观的背后，有着鲜为人知的艰辛，是前人的鼎力付出，才有了如今"健壮"的辽宁号航空母舰。故事回到 20 世纪 80 年代，苏联在尼古拉耶夫造船厂建造了两艘库兹涅佐夫元帅级航空母舰，其中之一即"瓦良格号"，不幸的是，在"瓦良格号"建造期间，恰逢苏联解体，尼古拉耶夫造船厂无力再继续建造。当时的"瓦良格号"主体已成型。

妥善处理这艘未完工的"瓦良格号"，成了尼古拉耶夫造船厂的头等大事。由于一时拿不定主意，加上国际局势的变幻，造船厂自身陷入了困境，于是便将其遗弃在海岸边，任凭风吹雨打。随着时间的推移，被日晒雨淋及海风侵蚀下的"瓦良格号"变得锈迹斑斑。对于如此落魄的"瓦良格号"，有公司意欲出资将其拆解，并对拆解后的废钢进行回收，"瓦良格号"面临遭拆解的命运。

彼时我国对于航母的发展从未放弃，一直以来对这种海上巨舰都有着浓厚兴趣。在多方不懈坚持与努力下，1998年3月创律集团最终以2000万美元购得"瓦良格号"。由于创律集团是用贷款支付的购买款项，后该集团无力还款，"瓦良格号"被转卖于中船重工。值得一提的是，当时购买"瓦良格号"时，还同时获得数十吨该型航母的建造设计图纸，这为后续重建"瓦良格号"与新型航母建设提供了技术支撑。

"瓦良格号"来到中国的路途并不平坦。在历经波澜与坎坷，航行15200多千米后，"瓦良格号"终于在2002年3月3日抵达大连，结束了数年的漂泊。

2005年4月26日，中国海军开始对"瓦良格号"进行继续建造和改进，目标是将其用于科研、实验及训练。经过重新建造的"瓦良格号"，2012年9月25日被更名为辽宁舰，并交付中国海军。

辽宁舰对于中国海军来说意义非凡。辽宁舰作为我国海军第一艘航母，培养了我国海军最早的一批舰载机飞行员和航母各个战位操作人员，同时，作为我国海军航母的训练舰，也源源不断为国家培养新的航母指挥军官和士兵，使得新建造的航母可以快速形成作战能力。

通信领域的璀璨明珠：量子通信技术

量子通信技术

量子通信技术是一种基于量子力学原理进行信息编码、传输和处理的新型通信技术，具有无条件安全性、信息高速传输和保密性强等特点。中国是世界上第一个实现空间量子通信的国家，也是世界上第一个实现量子卫星远程配对实验的国家。

随着科技的飞速发展，人类对通信技术的要求也日益提高。在这个背景下，量子通信技术以其独特的优势，成为全球科技竞争的焦点。中国政府对量子通信技术给予高度重视，投入大量资源进行研发并取得显著进展。

在量子通信基础设施建设方面，中国成功建成了世界上最长的量子通信干线——京沪干线，连接了北京和上海两座城市，实现了高速、安全的量子通信。此外，中国还在多个城市建立了量子保密通信城域网，为政府、金融、教育等领域提供安全可靠的通信服务。

在量子通信技术研发方面，中国科学家成功设计出相位量子态与时间戳量子态混合编码的量子直接通信新系统，实现 100 千米的量子直接通信。此外，中国清华大学研究团队还利用同种离子的双类型量子比特编码，在国际上首次实现无串扰的量子网络节点，对未来实现量子通信和大规模量子计算具有重要意义。

量子通信似乎很神秘，其实它就在我们身边。当我们通过手机、电脑与远方的亲友交流时，是量子通信技术让我们的话语穿越时空的阻隔，传递到彼此的耳畔。当我们享受在线支付、网络购物带来的便捷时，是量子通信技术守护着我们的交易安全，确保信息的准确无误。这些都离不开中国科学家在量子通信技术领域的不懈探索，其中，潘建伟颇值得一提。

潘建伟，浙江东阳人，自幼对科学充满好奇。1987—1995年，潘建伟就读于中国科学技术大学近代物理系，先后获学士、硕士学位。1996年，潘建伟进入奥地利维也纳大学攻读博士学位。1999年获得博士学位后，潘建伟在维也纳大学进行了一年多的博士后研究。其间，他深入研究了量子理论，并意识到需要更尖端的实验技术来验证量子力学中的各种奇妙现象。2001年回国后，潘建伟即开始筹建实验室并组建研究团队。2004年，潘建伟研究团队在国际上首次实现了五光子纠缠和终端开放的量子隐形传态，这一成果被《自然》杂志发表，并被称为"完成了一次壮举"。2016年，他作为首席科学家，成功研制了世界首颗量子科学实验卫星"墨子号"，实现了卫星与地面之间的量子通信，建立了史上最安全的通信网络。2018年，在庆祝改革开放40周年大会上，他被授予"改革先锋"称号。他的故事激励着无数年轻人投身科技事业，他的家国情怀和奉献精神值得广大科技工作者学习。

随着量子通信技术的不断成熟和应用领域的不断拓展，它将在信息安全、网络通信、量子计算等领域发挥越来越重要的作用，而中国的量子通信技术也将不断赢得世界的瞩目和赞誉。

北斗

即北斗卫星导航系统（Beidou Navigation Satellite System，BDS）的简称，是中国自行研制的全球卫星导航系统，也是继 GPS、GLONASS 之后的第三个成熟的卫星导航系统。

中国高度重视北斗系统的建设与发展，自 20 世纪 80 年代开始探索适合我国国情的卫星导航系统发展道路，形成了"三步走"发展战略：2000 年年底，建成北斗一号系统，向中国提供服务；2012 年年底，建成北斗二号系统，向亚太地区提供服务；2020 年，建成北斗三号系统，向全球提供服务。

2020 年 6 月 23 日，中国在西昌卫星发射中心用长征三号乙运载火箭，成功发射北斗系统第五十五颗导航卫星暨北斗三号最后一颗全球组网卫星，至此，北斗三号全球卫星导航系统星座部署比原计划提前半年全面完成。2020 年 7 月 31 日，北斗三号全球卫星导航系统建成暨开通仪式在人民大会堂举行，中共中央总书记、国家主席、中央军委主席习近平宣布北斗三号全球卫星导航系统正式开通。

截至 2023 年 3 月，全国已有超过 790 万辆道路营运车辆、4.7 万多艘船舶、4 万多辆邮政快递干线车辆应用北斗导航系统，近 8000 台各型号北斗终端在铁路领域应用推广；北斗自动驾驶系统农机超过 10 万台，覆盖深耕、插秧、播种、植保、收获、秸秆处理和烘干等各个环节；2587 处水库应用北斗短报文通信服务水文监测，650 处变形滑坡体设置了北斗监测站点；搭载国产北斗高精度定位芯片的共享单车投放已突破 500 万辆，覆盖全国 450 余座城市；基于北斗高精度的车道级导航功能，已在 8 个城市成功试点，并逐步向全国普及。

北斗卫星导航系统是中国着眼于国家安全和经济社会发展需要，自主建设、独立运行的卫星导航系统，是为全球用户提供全天候、全天时、高精度的定位、导航和授时服务的国家重要空间基础设施。随着北斗系统建设和服务能力的发展，相关产品已广泛应用于交通运输、海洋渔业、水文监测、气象预报、测绘地理信息、森林防火、通信时统、电力调度、救灾减灾、应急搜救等领域，逐步渗透到人类社会生产和人们生活的方方面面，为全球经济和社会发展注入新的活力。

神舟五号

中国载人航天工程发射的第五艘飞船，也是中华人民共和国发射的第一艘载人航天飞船。

神舟五号飞船搭载航天员杨利伟于北京时间 2003 年 10 月 15 日 9 时整在酒泉卫星发射中心发射升空，在轨飞行 14 圈，历时 21 小时 23 分，顺利完成各项预定操作任务后，其返回舱于北京时间 2003 年 10 月 16 日 6 时 23 分返回内蒙古主着陆场，其轨道舱留轨运行半年。

神舟五号飞船由推进舱、轨道舱、返回舱和附加段组成。其头部是圆柱体，飞船舱内只有航天员，其空间的平面大约为 2.2 米 × 2.5 米，不足 6 平方米，可容纳 3 名航天员。此外，神舟五号飞船还留有与空间实验室对接的接口。

神舟五号飞船的发射任务由长征二号 F 运载火箭承担，该火箭由四个助推器、一级、二级、整流罩和逃逸塔组成，火箭全长 58.34 米，起飞质量 479.8 吨。火箭上部的整流罩、逃逸塔和飞船轨道舱、返回舱组成逃逸飞行器。

神舟五号飞船搭载物品包括：一面具有特殊意义的中国国旗、一面北京

2008 年奥运会会旗、一面联合国旗帜、人民币主币票样、中国首次载人航天飞行纪念邮票、中国载人航天工程纪念封和来自祖国宝岛台湾的农作物种子等。

北京时间 2003 年 10 月 15 日 9 时，火箭一级发动机和 4 个助推发动机同时点火，火箭飞行 120 秒逃逸塔分离，137 秒助推器分离，159 秒火箭一、二级分离，200 秒整流罩分离，460 秒二级主发动机关机，587 秒船箭分离，飞船进入倾角 42.4°、近地点高度 199.14 千米、远地点高度 347.8 千米的椭圆轨道。9 时 10 分左右，飞船进入预定轨道。

飞船在轨飞行 14 圈后，北京航天指挥控制中心于 10 月 16 日 5 时 35 分成功向正在太空运行的神舟五号飞船发送返回指令。飞船轨道舱与返回舱成功分离后，返回舱与推进舱轨道高度不断降低，向预定落点返回。6 时 23 分，飞船返回舱在内蒙古主着陆场成功着陆。6 时 36 分，地面搜索人员找到了神舟五号飞船返回舱。

神舟五号发射任务圆满成功，标志着中国成为世界上继苏联（俄罗斯）、美国之后第三个独立掌握载人航天技术的国家，实现了中华民族千年飞天的梦想，是中华民族智慧和精神的高度凝聚，是中国航天事业在 21 世纪的一座新的里程碑。

神舟七号

中国载人航天工程发射的第七艘飞船，是中国的第三次载人航天飞行任务，也是中国"三步走"空间发展战略的第二阶段。

神舟七号作为我国航天工程神舟系列大家族的一员，你对它的了解有多少呢？ 2008 年 9 月 25 日，神舟七号载人飞船将航天员翟志刚、刘伯明、景海鹏顺利送入太空；2008 年 9 月 27 日，航天员翟志刚进行了 19 分钟的出舱活动，在太空中展示了中国国旗、取回暴露试验样品，成功完成中国人首次太空行走；2008 年 9 月 28 日，返回舱安全着陆于内蒙古预定区域，圆满完成载人航天飞行任务。神舟七号载人航天飞行实现了航天员出舱活动和小卫星伴飞，成功完成了多项技术试验，开启了中国航天事业的新篇章。

由于空间运动病通常是航天员在太空飞行的前 3 天发作，因此，按照国际惯例，航天员一般被安排在入轨的 72 小时之后进行出舱活动。那么，翟志刚为什么飞行仅 43 小时就出舱了呢？ 针对首次出舱活动，神舟七号飞船方案的设计师制定了两个方案：

方案一：2 名航天员搭乘飞船在轨飞行 5 天。航天员在第 4 天出舱，这样可以满足入轨 72 小时的要求，避免航天员患上空间运动病。

方案二：飞船搭载3名航天员。2名航天员进入轨道舱穿舱外航天服，其中一名航天员出舱，另一名支持出舱航天员；第三名航天员在返回舱内值守，从仪表上监视返回舱的工作状态。

由于首次出舱活动要考验飞船气闸舱和舱外航天服是否能够支撑出舱活动，所以，当一名航天员出舱时，另一名航天员需要在轨道舱协助航天员出舱。如果选择两名航天员的方案，航天员出舱时就没有人在舱内监视他们的工作状态、保障他们的安全。因此，神舟七号出舱任务由三名航天员共同执行。

受携带物资重量的限制，飞船只能在正常状态下飞行3天（应急状态下可飞行5天），所以，航天员只能在飞行的第2天进行出舱活动，当出现突发情况第2天不能实施出舱时，可以在第3天进行出舱活动。

为了尽量降低执行任务的航天员患上空间运动病的风险，中国航天员科研训练中心特意为神舟七号任务挑选了前庭功能较好的航天员并进行了针对性训练。最终，神舟七号3名航天员圆满完成首次出舱活动，出舱期间感觉良好，没有任何不适。

神舟七号为中国载人航天工程发射的第七艘飞船，是中国的第三次载人航天飞行任务，也是中国"三步走"空间发展战略的第二阶段。15年来，中国航天人砥砺前行，向着星辰大海不断迈进脚步。搭乘神舟系列飞船的航天员多次在太空中圆满完成太空出舱活动，检验了舱外航天服的功能性能、航天员与机械臂协同工作的能力以及出舱活动相关支持设备的可靠性与安全性。相信在不远的未来，神舟系列飞船会带给我们更大的惊喜。

迈向航天强国的国之重器：长征五号

长征五号

21世纪的前十年中国航天科技集团公司所属中国运载火箭技术研究院抓总研制的一种大型低温液体捆绑式运载火箭。长征五号的芯级直径达5米，助推器直径达3.35米，高近60米，因此又被称为"胖五"。

你对长征五号了解多少呢？长征五号为捆绑四个助推器的两级半构型火箭，采用无毒无污染推进剂，火箭全箭总长56.97米，起飞质量约869吨，具备近地轨道25吨、地球同步转移轨道14吨的运载能力，可以完成近地轨道卫星、地球同步转移轨道卫星、太阳同步轨道卫星、空间站、月球探测器和火星探测器等各类航天器的发射任务。

2001年，长征五号火箭预研工作正式开始。研制方明确了火箭的运力指标、级数、推进剂种类，并要求新型火箭高可靠、低成本。2006年10月，中国国防科工委和财政部联合立项研制长征五号运载火箭，经国务院批准，由国防科工局、国家航天局牵头组织实施，由中国航天科技集团有限公司所属中国运载火箭技术研究院抓总研制。

2016年11月3日，长征五号在文昌航天发射场首次成功发射，将实践十七号卫星送入预定轨道。此后，长征五号系列火箭圆满完成了天问一号、嫦娥五号、天和核心舱、问天实验舱、梦天实验舱等发射任务。

长征五号火箭作为一种具有划时代意义的火箭，不仅在技术上超越"前辈"，还代表着中国火箭文化新潮流。"长五"火箭标志的创意源自中国传统文化中的太极图案，方案的构型虚实结合、互为映衬，整体展现出一个动感的"5"的形象——象征着"长五"火箭寻求包括性能、可靠性、经济性和安全环保等多重因素的综合优化；同时，其圆形轮廓象征着这个品牌和天空的关系，并寓意着"长五"系列火箭的圆满、成功。

　　长征五号火箭箭旗主色调为航天蓝，加有长征五号标志和毛体长征五号文字。箭旗寓意长征五号试验队在发展航天事业、建设航天强国的伟大征程中，继承光荣传统，发扬航天精神，以国为重、勇于担当、不辱使命、开创未来的坚定信心与决心，昭示着"长五"队伍是一支作风过硬、善打硬仗、无往不胜的坚强战斗团队。

　　中国最大推力新一代运载火箭长征五号研制成功，标志着中国运载火箭实现升级换代，是中国由航天大国迈向航天强国的关键一步，使中国运载火箭低轨和高轨的运载能力均跃升至世界第二。

天问一号

中国航天科技集团公司下属中国空间技术研究院抓总研制的探测器，负责执行中国第一次火星探测任务。

火星，一个红色的星球，神秘，令人着迷。人类一直都没有停止对火星的探索。我国也一直对探索火星有着极高的热情。早在 2011 年 11 月 9 日，我国就研制了首个火星探测器萤火一号，搭乘俄罗斯运载火箭发射升空。由于一同搭载的俄罗斯福布斯—土壤号火星探测器出现故障，萤火一号未能进入预定轨道，任务宣告失败。之后，随着中国大型运载火箭和深空探测网等瓶颈取得突破，中国开始规划自主发射火星探测器。

《2016 中国的航天》白皮书明确提出：实施中国首次火星探测任务，突破火星环绕、着陆、巡视探测等关键技术。计划 2020 年发射首颗火星探测器，实施环绕和巡视联合探测。开展火星采样返回、小行星探测、木星系及行星穿越探测等的方案深化论证和关键技术攻关，适时启动工程实施，研究太阳系起源与演化、地外生命信息探寻等重大科学问题。

2020 年 4 月 24 日，中国首次火星探测任务被命名为天问一号。天问一号的名称来源于中国古代爱国主义诗人屈原的长诗《天问》，表达了中华民族对真理追求的坚忍与执着，体现了对自然和宇宙空间探索的文化传承，寓意探求科学真理征途漫漫，追求科技不断创新永无止境。

2020 年 5 月，中国国家航天局明确，天问一号探测器由长征五号遥四运载火箭发射。天问一号由一部轨道飞行器和一辆火星车构成。天问一号火星探测任务计划一次性完成"绕、落、巡"三大任务。这在人类火星探测史上是前所未有的。

2020 年 7 月 23 日，天问一号在文昌航天发射场由长征五号遥四运载火箭发射升空，成功进入预定轨道。2021 年 2 月 10 日，天问一号与火星交会，成功实施捕获制动进入环绕火星轨道；对预选着陆区进行了 3 个月的详查后，于 2021 年 5 月 15 日凌晨至 5 月 19 日期间在火星表面成功实现软着陆。2021 年 5 月 22 日，祝融号火星车成功驶上火星表面，开始巡视探测。2021 年 11 月 8 日，天问一号环绕器成功实施第五次近火制动，准确进入遥感使命轨道，开展火星全球遥感探测。

天问一号在火星上首次留下中国印迹，首次实现通过一次任务完成火星环绕、着陆和巡视三大目标。天问一号对火星的表面形貌、土壤特性、物质成分、水冰、大气、电离层、磁场等的科学探测，实现了中国在深空探测领域的技术跨越而进入世界先进行列。

践行『绿色办奥』理念：微火技术

微火技术

微火技术是一种利用微小火焰燃烧物质的技术。它可以在微空间中进行高效的化学反应，适用于微流控芯片等微流控系统。微火技术对于微流控化学反应的实现具有重要的意义，可以提高反应速度和效率，同时节省反应物质量和减少污染。

2022年2月4日，立春日，北京冬奥会盛大开幕，全世界的目光再次聚焦这座"双奥之城"。灯光璀璨的"鸟巢"、绚烂多彩的焰火表演、浪漫唯美的雪花台、独具创意的点火仪式、大火变"微火"的火炬……本届冬奥会开幕式上，这些细节无不彰显出"绿色办奥"理念。

在每届奥运会的开幕式中，主火炬点燃是必须完成的规定动作，也历来是奥运会主办国创意的大比拼。北京冬奥主火炬的最大创意就是以"不点火"代替"点燃"，以"微火"取代熊熊大火。这是一个创新的举措，一种自信的彰显，一次理念的升华。"微火"虽微，亦能照见未来。

"鸟巢"内，中国"00后"冰雪运动选手迪妮格尔·衣拉木江和赵嘉文共同高举火炬，作为北京冬奥会最后一棒的火炬手，他们的身后，象征着91个参赛代表团团结、汇聚的雪花台散发出耀眼光芒。

在全场观众的注视下，两位年轻运动员一起将手持的"飞扬"火炬嵌入雪花台。随后，雪花台缓缓旋转上升，成为北京冬奥会的主火炬。没有奥运圣火"点"的过程，也没有盛大的火焰，这是奥运主火炬首次以"微火"形式呈现在世界面前，是奥运史上全新的一幕。

"我们用全世界参赛代表团的名字构建了雪花台，最后一棒火炬就是主火炬，是百年奥运史上从未有过的'微火'。"北京 2022 年冬奥会开闭幕式总导演张艺谋表示，将熊熊燃烧的奥运之火，幻化成雪花般圣洁、灵动的小火苗，这一创意来自低碳环保理念，将成为奥运史上一个经典瞬间。

"微火"之微，彰显绿色办奥理念。将熊熊燃烧的奥运之火，幻化成雪花般圣洁、灵动的小火苗，这一创意传递的低碳环保理念如此清晰。这次"微火"真正体现了北京冬奥会绿色、低碳、可持续原则。不仅如此，从焰火燃放"一叶知秋"到氢能客车助力低碳交通，绿色能源、绿色场馆、绿色出行等无一不在凸显北京冬奥会的绿色底色。

"微火"之微，内蕴文化自信之美。冬奥会开闭幕式总导演张艺谋说，本届开幕式从设计之初就确定不再过多呈现中国五千年的历史和文化，不再炫技"秀肌肉"，不再仅仅局限于"好看"，而是着力于从中国人的浪漫和情怀出发，展示"一起向未来"的人类共同情感。正因如此，以一缕"微火"传递生生不息奥运精神的创意和理念应运而生。这份意尽则止的留白之道和淡定从容的思想基调，来自我们对传统美学和中国文化的更深层次的自信。

"微火"之微，照亮天下一家的期盼。这次火炬点燃的创意之美，不仅在于微火的传递，更在于主火炬台巧妙设计。谁也想不到，全部参赛代表团引导牌组成了巨大的雪花，加上缠绕的橄榄枝叶，就构成了主火炬台；在现场传递的火炬就是主火炬。"微火"虽微，却能照见未来。点点火光点亮了围绕它的一片片小雪花，点亮了整片大雪花，它燃烧着的是全人类的激情和浪漫，映照着的是携手同行、共创未来的美好期许，传递着的是"世界大同，天下一家"的共同期盼。

科技冬奥

为了在满足冬奥赛事场地要求的同时，保有场馆奥运遗产属性和水上项目的功能，我国的设计者们创造性地提出了"水冰转换"方案——通过支撑体系和移动式制冰系统，完成"水立方"到"冰立方"的功能转换。

一〇九

从『水立方』到『冰立方』：科技冬奥

由"水立方"变身"冰立方"，听起来只是一点点的改动，实则非常不易。冰壶是公认的对冰面质量要求极高的运动项目，对整体环境中的各个因素都有很高的要求。在高水平角逐的奥运赛场上，冰壶冰面出现一点点的偏差，都会对冰壶的走向和运动员的发挥造成影响。对于参与"水立方"改造的郑方、杨奇勇等人来说，这是一场"硬仗"。

2017年4月，杨奇勇和郑方两人一起到瑞士巴塞尔观看男子冰壶世锦赛，研究可拆装制冰系统，并向世界冰壶联合会介绍了"水立方"改造成"冰立方"的方案。然而，世界冰壶联合会的技术官员们面对冰壶场地的复杂性，显得忧心忡忡。好在世界冰壶联合会主席凯特·凯斯尼斯支持"水立方"进行水冰转换实验和测试，条件是如果实验不成功，立即采取浇筑砼的方案。

经过来自清华大学、同济大学、哈尔滨工业大学、北京交通大学等4所大学和中建一局、商汤科技等科研团队齐心协力，攻坚克难，终于成功研发出冬夏场景智能转换体系，包括可转换场地、可调节环境、智慧场景控制和增强观赛体验等关键技术。"水立方"通过"水冰转化"，成功变身为"冰立方"。

根据方案，国家游泳中心的改造工程涉及建筑、结构、防水、膜维修等领域，约 70 个独立施工区，50000 平方米的改造面积。其中，难度最大的是要在保有"水立方"水上功能的基础上，新增冰上功能的"水冰转换"，即在比赛大厅中部，通过搭建可转换结构及安装可拆装制冰系统，形成具有多条标准赛道的冰壶场地。

2019 年底，"水立方"第一次圆满完成"水冰转换"，耗时近 60 天。2020 年 12 月，第二次"水冰转换"的结构搭建顺利完成，仅用了十几天。

冬奥会赛后，国家游泳中心比赛大厅将可实现"水上功能"和"冰上功能"的自由切换，让北京奥运场馆遗产再次焕发活力，生动实践体育场馆"反复利用、持久利用、综合利用"的中国经验。"水冰转换"从畅想到现实，彰显了中国科技力量，更彰显中国科技工作者自立自强的时代担当。现在来看，我们不仅完成了曾经"不可能完成"的任务，以后还会更精彩。

中国空间站

中国空间站是中华人民共和国建成的国家级太空实验室，又名天宫空间站，由天和核心舱、梦天实验舱、问天实验舱、载人飞船和货运飞船五个模块组成。

我国是世界上唯一一个凭一国之力建造出属于自己的空间站的国家，这背后有什么样的故事呢？中国空间站取名"天宫"，寄托了中华民族对广袤太空的无限遐想，同时也表明中国空间站将是一个长期安全稳定运行且宜居的太空家园。

中国载人航天工程肇始于 20 世纪 90 年代，当时就提出了从发射载人飞船到发射空间实验室再到发射空间站的"三步走"发展战略。2011 年，中国国家航天局公布了空间站的总体规划和设计方案，计划分为三步走：第一步是发射天宫一号和天宫二号空间实验室，第二步是发射核心舱和两个实验舱组成空间站基本构型，第三步则是在此基础上逐步完成空间站的建设和运行。2011 年 9 月，天宫一号发射升空，迈开了中国探索建造自己的空间站的步伐。2016 年，天宫二号成功发射升空，成为中国航天史上的又一里程碑。随后，中国陆续实施了一系列载人和无人飞行任务，为空间站建设积累了丰富的经验和数据。

从 2020 年 5 月长征五号 B 首飞，拉开空间站阶段飞行任务的序幕，到神舟十六号飞天，我国密集实施了 14 次发射、4 次载人飞船返回、11 次航天员出舱，5 个飞行乘组 15 名航天员接续在轨驻留、轮换，空间站如期建成，在探索浩瀚宇宙的新征程上跑出中国航天的"加速度"。习近平总书记在《二〇二三年新年贺词》中向世界庄严宣布："神舟十三号、十四号、十五号接力腾飞，中国空间站全面建成，我们的'太空之家'遨游苍穹。"中国空间站的建成，标志着我国独立掌握了近地轨道大型航天器在轨组装建造技术，具备了开展空间长期有人参与科学技术实验的能力，为不断推动我国空间科学、空间技术的创新发展，为建设航天强国、提升我国在国际载人航天领域的影响力提供了重要支撑。

未来中国空间站，作为国家太空实验室将长期在轨运行，要管好、用好、发展好，为科学技术研究服务，为国家战略、国计民生和经济社会发展服务，充分释放其科学价值和经济价值。同时，中国空间站也要成为国际社会科技合作的交流平台，我们将以开放共享的姿态，为人类和平探索和利用太空贡献中国智慧和力量。

KEXUE YU
KEXUE JIA
GUSHI

科学与科学家故事

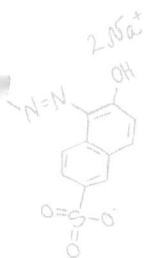

姚喜双 ◎主编
裴鸿卫 ◎执行主编

下册

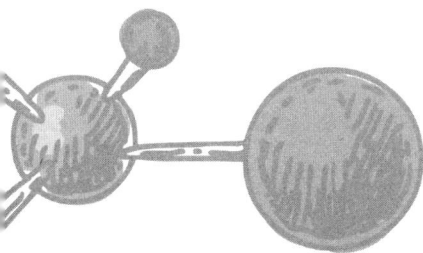

江西人民出版社
Jiangxi People's Publishing House
全国百佳出版社

目录

亚里士多德 （前384—前322）

> 古代先哲，古希腊人，世界古代史上伟大的哲学家、科学家、教育家之一，堪称希腊哲学的集大成者。他是柏拉图的学生、亚历山大的老师。

亚里士多德，世界古代史上伟大的哲学家、科学家、教育家之一。马克思曾称亚里士多德是古希腊哲学家中最博学的人物，恩格斯称他是"古代的黑格尔"。作为一位百科全书式的科学家，他几乎对每个学科都作出了贡献。他的写作涉及伦理学、形而上学、心理学、经济学、神学、政治学、修辞学、自然科学、教育学、诗歌、风俗以及雅典法律等。亚里士多德的著作构建了西方哲学的第一个广泛系统，包含道德、美学、逻辑、科学、政治和玄学。

亚里士多德在古希腊科学史上标志着一个转折点。其著名的三大定律，虽然被后世的物理学家牛顿指出了其中的谬误，但是可以说，在牛顿经典力学体系的大厦没有造起来之前，亚里士多德的物理学理论在西方世界居统治地位。

公元前384年，亚里士多德出生于色雷斯的斯塔基拉。他的父亲是马其顿国王腓力二世的宫廷御医，从家庭情况看，属于奴隶主阶级中的中产阶层。17 岁时，亚里士多德赴雅典柏拉图学园就读，一去便是 20 年，直到柏拉图去世后方才离开。也许是受父亲的影响，亚里士多德对生物学和实证科学饶有兴趣，而在柏拉图的影响下，他又对哲学推理产生了兴趣。

亚里士多德在雅典跟随柏拉图学习哲学的 20 年，对他一生产生了决定性的影响。在雅典的柏拉图学园中，亚里士多德表现出色，柏拉图称他是"学园之灵"。但亚里士多德可不是个只崇拜权威，在学术上唯唯诺诺而没有自己想法的人。同大谈玄理的老师不同，他努力收集各种图书资料，勤奋钻研，甚至为自己建立了一个图书室。

在哲学方面，亚里士多德的思想对西方文化的根本倾向乃至内容都产生了深刻的影响。他的著作被译成拉丁文、叙利亚文、阿拉伯文、意大利文、希伯来文、德文和英文等。他的思想是中世纪基督教思想和伊斯兰经院派哲学的支柱。伊斯兰世界最重要的思想家之一阿维洛伊，将伊斯兰的传统学说与亚里士多德的理性主义融合成自身的思想体系。

亚里士多德是希腊科学的一个转折点。在他以前，科学家和哲学家都力求提出一个完整的世界体系来解释自然现象，而他是最后一个提出完整世界体系的人。在他以后，许多科学家放弃了提出完整体系的企图，转而研究具体问题。

随着亚里士多德著作影响力的不断扩大，中世纪欧洲出现了一个研究亚里士多德主义的新时代，学者们以此作为求得各方面真知的基础。

"撬动"地球的数学巨匠:阿基米德

阿基米德（前287—前212）

古希腊哲学家、百科全书式科学家、数学家、物理学家、力学家，静态力学和流体静力学的奠基人，享有"力学之父"的美称。阿基米德和高斯、牛顿并列为世界三大数学家。

公元前287年，阿基米德诞生于西西里岛叙拉古附近的一个小村庄。他出身于贵族，与叙拉古的赫农王有亲戚关系，家庭十分富有。阿基米德的父亲是天文学家、数学家，学识渊博，为人谦逊。阿基米德受家庭的影响，从小就对数学、天文学，特别是古希腊的几何学产生了浓厚的兴趣。

阿基米德出生时，古希腊的辉煌文化已经逐渐衰退，经济、文化中心逐渐转移到埃及的亚历山大城。但是，当时意大利半岛上新兴的罗马共和国也在不断地扩张势力，北非也有新的国家迦太基兴起。叙拉古城也就成为许多势力的角斗场所，而阿基米德就是生长在这种新旧势力交替的时代。

公元前267年，阿基米德被父亲送到埃及的亚历山大城，跟随欧几里得的学生埃拉托塞和卡农学习。亚历山大城位于尼罗河口，是当时世界的知识、文化、贸易中心，学者云集，人才荟萃，被世人誉为"智慧之都"。

阿基米德在亚历山大跟随许多著名的数学家学习过，包括有名的几何学大师欧几里得。阿基米德在这里学习和生活了许多年，兼收并蓄了东方和古希腊的优秀文化遗产，奠定了他日后从事科学研究的基础。

公元前 218 年，罗马共和国与北非迦太基帝国爆发了第二次布匿战争。此时阿基米德已年老体弱，罗马军队的最高统帅马塞拉斯率领将士包围了他所居住的城市，还占领了海港。阿基米德虽不赞成战争，但又不得不尽自己的责任，保卫自己的祖国。眼见国土危急，护国的责任感使他奋起抗敌，于是阿基米德绞尽脑汁，夜以继日地设计制作御敌武器。

阿基米德利用杠杆原理制造了一种叫作石弩的抛石机，能把大石块投向罗马军队的战舰，或者使用发射机把矛和石块射向罗马士兵，凡是靠近城墙的敌人，都难逃他的飞石或标枪……阿基米德还发明了多种武器来阻挡罗马军队的前进。根据后世的记载，当时他造了巨大的起重机，可以将敌人的战舰吊到半空中然后扔下，摔得粉碎。

有一天叙拉古城遭到了罗马军队的偷袭，而叙拉古城的青壮年和士兵们都上前线去了，城里只剩下了老人、妇女和孩子，处于万分危急的时刻，阿基米德为了自己的祖国站了出来。

阿基米德让妇女和孩子们每人都拿出家中的镜子，一齐来到海岸边，让镜子把强烈的阳光反射到敌舰的主帆上，千百面镜子的反光聚集在船帆的一点上，船帆燃烧起来了，火势乘着风力越烧越旺。罗马人不知底细，以为阿基米德又发明了新武器，仓皇而逃。

阿基米德发明的这些武器弄得罗马军队惊慌失措，连将军马塞拉斯都承认："这是一场罗马舰队与阿基米德一人的战争"，"阿基米德是神话中的百手巨人"。

公元前 212 年，罗马军队入侵叙拉古，阿基米德被罗马士兵杀死，终年 75 岁。阿基米德的遗体葬在西西里岛，墓碑上刻着一个圆柱内切球的图形，以纪念他在几何学上的卓越贡献。

阿波罗尼奥斯 （约前262—前190）

　　古希腊数学家，与欧几里得、阿基米德齐名。他的著作《圆锥曲线论》是古代世界光辉的科学成果，他将圆锥曲线的性质网罗殆尽，几乎使后人没有研究空间。

　　阿波罗尼奥斯出生在安纳托利亚（今属土耳其）主要城市佩尔格。他的主要成就是建立了完美的圆锥曲线论，总结了前人在这方面的工作，再加上自己的研究成果，撰成《圆锥曲线论》8卷，将圆锥曲线的性质网罗殆尽，直至17世纪的帕斯卡、笛卡儿，才有新的推进。欧托基奥斯在注释这部书时说当时的人称阿波罗尼奥斯为"大几何学家"。

　　阿波罗尼奥斯和欧几里得、阿基米德被合称为亚历山大前期三大数学家，时间约在公元前300年到公元前200年，这是希腊数学的全盛时期和黄金时代。在阿波罗尼奥斯之前，圆锥曲线的研究已有100多年的历史，它是由倍立方问题引起的。所谓"倍立方"，就是求作一立方体，使其体积为一已知立方体的2倍。此问题引出的几个二次方程在解析几何中是抛物线与等轴双曲线，因此导致了这两种曲线的发现。这些发现一般归功于门奈赫莫斯，普罗克洛斯推测他是用两条圆锥曲线的交点来解决倍立方问题的。门奈赫莫斯又用平面去截圆锥面，得到三种截线。圆锥面是直角三角形围绕一个不动的直角边旋转所产生的。不动的直角边叫作轴，斜边叫作母线，通过轴的平面与圆锥面相交而成的三角形叫作轴三角形。轴三角形的顶角有锐角、直角、钝角三种情形。门奈赫莫斯用垂直于一条母线的平面去截圆锥面，所得到的截线当轴，三角形的顶角是直角时叫作"直角圆锥截线"，现称抛物线；当顶角是钝角时叫作"钝角圆锥截线"，现称双曲线；当顶角是锐角时叫作"锐角圆锥截线"，现称椭圆。这些名称被欧几里得、阿基米德沿用。

圆锥曲线被发现后进展很快，研究的成果足以使阿里斯泰奥斯写出 5 卷本《立体轨迹》。这名称的来源可能是把圆锥曲线看作一种轨迹，而它可以通过用平面截取立体（圆锥面）而得到。不久又出现了欧几里得 4 卷本的《圆锥曲线》，更系统地阐述了若干锥线的性质。可惜此书和阿里斯泰奥斯的书均已失传，只能从帕波斯的著作中得知其大概。帕波斯认为阿波罗尼奥斯是以欧几里得 4 卷《圆锥曲线》为基础，再加上 4 卷才完成其 8 卷的巨著《圆锥曲线论》的。

马可·波罗　（1254—1324）

　　意大利旅行家、商人，代表作品有《马可·波罗游记》。

　　马可·波罗出生于一个富有的威尼斯商人家庭。他的父亲和叔叔都经常前往东方经商，曾觐见过元朝皇帝忽必烈。小马可·波罗则经常缠着他们讲东方旅行的故事，渐渐地他对东方越发神往，并暗下决心要到中国来看一看。

　　1271 年，17 岁的马可波罗随父亲和叔叔开始了自己的亚洲之行。他们先到达了亚美尼亚，然后经波斯、阿富汗、帕米尔高原、塔克拉玛干沙漠等地，历时约四年，于 1275 年到达元朝的北部都城——上都。马可·波罗的父亲和叔叔向忽必烈呈上了教皇的信件和礼物，并向忽必烈介绍了马可·波罗。忽必烈非常赏识年轻聪明的马可·波罗，特意请他们进宫讲述沿途的见闻，并携他们同返大都，后来还留他们在元朝做官。

　　马可·波罗在元朝廷任职期间，走遍了中国的山山水水，中国的辽阔与富有让他震惊。他先后到过新疆、甘肃、内蒙古、山西、陕西、四川、云南、山东、江苏、浙江、福建以及北京等地，还出使过越南、缅甸、苏门答腊。他每到一处，总要详细地考察当地的风俗、地理、人情，并向忽必烈做详细汇报。

　　1292 年，马可·波罗返回威尼斯，随后在一场海战中被俘。在监狱里，他向身为作家的狱友鲁斯蒂谦讲述了自己的旅行经历。这些故事后来被鲁斯蒂谦记录下来并得以出版，就是著名的《马可·波罗游记》，也被称为《东方见闻录》。《马可·波罗游记》描述了当时亚洲各地的风土人情、政治制度、宗教信仰等方面的内容，描述了马可·波罗在东方最富有的国家中国的所见所闻。此书在欧洲广为流传，激起了欧洲人对东方的热烈向往。同时，西方地理学家还根据书中的描述，绘制了早期的"世界地图"，影响了包括哥伦布在内的许多探险家。

　　马可·波罗的中国之行及其游记，大大丰富了欧洲人的地理知识，打破了宗教的谬论和传统的"天圆地方"说；同时《马可·波罗游记》对 15 世纪欧洲的航海事业起到了巨大的推动作用。哥伦布、达·伽马、鄂本笃等众多航海家、旅行家、探险家，在读了《马可·波罗游记》之后，纷纷东来，寻访中国，打破了中世纪西方神权统治的禁锢，大大促进了中西方交通和文化交流。

　　马可·波罗于 1324 年去世，享年 70 岁。他的旅行经历和著作，是联系东西方文明的重要桥梁。

地理大发现的先驱者：哥伦布

克里斯托弗·哥伦布 （1451—1506）

意大利探险家、航海家，大航海时代的主要人物之一，是地理大发现的先驱者。

1451 年，哥伦布出生于热那亚的一个工人家庭，是信奉基督教的犹太人后裔。年轻时他十分推崇曾在热那亚坐过牢的马可·波罗，立志要做一个航海家。当时，地圆说已经很盛行，哥伦布也深信不疑。他先后向葡萄牙、西班牙、英国、法国等国国王请求资助，以实现他向西航行到达东方国家的计划，但都遭到拒绝。一方面，地圆说的理论尚不十分完备，许多人不相信，把哥伦布看成江湖骗子。另一方面，当时西方国家对东方物质财富需求除传统的丝绸、瓷器、茶叶外，还有亚洲的香料。这些商品主要经传统的海、陆联运商路运输。经营这些商品的既得利益集团也极力反对哥伦布开辟新航线的计划。

哥伦布为实现自己的计划，到处游说了十几年。开始的时候西班牙女王伊莎贝拉一世也同样拒绝了他，但她指定了一个皇家委员会讨论哥伦布的计划，并将哥伦布纳入皇家供奉的行列。直到 6 年后，伊莎贝拉一世说服了共治国王斐迪南二世，甚至要拿出自己的私房钱资助哥伦布，才使哥伦布的计划得以实施。

1492 年 8 月 3 日，哥伦布受西班牙女王派遣，带着给印度君主和中国皇帝的国书，率领 3 艘百十来吨的帆船，从西班牙巴罗斯港扬帆出大西洋，直向正西航去。经 70 昼夜的艰苦航行，1492 年 10 月 12 日凌晨，他们终于发现了属于中美洲加勒比海中的巴哈马群岛，哥伦布将它命名为圣萨尔瓦多，圣萨尔瓦多便是救世主的意思。之后，他又登上了美洲的许多海岸。直到 1506 年逝世，他一直认为他到达的是印度。后来，一个叫阿美利哥·维斯普西的意大利学者，经过更多的考察，才知道哥伦布到达的这个地方不是印度，而是一块新大陆。因此，这块大陆被命名为阿美利加洲（即今天的美洲）。

哥伦布发现美洲后，许多人认为哥伦布只不过是凑巧罢了，其他任何人只要有他的运气，一样可以做到。于是，在一个盛大的宴会上，一位贵族向他发难道："哥伦布先生，我们谁都知道，美洲就在那儿，你不过是凑巧先上去了。如果是我们去，也会发现的。"

面对责难，哥伦布灵机一动，拿起桌上的一个熟鸡蛋，对大家说："诸位先生、女士，你们谁能够把鸡蛋立在桌子上？"

大家跃跃欲试，却一个个败下阵来。哥伦布微微一笑，拿起鸡蛋，在桌上轻轻一磕，就把鸡蛋立在那儿了。哥伦布随后说："看吧，想要把鸡蛋立起来其实很简单。而发现美洲也像立起这个鸡蛋一样，一点也不难。但是，在我没有立起来之前，你们有谁做到了呢？"

尼古拉·哥白尼 （1473—1543）

波兰天文学家、数学家、教会法博士、神父。哥白尼创立的"太阳中心说"从根本上改变了旧的宇宙观，揭穿了宗教神学伪造的谎言，在科学发展史上具有划时代的意义，从此，自然科学便从宗教神学中解放出来了。

哥白尼是 16 世纪著名的天文学家和数学家，现代天文学的先驱之一。他的贡献不仅推动了天文学、物理学、哲学的发展，也对人类认识宇宙产生了深远影响。

哥白尼出生于波兰弗罗茨瓦夫市一个富裕的商人家庭，从小就展现了出众的头脑和对自然科学的浓厚兴趣。他的父亲是一位商人和市议员，将他送至当时欧洲最著名大学——克拉科夫学习医学。

哥白尼在大学期间对天文学和数学非常感兴趣，时常在克拉科夫教会的塔楼中进行天象观测。此后，他又前往意大利的博洛尼亚大学和帕多瓦大学攻读法律、医学和神学，受到博洛尼亚大学天文学家德诺瓦拉的影响甚大。在那里，他学到了天文观测技术和希腊的天文学知识。随着他的天文学知识和观测数据的不断积累，他逐渐意识到天文学界对于星球的运行方式的错误认识，这为他后来提出"日心说"奠定了知识基础。

哥白尼的理论初步形成于《天体运行论》的手稿中。在手稿中，哥白尼提出了地球绕太阳转动的哥白尼模型，即日心说。这一学说打破了当时大众对于地球处于天体中心、星球运行围绕地球的观念。在其假设中，太阳位于宇宙中心，其他星球围绕太阳公转，不再将地球放在中心位置。此外，在手稿中，他观测计算所得数值的精确度是惊人的。例如，他得到恒星年的时间为 365 天 6 小时 9 分 40 秒，精确值约多 30 秒，误差只有百万分之一；他得到的月亮到地球的平均距离是地球半径的 60.30 倍，和 60.27 倍相比，误差只有万分之五。哥白尼通过精密的观测和演算，证明了日心说比地心说更符合实际情况。然而这个理论在当时遭到了教会的强烈反对。教会认为，这个假说违背了《圣经》的原则，是一种"异端邪说"。因此，在哥白尼逝世之前，他的学说始终未能得到教会的认可。哥白尼逝世之后，"日心说"逐渐得到了科学和教会界的认可。

哥白尼的贡献不仅为现代天文学的发展打下了坚实的基础，也对人类的文化、思想和信仰产生了不可估量的影响。他的思想成果对人类科学、文化的发展产生了深远的影响。他被誉为"现代天文学的先驱之一""科学伟人之一"，是人类智慧和勇气的象征。

斐迪南·麦哲伦 （1480—1521）

葡萄牙探险家、航海家、殖民者，为西班牙政府效力探险。1519—1521 年，麦哲伦率领船队欲完成环球航行，但环球途中却在菲律宾死于部落冲突。船队在他死后继续向西航行，回到欧洲，并完成了人类首次环球航行。

麦哲伦出生于葡萄牙北部波尔图的一个没落的骑士家庭，他是第一个成功地完成环球航行的著名航海家之一。他以其卓越的领导才能、航海技能和冒险精神而闻名于世。

1505 年，麦哲伦参加了葡萄牙第一任驻印度总督阿尔布奎克的远征队，先后跟随远征队到过东部非洲、印度和马六甲等地探险和进行殖民活动，这段经历使他积累了丰富的航海经验。1515 年，麦哲伦回到葡萄牙并向葡萄牙国王曼努埃尔提出环球航行的请求。可是，国王认为东方贸易已经得到有效的控制，没有必要再去开辟新航道了，因而被葡萄牙军队解雇了。1517 年，麦哲伦离开葡萄牙，来到了西班牙塞维利亚再一次提出环球航行的请求并获得准许。

1519 年，麦哲伦组织了一支由五艘船组成的船队，开始了他那著名的航海旅程。他的船队沿着南美洲的海岸一路向南航行。1520 年 10 月 21 日，他们找到了一条通往太平洋的峡道，即麦哲伦海峡。麦哲伦率领船队沿麦哲伦海峡航行，海峡两岸的土著居民，喜欢燃烧篝火，白日蓝烟缕缕，夜晚一片通明，好像专门为麦哲伦的到来而安排的仪仗队。麦哲伦高兴极了，他在夜里见到陆地上火光点点，便把海峡南岸的这块陆地命名为"火地"，也即如今的火地岛。

1521 年 3 月初，麦哲伦船队到达三个有居民的海岛，这些小岛是马里亚纳群岛中的一些岛屿，岛上土著人皮肤黝黑，身材高大，他们赤身露体，却戴着棕榈叶编成的帽子。热心的岛民们给他们送来了粮食、水果和蔬菜。在惊奇之余，船员们对居民们的热情，无不感到由衷地感激。当地人从未见到过如此壮观的船队，对船上的所有东西都表现出新奇感，于是他们从船上搬走了一些物品，船员们发觉后便大声叫嚷起来，把他们当作强盗，还把这个岛屿改名为"强盗岛"。3 月中，船队抵达了菲律宾，在与当地人的对战中，麦哲伦不幸阵亡。麦哲伦没有完成他的旅程，但他的航行成果和闻名全球的探险旅程，为今后的航海和地理学作出了重大贡献。

麦哲伦首次横渡太平洋，在地理学和航海史上产生了一场革命，证明地球表面大部分地区不是陆地，而是海洋，世界各地的海洋不是相互隔离的，而是一个统一的完整水域。从而，他成为环球航海事业的奠基人。

安德烈·维萨里 （1515—1564）

比利时医生、生物学家、近代人体解剖
学的创始人，与哥白尼齐名，是科学革命的
两大代表人物之一。

在文艺复兴时期，一本名为《人体的构造》的书问世。这本书详细地介
绍和研究了解剖学，并附有精美的版画及有关人体骨骼和神经的插图。而创
作这本书的作者时年仅 28 岁，他就是安德烈·维萨里。

维萨里出生于比利时布鲁塞尔的一个医学世家。他的曾祖父、祖父、父
亲都是宫廷御医，家中收藏了大量有关医学方面的书籍。维萨里幼年时代就
喜欢读这些书，从这些书中受到许多启发，并立下了当医生的志向。

1528 年，维萨里进入鲁汶大学修读美术，1533 年进入巴黎大学就读医学。
在那里，他在雅克·迪布瓦和让·费内尔的指导下学习盖伦的医学理论。从
那时开始，他对解剖学产生了兴趣，并经常在巴黎的圣婴公墓研究骨骼。

维萨里天资聪颖、勤奋好学，在自学过程中掌握了一定的解剖学知识，
也积累了一些这方面的经验，所以他曾一针见血地指出盖伦解剖学中的错误
和教学过程中的弊病，并决心改变这种现象，纠正盖伦解剖学中的错误观
点。于是，他亲自动手做解剖实验，用实际行动赢得到了同学们的赞扬和

支持。

后来，维萨里在威尼斯共和国帕都瓦大学任教。在任教期间，维萨里继续利用讲课的机会进行尸体解剖，并进行活体解剖教学，吸引了大批的学生。在那里，他充分利用学校的有利条件，继续进行解剖学研究。工作之余，他开始写作计划中的人体解剖学专著。

1543 年，维萨里主持了一场公开的解剖，对象是一个来自瑞士巴塞尔的臭名昭著的罪犯。他将所有骨骼收集起来组合成骨骼系统，并捐献给巴塞尔大学。这个标本是维萨里唯一留存至今的标本，也是世界上最古老的解剖学标本，现藏于巴塞尔大学的解剖学博物馆。同年，维萨里完成了按骨骼、肌腱、神经等几大系统描述的巨著《人体的构造》。在书中，维萨里冲破了以盖伦为代表的旧权威们臆测的解剖学理论，以大量、丰富的解剖实践资料，对人体的结构进行了精确的描述。这部著作的出版，澄清了盖伦学派主观臆测的种种错误，从而使解剖学步入了正轨。可以说，《人体的构造》一书是科学的解剖学建立的重要标志。

维萨里这种勇于实践、寻求真理的精神和《人体的构造》的出版引起了当时的解剖学家和医生们的震惊，受到当时教会的无情打击和迫害。在这样恶劣的情况下，维萨里不得不在《人体的构造》一书出版的第二年，愤然离开帕都瓦，来到西班牙，担任了国王查理五世的御医，从此中断了对解剖学的研究。在西班牙，他度过了比较安逸的 20 年。

安德烈·维萨里根据自己的人体解剖实践和研究发现纠正了很多从古代流传下来的理论谬误，特别是纠正了盖伦的理论。他的《人体的构造》一经出版，就在欧洲大陆掀起了一股新的解剖学风潮，解剖学家不再迷信权威，而转变为只信任自己的观察结果。从而，他被认为是近代人体解剖学的创始人。

约翰·纳皮尔 （1550—1617）

又译作约翰·龙比亚，苏格兰数学家、神学家，对数的发明者。为示纪念，英国于1964年设立了爱丁堡龙比亚大学，校名以其姓氏命名，其出生的城堡现为爱丁堡龙比亚大学校园的一部分。

纳皮尔出生于苏格兰的贵族家庭，13岁进入圣安德鲁斯的圣萨尔瓦特学院，在那里接受神学教育。他的舅父博瑟韦尔是奥克尼的主教，支持他到国外留学。1571年，纳皮尔回到苏格兰；1572年，他与斯特林爵士的女儿伊丽莎白结婚，并定居在加尔特内斯；1608年，他迁居爱丁堡附近的梅尔契斯顿堡。1579年，其妻去世，他又娶珀思州克罗姆利克斯的奇斯霍姆为妻。他与第一任妻子育有2个孩子，与第二任妻子育有10个孩子，纳皮尔的遗著是由第二个儿子罗伯特整理出版的。

纳皮尔是一位地主，曾试验肥料的使用和饲料的配合，并发现在饲料中加盐的好处。他还发明了螺旋抽水机，用于抽取煤坑中的水。纳皮尔还预言将来会有许多种杀伤力强的武器，并提出了设计，画了示意图。他预言将来会造出一种枪炮，它能"清除四英里圆周内所有超过一英尺高的活着的动物"；会生产"在水下航行的机器"；会创造一种战车，它有"一只血盆大口"，能"毁灭所经之处的任何东西"。

1614 年 6 月，纳皮尔在爱丁堡出版了第一本对数专著《奇妙的对数表的描述》，阐明了对数原理，后人称之为纳皮尔对数。此书出版之后引起了人们广泛的兴趣，伦敦格雷沙姆学院几何学教授布里格斯专程到爱丁堡向这位伟大的对数发明者表示敬意。通过这次访问，纳皮尔和布里格斯商定：如果把对数改变一下，使得 1 的对数为 0、10 的对数为 10 的适当次幂，造出来的表会更有用。于是，就有了今天的常用对数。这种想法起源于纳皮尔时代人们所熟知的沃纳公式，因为沃纳（Werner）曾利用它们简化由天文学引起的长计算。此公式在 16 世纪末被数学家和天文学家们广泛地用于把积变成和与差。此方法以"加与减"著称，长除法也可以类似地处理。

钟摆等时性规律发现者：伽利略

伽利略·伽利雷 （1564—1642）

意大利物理学家、数学家、天文学家和哲学家。他是科学革命的先驱，第一个在科学实验的基础上融会贯通了数学、物理学和天文学 3 门知识，扩大、加深并改变了人类对物质运动和宇宙的认识。

伽利略出生于意大利比萨的一个贵族家庭，他的父亲是一位音乐家和音乐理论家。据说，某个星期天，伽利略在比萨大教堂参加活动，教堂穹顶上的吊灯因风吹过不停地摆动，伽利略被摆动的节奏吸引住了。他发现，尽管吊灯的摆动幅度越来越小，但每一次摆动的时间似乎相等。

伽利略决定仔细地观察。他知道脉搏的跳动是有规律的，于是便按着脉搏注视着灯的摆动，发现每往返摆动一次的时间的确相同。他心里不禁又冒出一个疑问：假如吊灯受到一股强风吹动，摆得高了一些，以后每次摆动的时间还是一样的吗？回到宿舍后，他用铁块制成一个摆，把铁块拉到不同高度，用脉搏细心地测定摆动所用的时间。结果表明，每次摆动的时间仍然相同。尽管用脉搏测量时间并不精确，但已经可以证明他最初的想法是正确的，即"不论摆动的幅度大些还是小些，完成一次摆动的时间是一样的"。这在物理学中叫作"摆的等时性"。各种机械摆钟都是根据这个原理制作而成的。

　　后来，伽利略又把不同质量的铁块系在绳端做摆锤进行实验。他发现，只要用同一条摆绳，摆动一次的时间并不受摆锤质量的影响。随后伽利略又想，如果将绳缩短，会不会摆动得快些？于是，他用相同的摆锤，用不同的绳长做实验，结果证明他的推测是对的。他当时得出了结论：摆绳越长，往复摆动一次的时间就越长。

　　人们对摆动的研究是逐步深入的。伽利略逝世30多年后，荷兰物理学家惠更斯找到了摆的周期与摆长间的数学关系。直到牛顿发现了万有引力定律，才对摆动的规律作出了圆满的解释。摆的等时性研究促进了钟表的研制，方便了人们的生活。

　　伽利略发现了自由落体的规律，即不受物体重量和形状的影响，所有物体在同样时间内下落的距离相等。他还提出了倾斜平面的原理，可以用来计算斜面上物体的运动。他的物理学发现为牛顿的力学和现代物理学的发展打下了基础。

　　伽利略在天文学领域也有重大的贡献，包括使用望远镜对金星相位的确认，发现木星的四颗最大卫星，土星环的观测和黑子的分析等。

　　总之，伽利略是一个多才多艺、杰出的科学家、哲学家、文学家和艺术家，他的成就和贡献不仅对当时的科学和文化界具有重要影响，而且对现代科学和文化发展有着深远的意义和价值。

约翰尼斯·开普勒 （1571—1630）

　　德国天文学家、数学家与占星家，发现了行星运动三大定律，也被称为"开普勒定律"。

　　约翰尼斯·开普勒，生于德国符腾堡，他的爷爷曾是这个城市的市长，但他出生时其家族已经衰落了。他的父亲为了生计而成为一名雇佣兵，据说后来死于荷兰独立战争。

　　开普勒在很小的时候就接触到并喜欢上了天文学，而且这种喜爱贯穿了他的一生。6 岁时，他看到了 1577 年的大彗星，并写道他"被妈妈带到一处高地看彗星"。9 岁时，他观察到了另外一次天文事件——1580 年的月食。然而，因童年患上天花，使他的视力衰弱，双手残疾，因此限制了他天文观察的能力。开普勒 13 岁进入教会学校，16 岁被图宾根大学录取，20 岁获硕士学位。1594 年，在担任中学教师期间，他潜心天文探索，并在 1596 年出版了《宇宙的神秘》一书。此书获得天文学家第谷·布拉赫的高度评价。

　　1600 年，开普勒移居布拉格，应邀为第谷做助手。第谷逝世后，开普勒利用其遗留的大量资料，运用几何曲线原理推导出火星的运动轨迹不是圆，而是椭圆，并且运行速度不匀。1609 年，开普勒在《新天文学》一书中提出了著名的第一定律和第二定律。第一定律把太阳的位置精确标定在椭圆焦点上，而各行星都在椭圆轨道上绕太阳运行。第二定律也叫"面积定律"，在形式上提示了行星与太阳的连线与等时间内扫过的面积相等，这在本质上阐明了行星离太阳近则快、远则慢的不匀速性。1619 年，开普勒在《宇宙和谐论》一书中阐述了第三定律，即行星绕太阳一周的时间的平方，等于椭圆长轴一半的立方。

1604 年 9 月 30 日，开普勒在蛇夫座附近发现了一颗新星，即"开普勒新星"。1611 年，他出版了近代望远镜理论著作《光学》；1618—1620 年，他发表了《哥白尼天文学简论》一文；1619—1620 年，他出版了《彗星论》一书，预言了太阳光辐射压力的存在；1627 年，他发表《鲁道夫星表》，直到18 世纪还一直被视为标准星表；1629 年，他出版《稀奇的 1631 年天象》一书，预言 1631 年 11 月 7 日将出现水星凌日现象，12 月 6 日金星也将凌日。果然，在预报的日期，巴黎的加桑狄观测到水星通过日面，这是最早的水星凌日观测。由于金星凌日发生在夜间，故而当时的人们未能观测到。

开普勒的发现彻底清除了哥白尼学说中托勒密的思想残余，给哥白尼体系带来了严谨性和规律性。而开普勒关于天体运动的三大定律，则是无论自然界的星球还是人造天体都必须遵循的规律。因此，他不仅为人类对宇宙天体的认识作出了贡献，也为现代宇宙航行奠定了理论基础，因而被誉为天空的"立法者"。

1630 年，开普勒因病逝于巴伐利亚公国雷根斯堡，享年 58 岁。

威廉·哈维　（1578—1657）

英国生理学家、医生。他发现了血液循环的规律和心脏的功能，奠定了近代生理科学发展的基础。他的工作标志着新的生命科学的开始。哈维也因为心脏和血液循环系统等方面的前瞻性研究，成为与哥白尼、伽利略、牛顿等人齐名的科学革命巨匠。

1628 年，一名英国内科医师出版了一本关于血液循环的名著——《心与血的运动》，书中阐明了血液川流不息地在体内循环着，并且是以心脏为中心的。这一论述奠定了现代实验生理学的基础，标志着现代医学的开始。而出版这本名著的作者就是血液循环规律发现者——威廉·哈维。

哈维的父亲托马斯·哈维是肯特郡福克斯通镇一位富裕的地主，曾做过该镇的镇长；母亲琼尼是肯特郡哈斯汀莱的托马斯·哈克之女。哈维是这个家庭的长子。

哈维在坎特伯雷的著名私立学校受过严格的初、中等教育，15 岁时进入剑桥大学学习了两年与医学有关的一些学科。1602 年，哈维进入意大利帕多瓦大学，在解剖学家法布里克斯指导下学习。在此学习期间，哈维不仅刻苦钻研，积极实践，被同学们誉为"小解剖家"，而且在法布里克斯从事静脉血管解剖和"静脉瓣"的研究中，成了老师的得力助手。这一时期的学习和实践，为哈维后来确立心血管运动的理论奠定了牢固的基础。此后不久，哈维又在英国剑桥大学获得医学博士学位。

早在公元 2 世纪，古罗马医生盖伦通过解剖动物，发现动脉中充满了血液。他认为人体心室中隔上有小孔，右室的血液可由小孔进入左心室；血液由肝脏合成，与"生命灵气"混合后，在血管中潮涨潮落般往复运动，造成奇妙的生命现象。他的"生命灵气"说一度被教会所推崇。16 世纪，科学家通过研究发现，人体心室的中隔上并没有小孔，右室的血液是经过肺到达左心室，静脉中有能够防止血液倒流的瓣膜，不存在什么"生命灵气"。这些发现指出了盖伦学说的错误，促进了血液循环理论的建立。

哈维在前人研究的基础上，做了大量离体心脏的实验研究，指出血液在体内是循环流动的。哈维通过实验首先发现，如果心室容纳的血液为 56.8 克，心跳每分钟 72 次，则一小时由心脏压出的血液应为 245.4 千克，这相当于人体重量的三四倍，这样大的血量绝不可能是同一时间内由消化道吸收营养物质变成的，也不可能是同一时间内静脉所能储存的，由此断定血液在体内必定是循环的。其次，他用捆扎手臂的实验证明，血液是从心脏经动脉流到静脉再流回心脏的。此外，他通过解剖和活体观察发现，动物心脏就像水泵，收缩时把血液压出来，舒张时又充满了血液，指出血液循环的动力就在于心脏的机械作用。

哈维在前人的研究成果和古典作家经典论述的基础上，完整地提出了血液循环的科学理论。哈维的工作开创了把实验方法引入生理学的先河，为近代生理学和医学的发展奠定了基础。

罗伯特·波义耳 （1627—1691）

英国化学家、物理学家，化学科学的开山祖师，近代化学的奠基人。

波义耳出生在一个贵族家庭，优裕的家境为他的学习和日后的科学研究提供了较好的物质条件。童年时，他很安静，说话还有点口吃，没有哪样游戏能使他着迷。但是比起他的兄长们，他却是最好学的，他酷爱读书，常常书不离手。8 岁时，父亲将他送到伦敦郊区的伊顿公学，在这所专为贵族子弟办的寄宿学校里，他学习了 3 年。随后他和哥哥法兰克一起在家庭教师陪同下来到日内瓦过了 2 年。在这里他学习了法语、实用数学和艺术等课程。当时，瑞士是宗教改革运动中出现的新教的根据地，反映资产阶级思想的新教教义熏陶了他。此后，波义耳在实际行动中虽然未参与任何一派，但是他在思想上一直是倾向于革命的。

波义耳是家中 14 个兄弟姐妹中最小的一个，3 岁丧母。也许是缺乏母亲照料的缘故，他从小体弱多病。有一次患病时，他差点因医生开错了药而丧命。经过这次遭遇，他怕医生甚于怕病，有了病也不愿找医生，并且开始自修医学，到处寻找药方、偏方为自己治病。当时的医生都是自己配制药物，所以研究医学也必须研制药物和做实验，因此，在研究医学过程中，波义耳对化学实验产生了浓厚的兴趣。

波义耳的口头禅是："要想做好实验，就要敏于观察。"而他就是如此践行的。

学过初中化学的都知道，石蕊试纸有红色和蓝色两种，碱性溶液使红色试纸变蓝，酸性溶液使蓝色试纸变红。有了石蕊试纸，就可以知道一瓶溶液的酸碱性。而石蕊试纸就是波义耳发明的。

波义耳还是一个热爱生活和艺术的翩翩绅士，他喜欢在实验室里摆放一株自己最爱的紫罗兰花，欣赏花的芬芳以中和实验的紧张。在一次实验中，波义耳不慎将浓盐酸溅到花瓣上，花瓣上立刻逸散出丝缕白烟。波义耳把花拿到水龙头处冲洗一番，然后插回花瓶。这时波义耳突然发现一个奇怪的现象，原本深紫色的紫罗兰竟然变成了红色。细心的波义耳将这一现象记录下来，后续又进行了许多花木与酸碱相互作用的实验。通过大量的实验，波义耳发现大部分花草受酸或碱作用都能改变颜色，其中从石蕊地衣中提取的紫色浸液最为明显，它遇酸变红，遇碱变蓝。波义耳用石蕊浸液把纸浸透，然后烤干，这就是世界上第一张石蕊试纸。

在研究医学的过程中，他翻阅了许多医药化学家的著作，尤其对比利时医药化学家海尔蒙特非常崇拜。海尔蒙特不论白天黑夜，完全投入化学实验，自称为"火术的哲学家"。波义耳以他为榜样，创造了一个实验室，每日都沉浸于实验之中。波义耳就是这样开始了自己献身于科学的生活，直至逝世。

克里斯蒂安·惠更斯 （1629—1695）

荷兰物理学家、天文学家、数学家；对力学的发展和光学的研究都有杰出贡献，在数学和天文学方面也有卓越的成就；建立了向心力定律，提出了动量守恒原理，并改进了计时器；代表作有《摆钟论》《光论》等。

惠更斯出生在荷兰海牙的一个比较富裕的大户人家，父亲是一名朝臣和作家，与笛卡尔等学术名人交往甚密。惠更斯从小就很聪明，13 岁就亲手制作了一台车床，显示出很强的动手能力。惠更斯小时候在家中接受了良好的家庭教育，16 岁时进入莱顿大学，专攻数学和物理学，两年后转入布雷达学院深造。在阿基米德等人著作及笛卡尔等人直接影响下，惠更斯致力于力学、光波学、天文学及数学的研究。大学期间，他还结识了天文学家、物理学家和数学家约翰内斯·开普勒，深受其影响。开普勒的行星运动三大定律为惠更斯后来的研究提供了重要的理论支持。

1654 年，惠更斯发表了关于光的波动理论的论文，首次提出了光是以波动的形式传播的观点。这一理论打破了当时主流的微粒说，为后来的光学研究开辟了新道路。惠更斯曾多次游历伦敦，于 1663 年成为新成立的英国皇家学会的第一个外国会员。1666 年至 1668 年，惠更斯旅居巴黎，与莱布尼茨结为挚友，成为法国科学院的创始人之一。他还在巴黎建立了自己的实验室，继续深入研究光学，进一步推动了天文学的发展。

然而，惠更斯最为人所知的成就，是他关于土星环的发现和研究。1655年，惠更斯开始用自制的天文望远镜观测土星，不久就有了新发现。他观测到土星被一个薄薄的平面圆环所包围，圆环与黄道相倾斜。起初，他用字谜的形式宣布这些发现。经过多年的观测研究后，他在1659年出版的《土星系统》一书中描述了他的发现，确定了土星环的位置，并且解释了土星环忽隐忽现的现象。他认为土星环是由无数小颗粒组成的，这些小颗粒以很快的速度围绕土星运转，并且呈现出各种颜色。此外，惠更斯还发现了土星的众多卫星中的第一颗，它每16天就环绕土星公转一周。后来这颗卫星被命名为"泰坦"，即土卫六。

惠更斯发明了摆钟，设计出巧妙的"游丝"，极大地提高了摆钟的精度。这一发明不仅让人类计时更加准确，更为后来的科学研究提供了可靠的时间基准。

1695年，这位伟大的科学家在荷兰海牙逝世，享年66岁。在惠更斯的墓碑上，刻着这样一句话："他的一生都在追求真理，他的成就将永远照耀着科学的天空。"这是对惠更斯一生最好的诠释。

艾萨克·牛顿 （1643—1727）

物理学家、数学家、自然哲学家，百科全书式的"全才"，英国皇家学会会长；创立了万有引力定律，提出了力学三大定律；对光的分解研究，打开了近代光学研究的大门；在数学方面，与莱布尼茨共享了创立微积分的荣誉；著有《自然哲学的数学原理》等。

在意大利科学巨星伽利略陨落的 1642 年刚结束不久，一个婴儿就"迫不及待"地来到了人间。这位早产儿就是后来被誉为"近代物理学之父"的艾萨克·牛顿。

牛顿从小便展现出对自然世界的浓厚兴趣，喜欢动手制作各种机械玩具。由于父亲早逝，他的母亲为了生计，将他留在了农场。然而，牛顿在农场并没有沉浸于劳作，反而更加专注于思考和探索自然界的奥秘。他自学了欧几里得的《几何原本》，对数学产生了浓厚的兴趣。他的天赋和努力逐渐显现，17 岁时，他进入剑桥大学学习。在剑桥期间，他结识了许多杰出的学者，包括数学家巴罗等人。这些友谊对牛顿产生了深远的影响，塑造了他的世界观和学术观念。

牛顿最重要的科学成就之一是发现了万有引力定律。1665—1666 年，他在家乡的伍尔索普庄园，观察到苹果从树上落下的现象，开始思考物体之间的吸引力和运动规律。牛顿对这一现象的深入研究最终引出了17世纪自然科学最伟大的成果之一——万有引力。他将自己的发现汇集成著名的《自然哲学的数学原理》一书并于1687年公开出版。该书阐述了万有引力定律和三大运动定律。

万有引力定律指出，任何两个物体都会因为彼此之间的质量而相互吸引，且这种引力与它们质量的乘积成正比，与它们之间的距离的平方成反比。这一发现解释了天体运动的规律，为太阳中心说提供了强有力的理论支持。

三大运动定律则构成了牛顿力学的基石。第一定律（惯性定律）指出，一个物体在没有受到外力作用时，将保持静止状态或匀速直线运动状态。第二定律（加速度定律）表明，物体的加速度与作用力成正比，与物体质量成反比。第三定律（作用与反作用定律）揭示，作用力和反作用力总是大小相等、方向相反。这些定律为经典力学的发展奠定了基础。

恩格斯说："牛顿由于发现了万有引力定律而创立了科学的天文学，由于进行了光的分解而创立了科学的光学，由于创立了二项式定理和无限理论而创立了科学的数学，由于认识了力的本性而创立了科学的力学。"牛顿的成就如闪烁的星光，点亮了数学、物理学、光学、力学、天文学、经济学等诸多领域。他的伟大不仅在于发现了自然的法则，更在于启发了后人对知识的追求。他是科学史上的传奇，永远闪耀在人类历史的光辉篇章中。

戈特弗里德·威廉·莱布尼茨 （1646—1716）

　　德国思想家、哲学家、数学家、科学家、外交家、著述家，研究涉及法学、力学、光学、语言学等 40 多个领域，被誉为 17 世纪的亚里士多德。

　　17 世纪下半叶，欧洲的科学技术迅猛发展。由于生产力的提高和社会各方面的迫切需要，经各国科学家的努力，建立在函数与极限概念基础上的微积分理论应运而生。微积分思想，最早可以追溯到阿基米德等人提出的计算面积和体积的方法。1665 年，牛顿创立了微积分（只是当时没有公开发表）。差不多 10 年后，莱布尼茨也发表了有关微积分思想的论著。以前，微分和积分作为两种数学运算、两类数学问题，是分别加以研究的。卡瓦列里、巴罗、沃利斯等人得到了一系列求面积（积分）、求切线斜率（导数）的重要结果，但这些结果都是孤立的、不连贯的。只有莱布尼茨和牛顿将积分和微分真正沟通起来，明确地找到了两者内在的联系：微分和积分是互逆的两种运算，并从对各种函数的微分和求积公式中，总结出共同的算法程序，使微积分方法普遍化，发展成了用符号表示的微积分运算法则。因此可以说，微积分是由牛顿和莱布尼茨创立的。

　　然而，关于微积分创立的优先权，数学史上曾掀起过一场激烈的争论。

实际上，牛顿在微积分方面的研究早于莱布尼茨，但莱布尼茨成果的发表则早于牛顿。1684年10月，莱布尼茨在《教师学报》发表了论文《一种求极大极小的奇妙类型的计算》。在数学史上，这篇论文被视为最早发表的微积分文献。1687年，牛顿出版了《自然哲学的数学原理》。在该书中，牛顿写道："十年前在我和最杰出的几何学家G.W.莱布尼茨的通信中，我表明我已经知道确定极大值和极小值的方法、作切线的方法以及类似的方法，但我在交换的信件中隐瞒了这方法。这位最卓越的科学家在回信中写道，他也发现了一种同样的方法。他并诉述了他的方法，他与我的方法几乎没有什么不同，除了他的措辞和符号外。"因此，数学界公认牛顿和莱布尼茨是各自独立地创立了微积分。牛顿从物理学出发，运用集合方法研究微积分，其应用上更多地结合了运动学，造诣高于莱布尼茨。莱布尼茨则从几何问题出发，运用分析学方法引进微积分概念得出运算法则，其数学的严密性与系统性是牛顿所不及的。莱布尼茨认识到好的数学符号能节省思维劳动，运用符号的技巧是数学成功的关键之一。他发明了一套适用的符号系统，进一步促进了微积分学的发展。

　　莱布尼茨开创的革新性的数学思想对数学、自然科学以及技术的进步产生了深刻的影响。莱布尼茨与牛顿创立的微积分，一直被作为所有科学领域内分析连续函数的首要方法，处于大学数学教育的核心地位。

数论中最受欢迎、最易理解的难题提出者：哥德巴赫

克里斯蒂安·哥德巴赫 （1690—1764）

　　普鲁士数学家，俄国彼得堡科学院院士。他在数学上的研究以数论为主，作为哥德巴赫猜想的提出者而闻名。

　　哥德巴赫出生于格奥尼格斯别尔格（现名加里宁城）。他曾在英国牛津大学学习法学，后来在欧洲访问期间结识了贝努利家族，对数学研究产生了浓厚的兴趣。1725 年，他来到俄国，并被选为彼得堡科学院院士；此后 15 年，他一直担任彼得堡科学院会议秘书；1742 年，哥德巴赫移居莫斯科，并在俄国外交部任职。

　　1742 年 6 月 7 日，哥德巴赫给欧拉写了一封信，在信中，他提出了这样一个命题："我的问题是这样的：随便取某一个奇数，比如 77，可以把它写成三个素数之和：77=53+17+7；再任取一个奇数，比如 461，461=449+7+5，也是三个素数之和，461 还可以写成 257+199+5，仍然是三个素数之和。这样，我发现：任何大于 5 的奇数都是三个素数之和。但这怎样证明呢？虽然做过的每一次试验都得到了上述结果，但是不可能把所有的奇数都拿来检验，需

要的是一般的证明，而不是个别的检验。"

欧拉回信说，这个命题看来是正确的，但是他也给不出严格的证明。同时欧拉又提出了另一个命题：任何一个大于 2 的偶数都是两个素数之和。但是这个命题他也没能给予证明。

不难看出，哥德巴赫的命题仅仅是欧拉命题的一个简单的推论。哥德巴赫的命题成立并不能保证欧拉命题的成立。而欧拉的命题却可以轻易推出哥德巴赫的命题成立。现在通常把这两个命题统称为哥德巴赫猜想。

哥德巴赫猜想大致可以分为两个猜想：1. 每个不小于 6 的偶数都可以表示为两个奇素数之和；2. 每个不小于 9 的奇数都可以表示为三个奇素数之和。前者被称为"二重哥德巴赫猜想"，后者被称为"三重哥德巴赫猜想"。哥德巴赫猜想并不是证明为什么 1+1=2，用 1+1 仅仅是为了说明每个不小于 6 的偶数都可以表示为两个奇素数之和的一种形象比喻罢了。

自哥德巴赫提出这个猜想以来，许多数学家都想攻克它，但至今仍未完全成功。当然曾经有人作了些具体的验证工作，例如：$6 = 3 + 3$，$8 = 3 + 5$，$10 = 5 + 5 = 3 + 7$，$12 = 5 + 7$，$14 = 7 + 7 = 3 + 11$，$16 = 5 + 11$，$18 = 5 + 13$……有人对 33×108 以内且大于 6 的偶数一一进行验算，哥德巴赫猜想都成立。但数学家仍然没有给出严格的证明。

哥德巴赫猜想自提出以来，已经过去近 3 个世纪，至今仍未被严格证明。这个难题引起了全世界数学家的关注，并成为数学领域一颗闪耀的明珠。人们对于解决哥德巴赫猜想的热情没有衰减，许多数学工作者不辞辛劳地投入其中，寻找证明的线索，费尽心思地探索各种可能的途径。人们对于解决这个难题的渴望和努力仍在继续，因为解决哥德巴赫猜想将会对数论领域产生重大的影响并推动数学的发展。

四十年绘就『墨西哥湾洋流图』：富兰克林

本杰明·富兰克林　（1706—1790）

美国政治家、实业家、科学家、社会活动家、外交家、出版商、印刷商、慈善家、发明家、思想家、作家和著述家，也是美国开国元勋中的重要人物之一。

本杰明·富兰克林出身寒微，10 岁便辍学回家做工，12 岁起在哥哥的印刷店里当学徒、帮工。但他刻苦好学，在掌握印刷技术之余，还广泛阅读文学、历史、哲学方面的著作，自学数学和 4 门外语，潜心练习写作，并且注意观察自然现象，研究科学问题，从实践出发，从事科学实验和观察。所有这一切为他在一生中取得多方面的成就打下了坚实的基础。

富兰克林成名后担任美国邮政局第一任局长。有一天，他接到了一封投诉信，抱怨通过邮轮寄送的信件，从欧洲到美国总是比从美国到欧洲要多花几周时间。同样，当时从英国到北美的邮轮往往要比商船慢两周。这个现象引起了富兰克林的好奇。恰好这时有人告诉他，在大西洋中有一股洋流，邮轮总是在洋流中逆流行驶，而商船一般会选择避开洋流的航线行驶。这让他想起在日记里记录的怪现象：自己坐船从伦敦返回美国时，在沿途看到北大西洋的洋流里携带着一种来自热带地区的海草，而这种洋流是从北美海岸向西班牙和非洲海岸移动的。

　　正是因为这些经验，富兰克林立马就想到这股洋流是导致这些问题的罪魁祸首。于是，他咨询了一位经验丰富的船长。这位船长告诉他，每次邮轮向西航行的时候，都会感到有一股巨大的水流在阻挡船只。富兰克林根据描述将这个洋流画在大西洋海图上，并在穿行大西洋时注意观察洋流的方向和速度。他还在洋流通道上投放漂流瓶，通过收集捡拾者反馈的发现地点和时间，验证了洋流运动的路径。富兰克林就此展开研究，最终绘制出了世界上第一幅"墨西哥湾洋流图"。

　　富兰克林从 20 岁的时候第一次记下洋流中的奇怪现象，到 60 多岁的时候绘制出"墨西哥湾洋流图"，中间历经了 40 多年。这看上去像是年轻时的好奇偶然带来的成果，但细究其中的关键则是富兰克林从小养成的勤勉学习、善于思考的好习惯，以及敏锐的洞察力和对自然现象的记录、持续的分析加工。

数学史上最多产的全才数学家：欧拉

莱昂哈德·欧拉 （1707—1783）

瑞士数学家和物理学家，现代数学的奠基人之一。他的贡献涵盖解析几何、微积分、数论、力学、流体力学以及图论等数学领域，还延伸到物理学和工程学。《无穷小分析引论》《微分学原理》《积分学原理》等都成为数学领域的经典著作。

欧拉是 18 世纪数学界的中心人物，是继牛顿之后重要的数学家之一。在欧拉的工作中，数学紧密地和其他科学的应用、各种技术问题的应用以及公众的生活联系在一起。他常常直接为解决力学、天文学、物理学、航海学、地理学、大地测量学、流体力学、弹道学、保险业和人口统计学等问题提供数学方法。欧拉的这种面向实际的研究风格，使得人们常说：应用是欧拉研究数学的原因。其实，欧拉对数学及其应用都十分感兴趣。作为一位数学家，欧拉把数学用到了整个物理领域中。他试图用数学形式表示物理问题，为解决物理问题而提出一种数学思想并系统地发展和推广这一思想。因此，欧拉在这个领域中的杰出成就作为一个整体，可以用数学语言加以系统地阐述，他酷爱抽象的数学问题，着迷于数论就是例子。欧拉的数学著作在其各种科学著作中所占的比重也明显地说明了这一点。现代版的《欧拉全集》72 卷中有 29 卷属于纯粹数学。

欧拉把微分积分法在形式上进一步发展到复数的范围，并对偏微分方程、椭圆函数论、变分法的创立和发展作出了突出贡献。欧拉在分析学领域也颇有建树，被同时代的人誉为"分析的化身"。欧拉的计算能力，特别是他的形式计算和形式变换的高超技巧，堪称无与伦比。他始终不渝地探求既能简明应用于计算，又能保证计算结果足够准确的算法。只是他在19世纪开始的"注意严密性"方面略显不足，没有适当地注意包含无限过程的公式的收敛性和数学存在性。

欧拉还是许多新的重要概念和方法的创造者。这些概念和方法的重要价值，有些在他去世一个世纪甚至更长的时间以后才被人们彻底理解。

欧拉是在数学研究中善用归纳法的大师，他凭观察、大胆猜测和巧妙证明得出了许多重要的发现。但是他告诫人们："我们不要轻易地把观察所发现的和仅以归纳为旁证的关于数的那样一些性质信以为真。"欧拉从不用不完全的归纳来最后证明他提出的假定是正确的，他的研究结果本质上是建立在严密的论证形式之上的。

欧拉还采用了许多简明、精练的数学符号。譬如，用 e 表示自然对数的底、用 $f(x)$ 表示函数等，这些符号从18世纪一直沿用至今。

一三〇

杰姆斯·赫顿 （1726—1797）

英国地质学家。赫顿从英格兰爱丁堡大学法律系毕业后，转而从事医药学研究，1749年获莱登大学医学博士学位。1768年，赫顿，开始从事地质科学的研究。他所倡导的"均变说"为地质科学奠定了基石。

地质学是研究地球起源、历史和结构的学科，主要研究地球的物质组成、内部构造、外部特征、各圈层间的相互作用和演变历史。在现阶段，由于观察、研究条件的限制，主要以岩石圈为研究对象，并涉及水圈、大气圈、生物圈和岩石圈下更深的部位，以及某些地外物质。

水成派认为，地质变化的原因是水的作用，所有的岩石都是水成岩。水成派以德国地质学家魏尔纳为代表。魏尔纳认为，所有地层都是地球在原始洪水期沉积而成，水是地壳形成与变化的唯一动力，而地下火的作用是次要的、局部的。经过约200年时间的验证，水成派的思想并不完全正确。

赫顿在地质学上的贡献不只是纠正了水成派的错误，还在许多方面为地质科学的健康发展奠定了基础，其中最主要的有：

他率先认识到地质形成过程的长期性，建立了地质时间的概念。他不是从理论上推算地球起源的时间，而是从多次野外考察实践中认识到地球历史的长期性、无限性，并宣布："我找不到开始的痕迹，也没有结束的瞻望。"有人认为，哥白尼有关宇宙思想的革命和赫顿关于地质时间的发现，是现代人类自然观上两场最重要的革命。

他在地质学研究领域中引入现实主义原则。在这方面，许多人常常把它和所谓"均变论"联系起来。1982年，拉纳尔指出，均变是赖尔创立的一个概念，并非出自赫顿。而赫顿也在自己的著作中提出了明显不同的观点："因此为了达到一定目的，尽管在我们的计算中有必要使各种均衡持续下去，但是我们不应该用一个毫无变化的均变来限制大自然。"

他还建立了"地转循环"的概念。他认为，与地球在不停地转动循环一样，地质作用也是在不停顿地循环往复地进行着。他把各种地质现象理解为"长期活动的缓慢作用"的结果。1948年，杜姆奇也夫在评述赫顿的这一思想时指出："牛顿在微积分学中对连续变化的分析同赫顿在地质学中对小事件积累产生大变化的判断之间具有相似之处。"

亨利·卡文迪什 （1731—1810）

英国化学家、物理学家。他热爱科学，一生都在实验室和图书馆中度过，在化学、热学、电学方面进行过许多实验探索。他是分离氢的第一人，把氢和氧化合成水的第一人。由于卡文迪什在化学领域的杰出贡献，后人称他为"化学中的牛顿"。

卡文迪什生于撒丁王国尼斯，其家族是一个有着悠久历史的英国贵族。卡文迪什从小就表现出了对数学和科学的兴趣，他自学了拉丁文和希腊文，这使得他能够阅读古代科学家的著作。18 岁时，卡文迪什进入剑桥大学，开始了他的学术生涯。他大学尚未毕业就去巴黎留学，后回伦敦定居，在他父亲的实验室中做了许多电学和化学方面的研究工作。

卡文迪什最著名的成就之一是对气体化学的研究，并于 1766 年发表了《论人工空气》。在文章中，卡文迪什在严格保持温度和压强条件的前提下，对当时已知的各种气体的物理性质，特别是密度进行了严谨而细致的研究，并因此获皇家学会科普利奖章。

1781 年，卡文迪什采用铁与稀硫酸反应制得了"可燃空气"（即氢气），同时使用排水集气法对产生的气体进行了多步干燥和纯化处理。接着他测定了该气体的密度，研究其性质，并运用燃素说解释了其形成机理。随后，他了解到普里斯特利发现空气中存在"脱燃素气体"（即氧气），于是将氢气和空气混合，通过电火花引发反应，得出了这样的结论："在不断实验之后，发现可燃空气可以消耗掉大约 1/5 的空气，在反应容器上有水滴出现。"最后，卡文迪什进一步研究了氢气和氧气反应时的体积比，得出了 2 ：1 的结论。最终通过制出纯的氧气和氢气，卡文迪什证明出水不是元素而是化合物，利用氢气和氧气的化学性质，发现它们可以产生水，并确定了空气中氧、氮的含量，因此，卡文迪什也被称为"化学中的牛顿"。

卡文迪什是一位杰出的物理学家及化学家，他的研究成果对于当代科学的发展产生了深远的影响。他不仅在气体化学领域成就斐然，在电学和地球物理学方面的研究也非常有影响力，如电势概念的提出及测量万有引力的扭秤实验等，为后来科学领域的研究奠定了基础，并且为现代技术的发展作出了重要的贡献。

发现空气的人：普里斯特利

约瑟夫·普里斯特利 （1733—1804）

英国化学家，靠自学成为一位化学大师。他在《几种气体的实验和观察》一书中，详细叙述了氧气的各种性质。1766 年当选为英国皇家学会会员，1782 年当选为巴黎皇家科学院外国院士。

普里斯特利出生于英格兰约克郡利兹城的一位裁缝店主家庭，幼年丧母，由姑母抚养长大。他在一所私立学校里学习了拉丁语、法语、德语、意大利语等多种语言，阅读了宗教、数学、化学等书籍。他在青年时代就开始担任牧师，十分喜爱化学。

在化学领域中，他首先对空气产生了兴趣，提出了不少有关空气的问题。例如，为什么放在封闭容器中的小老鼠，几天后就会死去？容器中本来有空气，老鼠为什么不能长期活下去？学生时代他参观啤酒厂时，发现有一种能使燃着的木条立刻熄灭的空气，这种空气就存在于发酵车间内盛啤酒的大桶里。因此，他怀疑是不是存在着好多种空气。

为了弄清这些问题，普里斯特利进行了多种实验。例如，他点燃一根蜡烛，将其放入预先放有小老鼠的玻璃容器中，然后盖紧容器。他发现，蜡烛燃烧了一会后就灭了，而小老鼠也很快窒息。这一现象让普里斯特利想到，空气中大概存在着一种东西，当它燃烧时空气就会被污染，因而成为不能供动物呼吸，也不能使蜡烛继续燃烧的"受污染的空气"。

为了证明这一想法，他设想：能否把受污染的空气加以净化，使它又成为可供呼吸的空气呢？为此，他做了一个新的实验：用水洗涤受污染的空气，其结果使他大为惊异。他发现，水只能净化一部分被污染的空气，而另一部分未被净化的空气，还是不能供老鼠呼吸。

善于思考和钻研问题的普里斯特利进一步想到，动物在受污染的空气中会死去，那么植物又会怎样呢？对此，他设计了下列实验：把一盆花放在玻璃罩内，花盆旁边放了一支燃烧着的蜡烛来制取受污染的空气。当蜡烛熄灭几小时后，植物却看不出什么变化。他又把这套装置放到靠近窗子的桌子上，次日早晨他发现，花不仅没死，还长出了花蕾。由此他猜测，难道植物能够净化空气吗？为了验证这一想法，他点燃了一支蜡烛，并迅速放入罩内。蜡烛果然正常燃烧着，过了一段时间才熄灭。

通过大量的实验，普里斯特利认为，在啤酒发酵、蜡烛燃烧以及动物呼吸时产生的气体，就是早先人们所称的"固定空气"（即二氧化碳）。他对这种"固定空气"的性质作了深入研究，证明植物吸收"固定空气"后，可以放出"活命空气"（即氧气）。他还发现，"活命空气"既可以维持动物呼吸，还能使物质更猛烈地燃烧。

由此，普里斯特利设法制取这种"活命空气"。尽管没有成功制取"活命空气"，普里斯特利却在不断实验的过程中发现了许多新气体，如"碱空气"（氨）、"盐酸空气"（氯化氢）和二氧化硫等。此后多年，普里斯特利一直致力于气体研究，写成了《论各种不同的气体》一书，大大丰富了当时对气体化学的研究。

给电『定量』的人：库仑

查利·奥古斯丁·库仑 （1736—1806）

生于法国昂古莱姆，是法国著名的工程师、物理学家。其主要贡献有扭秤实验、库仑定律、库仑土压力理论等，被称为"土力学之始祖"。

电荷之间的作用力与万有引力是否相似的问题在当年早已引起一些研究者的注意，英国科学家卡文迪什、普里斯特利等人都确信电荷间的力遵循"平方反比"规律。但是最终解决这一问题并确立了准确的数学描述是由法国科学家库仑完成的。他设计了一个十分精妙的扭秤实验，对电荷之间的作用力开展研究，最后确认：真空中两个静止点电荷之间的相互作用力，与它们的电荷量的乘积成正比，与它们的距离的二次方成反比，作用力的方向在它们的连线上。这个规律被称为库仑定律，这种电荷之间的相互作用力叫作静电力或库仑力。

库仑制造的扭秤的构造是在一个直径和高度均为 30.48 厘米的玻璃圆筒上，盖一块直径为 33.02 厘米的玻璃板，板的正中钻一孔，并装上高为 60.96 厘米的玻璃管，管子上端装有扭转测微计。端部中间有一只夹子，夹持一根极细的银丝，银丝连着一根浸过西班牙蜡的麦秆，秆的一端有一小木髓球，另一端贴一小纸片与之平衡，使麦秆呈水平位置，这一部分都装在玻璃筒内。在玻璃盖板上另开有侧孔，孔内放入另一只小木髓球，它可以与麦秆上的小木髓球接触。这样，只要使侧孔处的小木髓球带电，然后与麦秆上的另一只小木髓球接触，两只小球就带同种电荷，相互排斥而分开，银丝就呈现扭转。玻璃圆筒上刻有 360 个刻度，使悬丝自由松开时，横杆上的小木髓球指向零。有电力作用在这个球上时，球可以移动，使棒绕着悬挂点转动，直到悬线的扭力与电的作用力达到平衡为止。因为悬线很细，很小的力作用在球上就能使棒显著地偏离其原来位置，转动的角度与力的大小成正比。库仑让这个可移动的球和固定的球带上不同量的电荷，并改变它们之间的距离：

第一次，两球相距 36 个刻度，测得银线的旋转角度为 36 度。

第二次，两球相距 18 个刻度，测得银线的旋转角度为 144 度。

第三次，两球相距 8.5 个刻度，测得银线的旋转角度为 575.5 度。

上述实验表明，两个电荷之间的距离为 4：2：1 时扭转角为 1：4：16。由于扭转角的大小与扭力成反比，所以结论是：两电荷间的斥力的大小与距离的平方成反比。

但是对于异种电荷之间的引力，用扭秤来测量时就遇到了麻烦。因为金属丝扭转的回复力矩仅与角度的一次方成比例，这就不能保证扭秤的稳定。于是经过反复思考，库仑发明了电摆。

电摆受到了牛顿单摆的启发。在单摆运动中，来自于地球对摆球的万有引力近似提供了摆球的重力，通过计算，库仑坚信引力的平方反比关系是成立的。经过认真分析，他认为实验误差产生的原因来自于漏电，经过对漏电的修正，实验值与理论值基本符合，于是得出电的引力和斥力都遵守平方反比规律。

库仑定律是电学发展史上的第一个定量规律，该定律使得电学研究从定性进入定量阶段，是电学史上一块重要的里程碑。

詹姆斯·瓦特 （1736—1819）

英国发明家，第一次工业革命时的重要人物。1776 年制造出第一台有实用价值的蒸汽机。此后又对其进行一系列改造，制出了"万能的原动机"，广泛应用于社会生活。瓦特开辟了人类利用能源的新时代，标志着工业革命的开始。后人为了纪念这位伟大的发明家，把功率的单位定为"瓦特"（简称"瓦"，符号 W）。

瓦特于 1736 年 1 月 19 日出生在苏格兰的格林纳克洛斯。他在家中接受了家庭教育，对数学和机械方面的知识表现出了天赋和兴趣。后来，他进入格拉斯哥附近的格林沱克中学接受正规教育。一开始他在格拉斯哥的一家制造工厂学习和工作，在学徒期间就展示出了对工程和机械的才华，并积累了宝贵的经验。1763 年，他在修理一台布里斯托尔大学的蒸汽机时，观察到了现有蒸汽机效率低下的问题。瓦特开始专注于蒸汽机的改进设计和性能优化，尤其是减少能源浪费和提高效率。瓦特的突破性创新之一是发明了双作用蒸汽机。

传统的蒸汽机只能在一个方向上产生功效，而瓦特改进的蒸汽机可以在两个方向上产生功效，从而提高了效率和输出功率。为了推广他的改进蒸汽机，瓦特与商人马修·博尔顿合作成立了博尔顿和瓦特公司。博尔顿和瓦特公司取得了巨大的商业成功，并成为当时最大的机械制造企业之一。瓦特本人也在工程和发明方面取得了巨大的声誉。瓦特的蒸汽机改进为工业革命作出了巨大贡献，促进了现代工业的发展。正如恩格斯所指出的："蒸汽机是第一个真正国际性的发明。"恩格斯还指出："自从蒸汽和新的工具机把旧的工场手工业变成大工业以后，在资产阶级领导下造成的生产力，就以前所未闻的速度和前所未闻的规模发展起来了。"

随着蒸汽机的广泛应用，瓦特的大名也随之传遍了欧洲。人们把瓦特誉为"蒸汽大王"。

瓦特的贡献赢得了全世界的赞誉。他被任命为爱丁堡皇家学会的会员，并获得了多个学术奖项。他的工作为工业革命提供了动力，推动了现代工程学的发展。他是公认的伟大的发明家和工程师，他的名字将永远与蒸汽机的发明和工业进步联系在一起。

路易吉·伽尔瓦尼 （1737—1798）

意大利生理学家、物理学家和解剖学家，因发现生物电及其一些应用而被人们铭记。

生物体是能够"发电"的，例如电鳐、电鲇、电鳗等，都有发电的本领。当受到一定的刺激时，人体的很多细胞或组织也都伴有电位的变化，如肌肉的收缩、兴奋的传导等。生物体在生命活动中所表现出的电现象称为生物电。目前，人们可以记录人体多种细胞和组织的电位变化，如把心脏产生的心电用仪器记录下来，就是心电图；把大脑所表现的脑电记录下来，就是脑电图。

关于生物电现象的发现，还有一段有趣的故事。1786 年的一天，伽尔瓦尼在实验室解剖青蛙时意外地发现，当他用刀尖触碰蛙腿上外露的神经时，蛙腿会剧烈地痉挛，同时出现电火花。经过反复实验，他认为这种痉挛来自于动物体上本来就存在的电，因此把这种电叫作"动物电"。

伽尔瓦尼的一个偶然发现，使伏打电池的发明和电生理学的建立在科学史上传为佳话。伏打真诚地赞扬说，伽尔瓦尼的工作"在物理学和化学史上，是足以称得上划时代的伟大发现之一"。为了纪念伽尔瓦尼，伏打还把伏打电池叫作伽尔瓦尼电池，引出的电流称为伽尔瓦尼电流。

　　生物电现象的发现及研究的深化，给了我们很多教益。在科学研究上存在不同意见是常有的事，只要展开自由争论、靠科学实验来证明观点，就能促进科学研究健康地发展。电生理学的发展历程还可以给我们更多启示：每一项重大突破在很大程度上依赖于研究手段的更新、选择合适的实验材料或对象。例如，只有当电流计和示波器被研制出来以后，人们才可以直接观察和记录电活动，而微电极技术和电压钳技术的发展，以及膜片钳技术的发明，才使得将电极插入细胞内或在面积仅为几平方微米的细胞膜片上进行记录成为可能，从而得以在细胞水平上深入研究生物电的本质。

现代化学
之父：拉瓦锡

安托万－洛朗·拉瓦锡 （1743—1794）

法国化学家和生物学家。推翻燃素说，创立氧化说，重新发现氧气和氢气，验证并推广质量守恒定律，将定量方法引入化学研究，破除自古以来基于哲学的元素概念，奠定现代化学实验规范的基础，被后世尊称为"现代化学之父"。其著作《化学基础论》与《自然哲学的数学原理》和《物种起源》并称为自然科学领域的三大经典著作。

拉瓦锡生于巴黎一个中产阶级家庭，他的父亲是一位律师。拉瓦锡年轻时接受了良好的教育，尤其是在数学和科学方面有着扎实的基础。他最初学习法律，但很快转向了自然科学，并开始对气体和化学反应进行深入研究。

1772 年，拉瓦锡开始对燃烧过程进行研究，并自己设计了一个钟罩实验来对金属进行煅烧，得出物质的燃烧是可燃物与空气中某种物质结合的结果，从而否定了"燃素说"。次年 10 月，普里斯特利向拉瓦锡介绍了自己的实验：氧化汞加热时，可得到脱燃素气，这种气体使蜡烛燃烧得更明亮，还能帮助呼吸。拉瓦锡重复了这个实验，得到了相同的结果。他不相信燃素学说，认为这种气体是一种元素。1777 年，拉瓦锡正式将这种气体命名为 Oxygen（中译名氧），意为酸的元素。同年，拉瓦锡在巴黎科学院发表了自己的《燃烧概论》，创立了氧化学说，彻底推翻了燃素学说。这篇报告标志着近代化学的开始，是化学研究摆脱炼金术束缚、迈向科学实验和定量研究的重要里程碑。

1783 年，卡文迪什发现了"可燃气体"氢气，发现它可以与氧气生成水。但是，卡文迪什仍然将这一反应解释为燃素的转移。拉瓦锡却敏锐地意识到，这一反应正是氧化说的有力佐证，并且自己进行实验将水蒸气通过热枪筒，发现水被分解了。他发表文章认为水实质上是化合物，并用自己的学说对其生成和分解进行了简洁而圆满的解释，同时，通过实验搞清人类呼吸的实质，初步证明了人的呼吸中有碳和氢的氧化过程。接下来，他总结了自己的大量的定量试验，证实了质量守恒定律。1789 年，拉瓦锡发表了他的集大成之作《化学基础论》，该书定义了元素的概念，并对当时常见的化学物质进行了分类，使得当时零散的化学知识逐渐清晰化。

法国大革命期间，拉瓦锡在革命暴乱中被推上了断头台。然而拉瓦锡的贡献被世人铭记，他的名字也成为化学史上的一个重要符号。他的实验方法和开创性的理论对于化学和其他自然科学的发展产生了深远的影响。拉瓦锡之于化学，犹如牛顿之于物理学。

爱德华·詹纳 （1749—1823）

　　英国医生、医学家、科学家，以研究及推广牛痘疫苗、防治天花而闻名，被称为"免疫学之父"。

　　1823年1月24日，在伦敦和巴黎，人们为一位科学家建造了大理石雕像，上面刻着这样的碑铭："向母亲、孩子、人民的恩人致敬"。这位科学家就是免疫学之父——爱德华·詹纳。

　　詹纳1749年5月17日出生在英国格洛斯特郡伯克利小镇上。12岁时，在哥哥的努力下，詹纳成为英国外科医生卢德洛的学徒，几年后成了一名能干的外科医生助手。

　　18世纪，天花已成为当时英国人死亡的主要原因，每一天都有无数的生命在天花的摧残下逝去。在乡村行医多年，詹纳注意到乡村里的牛患了与天花相似的病，那些挤奶女工在接触到牛身上的疱疹时受到感染，身上也会长出小一些的疱疹，这就是牛痘。而感染过牛痘的人都不曾被传染上天花。詹纳发现，牛痘的病情症状比天花轻得多，它不曾令牛死亡，也不会令人死亡，而人在感染牛痘痊愈后也不会留下任何疤痕。

　　1790年，詹纳尝试了一项实验，将天花痂皮接种于患过牛痘的人身上，发现患过牛痘者不会再患天花。詹纳也曾用同样的方法采集猪身上的痘苗，为他的儿子爱德华接种。

1796年5月14日，詹纳为一个名叫菲利普的8岁少年接种了疫苗，所用的痘苗取自一位感染牛痘的少女尼尔梅斯。3天后，少年出现小脓包，7天后腋下淋巴结肿大，第9天轻度发烧后接种处留下小疤痕。48天后，詹纳将从天花患者脓包中提取的液体再一次滴在了菲利普被手术刀划破的手臂上，没过多久，菲利普就开始出现牛痘症状，但是由于牛痘并不致命，所以菲利普的病症很快痊愈了。之后，詹纳又给菲利普接种了天花痘，却没有出现天花症状，证实了菲利普的免疫系统抵抗住了天花病毒的侵害。

1798年，詹纳在《种牛痘的原因与效果的探讨》一书中，公布了23个种牛痘而再不得天花的病例。他写道："牛痘和天花的脓疱相似，患牛痘和患天花的症状也相似，所不同的是牛痘比天花的症状要轻得多，牛痘不会引起牛的死亡，患牛痘的人也不会死亡。"但是，当时还有很多人不相信，甚至说三道四。面对误解，詹纳说："让人家去说，走我自己的路。"经过人们不断地尝试，接种牛痘的可行性逐渐被证实。至此，天花造成的大规模死亡停止了。

詹纳是世界上第一个提出疫苗想法的医生，也用疫苗成功地使一名英国男孩对天花产生了免疫力。他对世界的贡献不仅是消灭了一种严重危害人类健康的疾病，更重要的是为人类战胜传染病找到了一条成功之路，开创了免疫学，他也被称为"免疫学之父"。

约翰·道尔顿 （1766—1844）

　　英国化学家、物理学家，原子理论的提出者。他所提供的关键的学说，为化学领域作出了巨大贡献。

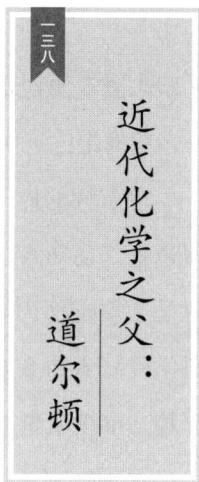

　　1766 年，道尔顿出生在英格兰一个穷乡僻壤，他的父亲是一位纺织工人，母亲生了 6 个孩子，一家人生活困顿，道尔顿的一个弟弟和一个妹妹都因为饥饿和疾病而夭折。道尔顿勉强上完小学后就因贫困而不得不辍学。但他酷爱读书，在别人的帮助下，自学了拉丁文、希腊文、法文、数学和自然哲学。后来他利用担任教会助理教师的机会，发奋读书，涉猎广泛，为他以后的教学和科研奠定了坚实的基础。据说在这所学校的 12 年当中，他读的书比他之后 50 年的还多。

　　道尔顿一生最主要的成就是提出了科学原子论。在他之前最早提出原子论的是古希腊哲学家德谟克利特。德谟克利特认为物质是由许多微粒组成的，这些微粒是不可分割的，叫作原子。近代科学巨人牛顿认为，原子乃是一些大小不同而本质相同的微粒。道尔顿则认为相同元素的原子形状和大小都一样，不同元素的原子则不同，每种元素的原子质量都是固定不变的，原子量是元素原子的基本特征。

　　这一理论的提出把纯属臆测的原子概念变成一种具有一定质量的、可以由实验来测定的物质实体，对原子论有了本质的发展，并且清晰地解释了当时正被运用的定比定律、当量定律，很快成为化学家们解决实际问题的重要理论。

道尔顿的原子论发表以后，受到整个科学界的重视和推崇。各种荣誉纷至沓来。1816年，法国科学院增选道尔顿为外国通讯院士。1822年，英国皇家学会增选他为会员。此后，他又被聘为柏林科学院名誉院士、莫斯科自然科学爱好者协会名誉会员、慕尼黑科学院名誉院士。但是，道尔顿对此毫无兴趣，继续从事原子论研究，依然过着简朴而紧张的隐居式生活。

除了发现了原子论，道尔顿还发表过一篇研究色盲的文章，提出人类中存在色盲这一病症。有关这项发现还有个有趣的小故事。圣诞节时道尔顿为母亲买了一双深蓝色的袜子作为礼物。当他把袜子送给母亲时，母亲厉声责问他，为什么买一双红袜子。依照当地的习俗，妇女禁用红色。由此道尔顿才发现自己辨色能力不正常，而且他发现他的哥哥也有相同的问题，另有一些人也有这一病症。为此他撰写了论文，提出色盲这一病症，所以直到现在英国依然将色盲症称为道尔顿症。

从21岁起，道尔顿坚持记气象日记，直到逝世前一天，整整坚持了57年。在长期观测气象，研究气体的物理性质的过程中，他提出了热膨胀定律。

晚年的道尔顿思想变得有些僵化、故步自封，对法国化学家盖·吕萨克在原子论的影响下发现了气体反应的体积定律、意大利物理学家阿伏伽德罗建立的分子论进行了无情的抨击和反驳。尤其是对瑞典化学家贝采利乌斯创立的元素符号，道尔顿至死都是反对的。

恩格斯对道尔顿作了公允评价："在化学中，特别感谢道尔顿发现了原子论，已达到的各种结果都具有了秩序和相对的可靠性，已经能够有系统地，差不多是有计划地向还没有被征服的领域进攻，可以和计划周密地围攻一个堡垒相比。"

安德烈·玛丽·安培 （1775—1836）

法国物理学家和数学家，被认为是电磁学的奠基人之一。安培提出了电流产生磁场的概念，并开发了描述电流在导体中流动的数学模型，现在被称为安培定律。他还发现了电流元素之间的相互作用定律，这是后来电磁学理论的重要基础。

1775 年 1 月 20 日，安培出生在法国的里昂市。幼年时他在家中接受教育，并表现出对数学和科学的浓厚兴趣。他的父亲是一位富有的商人，但在法国大革命时期失去了财富，这影响了安培的成长。

尽管受到家庭经济困境的影响，但是安培通过自学掌握了数学和物理学的基本知识。他通过阅读书籍以及与当地学者和科学家的交流来提高自己的知识水平。在不断深化自己的学术研究的同时，安培也开始了自己的教学生涯。

1802 年，安培组建了自己的家庭。然而，他的婚姻并不幸福，最终以分居收场。此外，家庭成员的早逝和经济困难给他带来了沉重的负担和挫折。

尽管生活困顿，安培依然醉心科学研究并取得了巨大的成就。他的电磁学理论和数学贡献在国际上获得认可。他成为法国科学院院士，并被选为法兰西科学院会员。此外，他还在巴黎的索邦大学担任教授一职，继续教学和研究工作。

　　1836 年，安培在法国马赛去世，享年 61 岁。尽管他短暂的一生中遭受了诸多磨难，但他的科学贡献和成就卓著，对后来的科学发展产生了深远的影响。电流单位以他的名字命名。他的成就奠定了电磁学的基础，为现代科学的发展打下了坚实的基础。

电流磁效应的发现者：奥斯特

汉斯·克里斯蒂安·奥斯特 （1777—1851）

丹麦物理学家、化学家和文学家，发现电流磁效应第一人。

奥斯特最著名的发现是电流可以产生磁场，这种现象被称为奥斯特效应。奥斯特的发现为电磁学领域的研究打开了新的大门，对于后来的电磁学理论发展和应用都产生了巨大的影响，因而他被认为是电磁学的奠基人之一。

1777 年，奥斯特出生在丹麦的鲁道夫斯基，父亲是一位药剂师。奥斯特在哥本哈根大学学习哲学和物理学，毕业后在丹麦皇家学院担任教授。

历史上相当长的一段时间里，人们认为电现象和磁现象是互不相关的。到了 19 世纪初，一些哲学家和科学家意识到，各种自然现象之间应该存在着相互联系。基于这种思想，奥斯特长时间用实验寻找这种联系。在多次失败之后，1820 年，奥斯特在课堂上做实验时终于发现：当导线中通过电流时，它下方的磁针发生了偏转。这个发现令奥斯特兴奋不已，他怀着极大的兴趣又继续做了许多实验，终于证实电流的周围存在着磁场，在世界上第一个发现了电与磁之间的联系。奥斯特的实验和研究激发了其他科学家对电磁研究的兴趣，揭开了电磁学研究的序幕。

奥斯特还进行了其他一些重要的研究，他对磁学、热学和化学都作出了重要贡献。他研究了磁铁的特性，并发现了磁铁短暂失去磁性的现象。他还研究了热学，探索了热力学的基础知识，并证明了热和力学的等价性。此外，他还发现了一些新的有机化合物。

对于奥斯特的研究成果，学术界普遍认为，他的发现对电磁学理论的发展和应用起到了重要的推动作用。奥斯特的发现使得人们开始关注电和磁之间的关系，并且推动了电磁学理论的发展。奥斯特效应成为后来电磁学研究的基础。此外，奥斯特的研究还对现代电机、电报和电视等电磁学应用产生了深远的影响。

格奥尔格·西蒙·欧姆 （1789—1854）

德国物理学家。其最著名的发现之一是欧姆定律，为电学领域的发展作出了重要的贡献。

∽ᕼ

欧姆定律认为，电流通过一个导体的大小与导体两端的电压成正比，与导体的电阻成反比。欧姆定律是电学领域的里程碑，也是欧姆最重要的贡献之一。

欧姆出生在德国埃尔朗根市的一个农民家庭。由于父亲工作的需要，经常搬家，这使他无法获得良好的教育。然而，他的母亲是一位教师，她在家里给欧姆和他的兄弟姐妹上课。他对数学和物理学特别感兴趣，尤其是对电学的研究，这为他后来成为一名科学家奠定了基础。

欧姆从 1825 年开始研究电流与电源及导线长度的关系，并于 1826 年归纳出了欧姆定律。1827 年，欧姆出版了著作《伽伐尼电路的数学研究》。

欧姆的研究还涉及热学和声学等领域。他研究了热传导和声学共振等现象，发现了它们与电学的关系。他认为这些现象都可以用数学公式来描述，这个想法为物理学的发展提供了新的思路。

欧姆的研究成果，一开始并未受到当时的物理学界的认可，许多研究成果，多年以后被其他科学家重新发现和证实后，才受到重视，特别是他提出的欧姆定律。欧姆定律被广泛应用于电路设计和分析中，成为电学领域的基石。欧姆也被认为是电学领域的先驱之一，他的成就对电学领域的发展和应用起到了重要的推动作用。

铁匠面前永远没有顽铁：法拉第

麦可·法拉第 （1791—1867）

英国物理学家、化学家，也是著名的自学成才的科学家。提出电磁感应定律，发现电场与磁场的联系，提出磁场力线的假说，发现电解定律，发现苯等物质。爱因斯坦高度评价法拉第的工作，认为他在电学中的地位，相当于伽利略在力学中的地位。

1791 年 9 月 22 日，法拉第出生在萨里郡纽因顿一个贫苦铁匠家庭。他的父亲体弱多病、收入微薄，一家人仅能勉强糊口。这个铁匠的儿子，从小爱看父亲挥舞大锤，一下一下地锻打烧红的铁块。父亲曾经自豪地对他说："铁匠面前永远没有顽铁。"多年来，父亲的话一直激励着他。

由于贫困，法拉第只读了两年小学。1803 年，为生计所迫，他当了报童。第二年又到一个书商兼订书匠的家里当学徒。订书店里书籍堆积如山，法拉第带着强烈的求知欲望，如饥似渴地阅读各类书籍，汲取了许多自然科学方面的知识，尤其是《大英百科全书》中关于电学的文章，强烈地吸引着他。他努力地将书本知识付诸实践，利用废旧物品制作静电起电机，进行简单的化学和物理实验。他还与青年朋友们建立了一个学习小组，常常在一起讨论问题，交换思想。重视实践尤其是科学实验，贯穿法拉第一生的科学活动。

1812 年 12 月，法拉第鼓起勇气给戴维写信，并把自己整理装订的

《亨·戴维爵士演讲录》一起送到了皇家学院。从来没有出版过演讲录的戴维很奇怪：从哪里来的这么一本书？戴维翻看下去，他惊呆了——没有料到总共才4个多小时的那4次演讲，法拉第竟然记下了386页！讲过的内容一字不落，没细讲的也都补充上了。法拉第巨大的热情、超凡的记忆和献身科学的精神，感动了这位大化学家。当天晚上，他就给法拉第写了一封信，信中写道："先生，我愿是你的顺从、谦恭的仆人。我很乐意为你效劳，我希望这是我力所能及的事。"

在奥斯特发现电流的磁效应之后，许多科学家都在思索：既然电流能产生磁，那么磁能否产生电呢？物理学家法拉第在10年中做了多次探索，在1831年终于取得突破，发现了利用磁场产生电流的条件和规律。法拉第的发现，进一步揭示了电现象和磁现象之间的联系。根据这个发现，后人发明了发电机，使人类大规模用电成为可能，开辟了电气化的时代。

此外，法拉第还发现了磁性和电性之间的相互作用，提出了磁场线的概念，并发现了磁场线与电流线之间的相互作用。

除了在电磁学领域的贡献，法拉第在化学领域也有很多的研究成果。他发现了苯等有机物的化学结构，并通过一系列的实验研究了氯化物、氧化物和硫化物等物质的化学性质。他还研究了电解和电化学等领域，提出了电极电势和电解理论，并在这些领域作出了很多重要的贡献。

法拉第是一位卓越的科学家和教育家，他的贡献不仅在于电磁学和化学领域，而且推动和倡导了科学研究和科学教育。他的实验方法和科学精神成为后来科学家的榜样，他的发现和理论为电力工业和通信技术的发展奠定了基础，对工业革命的发展产生了深远的影响。

人工合成尿素第一人：维勒

弗里德里希·维勒 （1800—1882）

德国化学家，因人工合成了尿素、打破了有机化合物的"生命力"学说而闻名。

1800年7月，维勒出生于德国法兰克福附近的埃施耳亥姆，父亲是当地颇有名气的医生。维勒幼时喜欢化学，尤其对化学实验非常感兴趣。由于家庭的影响，1820年，维勒进入马尔堡医科大学学医。但是由于对化学太过感兴趣，1822年，维勒转入海德堡大学，拜著名化学家格曼琳和生理学家蒂德曼为师。1823年9月，维勒取得了医学博士学位。此时，柏林工业专科学校聘请维勒去任教，他欣然前往。在完成教学任务之后，他利用学校的一流实验室，对在校期间从动物尿液中分离出的白色结晶（即尿素）进行探究。1824年，维勒告别导师贝采里乌斯回到了家乡，他把自己的住所改建成实验室，继续研究工作。维勒试图用氰气与氨水反应制备氰酸铵，但氰酸铵未制成，却意外得到了草酸铵和一种不知名的白色结晶物质。维勒肯定白色结晶不是氰酸铵而是一种新的化合物，但由于实验条件有限，他无法确定其成分。但维勒没有放弃，他研究了氨和氰酸之间所有可能的化合生成物，在分析了大量的实验数据之后，他发现此结晶的性质与尿素相似。1828年，维勒终于证实了早年发现的白色结晶正是尿素。他还用不同的无机物通过不同的途径合成了同一种有机物——尿素。

尿素是人和动物新陈代谢的产物，是名副其实的有机物，维勒却用无机物合成了典型的有机物尿素，突破了无机物和有机物的界限，极大地冲击了"活力论"，预示着"活力论"的崩溃。

1828年，维勒发表了《论尿素的人工合成》一文，将用无机物合成尿素的方法公布了出来。这在当时是需要足够的勇气的，因为它将推翻其导师贝采里乌斯宣扬和维护的"活力论"。这篇论文虽然在科学界引起了强烈反响，但是许多著名的化学家对有机物可以由无机物合成仍然表示怀疑。他们争辩道："尿素本来就是人和动物的排泄物，是无用的废物，不能算是真正的有机物，充其量只能算介于有机物和无机物之间的一种东西。"维勒的工作虽然没有完全推翻"活力论"，但他开启了有机合成之门。

维勒的工作大大激发了化学家们的兴趣，一些不愿墨守成规的化学家也勇敢地踏上了探索有机物内在奥秘之路，他们用无机物合成了更多、更复杂的有机物，人工合成有机物层出不穷。大量有机物的合成和分析，促进了有机化学理论的产生和发展，推动了有机化学的繁荣昌盛，而维勒人工合成尿素则是有机合成的序曲，拉开了有机化学新世纪的帷幕。

维勒人工合成尿素这个发现具有重大的历史意义，证明有机物是可以由无机物合成的，从而推翻了当时阻碍化学发展的"活力论"。

数学史上一颗『隐没之星』：阿贝尔

尼尔斯·亨利克·阿贝尔 （1802—1829）

挪威数学家，在很多数学领域作出了开创性的贡献。他最著名的一个成果是首次完整地给出了高于四次的一般代数方程没有一般形式的代数解的证明。这个问题是他那个时代最著名的未解决问题之一。他也是椭圆函数领域的开拓者，阿贝尔函数的发现者。

1802 年 8 月 5 日，阿贝尔出生于挪威的一个小村庄，从小家庭生活十分贫困。1820 年，阿贝尔的父亲去世，照顾家人的重担落到了他的肩上。虽然如此，1821 年，阿贝尔在老师霍尔姆伯的帮扶下，进入了奥斯陆大学就读，并在霍尔姆伯的资助下继续学业，学习了许多当时的著名数学家诸如牛顿、欧拉、拉格朗日的著作，阿贝尔感慨道："要想在数学上取得进展，就应该阅读大师的而不是他们的门徒的著作。"

1821 年，阿贝尔靠着奖学金以及霍尔姆伯的资助来到了奥斯陆大学学习，一年后就获得了大学预颁学位。

1823 年，阿贝尔发表了第一篇论文，内容是用积分方程解古典的等时线问题。这篇论文表明他是第一个直接应用并解出积分方程的人。阿贝尔的老师以及同学们都强烈意识到，阿贝尔的数学水平已经远远超出了挪威国界，他应该去和国外的数学大师们进行交流，才能够充分发挥他的才华。于是，他们"联名上书"，说服学校向政府申请一笔经费，以让阿贝尔在欧洲大陆进行一次数学旅行。1824年，在等待政府回复时，他发表了《一元五次方程没有代数一般解》的论文。他把论文寄给了当时有名的数学家高斯，可惜高斯错过了这篇论文，也不知道这个著名的代数难题已被破解。

1826年夏天，阿贝尔造访了巴黎当时最顶尖的数学家，并且完成了一份有关超越函数的研究报告。这些工作展示出一个代数函数理论，现称为阿贝尔定理，而这个定理也是后期阿贝尔积分及阿贝尔函数的理论基础。直到阿贝尔去世前不久，人们才认识到其价值。

1826年夏天，阿贝尔离开柏林，来到会聚了柯西、拉格朗日、勒让德、拉普拉斯、傅立叶、泊松等大数学家的巴黎，而且他也见到了很多非常出名的数学家。于是，阿贝尔将这几年关于椭圆函数的所有研究成果整理成一长篇论文《论一类极广泛的超越函数的一般性质》，提交给法国科学院。当时任科学院秘书的傅立叶看了一下论文的引言，就立刻委托勒让德和柯西进行审查。

1828年，4名法国科学院院士上书挪威国王，请他为阿贝尔提供合适的科学研究平台，勒让德也在科学院会议上对阿贝尔大加赞赏。在阿贝尔死后两天，克列尔写信说为阿贝尔成功争取了柏林大学数学教授职位，可惜太迟了，一代天才数学家已经在收到这消息前去世了。

直到阿贝尔去世后，人们才重新认识到他的价值，并将他称为数学史上一颗"隐没之星"。他的成果包括证明一般五次方程不具备根式解并由此开创了现代群论，以及使他享誉数学界、其后又发展为阿贝尔函数论的椭圆函数论等。法国数学家埃尔米特评价阿贝尔说："阿贝尔留下的思想可供数学家们工作150年。"

进化论奠基人：达尔文

查尔斯·罗伯特·达尔文（1809—1882）

英国生物学家，出版《物种起源》，提出了生物进化论学说，从而摧毁了各种唯心的神造论以及物种不变论。恩格斯将达尔文的进化论、细胞学说、能量转化与守恒定律并称为19世纪自然科学三大发现。

1809年2月12日，达尔文出生在英国古城斯鲁斯伯里。1825年，16岁的达尔文便被父亲送到爱丁堡大学学医。因为达尔文无意学医，进到农学院后，他仍然经常到野外采集动植物标本并对自然历史产生了浓厚的兴趣。父亲认为他"游手好闲""不务正业"，一怒之下，于1828年又送他到剑桥大学，改学神学，希望他将来成为一个"尊贵的牧师"。这样，他可以继续他博物学的爱好而又不至于使家族蒙羞。但是达尔文对自然历史的兴趣变得更加浓厚，完全放弃了对神学的学习。在剑桥期间，达尔文结识了植物学家亨斯洛和地质学家席基威克，并接受了植物学和地质学研究的科学训练。

1831年于剑桥大学毕业后，达尔文的老师亨斯洛推荐他以"博物学家"的身份参加同年12月27日英国海军"小猎犬号"军舰环绕世界的科学考察航行。他先在南美洲东海岸的巴西、阿根廷等地和西海岸及相邻的岛屿上考察，然后跨太平洋至大洋洲，继而越过印度洋到达南非，再绕好望角经大西洋回到巴西，最后于 1836 年 10 月 2 日返抵英国。

达尔文在随"小猎犬号"环球旅行时，随身带了几只鸟，为了喂养这些鸟，又在船舱中种了一种叫草芦的草。船舱很暗，只有窗户能透射阳光，达尔文注意到，草的幼苗向窗户的方向弯曲、生长。草的种子发芽时，胚芽外面套着一层胚芽鞘，胚芽鞘首先破土而出，保护胚芽在出土时不受损伤。这次环球旅行对达尔文的影响很大。回到英格兰后，他更加积极投入进化论的科学研究之中。

1838 年，达尔文偶然读了马尔萨斯的《人口论》，从中领悟到生存斗争在生物生活中的意义，并意识到自然条件就是生物进化中所必须有的"选择者"，具体的自然条件不同，"选择者"就不同，选择的结果也就不相同。

1842 年，达尔文开始根据考察经历的所见所想撰写一份大纲，后将其扩展成了数篇文章。1859 年，划时代著作《物种起源》一书出版，在生物学界、自然科学界乃至社会科学界等领域引起震动。此后 20 余年里，达尔文不断充实和完善他的进化学说，也包括与持不同观点的科学家论辩。

1882 年 4 月 19 日，达尔文因病逝世，人们把他的遗体安葬在牛顿的墓旁，以表达对这位科学家的敬仰。

西奥多·施旺　（1810—1882）

德国生理学家，细胞学说的创立者之一，末梢神经系统中施旺氏细胞的发现者，胃蛋白酶的发现和研究者，酵母菌有机属性的发现者，术语"新陈代谢（metabolism）"的创造者。

恩格斯将细胞学说、能量转化与守恒定律、达尔文的进化论并称为19世纪自然科学的三大发现。细胞学说的主要观点是动物、植物都是由细胞构成的，细胞是生物结构和功能的基本单位，细胞能够产生新细胞。施旺是细胞学说的两位创始人之一，另一位是德国生物学家施莱登。

1810年12月7日，施旺出生于德国诺伊斯。少年时代的施旺品行良好，学习勤奋，各门功课常常名列前茅，尤其是数学和物理。1826年，施旺告别家乡，进入科隆著名的耶稣教会学院。1829年，施旺进入德国波恩大学，在那里他读完了医学预科的全部课程，并于1831年获得医学学士学位。1833年4月，施旺又回到了柏林大学专门听弥勒讲授解剖生理学。1834年5月31日，施旺获得医学博士学位。

1838年，施莱登提出所有植物组织都是由有核的细胞构成的。施旺运用新引进的消色差显微镜继续研究从几种不同的动物身上取下的组织样本。施旺推测纤维导管等并不是直接由分子组成的，而是由细胞组成的。他把细胞的形成过程看成有几分像结晶形成一样，并认为细胞不是由其他细胞形成的，而是由细胞间液"营养液"凝集而成。

1838年，施莱登发表了《植物发生论》，施旺读后感叹道："我被震撼了！"1839年，施旺发表了《关于动植物结口生长一致性的显微研究》。细胞学说的主要内容就包含在这些著作中。

施旺与施莱登提出细胞理论以后，1858年，德国医生和细胞学家鲁道夫·微耳提出"细胞来自细胞"这一名言。也就是说，细胞只能来自细胞，而不能从无生命的物质自然发生。这是细胞学说的一个重要发展，也是对生命的自然发生学说的否定。这个推断经过了激烈的争辩，最后于19世纪60年代为巴斯德的实验所证实。

施旺和施莱登的成功不是偶然的，总结起来有三方面原因：一是自1665年罗伯特·胡克发现细胞以来的170多年里，许多学者在观察细胞方面积累了丰富的资料。二是德国是自然哲学的故乡，哲学思想对自然科学的发展有重要的推动作用。例如，施莱登和施旺发现动植物细胞的统一性，就是受哲学家奥肯提出的动植物应该有一个共同的"发生单元"思想的影响。三是施旺和施莱登在观察细胞时的严谨认真、一丝不苟。

细胞学说揭示了细胞的统一性和生物体结构的统一性，揭示了生物间存在着一定的亲缘关系，标志着生物学研究进入细胞水平，极大地促进了生物学的研究进程，为达尔文的进化论奠定了基础。

詹姆斯·普雷斯科特·焦耳 （1818—1889）

　　19世纪英国著名物理学家，根据所测电流通过电阻放出的热量，提出焦耳定律。焦耳的研究为能量守恒定律的建立奠定了基础。后人为了纪念他，把能量或功的单位命名为"焦耳"（简称"焦"，符号J）。

　　焦耳的最大成就是他在热力学领域的贡献，他提出的定律被广泛应用于现代工程学等科学研究中。他证明了能量可以从一种形式转换为另一种形式，这为热力学和能量转换的研究奠定了基础。焦耳定律是热力学中的一个基本定律，认为在恒温条件下，系统中的内能变化等于系统所吸收的热量和所做的功的总和，这个定律在热力学和工程学中有着广泛的应用。

　　1818年12月24日，焦耳出生在英国的萨利福德市。他的父亲是一位富有的酿酒商人，对科学和数学有浓厚的兴趣，这对于年幼的焦耳影响深远。他在父亲的影响下很早就开始对科学和数学产生兴趣。他在曼彻斯特格拉玛学院学习，毕业后回到家族的酿酒厂工作。

　　焦耳在业余时间投入科学研究之中，他的研究主要集中在热力学和电学领域。他与另一位物理学家威廉·汤姆逊一起合作，发现热能可以转化为机械能，这个发现被称为焦耳—汤姆逊效应。他还通过精确测量水的机械等价热，推导出了焦耳定律。这一定律是关于热力学的重要理论，它认为能量是一个守恒的物理量，不能被创造或者消灭，只能从一种形式转化为另一种形式。

焦耳还对电学作出了重要的贡献，他证明了电能可以从一种形式转化为另一种形式，这为电学的研究打下了基础。他发现电能可以转化为热能，这一现象被称为焦耳效应。他还提出了焦耳定律，这个定律认为电流通过导体所放出的热量与电流的平方成正比，与电阻的值成正比。这个定律在电学中有着广泛的应用。

除了焦耳定律和焦耳效应，焦耳还研究了电解学和磁学等领域。他发现了磁性和电流之间的关系，证明了电流可以通过磁场来产生，并且通过实验测量出了磁通量与电流的关系。这些研究为磁学和电学的发展打下重要的基础。

焦耳是一位杰出的物理学家，他在热力学、电学、磁学和电解学领域的贡献和成就，为现代物理学和工程学的发展奠定了基础，因而他被誉为19世纪英国物理学巨匠之一。

路易斯·巴斯德 （1822—1895）

法国微生物学家、化学家，微生物学的奠基人。他发明了巴氏杀菌法、狂犬病疫苗，否定微生物自然发生说，提出疾病的病菌说等。巴斯德的发明在救治蚕病、鸡霍乱，提高人体免疫等方面有着巨大作用，为延长人类寿命作出了贡献。

或许大家都听说过这样一句话："科学虽没有国界，但是学者却有自己的祖国。"这是法国微生物学家、微生物生理学的开创者路易斯·巴斯德的名言。

巴斯德出生于法国东部多尔镇的一个普通家庭，家里经济并不宽裕，但父母明白事理，节衣缩食送他去上学。在父母的教育下，他刻苦好学，勤奋努力，在学习中养成了脚踏实地、不懈探索的良好习惯，并且日益显现出难能可贵的优秀品质，即韧劲、耐心和毅力。字典里，巴斯德最看重的三个词是意志、工作和成功，他立志要培养自己坚强的意志，通过努力工作，实现理想，为人类社会作贡献。

巴斯德最著名的否定自然发生说的实验就是"鹅颈瓶实验"：他选用两种瓶子（曲颈瓶、直颈瓶），里面放着肉汁，再分别用火加热，将肉汁及瓶子杀菌，结果放在曲颈瓶里煮过的肉汁，由于不再和空气中的细菌接触，经过 4 年依然没有腐败，另一放在直颈瓶的肉汁，很快就变坏了。

巴斯德的实验与见解，很快得到大众的信服。也因为巴斯德的这个发现，人们才知道伤口的腐烂和疾病的传染，都是微生物在作怪，消毒与预防的方法就逐渐在医学界流行起来。

19 世纪，法国的啤酒、葡萄酒业在欧洲十分著名，但酒商们却常常被酒变酸的问题所困扰，有的酒商甚至因此而破产。1856 年，里尔一家酿酒厂厂主请求巴斯德帮助寻找原因，看看能否防止葡萄酒变酸。巴斯德经过长时间的实验观察，在显微镜下发现变质的酒液中有大量的杆状微生物。他明白这些杆状微生物正是使葡萄酒变酸的罪魁祸首。消灭这些微生物就能阻止葡萄酒变酸，可是简单的高温加热会破坏葡萄酒的品质。于是，巴斯德把封闭的酒瓶泡在水中，尝试用不同的温度来杀死有害的微生物，而又不会破坏葡萄酒的品质。经过反复的试验后，他终于找到一个最佳的处理方案：把酒放在五六十摄氏度的环境里，加热半小时。

他的发明挽救了法国酿酒业。通过控制温度来消灭不同的微生物，利用较低的温度既可杀死有害细菌，又能保持物品中营养物质风味不变的消毒法——巴氏灭菌法就此诞生，并且至今仍被广泛使用。

巴斯德是化学家、微生物学家，细菌学的创始者之一。他不是医生，却奠定了医学微生物学和免疫学的基础，被世人称为"进入科学王国的最完美无缺的人"。巴斯德的所有研究都抱持着一个朴素的真理：科学一定要给人类带来福祉。他的研究都是扎根于工厂、牧场、医院等处，这是建立完善的理论体系的基础，更是提出切实可行的解决方案的必要条件。

格雷戈尔·孟德尔 （1822—1884）

奥地利生物学家。他是遗传学的奠基人，被誉为现代遗传学之父。他通过豌豆实验，发现了遗传学三大基本规律中的两个，分别为分离规律及自由组合规律。

1822 年 7 月 20 日，孟德尔出生在奥地利西里西亚（现属捷克）海因策道夫村一个贫寒的农民家庭里，父亲和母亲都是园艺家（外祖父是园艺工人）。由于在童年时期受到了园艺学和农学方面知识的影响，孟德尔对植物非常感兴趣。

1840 年，他考入奥尔米茨大学哲学院，主修古典哲学，还学习了数学。由于家庭贫困，他迫不得已于 1843 年辍学回家。同年 10 月，年仅 21 岁的孟德尔进了布隆城奥古斯汀修道院，在当地教会办的一所中学里教自然科学。他课外专心备课、课内认真教课，因而颇受学生的喜爱和认可。在 1850 年的教师资格考试中，由于在生物学和地质学方面学过的知识太少，他被教会派到维也纳大学进修，以提高科学素养。在维也纳大学，孟德尔接受了系统的科学培训和实践，受到许多科学家的影响。例如多普勒，孟德尔当过他的物理学助手；依汀豪生，一位数学家和物理学家；恩格尔，细胞理论发展中的一位重要人物。这些都为孟德尔后来的科学工作打下了坚实的基础。

1856 年，孟德尔从维也纳大学回到布鲁恩后就开始了长达 8 年的豌豆实验。他从许多种子商那里弄来了 34 个品种的豌豆，从中挑选出 22 个品种用于实验。这些豌豆都具有某种可以相互区分的稳定性状，例如高茎或矮茎、圆粒或皱粒、灰色种皮或白色种皮等。

孟德尔通过人工培植这些豌豆，对不同代豌豆的性状和数目进行细致入微的观察、计数和分析。运用这样的实验方法需要极大的耐心和严谨的态度，而他酷爱自己的研究工作，经常指着豌豆向前来参观的客人十分自豪地说："这些都是我的儿女！"

经过 8 个寒暑的辛勤劳作，孟德尔发现了生物遗传的基本规律，并得到了相应的数学关系式。人们分别称他的发现为"孟德尔第一定律"（即孟德尔遗传分离规律）和"孟德尔第二定律"（即基因自由组合规律），它们是揭示生物遗传奥秘的基本规律。

孟德尔的科学研究过程表明，任何一项科学研究成果的取得，不仅需要坚韧的意志和持之以恒的探索精神，还需要严谨求实的科学态度和正确的研究方法。

外科消毒之父：利斯特

约瑟夫·利斯特 （1827—1912）

英国医学家，曾先后担任过格拉斯哥大学、爱丁堡大学和伦敦皇家学院的外科教授，1860 年当选为英国皇家学会会员，曾担任该学会会长。他是消毒药的发明者，有"外科消毒之父"的美称。

1827 年，利斯特出生在英国，1848 年在伦敦大学学习医学。1861 年，他担任格拉斯哥皇家医院外科医生时，对切断术和麻醉术很感兴趣。由于当时的消毒技术十分落后，即使手术本身很成功，部分病人仍不免因感染而死亡。有统计资料表明，当时因"医院坏疽"引起复合骨折而进行的截肢手术，在英国多数医院中死亡率达 40%，在欧洲其他国家有些医院中的死亡率甚至高达 60%。利斯特对这种状况深感焦虑，便开始了对外科消毒法的研究。他发现很多患者手术后死于伤口感染。这是什么原因造成的呢？

一天早晨，在阳光照耀下，利斯特看到了空气中有无数灰尘飞舞着，他突然联想到下面一些问题：伤口接触到这么多灰尘，这里面会不会有细菌呢？接触伤口的绷带、手术刀和医生的双手会不会沾有细菌呢？患者伤口感染会不会跟这些细菌有关呢？于是，他开始寻找有效的消毒方法。他发现工厂附近的水沟中草根很少腐烂。经过实地调查和多次试验，他发现从这家工厂流出的废水中含有石炭酸（即苯酚）。他意识到苯酚可能具有消毒防腐的作用。于是他尝试在手术前用苯酚溶液为手术器械消毒，并用苯酚溶液洗手。结果手术后患者伤口感染的现象明显减少，患者的死亡率也大幅下降。

苯酚有一定毒性和腐蚀性，使用不当会对人体产生毒害作用，因此酚类消毒剂一般只适合外用。1865 年，巴斯德通过实验提供了令人信服的证据，证明发酵现象是由微生物引起的。利斯特受这个结论的启发，设想感染是由微生物引起的，开始研究如何防止创伤处的微生物繁殖，这标志着消毒术的萌芽。

利斯特用了许多方法进行尝试。1867 年 8 月 12 日，他使用化学杀菌剂中的苯酚为外科医生的手和外科器械消毒获得成功。1865 年到 1869 年间，他主管的病房中手术死亡率由 45% 降到 15% 以下。在普法战争中，他的消毒法得到广泛的应用，并取得了良好的效果。但是当时在英国和美国，医学界对此法仍表示怀疑，直至在国王学会医院用他的消毒法进行骨科手术并获得成功后，这一方法才真正被接受。此后，许多医学科学家研究出了可应用于手术器械、衣物、敷料、手术室、病人皮肤等处的多种消毒法，如加热、化学消毒剂、紫外线照射、超声波灭菌法等。

弗里德利希·凯库勒 （1829—1896）

德国有机化学家，1875 年当选英国皇家学会会员，1877 年任波恩大学校长。主要研究有机化合物的结构理论。他在梦中发现了苯的结构简式，这件事成为一大美谈。

凯库勒是德国有机化学家，主要研究有机化合物的结构理论。他在梦中发现苯的结构简式一事被传为美谈。

1829 年 9 月 7 日，凯库勒出生在德国的达姆斯塔特。达姆斯塔特是一个以文化而著称的小城。也许是受到小城浓郁文化气息的熏陶，在学校时，凯库勒出众的文采就令他的老师和同学们叹为观止。据说有一次，老师在语文课上布置了一道作文题，要求学生们在下课前交卷。全班同学都紧张地在作文本上埋头写起来，可凯库勒却若无其事地坐着，甚至抬头悠闲地看着天花板出神。老师见凯库勒不写字还悠然自得，忍不住用责备的眼光暗示他赶紧动笔。没想到快下课时，凯库勒居然拿着手中的白纸出口成章地读了起来。这篇即兴之作结构精巧、文采飞扬，博得了老师和同学们一阵热烈的掌声。不过凯库勒没有成为作家。他的父亲为他选择了一个似乎更切合实际的方向——去学建筑。因为在父亲眼里，建筑师既体面又能赚钱，是儿子理想的出路。于是，凯库勒来到吉森大学专攻建筑。在这里，凯库勒常听同学们提起大化学家李比希的名字。出于对这位声誉卓著的化学家的尊敬与仰慕，凯库勒决定去听他的课。不料，凯库勒被李比希的课所吸引，渐渐地迷恋上了化学，并下决心改修化学。从1850年秋天开始，凯库勒就在李比希主持的实验室工作。在名师的悉心指点下，凯库勒受益匪浅。他不仅学到了这位化学大师多样而扎实的研究方法，而且也学到了认真细致、一丝不苟的科学态度。这些为他日后的研究打下了坚实的基础。

19世纪中叶，随着石油工业、炼焦工业的迅速发展，人们从煤焦油中提取出一种有芳香气味的液体，叫苯。但是，对于苯分子的结构，人们并没有搞清楚。凯库勒也花了大量工夫研究苯分子的结构，已经疲惫不堪。

"到底苯的分子结构应当是什么样的呢？"他百思不得其解，想得头都有些痛了。他把椅子拉近壁炉，半躺在安乐椅上，炉火的温暖使他感到很惬意。慢慢地，这位化学家入睡了……

咦，那是什么？凯库勒忽然看见碳原子连在一起形成了一条弯弯曲曲的蛇，对，是一条蛇！这条蛇身上的每个碳原子上都还带着一个氢原子，碳原子和氢原子互相长在一起，连成了一条怪模怪样的长蛇。这条怪蛇忽然蠕动起来了，它在爬，它在摇头晃脑，它在跳舞，而且越跳越快，渐渐地，这条蛇转起圈来，蛇头追着蛇尾，不停地转动着，形成了一个圆环。突然，蛇头追上了蛇尾，并一口咬住了，牢牢地衔住尾巴尖，就此不动了。这条蛇原来在他手掌上，呀，不是蛇！原来是李比希给他看过的那只宝石戒指，不错，在他手掌上确实放着一只宝石戒指——白金做的。呀！还是一条蛇，一条白金蛇！凯库勒哆嗦了一下，醒过来了，多么奇怪的梦啊！他回味着。那些奇怪的碳原子和氢原子的样子还没有消失，他想起了分子中各个原子的排列顺序，也许这就是长期未能解决的问题的答案吧？凯库勒匆匆地在一张纸上画下了梦中看到的环状结构，这就是苯分子的第一个环状式。长期未能解决的问题，最后"一梦成功"了，这毫无疑问是凯库勒长期研究的结果，也和他独具的立体思维能力密不可分。

用数学公式改变世界的物理学家：麦克斯韦

詹姆斯·麦克斯韦 （1831—1879）

苏格兰物理学家，电磁理论的奠基人之一。他的贡献和研究在电磁学、光学和统计物理学领域产生了深远的影响。

在科学史上，横跨物理、数学两界的牛顿，把天和地的运动规律统一起来，实现了第一次大综合，而麦克斯韦把电、磁和光统一起来，完成了第二次大综合，也因此与牛顿齐名。他的电磁学经典《论电和磁》，可与牛顿的力学经典《自然哲学的数学原理》、达尔文的生物学经典《物种起源》相提并论。他用一套数学公式推算出了电、磁、光的关系，预言了电磁波的存在，这才有了后世的信息时代。

麦克斯韦有一个特点，就是非常重视实验。他一手创建了卡文迪什实验室，为后世确立了实验科学精神。

这个实验室可以说是诺贝尔奖聚集地，像发现电子的汤姆逊、提出原子结构的行星模型的卢瑟福、DNA双螺旋结构的发现者克里克等。他们让剑桥大学抢占了当代物理学研究的核心地位。

麦克斯韦幼年时就表现出数学和科学方面的天赋。他的父亲是一名律师，但也非常喜欢数学和物理。在父亲的鼓励和帮助下，麦克斯韦走上了科学之路。麦克斯韦在爱丁堡大学学习期间展现出了卓越的才能，在19岁时就发表了第一篇科学论文。麦克斯韦最重要的成就之一是提出了麦克斯韦方程组。这些方程描述了电场和磁场的相互作用，并预测了电磁波的存在。他的工作为电磁波的发现和应用奠定了基础，对于现代通信和无线电技术的发展起到了关键作用。

麦克斯韦的研究还推动了光学和光电学的发展。他证明了光是一种电磁波，并进一步发展了光的波动理论。这一理论为解释光学现象提供了基础，并对现代光学设备和技术的发展产生了深远的影响。除了电磁学和光学，麦克斯韦还在统计物理学和分子运动理论方面作出了重要贡献。他引入了分子速度分布的统计描述，并提出了麦克斯韦—波茨曼分布定律，这对于理解气体行为和热力学有着重要意义。

麦克斯韦于1879年逝世，时年48岁。麦克斯韦的杰出成就为他赢得了荣誉。他的名字被用来命名许多重要的科学概念和实验。他被认为是19世纪最伟大的科学家之一，并被誉为物理学的巨人。

不畏生死终饮成功的甘醴：诺贝尔

阿尔弗雷德·贝恩哈德·诺贝尔 (1833—1896)

瑞典化学家、工程师、发明家、军工装备制造商和硅藻土炸药的发明者。

诺贝尔，1833 年 10 月 21 日出生在瑞典的斯德哥尔摩。受喜欢研究炸药的父亲的影响，诺贝尔从小就表现出顽强勇敢的性格。他经常和父亲一起去实验炸药，几乎是在轰隆轰隆的爆炸声中度过了童年。

诺贝尔 8 岁上学，但只读了一年书，这也是他所受过的唯一的正规学校教育。他与家人在 1842 年迁往俄国的圣彼得堡。诺贝尔跟随一个研究化学的俄罗斯教授学习，当时诺贝尔年仅 18 岁。他随后去美国学习了 4 年化学。

1859 年，他的哥哥鲁维·艾马纽接管了父亲的产业，投身于研究炸药制造。1864 年 9 月 3 日，诺贝尔的弟弟艾米尔在斯德哥尔摩一工厂的大爆炸中丧生。诺贝尔的母亲得知次子惨死的噩耗后，悲痛欲绝。年迈的父亲也因受刺激引发脑溢血而致半身不遂。邻居十分恐惧，纷纷去政府控诉诺贝尔，斯德哥尔摩市政府决定禁止诺贝尔在市内做实验。人们纷纷像躲避瘟神一样躲着诺贝尔，再也没人愿意出租土地给他用于炸药实验。

1863 年 10 月 14 日，诺贝尔在瑞典获得硝化甘油引爆物的专利后，想立即建厂投产。由于市政当局的禁令，他在市区任何地方都找不到厂址，只好在市郊湖中的"船上化工厂"着手投产。后来，人们发现，一只巨大的船出现在远离市区的马拉仑湖上。船上并没有什么货物，而是摆满了各种实验设备。原来，大难不死的诺贝尔在被当地居民赶出来后，跑到这里继续他的实验。

一天，诺贝尔发现硝化甘油倒入硅藻土中，只有点燃才会爆炸，十分安全。安全性的提高，让各地政府开始逐渐信任诺贝尔，他在德国、法国等地开办了多家工厂，至19世纪70年代已成工业巨富，家族产业也办得有声有色。

诺贝尔在他生命的最后几年，曾立下3份内容非常相似的遗嘱。最后一份立于1895年，存放在斯德哥尔摩一家银行。这份遗属将自己的全部财产用于设立奖励基金，分赠亲友的部分被取消。

诺贝尔奖授予在物理、化学、医学、文学和致力于推动世界和平方面有杰出贡献的人士。颁奖仪式每年于诺贝尔逝世的那一天，也就是12月10日在瑞典的斯德哥尔摩举行，由瑞典国王亲自颁发。

德米特里·伊万诺维奇·门捷列夫 （1834—1907）

俄国科学家，发现并归纳元素周期律，依照原子量，制作出世界上第一张元素周期表，并据此预见了一些尚未发现的元素。人们为了纪念他的功绩，就把元素周期律和周期表称为门捷列夫元素周期律和门捷列夫元素周期表。

1834 年 2 月 7 日，门捷列夫出生在西伯利亚海岸城市托博尔斯克。他从小就表现出超越常人的智力和求知欲望，特别是对化学领域表现出了浓厚的兴趣。经过不断努力，门捷列夫于 1850 年进入圣彼得堡大学学习化学，毕业之后，成为圣彼得堡大学的教师，随后又前往德国海德堡大学进行深造，回国后，又于 1865 年获得圣彼得堡大学化学博士学位。

门捷列夫获得博士学位后开始进行关于化学元素性质的研究，他在批判地继承前人工作的基础上，对大量实验事实进行了订正、分析和概括，总结出元素周期律。他根据元素周期律编制了第一个元素周期表，把已经发现的 63 种元素全部列入表里，从而初步完成了使元素系统化的任务。1869 年，他完成了元素周期表设计。这张周期表一经问世，立即引起了广泛的关注，并在随后几十年内得到广泛的认可。门捷列夫的元素周期表被证明是描述元素、元素的物理性质和化学反应的最佳方式。

门捷列夫不仅仅是发明元素周期表的人，还在周期表中开拓性地预测了类似硼、铝、硅这样的未知元素，他称这些元素为类硼、类铝和类硅，并且指出当时测定的某些元素的原子量数值存在错误。令人惊叹的是，他在设计周期表时并没有机械地按照原子量数值的顺序排列元素，而是采用了一种更加合理的方式。这个方法预留了空位，使特性相近的元素归在同一族中，这正是门捷列夫革命性的思维方式的真正体现。多年以后，门捷列夫的预言最终得到了证实，钪、镓和锗被发现具有与他所描述的类硼、类铝和类硅相似的性质。这些成果证明了元素周期表的准确性和重要性，也证明了门捷列夫极具前瞻性的思考方式和系统性的观点。同时他的名著、伴随着元素周期律而诞生的《化学原理》，在 19 世纪后期和 20 世纪初，被国际化学界公认为标准著作，前后共出了八版，影响了一代又一代的化学家。

对元素和周期性定律的理解及其创造性应用，以及在教育和政治领域的活动，使门捷列夫成为 20 世纪早期俄罗斯和全球范围内科学界最伟大的人物之一。他缔造的元素周期表至今仍被广泛使用，并被认为是人类文明历程中最伟大的发明之一。

从旁听穷学生变成诺贝尔奖得主：范德华

范德华 （1837—1923）

全名约翰尼斯·迪德里克·范·德·瓦耳斯，荷兰物理学家。对气体和液体的状态方程所做的工作，使他获得了1910年的诺贝尔物理学奖。化学中还有以他名字命名的范德华力（即分子间作用力）。

气体为何会凝聚成液体？气体的体积、温度、压力等要素之间有何联系，用数学公式可否表达？150年前，西方科学家对这些问题非常感兴趣。前赴后继的研究持续了近半个世纪。最后，一位荷兰物理教师在其博士论文中完美解答了这些问题，并由此获得1910年诺贝尔物理学奖，论文中有以他的名字命名的非理想气体的状态方程。这位物理教师就是范德华。

范德华的父亲是莱顿市的一个普通木匠，共有10个子女。作为长子，范德华很早就担起大哥的责任，做弟弟妹妹们的表率。他在学校是学霸，门门功课成绩都很好，15岁时中学一毕业就当了小学教师，用工资补贴家用。没上大学的范德华不甘平庸，他一边赚钱养家，一边到当地知名学府莱顿大学旁听物理、数学和天文学讲座。没过几年，他自学成才，知识储备已超过正规大学生。

机会只留给有准备的人。1865年，荷兰政府创立专门服务于中高产阶级子女教育的高中学校，向全社会公开招聘教师。范德华通过层层考试，成为该校的物理学教师。他十分珍惜这来之不易的机会，一边兢兢业业教学，一边从事物理学研究。要想在科学上有作为，考取博士是关键，范德华深知成功密码，于是他报考了莱顿大学的物理博士和数学博士。答辩时，他首先准备的是物理论文，并选择一块"硬骨头"作为论文主题，那便是找出克拉佩龙物态方程在高压下失效的真正原因，并得出新的物态方程。

范德华的努力没有白费。1873 年 6 月 14 日，他的博士论文《论气态与液态之连续性》在莱顿大学顺利通过答辩，他也因此进入欧洲首届一指的物理学家之列。

在这篇论文中，他提到两个前所未有的理论：一是克拉佩龙物态方程在高压下失效的真正原因是其没有考虑气体分子之间的吸引力；二是创新导出能应用于高压气体下的物态方程，这个方程被称为"范德华方程"。欧洲乃至全球的科学家都对这两个理论产生了兴趣。经过多年研究，科学家们终于得知：无论是固体、液体还是气体，它们的分子或原子之间都存在吸引力。他们把这种吸引力称为"范德华力"，它对物质的熔点、沸点、溶解度等物理性质都有决定性影响。对于范德华方程，欧洲的科学家们纷纷进行研究，荷兰皇家科学院院刊相继刊载了关于范德华方程的论文。这些论文还被翻译成其他国语言，以增进世界科学的交流，无怪乎当时麦克斯韦在《自然》杂志上发表预言："毫无疑问地，范德华的名字很快会出现在分子科学的前沿之中。"

格奥尔格·康托尔 （1845—1918）

出生于俄国的德国数学家，集合论的创始人。其创立的现代集合论成为实数理论以至整个微积分理论体系的基础。他还提出了集合的势和序的概念。

康托尔出生于俄国一个丹麦犹太血统的家庭。1856年，康托尔和他的父母一起迁到德国的法兰克福。他在中学阶段就表现出一种对数学的特殊敏感，并不时得出令人惊奇的结论。他的父亲力促他学工，因而康托尔在1863年带着这个目的进入了柏林大学。柏林大学是康托尔一直向往着的由外尔斯特拉斯占据着的世界数学教学与研究中心。在柏林大学，受外尔斯特拉斯的影响，康托尔转向纯粹的数学领域。

1869年，康托尔取得在哈勒大学任教的资格，不久后就升为副教授，1879年又晋升为正教授。1874年，康托尔在克列勒的《数学杂志》上发表了关于无穷集合理论的第一篇革命性文章，标志着集合论的诞生。这篇文章的创造性引起人们的注意。在以后的研究中，集合论和超限数成为康托尔研究的主流，直到1897年。由康托尔首创的全新且具有划时代意义的集合论，从本质上揭示了无穷的特性，使无穷的概念发生了一次革命性的变化，并渗透到所有的数学分支，从根本上改造了数学的结构，促进了数学许多新的其他分支的建立和发展。

不过康托尔的集合论并不是完美无缺的。一些科学家对集合论的可靠性有所保留。加之集合论的出现确实冲击了传统的观念，颠覆了许多前人的想法，很难为当时的数学家所接受，因此遭到了许多人的反对。其中，反对最激烈的是柏林学派的代表人物之一、构造主义者克罗内克。

克罗内克认为，数学的对象必须是可构造出来的，不可用有限步骤构造出来的都是可疑的，不应作为数学的对象；他反对无理数和连续函数的理论，同时严厉批评康托尔的无穷集合和超限数理论不是数学而是神秘主义；他说康托尔的集合论空空洞洞毫无内容。除了克罗内克之外，还有一些著名数学家也对集合论发表了反对意见。法国数学家亨利·庞加莱将集合论嘲讽为一个有趣的"病理学的情形"；德国数学家赫尔曼·外尔认为康托尔把无穷分成等级的观点是"雾上之雾"；甚至他的好友德国数学家菲利克斯·克莱因和赫尔曼·施瓦茨也都加入集合论反对者之列，后者甚至要与康托尔断交。

康托尔的集合论尽管也得到希尔伯特等数学家的支持和认可，但受到克罗内克、庞加莱等所谓权威人士的长期打击，加之"连续统假设"长期得不到证明，康托尔陷入崩溃的边缘。1884年5月底，康托尔终于支持不住，患上了严重的忧郁症，不得不经常住到精神病院的疗养所去。不过每当康托尔恢复常态时，他的思维总是变得超乎寻常的清晰，他便继续着集合论的研究工作。长期的精神折磨严重地损害了他的身心健康，1918年1月6日，康托尔在哈勒大学附属精神病院去世。

集合论是现代数学大厦的奠基石，但集合论创立者康托尔却受到极不公正的待遇，他的悲惨遭遇留给后人无尽的遗憾和教训。

弗拉迪米尔·彼得·柯本 （1846—1940）

德国裔气象学家、气候学家、地理学家、植物学家，以气候方面的成就最大。他发明的柯本气候分类法是使用最广泛的气候分类法，于 1918 年发表首个完整版本，1936 年发表最后修订版。

1846 年 10 月 7 日，柯本出生在俄国圣彼得堡。他的祖父是德国医生，后成为沙皇的私人医生。父亲是古俄罗斯文化民族志学家。1864 年，柯本进入圣彼得堡大学修读植物学，三年后转入海德堡大学。1870 年，柯本以植物生长同温度的关系的论文而获得莱比锡大学博士学位，后曾一度受雇于俄罗斯气象局。1875 年，他搬回德国，在德国海军天文台海洋气象学分部任职。四年后，他离开那里，转向他感兴趣的基础研究，开始对气候展开系统研究。

1884 年，他出版了第一版气候带地图，绘制了季节温度范围。约 1900 年，柯本气候分类系统初步形成。经过不断改进完善，至 1918 年，柯本发布了气候分类系统的完整版本，这标志着柯本气候分类法正式创立。

柯本气候分类法根据全球植物种类，把全球分为五大气候区，并把它们列为一级气候区。每一个大类后面又细分为若干小类。全球气候一共划分了 31 个小类，每一小类都用 2 至 3 个英文字母表示。根据某城市的半球位置、每月平均气温和降水量多寡，每个气候小类都拥有严格的数学指标。也就是说，可以设计一种电脑程序，输入进某城市的每月均温和降水量数据，电脑就可以自动判断并输出该城市的气候类型。同时，在第一级的气候分类的基础上，利用气温和降水来进行第二级和第三级的分类。因为它只以气温和降水量为依据，标准很简单，而且基本上适用于草原、沙漠、苔原、森林等景观带，所以在农业、生物科学、地球和行星科学、环境科学等方面得到了广泛的应用。

托马斯·阿尔瓦·爱迪生　（1847—1931）

　　美国发明家、物理学家、企业家，被誉为"世界发明大王"。重要的发明专利超过 2000 项，被媒体授予"门洛帕克的奇才"称号。

　　1931 年 10 月 18 日凌晨，一位为人类文明和进步作出了巨大贡献的科学家在美国新泽西西奥兰治逝世，享年 84 岁。他被美国《生活》杂志评选为千年来全球最具贡献的一百位人物之一，他就是"世界发明大王"——爱迪生。

　　1847 年 2 月 11 日，爱迪生出生于美国俄亥俄州米兰镇。爱迪生 8 岁才上学，仅仅读了 3 个月的书，就被老师斥为"低能儿"而撵出校门。从此以后，当过小学教师的母亲便是他的"家庭教师"。由于母亲良好的教育方法，使得他对读书产生了浓厚的兴趣。

　　1857 年，爱迪生开始对化学产生兴趣，他在自己家的地窖按照教科书做实验。1859 年，为了有足够的钱购买化学药品和实验设备，爱迪生开始找工作赚钱，经过一番努力他找到了在火车上售报的工作，每天辗转于休伦港和底特律之间。他一边卖报还一边捎带卖水果、蔬菜，但只要一有空他就会去图书馆看书。

　　爱迪生能成为举世瞩目的"发明大王"，得益于 1862 年夏天的一场事故。

1862 年 8 月，爱迪生救出了一个在火车轨道上差点遇难的男孩。孩子的父亲为了表示感谢便教爱迪生电报技术。从此，爱迪生便与电结缘。1863 年，爱迪生担任大干线铁路斯特拉福特枢纽站电信报务员。从 1864 年至 1867 年，他在中西部各地担任报务员，过着类似流浪的生活，足迹所至，包括斯特拉福特、艾德里安、韦恩堡等十多个地方。

1868 年，爱迪生以报务员的身份来到了波士顿。这一年，他发明了一台自动记录投票数的装置，并申请了发明专利，但是该装置并不受国会的待见。从此以后，爱迪生决定再也不做任何人们不需要的发明。

1869 年 6 月初，爱迪生来到纽约。在找工作的过程中，因为修好了面试公司的电报机，他谋得了一个比他的预期更好的工作。同年 10 月，他与波普一起成立了"波普—爱迪生公司"，专门经营电气工程的科学仪器。在这里，他发明了"爱迪生普用印刷机"。

1870 年，爱迪生把普用印刷机的专利权售给华尔街一家公司，本想索价几千美元，又缺乏勇气说出口，于是他让经理给个价钱，那位经理居然给了爱迪生 4 万美元，这是爱迪生赚到的第一桶金。爱迪生得到这笔钱后，在新泽西州瓦克市沃德街建了一座工厂，专门制造各种电气机械。

1879 年，爱迪生创办了爱迪生电力照明公司；1880 年，白炽灯上市销售；1890 年，爱迪生将其各种业务组建成为爱迪生通用电气公司；1891 年，爱迪生的细灯丝、高真空白炽灯泡获得专利。作为一名发明家，爱迪生拥有 2000 多项发明，包括对世界影响极大的留声机、电影摄影机、灯泡等。

爱迪生是人类历史上第一个利用大量生产原则和电气工程研究的实验室从事发明而对世界产生深远影响的人。他被美国的《大西洋月刊》评为影响美国的 100 位人物之一。

碳价四面体结构提出者：范托夫

雅各布斯·亨里克斯·范托夫 （1852—1911）

生于荷兰鹿特丹，逝于德国柏林，荷兰化学家。1901 年，由于"发现了溶液中的化学动力学法则和渗透压规律以及对立体化学和化学平衡理论作出的贡献"，范托夫成为第一位诺贝尔化学奖的获得者。

范托夫成长于一个医生家庭，其父亲是一位内科医生。从小，范托夫就对科学和自然特别感兴趣。1869 年 9 月，范托夫从就读的鹿特丹新式高中毕业后进入代尔夫特理工大学学习化学。结束大学学业后，范托夫继续入读莱顿大学就读数学和物理专业，以及在德国波恩、法国巴黎工作和求学。1873 年 9 月，范托夫回到荷兰并且在乌特勒支大学就读博士课程，同年 12 月毕业，次年获得博士学位。

在巴黎学习期间，范托夫和勒贝尔曾多次探讨有机物旋光异构的问题。1874 年的一天，范托夫在学校的图书馆认真地阅读威利森努斯研究乳酸的一篇论文时，随手写出了乳酸的化学式，目光渐渐集中在碳链中的 2 号碳原子上——如果将这个碳原子上的不同取代基都换成氢原子的话，那么这个乳酸分子就变成了一个甲烷分子。范托夫苦思冥想甲烷分子中的原子排列情况：无疑碳原子处于中心地位，那么氢原子又如何排列呢？这时，他广博的数学、物理知识使其想到了最低作用量原理——自然界的一切都趋向于最小能量的状态（这样的状态最稳定）。只有当氢原子均匀分布在碳原子周围的空间才能达到最小能量状态。甲烷分子是个正四面体结构。他进一步想象，假如用4种不同的取代基置换碳原子周围的氢原子，那么它们在三维空间中就有2种不同的排列方式。他立即写出了两种正四面体结构的乳酸化学式，这时，他才发现，物质的旋光性与它们的分子空间结构密切相关。

于是，范托夫定义了"不对称碳原子"的概念：与四个不同原子或基团相连接的碳原子称为不对称碳原子。在溶液状态下能使偏振光平面转动的含碳化合物必有不对称碳原子，旋光化合物的衍生物如果不再含有非对称碳原子，则失去旋光性；如果仍然含有非对称碳原子，则常常保持旋光性。他进一步推理，假定组成有机物分子的各原子都在同一平面上，那么像二氯甲烷（CH_2Cl_2）这种甲烷分子中两个氢原子被氯取代而成的化合物，应该有两种异构体，而事实上其只有一种结构，没有异构体。假定碳原子在正四面体的中心，则这类化合物就不会有异构体，与事实相符。这从反面论证了碳四面体模型的合理性。范托夫还讨论了分子中不对称碳原子与旋光异构体数目之间的关系，并指出在有机化合物中，如果含有一个不对称碳原子，就会有两个旋光异构体；如果含有 n 个不对称碳原子，异构体的数目将是 2n 个。最后，他总结道：含有不对称碳原子的物质并非一定有旋光性，因为等量的左旋体与右旋体混合后会形成外消旋体，不显旋光性。

范托夫的碳价四面体学说被大量实验所证实。法国化学家勒贝尔在同一时期也提出了相同的观点，他与范托夫共同开辟了立体化学的新篇章，为人们深入认识有机化合物的结构与性质奠定了基础。

安德烈·莫霍洛维奇 （1857—1936）

克罗地亚地球物理学家、地震学家，奥地利地质学家。1898 年当选为霍尔瓦提科学院院士。

我们知道，地球内部按从外到内的顺序，依次是地壳、地幔、地核。而在地壳和地幔之间，有一个不连续面，即莫霍洛维奇界面，又称莫霍面。莫霍面得名于地壳与地幔之间分界面的发现者——莫霍洛维奇。

莫霍洛维奇，1857 年 1 月 23 日出生于克罗地亚沃洛斯科的克罗小海港。父亲是造船厂木工，母亲早逝。他从小热爱学习，很有上进心；后来经过努力进入布拉格大学开始学习数学和物理，毕业后在巴卡尔海运学校教授气象学和海洋学，并从事气象研究。1891 年，莫霍洛维奇来到萨格勒布气象台工作，并兼任萨格勒布海洋技术学院教授，因出色工作，次年被任命为萨格勒布气象台台长。在此，他一直工作到 1922 年退休。退休后，莫霍洛维奇不顾视力衰退依然坚持工作和实验，直到近 70 岁高龄才停止。

莫霍洛维奇在气象学方面的研究工作为他赢得了很好的名誉和地位，但是他在地震学方面的成就更加耀眼。早在 1908 年，他就为萨格勒布气象观测台配置了灵敏的新式地震记录仪器，使它成为欧洲最先进的观测台之一。在研究 1909 年的一次地震时，莫霍洛维奇发现，某些地震波到达观测站比预计的快。在该界面附近，纵波的速度从 7.0 千米 / 秒左右突然增加到 8.1 千米 / 秒左右；横波的速度也从 4.2 千米 / 秒突然增至 4.4 千米 / 秒。其出现的深度在大陆之下平均为 33 千米，在大洋之下平均为 7 千米，平均深度为 17 千米。这个速度变化，后经研究发现是全球性的。他注意到某些地震波到达观测站的时间比预计的要早，因此他推断地球的结构是分层的。由于向地球深部传播的震波比沿地壳传播的震波速度更快，所以他认定地球的最外层地壳是覆盖在一层质地比较坚硬的岩层之上，而且两层之间不是逐渐过渡而是明显划开的。后来用更先进的仪器得出的观测资料基本证实了他的推断，两层之间有 0.3~5 千米的过渡层。由于莫霍洛维奇是用地震学方法探索地壳和上地幔结构的第一人，因而后人将这一层质地比较坚硬的岩层命名为"莫霍洛维奇面"。尽管我们对莫霍面的位置有所了解，但其具体性质仍然充满谜团。

莫霍面的发现启发了后人对此面全球性的探究，就像是地理界对地球球面研究带来的一粒金子，为后来旨在揭开地壳下面地幔的秘密的莫霍面钻探计划的提出建立了强有力的理论基础。

科学研究成果的发现大都来自于一次次对实验数据成果的分析、细心的归结以及大胆的猜想假设。莫霍面的发现将人类的地理研究带上了一个新的高度，也表明拥有一颗好奇探索的心是每一个科学家必备的宝贵品质。

量子力学奠基人：
普朗克

马克斯·普朗克 （1858—1947）

20 世纪最重要的物理学家之一，诺贝尔物理学奖获得者，在量子力学的理论及应用上作出了杰出的贡献。他发现能量是量子化的，提出普朗克常数，奠定了量子力学的基础，发现了量子力学的不确定性原理等等，被誉为量子力学的奠基人。

1858 年 4 月 23 日，普朗克出生在德国北部基尔市一个传统家庭。年幼的普朗克在基尔度过了几年的幸福时光。普法战争期间，为了躲避战火，普朗克一家迁往慕尼黑。在那里，他完成了中学的学业，并学习了数理、天文学、力学和数学等方面的知识。1874 年，普朗克进入慕尼黑大学攻读数学专业，后改读物理学专业。1877 年转入柏林大学。1879 年获得博士学位。此后，他的一系列理论发现不仅改变了科学界对自然界的理解，也开启了人类对自然世界探索的新篇章。

大约 1894 年起，普朗克开始研究黑体辐射问题。他通过研究黑体辐射的实验数据，经过缜密的思考与计算，提出了普朗克辐射定律，并且在研究过程中提出了一个重要假设，即黑体吸收和放出的能量是不连续的，而是量子化的，正式提出"能量的量子化"概念。在普朗克看来，热物体表面的热辐射以离散的能量包的形式存在，这些能量包被称为量子。黑体辐射或吸收能量是按照能量单元一份一份地进行的，这种按某个最小单位及其整数倍划分的方式就称为"量子化"。这个理论对传统物理学根基的挑战引发了科学界的轰动。普朗克新理论的正确性在后来的实验中得到了验证，他也因此获得了1918年的诺贝尔物理学奖。普朗克的发现不仅是物理学界的荣誉，也改变了人们对自然界的认识，催生了量子力学，影响延续至今。

　　普朗克还提出了量子力学的不确定性原理，它描述了粒子在位置和动量上的测量结果之间的限制和相互依赖，对人们理解微观物理学的规律有着重要的指导意义。他的理论奠定了量子力学的基础，为后来的科学家们提供了重要方向。

　　然而，普朗克对物理学的理论贡献远不止这些。他还在原子物理学、热力学等领域作出了重要贡献。他的杰出成就不仅赢得了诺贝尔奖，更为科学界树立起一个新的标杆。他被奉为现代物理学发展的一位伟大先驱。

数学界的无冕之王：希尔伯特

戴维·希尔伯特 （1862—1943）

德国数学家，20世纪最伟大的数学家之一，被后人称为"数学世界的亚历山大"。他的研究领域涉及代数不变式、代数数域、几何基础、变分法、积分方程、无穷维空间、物理学和数学基础等。他在1899年出版的《几何基础》成为近代公理化方法的代表作，且由此推动形成了"数学公理化学派"，被视为近代形式公理学派的创始人。

1862年1月23日，希尔伯特出生于东普鲁士柯尼斯堡附近的韦劳。中学时，希尔伯特即展示了勤奋好学的特质，对科学尤其是数学表现出浓厚的兴趣。他与17岁便拿下数学大奖的数学家、后来成为爱因斯坦的老师的闵可夫斯基结为好友，并一同进入柯尼斯堡大学。闵可夫斯基虽然成名早，但是希尔伯特却后来居上，最终成就超越了他。1880年，希尔伯特违逆了父亲要他学习法律的意愿，进入柯尼斯堡大学攻读数学，1884年取得博士学位后，留校任教，后升为副教授，1893年被任命为教授。1895年，希尔伯特转入哥廷根大学任教授。此后，他一直在哥廷根工作和生活。当时，哥廷根有数学之乡的美誉。维纳、冯·诺依曼、玻尔、玻恩等这些20世纪的著名数学家和物理学家，都曾聆听过希尔伯特的教导。而那时全世界几乎所有数学专业的学生，都心怀着一个梦想"打起背包，到哥廷根去"，因为那里有希尔伯特。

1900 年，国际数学家代表大会在巴黎召开。在会上，希尔伯特作了《数学问题》的演讲。他根据过往特别是 19 世纪数学研究的成果和发展趋势，提出了 23 个最重要的数学问题。这 23 个问题统称希尔伯特问题。这些问题被数学界广泛地研究和探讨，许多问题被攻克，对现代数学的研究和发展产生了深刻的影响。

希尔伯特在哥廷根整整工作和生活了 48 年。在此，他对数学作出了开创性贡献，诸如不变量理论、代数数域理论、积分方程、引力论张量理论、积分方程变分法、华林问题、特征值问题、希尔伯特空间等。在后世的数学发展中，仅以他的名字命名的理论、概念和方法就有 40 个之多，比如希尔伯特空间、希尔伯特模形式、希尔伯特环、希尔伯特变换、希尔伯特定理、希尔伯特程序等。由于以他名字命名的数学名词太多了，他在世时，有人问他什么是希尔伯特空间时，他自己竟然不知道。

希尔伯特在长达 60 年的科研生涯中，几乎涉猎了现代数学所有前沿领域，领导了哥廷根数学学派，是 20 世纪最伟大的数学家之一，被称为"数学界的无冕之王"。

居里夫人 （1867—1934）

全名为玛丽亚·斯克沃多夫斯卡·居里，通常称为玛丽·居里或居里夫人，波兰裔法国籍女物理学家、放射化学家，巴黎医学科学院院士，两度获诺贝尔奖。

1898 年 12 月 26 日，一位科学家在提交给法国科学院的报告中宣布：他们发现了一个比铀的放射性要强百万倍的新元素——镭。这位科学家就是波兰裔法国籍女物理学家、放射化学家——居里夫人。

1867 年 11 月 7 日，居里夫人出生于波兰华沙市一个书香门第。她的父亲是物理教授，母亲是钢琴家。居里夫人从小就对科学实验有浓厚兴趣。1891 年，居里夫人到巴黎求学。完成学业后，她原本想回到祖国波兰，为祖国贡献自己的力量。但是，同法国物理学家皮埃尔·居里相识、相恋并结为夫妇，彻底改变了她的计划，她只好侨居法国。1896 年起，居里夫妇全身心投入铀盐的研究之中。她到处收罗并研究各种铀盐矿石，并被铀盐矿石神奇的射线所吸引。

接受过系统高等化学教育的居里夫人，根据门捷列夫的元素周期表排列规律，猜想一定还有其他能放出射线的化学元素，于是她逐一对各元素进行测定，果然发现了一种能自动发出射线，与铀射线相似、强度也较接近的元素——钍。居里夫人还意识到，这种现象不独为铀的特性，决定给它一个新名称——"放射性"。有这种特性的物质，叫作"放射性元素"。后来，她和丈夫又收集到许多矿物，并逐一进行测定，她想知道还有哪些矿物具有放射性。

测量过程中，居里夫人发现，一种来自捷克斯洛伐克的沥青铀矿的放射性强度比预想的要大不知多少倍。她心想，这种不正常且过度的放射性来自哪里呢？因为这些沥青铀矿中所含的铀和钍，绝对达不到她观察到的放射性强度。因此，唯一的解释就是这些沥青矿物中含有一种比铀和钍的放射性强得多的未知新元素。

居里夫人的发现引起了皮埃尔的注意，夫妇俩同心协力，在条件极其简陋的实验室里展开了研究。1898 年 7 月，他们宣布发现了一种比纯铀放射性高出 400 倍的新元素——镭。同年 12 月，居里夫人向法国科学院提交了这种新元素。然而，一些保守的科学家质疑道："镭在哪里？""指给我们看看，我们才能相信！"

面对质疑，居里夫妇决心用事实来回击。但是，要想提炼出纯镭，就需要有大量的沥青铀矿和较大的实验室。而沥青铀矿价格昂贵，他们买不起。后来，在一位奥地利教授的帮助下，他们花掉全部积蓄、变卖所有值钱的东西后，才买到十几麻袋沥青铀矿渣。就在这样的艰苦条件下，居里夫妇开始了伟大的科学试验，经过不懈努力，于 1910 年成功炼出了纯镭，以事实证明了他们的发现。

1903 年，居里夫妇和贝克勒尔由于对放射性的研究而共享诺贝尔物理学奖。1911 年，居里夫人又因为发现钋和镭而获得诺贝尔化学奖，从而成为第一个两度获得诺贝尔奖的人。

阿尔弗雷德·魏格纳 （1880—1930）

出生于柏林，毕业于柏林洪堡大学，德国气象学家、地球物理学家，大陆漂移学说之父。

1880 年 11 月 1 日，魏格纳出生于德国柏林。他从小就喜欢幻想和冒险，他最崇拜的人就是英国探险家约翰·富兰克林，而且"冒险"一词也伴其一生。

魏格纳少年时就向往环球旅行，想要去北极探险，但因为父亲的阻拦未能成行。不过，魏格纳的冒险之心并没有就此而结束。他选择进入大学攻读气象学，并以优异成绩获得气象学博士学位，开启了波澜壮阔的冒险生涯。

1906 年，魏格纳同弟弟一起利用高空气球在空中连续飞行了 52 小时，一举打破了当时的世界纪录。之后魏格纳加入了探索格陵兰岛的探险队，巨大的冰山运动让其对大陆运动产生了兴趣，也为后来大陆漂移学说的诞生埋下了种子。

对于魏格纳发现大陆漂移学说的趣闻，最广为流传的就是 1910 年的一天，躺在病床上的魏格纳无意间看到了墙面上的世界地图，发现大西洋两岸的轮廓竟是如此相对应，特别是巴西东端的直角突出部分，与非洲西岸凹入大陆的几内亚湾非常吻合。自此往南，巴西海岸每一个突出部分，恰好对应非洲西岸同样形状的海湾；相反，巴西海岸每一个海湾，在非洲西岸就有一个突出部分与之对应。这难道是巧合？之后他开始思考各个大陆最初会不会是一个整体，之后因为某些原因而分开了。

为了验证自己的设想，魏格纳开始在大西洋两岸进行实地考察。从古生物化石、古气候到古地层结构，魏格纳都进行了研究。魏格纳设想，如果两块大陆原来是一块大陆，那么在还未分开的时候，这些地方生活的动植物，环境的气象地质条件都应该是相近的。经过大量的研究，魏格纳终于找到了足够的证据证明自己的大陆漂移学说，用他自己的话来说就是："这就好比一张被撕破的报纸，不仅能把它拼合起来，而且拼合后的印刷文字和行列也恰好吻合。"自此之后，大陆漂移学说正式诞生了，并最终得到世人的广泛认同。

在取得如此成就之后，魏格纳并未就此自满，而是继续投入探索冒险之中，直到1930年，50岁的魏格纳因为暴风雪倒在冒险探索的道路上。时至今日，人们仍然在纪念他毕生寻求真理、正视事实、勇于探索和不惜献身的科学精神。

尼尔斯・亨利克・戴维・玻尔 （1885—1962）

理论物理学家，哥本哈根学派创始人，丹麦皇家科学院院士、俄罗斯科学院外国通讯院士，曾获丹麦皇家科学文学院金质奖章、英国曼彻斯特大学和剑桥大学名誉博士学位，诺贝尔物理学奖获得者。

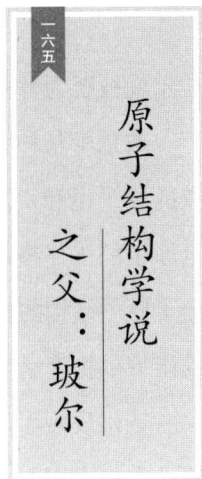

一提起科学家，很多人脑海中可能会浮现出身单力薄的科学家形象。但事实上，科学家中也有不少"肌肉男"，其中最典型的就是玻尔。

1885 年 10 月 17 日，玻尔出生于哥本哈根一个富裕家庭。玻尔年轻时是一个非常有名的足球运动员，曾效力于哥本哈根大学足球队。这支球队曾多次获得丹麦全国比赛的冠军，玻尔是这支球队的替补守门员。为什么是替补呢？因为玻尔所在的球队很强，一般都是他们去围攻对手的大门，很少会被别的球队威胁自己的球门。作为这支强队的守门员，玻尔绝大多数时间都是很闲的。为了打发时间，他养成了一个习惯，就是空闲的时候找几道物理题算算。有一次，他们的球队和一支德国球队比赛，玻尔又习惯性地开始做物理题了。德国球员发动反击的时候，看到对方守门员在发呆，就选择直接远射吊门。而此时的玻尔还沉浸在物理的世界里，根本没注意到发生了什么，就这样被德国球队攻破了球门。玻尔所在球队的教练勃然大怒，从此以后，玻尔就被贬为替补守门员了。

玻尔师从核物理学之父欧内斯特·卢瑟福。1912 年，他创造性地把普朗克的量子说和卢瑟福的原子核概念结合起来，只花了一年时间就构想出一个氢原子的工作模型，成功地解释了氢原子和类氢原子的结构和性质，由此提出了原子结构的玻尔模型。玻尔由于对于原子结构理论的贡献而获得 1922 年的诺贝尔物理学奖。

玻尔发现了原子的"太阳系"结构，也就是说，处于原子中心的是原子核，类似太阳；一些电子绕着原子核转，类似行星。不过，这些电子行星和太阳系中的行星不一样，它们的轨道必须满足所谓的"量子化"。那么，什么是"量子化"呢？可以用简单的一句话来表述：原子里的电子轨道不是任意的，要满足一定的条件。玻尔为氢原子提出的模型是让电子在原子核周围移动，但只能在不同能级的特殊轨道上运动。他假设，当一个电子从一个更高的能量轨道跃迁到一个更低的能量轨道时，就会发出光——这就是使氢在玻璃管中发光的原因。

斯维津斯基说："在 1913 年，玻尔的模型证明了量化是描述微观世界的正确方法……因此，玻尔的模型向科学家们指明了寻找的方向，并刺激了量子力学的进一步发展。如果你知道这条路，那么迟早你会找到正确的解决方案。人们可以把玻尔模型看作是沿着通往量子世界的远足路径的方向标志之一。"

白衣使者：白求恩

亨利·诺尔曼·白求恩 （1890—1939）

加拿大共产党员，国际主义战士，著名胸外科医师。在 20 世纪 70 年代，加拿大政府将白求恩追认为"具有国际影响力的加拿大英雄"。

他在中国工作的一年半时间里为中国革命呕心沥血，毛泽东称其为"一个高尚的人，一个纯粹的人，一个有道德的人，一个脱离了低级趣味的人，一个有益于人民的人"。他就是白衣使者——白求恩。

1890 年 3 月 4 日，白求恩出生在位于加拿大安大略省北部的格雷文赫斯特小城的一个牧师家庭。白求恩从小勇敢，爱冒险。6 岁那年，白求恩独自到离镇很远的多伦多去游玩，走着走着迷路了，但他并没有哭。当警察把他送回家，妈妈批评他时，他说："我想尝尝探险的滋味。"有一次，他带弟弟去爬山，发现一只美丽的蝴蝶，就追呀追呀，一直追到山顶才抓住，把等在山下的弟弟吓得直哭。8 岁时，白求恩捉麻雀、捉苍蝇，捉到后就解剖，学祖父当外科医生。他还是一个游泳能手，10 岁就尝试横渡乔治亚海湾。

白求恩一生为革命而奋斗。1935 年 11 月，他加入了加拿大共产党。1936 年冬，他志愿去西班牙参加反法西斯斗争。1937 年 12 月，他前往纽约向国际援华委员会报名，并主动请求组建一支医疗队到中国北部和游击队一同工作。

次年 1 月，他带着足够装备几个医疗队的药品和器材，从温哥华乘海轮前往香港；3 月底，他率领一支由加拿大人和美国人组成的医疗队抵达延安。毛泽东亲切接见了白求恩一行。7 月初，白求恩回到冀西山地参加军区卫生机关的组织领导工作。在那里，他创办卫生学校，培养大批医务干部，并编写了多种战地医疗教材。8 月，他任八路军晋察冀军区卫生顾问；11 月至 1939 年 2 月，他率医疗队到山西雁北和冀中前线进行战地救治，4 个月里，他率领医疗队行程 750 千米，做手术 300 余次，建立手术室和包扎所 13 处，救治了大批伤员。

白求恩来到中国后，留下了许多感人的故事。有一次，白求恩在病房里看到一个小护士给伤员换药，发现药瓶里装的药与药瓶上标签名称不一致，也就是说，药瓶里的药不是应该用的药。如果药用错了，后果不堪设想。白求恩严肃地批评了那个小护士，指出："做事这样马虎，会出人命的。"白求恩用小刀把瓶子上的标签刮掉，并强调："我们要对同志负责，以后不允许再出现这种情况。"

1939 年 7 月间，特大暴雨突袭河北完县神北村，导致唐河水位猛涨。为了不让他涉险外出，几名老乡死死地把他抱住。白求恩无可奈何地叹了口气。洪水威胁到了卫生学校的安全，上级决定将学校转移到河西岩，白求恩知道后立刻找到学校要求参加突击队。没有渡船，大家用大筐箩绑在梯子上当运载工具。白求恩和突击队的小伙子们跳进水中，十人一排，手挽手，一趟一趟来回运送着物资。

1939 年 11 月，白求恩在抢救八路军伤员时感染了败血症。生命垂危之际，他给聂荣臻写了封信，嘱咐战友完成其未竟的事业。

白求恩在异国他乡燃尽了生命，即使不能魂归故里，但他内心安定，他为自己所热爱的事业奉献了一生，无怨无悔！

格雷戈里·平卡斯 （1903—1967）

美国生物学家，在研制口服避孕药中起了重要作用。虽然他一生淡泊名利，但是他对世界的实际影响远远超过他的名气。

张明觉 （1908—1991）

字幼先，美籍华裔生物学家、育种学家，美国国家科学院院士，甾体避孕药的创始人之一，被科学界誉为"试管婴儿之父"和"避孕药之父"。

口服避孕药是生活中最常见的药物类避孕方法，该药是由人工合成的雌激素和孕激素配制而成，避孕成功率极高。口服避孕药的发明迄今为止已有60多年的历史。然而，大多数人并不知道，在口服避孕药的发明者中，有一位中国人，他就是美籍华人生物学家张明觉。他与格雷戈里·平卡斯、约翰·罗克一起被誉为"口服避孕药之父"。

1908年10月10日，张明觉出生在山西岚县。勤奋好学的张明觉后来考取了清华大学动物心理系，之后又前往剑桥大学深造，并于1941年冬获得剑桥大学博士学位。之后，他应美国渥斯特生物实验研究所的邀请，离英赴美，担任该研究所的首席科学家。

在口服避孕药的研制过程中，张明觉负责在动物身上做基础实验，平卡

一六七

口服避孕药的发明者：平卡斯和张明觉

斯是实验室主任。他们花了 3 年时间，从 300 多种药物中找出了最适当的两种药物，由罗克负责临床试验，并做了大量的社会工作。

谈到口服避孕药的发明，我们得提一下玛格丽特·桑格——美国计划生育运动创始人。她生前说过："生育太多，会增加人类的痛苦。"桑格得到凯瑟琳·麦考密克的资金资助后，找到生物学家平卡斯，希望他研制出能够控制生育的药片，并给了他一张 4 万美元的支票，且保证今后给他所需要的资金。利用这笔资助，平卡斯开始了口服避孕药的研制，并与罗克、张明觉一起攻克了研制过程中的各种难题。

由于张明觉在学术上的重大贡献和地位，他获得了来自多个国家及国际学术组织授予的奖章和奖金：1950 年，他获美国不育研究会授予的奥尔索奖金；1954 年，获美国计划生育研究会授予的拉斯克尔资金；1971 年，获英国生育研究会授予的马歇尔奖章；1975 年，获美国科学与艺术学院授予的福兰斯奖金；1978 年，获意大利农业科学院授予的科学奖章；1983 年，获国际胚胎移植学会授予的"先驱者"奖章；等等。他还曾三次被提名为诺贝尔奖的候选人。他曾多次来中国进行讲学，并邀请中国年轻科研人员到他的实验室工作。1979 年，他向清华大学、山西大学以及他的故乡岚县捐款用于设立奖学金，以培养优秀的人才。

威拉得·弗兰克·利比 （1908—1980）

美国化学家。1947 年创立了用放射性碳 -14 测定地质年代的方法，在考古学中得到极其重要的应用，因而获得 1960 年诺贝尔化学奖。

你可能会认为，考古工作者都是在古墓、遗址用手铲和毛刷等进行发掘工作。其实，在考古工作中经常会用到各种科学技术手段。科技考古就是利用现代科技手段分析古代遗存，再结合考古学方法，探索人类的历史。在一些与文物、博物馆相关的研究所、高等院校等单位，科技考古研究人员从事着涉及文物年代测定、考古勘探，以及动植物、人骨、陶瓷、金属器物分析等方面的研究工作。例如，考古工作者在研究文物和古迹时，需要精确地知道其年代。1947 年，美国芝加哥大学教授利比发明了碳 -14 断代法，即利用死亡生物体中碳 -14 不断衰变的原理对文物进行年代测定，使考古学家可以判断各种史前文物的绝对年代。他因此而获得了 1960 年诺贝尔化学奖。

碳 -14 是碳原子的一种放射性同位素，是宇宙射线撞击空气中的氮原子而形成的。在大气中，每一万亿个二氧化碳分子里就有一个放射性碳 -14，植物从大气中吸收二氧化碳时就吸收了碳 -14，人和动物吃进植物（食物）

的同时也就吸收了碳 –14。只有当一个生物体死亡后，它才不再吸收碳 –14。

利比从宇宙射线和人工核反应的研究中得到启发，认为自然界存在生成碳 –14 的条件，碳 –14 就有可能被检测出来。1947 年，利比在实验室里终于找到了一种检测碳 –14 的方法：燃烧样品，使其转化为二氧化碳气体，再用辐射计测定二氧化碳中碳 –14 的数量。由此，利比建立了碳 –14 测定年代的方法。

碳 –14 像其他放射性元素一样，以稳定而均匀的速度衰减，半衰期为 5730 年。以活的或刚死亡的同类生物样品的碳 –14 含量作为标准，就可以测定出几万年前生物生存的精确年代。借助该方法，科学家还可测出任何由植物做成的东西的年龄，例如衣物、纸张等。

1950 年，利比利用碳 –14 年代测定法确定了金字塔的建造年代，结果奇迹般地与历史文献的记载吻合。1960 年，鉴于利比发现碳 –14 年代测定法，为人类创造出独特的计时工具——“考古学时钟”，他被授予诺贝尔化学奖。

碳 –14 年代测定法依据的是原子核的变化，不受周围环境的物理、化学条件影响，因而适用于对几千年到几万年前的标本进行测定。在古代遗存中，一些含碳的物质，如木、草、贝壳等动植物遗骸普遍存在，因此，碳 –14 年代测定法被广泛应用于史前考古学和第四纪晚期地质学的研究。

不过，碳 –14 年代测定法使用也有一些限制。它只适用于死去数万年内的生物。对于一些死去已有几百万年甚至数亿年的生物，由于历经了太多的半衰期，生物遗骸中的碳 –14 含量已经低到无法测量，因而也就不能用这种方法来测量生物生存年代了。

理查德·费曼 （1918—1988）

美国物理学家、物理学教育家，由于在量子电动力学方面的贡献而获得 1965 年的诺贝尔物理学奖。他不但以其科学上的巨大贡献而名留青史，而且因在"挑战者"号航天飞机事故调查中的决定性作用而闻名。

在现代物理学的发展史上，有这么一个物理学家，始终保有着一颗玩皮的童心，用玩的态度享受着物理，他就是"科学玩童"理查德·费曼。

1918 年 5 月 11 日，费曼出生于美国纽约皇后区的一个犹太裔家庭，被称为爱因斯坦之后最睿智的物理学家。因构建了量子电动力学的新理论，费曼与其他两位科学家共享了 1965 年的诺贝尔物理学奖。

费曼在研究量子力学基本问题的过程中，把基本过程看作是粒子从一点到另一点的传播，并用简单图形来描绘基本粒子之间的相互作用，这就是粒子物理学家十分熟悉的费曼图。费曼图可以用一种形象化的方法，方便地处理量子场中各种粒子的相互作用。

费曼一生幽默机智、行事不按常理，与其在理论物理学方面的成就齐名。二战期间，费曼参与了研发原子弹的曼哈顿计划。在这期间，费曼发现装原子弹机密文件的保险柜并不安全，他用自己的开锁技巧很快就打开了这些保险柜，让人目瞪口呆。一次，他要从好友狄霍夫曼处取一份文件，然而所有的机密文件都装在九个保险柜里，主人又恰好不在。费曼习惯性地转动密码锁，经过反复的试验和思考，打开了其中一个保险柜，之后又发现每个保险柜的密码都是一样的。费曼取出需要的文件后，随手在保险柜中留下了一张纸条"开锁专家费曼留"。之后，他在第一个柜子里留了另一张字条："这个柜子也不难开呀——聪明鬼留。"在隔壁的保险柜里，他写道："密码全都一样，每个柜子都不难开——同一人留。"

值得一提的是，费曼查明了当年"挑战者"号航天飞机的失事原因。1986年1月28日，"挑战者"号航天飞机在发射升空仅73秒后便爆炸解体，7名宇航员全部遇难。经过调查，费曼发现事故的原因是航天飞机上的橡胶密封圈在低温环境下失去了弹性，使得燃料舱的火焰泄漏出来，烧坏了航天飞机的内部结构，从而导致航天飞机爆炸解体。

费曼将物理学研究视为一种娱乐，他有一种独一无二的与自然交流的方式，只有当他将其用公式表达出来以后，我们才能与他分享"真实世界"的秘密。

生命奥秘的解码者：克里克

弗朗西斯·哈利·康普顿·克里克 （1916—2004）

英国生物学家、物理学家、神经科学家。其最重要的成就是 1953 年在剑桥大学卡文迪什实验室与詹姆斯·沃森共同发现了脱氧核糖核酸（DNA）的双螺旋结构，二人也因此与莫里斯·威尔金斯共同获得了 1962 年的诺贝尔生理学或医学奖。

1916 年 6 月 8 日，克里克出生于英格兰中南部的北安普敦。克里克从小就对科学问题充满好奇和疑问。1950 年，克里克 34 岁时，考入剑桥大学物理系攻读研究生学位。在此期间，他读到著名物理学家薛定谔所著的《生命是什么》一书，该书指出，生物问题最终要靠物理学和化学去说明。克里克深信自己的物理学知识有助于生物学的研究，于是他准备探索蛋白质结构问题。由于缺乏化学知识，他自学了有机化学、X 射线衍射理论和技术等知识。

1951 年，克拉克遇到了来自美国的生物学博士詹姆斯·沃森，二人一见如故，开始了对遗传物质脱氧核糖核酸（DNA）分子结构的合作研究。克里克和沃森提出，生命分子的三维结构是由线性密码中所蕴含的信息决定的。二人一起采用物理和化学的理论和实验方法开展研究，最终提出了 DNA 双螺旋结构模型：DNA 分子结构中，两条右旋多核苷酸链以相反的方向平行缠结，碱基平面向内延伸，与双螺旋链成垂直状，活像一个螺旋形的梯子，生命的遗传密码就刻在梯子的横档上。

1958年，克里克提出了有关遗传信息传递的中心法则。该法则表明：信息可由 DNA 传至 DNA，这代表 DNA 的自我复制；由 DNA 到 RNA，这代表转录；由 RNA 或 DNA 传至蛋白质，这代表翻译。但是遗传信息不能从蛋白质传至 DNA 或 RNA。

随着研究的不断深入，科学家对中心法则作出了补充：少数生物（如一些 RNA 病毒）的遗传信息可以从 RNA 流向 RNA（即 RNA 的自我复制），以及从 RNA 流向 DNA（即逆转录）。在遗传信息的流动过程中，DNA、RNA 是信息的载体，蛋白质是信息的表达产物，而三磷酸腺苷（ATP）为信息的流动提供了能量。由此可见，生命是物质、能量和信息的统一体。

DNA 双螺旋结构的发现被誉为 20 世纪以来生物学上最伟大的发现之一。它的发现为生物学和医学研究提供了理论基础，极大地推动了生命科学和医学的发展，促进了人类对自身的认识和探索。

罗伯特·爱德华兹 （1925—2013）

　　剑桥大学教授，英国生理学家，被誉为
"试管婴儿之父"。因创立了体外受精技术独
享2010年诺贝尔生理学或医学奖。

　　1978年7月，在经历了20年的坎坷之后，世界上第一个试管婴儿诞生
了。创造这个医学奇迹的科学家就是被誉为"试管婴儿之父"的罗伯特·爱
德华兹。

　　1925年，爱德华兹出生于英格兰曼彻斯特。二战结束后，他先后在英
国威尔士大学、爱丁堡大学学习生物学，并于1955年获得生物学博士学位。
1958年，他进入英国医学研究院，开始生殖生理研究。从1963年起，他供
职于剑桥大学，此后他与帕特里克·斯特普托研究出体外受精技术。基于
这一技术，世界上第一个试管婴儿路易丝·布朗于1978年出生。1983年至
1984年，他创立了欧洲人类生殖和胚胎学研究会，还创办了《人类生殖》杂
志。由于在人类不育症治疗领域获得突出成就，他在2001年获得美国阿尔伯
特·拉斯克医学研究奖。因在人类试管授精（IVF）疗法上的卓越贡献，罗
伯特独享了2010年的诺贝尔生理学或医学奖。

　　20世纪50年代，爱德华兹在攻读博士研究生期间就开始研究生殖医

学。之前已经有科学家用兔子的卵细胞在试管内完成受精，罗伯特希望把这一实验运用于人类，来解决人类的不孕不育症。然而，爱德华兹他们根本找不到实验材料，没人愿意提供自己的卵细胞给他做这场"荒谬的实验"。后来，在一位做妇产科医生的朋友的帮助下，他们得到了手术切除的卵巢组织。爱德华兹将这些卵巢组织混合起来，最终在玻璃试管里培养出了人体的受精卵。

起初，这些受精卵始终保持着单细胞的样子，而不是像在子宫内那样不断分裂、生长。爱德华兹和斯特普托进行了很多次实验，最后才运用腹腔镜技术将卵细胞取出，与精子形成能够分裂的受精卵。1968 年，他们第一次培养出了人体胚胎，并为此而兴奋不已。但是，科学界对这项研究成果充满质疑。人们担心，这些"人造生命"可能会对社会伦理关系造成破坏，甚至培养出"畸形的怪物"。1971 年，生物学家詹姆斯·沃森在一次学术会议上就曾严厉批评这项工作"错误不可避免"。

在历经 20 年的坎坷之后，1978 年 7 月，他们俩培养出了第一个试管婴儿，一名叫路易丝·布朗的女婴。而在此之前，布朗的父母尝试了 9 年都没能怀孕成功，他们找到爱德华兹，并向他保证自己愿意承受体外受精可能的风险。经过数次实验后，让全世界觉得"可怕"的小生命诞生了，但是她的诞生却给她父母带来了无限的欢乐。

这名试管女婴的诞生让人们震惊，科学家直呼"扮演了上帝"，"潘多拉的盒子被打开了"。当小布朗出生时，媒体一下子就沸腾起来。一位美国的媒体人形容道："就像报道人类第一次登月一样。"

爱德华兹领导了从基础性发现到成功的体外受精治疗的全过程，一个全新医学领域就此诞生。他的贡献使治疗不育症成为可能，代表了现代医学发展的一个里程碑。

激光之父：梅曼

西奥多·哈罗德·梅曼 （1927—2007）

美国物理学家，美国国家科学院、国家工程院院士，曾两度获诺贝尔奖提名，制造了世界上第一台红宝石激光器，并建立了激光效应，著作有《激光奥德赛》。

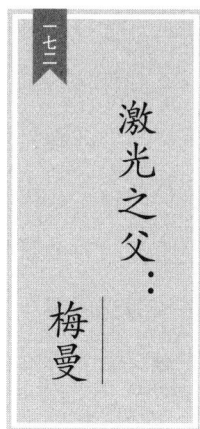

1927年7月11日，梅曼出生于美国洛杉矶市。他的父亲是一名电子工程师。在父亲的影响下，梅曼对电器修理十分熟练。他靠修理电器获得的收入读完科罗拉多大学，并在1949年获得了工程物理学学士学位，同年进入斯坦福大学学习，两年后获得电子工程学硕士学位。有意思的是，4年后他又在同一所学校进修至哲学博士，而他的博士论文却是实验物理方向，当时他的导师是威利斯·尤金·兰姆。

毕业后，梅曼进入休斯飞行器公司担任研究员，于1958年和同事查尔斯制造出了世界上第一台微波激射器。和查尔斯共同工作期间，梅曼对他的"脉泽"（即微波激射）产生了兴趣。查尔斯曾预言，微波脉泽的原理在一定条件下也适用于像可见光这样短波长的电磁波。梅曼决定设计能发射可见光的激光器来实现查尔斯的预言，但他的主管反对这项研究，于是梅曼从政府那里获得了5万美元的研究预算。他的聚光器使用人造的红宝石作为工作媒质，在查尔斯的建议下用闪光灯取代了电影放映机的灯泡。他将红宝石制成一个圆柱体，两端磨成平行的平面，并镀上银，再用闪光灯把能量注入，这就是红宝石激光器。1960年5月16日，梅曼利用这台设备产生出了频率相同、相位差恒定、振动方向一致的光波，这就是激光。1960年7月7日，他又在曼哈顿的一个新闻发布会上展示了这一设备。

激光的诞生是一件大事，它使得人类获得了理想的、自然界中不存在的光源。激光纯净的特性能在实际应用中带来很多方便。例如，在双缝干涉实验和衍射实验上，用激光要比用自然光更容易完成。激光的另一个特点是它的平行度非常好，在传播很远的距离后仍能保持一定的强度。激光的这个特点使它可以用来进行精确的测距，而且激光的亮度很高，可以在很小的空间和很短的时间内集中很大的能量，因此，可以用来切割、焊接，以及在很硬的材料上打孔。

梅曼的一生都在为激光事业作贡献，他是世界公认的"激光之父"。

詹姆斯·杜威·沃森 （1928— ）

出生于美国芝加哥，世界著名生物科学家、遗传学家，美国国家科学院院士，诺贝尔奖、科普利奖章获得者，20 世纪分子生物学的带头人之一，被誉为"DNA 之父"。

DNA 双螺旋结构的发现是 20 世纪最为重大的科学发现之一，和相对论、量子力学一起被誉为 20 世纪最重要的三大科学发现。而 DNA 双螺旋结构的发现者之一就是詹姆斯·杜威·沃森，他被誉为"DNA 之父"。

1928 年 4 月 6 日，沃森出生于美国伊利诺伊州芝加哥。1947 年从芝加哥大学获得学士学位后，进入印第安纳大学研究生院深造，并于 1950 年取得遗传学博士学位，后前往丹麦哥本哈根大学从事噬菌体的研究。该项研究让他坚信遗传的奥秘就在 DNA 中。1951 年，年仅 23 岁的沃森前往剑桥大学卡文迪什实验室作烟草花叶病毒研究，但他真正的目的是研究 DNA 分子结构。彼时，弗朗西斯·克里克也在该实验室做博士论文"多肽和蛋白质：X 射线研究"。沃森主动与他进行了细致沟通，并说服他和自己一起研究 DNA 的分子结构。于是，这两个知识背景不同、相差 12 岁的科学家一见如故。他们发现彼此的兴趣、思维方式和行为做派都惊人地相似。在那里他们开始了震惊全人类的尝试。

第一次尝试：沃森和克里克通过分析威尔金斯、富兰克林的DNA衍射图谱得出DNA分子呈螺旋结构，他们尝试多种双螺旋和三螺旋，让碱基位于外部，但很快这种结构被否定。因为含氮碱基为疏水部分，磷酸和五碳糖为亲水部分，应该亲水部分在外、疏水部分在内。

第二次尝试：沃森和克里克建构磷酸和脱氧核糖在外、碱基在内部的双螺旋结构，但A与A配对、T与T配对（即同型碱基配对），又被化学家否定。

第三次尝试：沃森和克里克参照查尔夫和富兰克林的研究成果建构新的DNA模型，发现A–T碱基对与G–C碱基对具有相同的形状和直径，这样组成的DNA分子呈规则的双链结构，具有稳定的直径，并提出A与T、G、C配对的碱基互补配对原则，其中碱基对以氢键相连。最终，沃森和克里克建构的DNA双螺旋结构模型被认可。

沃森，25岁开创性地解析了DNA双螺旋结构，一举成名，不经意间完成了人生的创举。九年之后，沃森借此革命性突破，同克里克共同分享了1962年的诺贝尔医学或生理学奖。DNA双螺旋结构的发现具有划时代意义，在生物学进程中具备着里程碑般的重要性。

尤里·阿列克谢耶维奇·加加林 （1934—1968）

　　苏联航天员、飞行员。第一个进入太空的人，
也是第一个从太空中看到地球全貌的人。

　　1934 年 3 月 9 日，加加林出生在克鲁希诺镇的一个集体农庄庄员家庭。他的父母、祖父母都是农民。15 岁时，为了减轻家里的负担，加加林停止中学学业，进入工厂工作。那时，他在翻砂车间翻砂。这项工作不仅需要知识和经验，而且需要体力，工作十分繁重。尽管如此，加加林依然每天坚持去工人夜校学习。

　　1951 年，17 岁的加加林以优异的成绩毕业，并进入萨拉托夫工业技术学校学习。在这里，他加入了萨拉托夫航空俱乐部，在业余时间学习飞行。经过 4 年的学习，加加林以优异的成绩从萨拉托夫工业技术学校毕业后，进入奥伦堡航空军事学校继续深造。1957 年，加加林被推荐进入契卡洛夫第一军事航空飞行员学校并正式参军，后来还成为苏联北海舰队航空军团的一名歼击机飞行员。

　　彼时的苏联正处于美苏争霸的漩涡之中。冷战期间，军备竞赛成为展示国家实力的战场。载人航天就是其中重要的一方面，苏美两国都力图在航

天科技发展上领先对手，取得优势。当苏联发射了世界第一颗人造地球卫星后，加加林就敏锐地觉察到："是人飞上去的时候了。"

两年后，苏联开始在全国选拔宇航员。加加林经过层层筛选，从3400余名空军飞行员中脱颖而出，成为20名入选者中的一员，参与苏联太空计划。1960年3月开始，他在苏联宇航员训练中心接受培训，最终和盖尔曼季托夫两人从训练组中脱颖而出。在确定航天人选的前一周，苏联太空计划的首席火箭工程师科罗廖夫发现，在进入飞船前，只有加加林脱下了鞋子后进入座舱，这使科罗廖夫非常感动，觉得加加林规矩有礼，如此珍惜他千辛万苦制造的飞船，这使得他更加偏爱加加林。这个小插曲虽未必是加加林成为太空飞行第一人的决定因素，却一定是原因之一。

1961年4月12日，加加林乘坐东方1号宇宙飞船从拜克努尔发射场起航，并在远地点高度为301公里的轨道上绕地球一周后安全返回，完成了世界上首次载人宇宙飞行，实现了人类进入太空的愿望。加加林成为第一个进入太空并在太空中看到地球全貌的人。

加加林平安归来，受到英雄般的欢迎。他这次史无前例的飞行，也为他迎来了生前身后名。他荣获列宁勋章并被授予"苏联英雄"和"苏联宇航员"称号。他多次出国访问，他访问的27个国家有22个城市都授予他荣誉市民称号。他去世后，他的故乡格扎茨克被命名为加加林城，他所在的宇航员训练中心也以他的名字命名。为了纪念加加林首次进入太空的壮举，俄罗斯把每年的4月12日定为宇航节，并在这天举行隆重的纪念活动，以缅怀英雄。

艾伦·黑格 （1936— ）

美国物理学家、化学家、材料学家，美国国家科学院院士、美国国家工程院院士、中国科学院外籍院士，诺贝尔化学奖获得者。现为加州大学圣芭芭拉分校物理、化学、材料系教授。

艾伦·G.麦克迪尔米德 （1927—2007）

美国化学家，英国皇家学会会员，诺贝尔化学奖获得者，是最早从事研究和开发导体塑料的科学家之一，研究出了有机聚合导体技术，对于物理学研究和化学研究具有重大意义，其应用前景非常广泛。

白川英树 （1936— ）

日本化学家，诺贝尔化学奖获得者，其主要贡献为导电高分子研究。

1936 年 1 月 22 日，黑格生于爱荷华州苏城，童年在爱荷华州的阿克伦度过，那是一个只有 1000 人的中西部小城，离苏城大约 35 英里。他在阿克伦上的小学。9 岁时，父亲便去世了。他的高中生活充满乐趣和挫折，而高中时代最大的收获就是遇到了他的妻子鲁思。他热爱与鲁思一起分享激动和失望的日子，鲁思使他的生活充满了爱和美。40 多年来，妻子也大度地容忍着他的古怪。他们夫妻二人成功地建立了一个学术王国,并养育了两个儿子——彼得和戴维。彼得是一位教授、医学博士,在凯斯西储大学从事免疫学研究;戴维是斯坦福大学的教授和神经学家,研究人类的视觉。获得诺贝尔奖后,黑格所收到的孙辈们的祝贺令他感到愉悦,这些无声的支持,更加让他意识到自己的工作和成就对于家庭的价值,为他的不懈奋斗注入了更多的力量和幸福,这种超越荣誉的家庭情感,弥漫着爱与传承的力量。

1927 年 4 月 14 日,麦克迪尔米德出生于新西兰。他在新西兰大学、威斯康辛大学及剑桥大学接受高等教育,1955 年担任宾夕法尼亚大学教授后,开始对有机导电高分子产生兴趣,并于该年前往日本访问,与当时担任东京大学资源化学研究所助理的白川英树见面,目睹了聚乙炔皮膜,遂邀请其与在有机高分子研究中有一定成果的黑格教授共同研究。2002—2007 年,他担任美国德克萨斯大学詹姆斯·冯·欧尔科学技术讲座教授。2007 年 2 月 7 日,麦克迪尔米德在宾夕法尼亚州的德莱克瑟山社区去世。

1936 年 8 月 20 日,白川英树出生于日本东京,1955 年他从岐阜县立高中毕业,1961 年自东京工业大学理工系化工专业毕业,后又在该大学研究生院攻读化工专业博士课程,1966 年读完博士课程后便在东京工业大学资源科学研究所当了助教。1976 年,他应艾伦·黑格之邀赴美,在宾夕法尼亚大学担任博士研究员。1979 年,他回到筑波大学任物质工程学系副教授,从 1982 年 10 月起一直担任筑波大学教授,现为筑波大学的名誉教授。他因开发了导电性高分子材料而成为 2000 年诺贝尔化学奖的三位得主之一。

三人于 1976 年 11 月 23 日发现聚乙炔膜并加以化学改变,使其导电度提升了十几倍,遂以"有机导电性高分子的合成——含卤素的聚乙炔衍生物"为题将之发表在英国《化学通讯》上。这个意外现象的发现,开启了导电性高分子时代。

化石

亦称为遗迹化石，是动物或植物死亡后的残体经过长时间而没有腐烂，数年后成为地壳的一部分。有机体或是自身完好保存，或是在沉积岩中的印模，或是生存时留下的痕迹。

几亿年前，动植物的遗骸，如恐龙的骨骼，会形成化石。古生物学家们通过发掘、研究这些化石了解史前的生物。那么，化石在地下又是怎样形成的呢？下面我们就来看看八千万年前一只迅猛龙和一只小甲龙遗骸的化石是怎么形成的。

八千万年前的中亚腹地，旱季刚刚来临。风和日丽的一天，三只饥肠辘辘的迅猛龙正在寻找它们的午餐，它们盯上了一只离群的未成年小甲龙。虽然甲龙身上有着一层厚厚的骨质铠甲，但这是一只未成年的甲龙，还没发育完全。危险来临了！三只迅猛龙冲向了它！第一只较大的迅猛龙一跃而起，扑在了小甲龙的身上想去咬它的头，另外两只迅猛龙跑到了它的侧边，准备去攻击更加容易下手的腹部。那只较大的迅猛龙被小甲龙甩了下来。小甲龙想用尾巴上的骨锤去击打它们，只听咔嚓一声，那只较大的迅猛龙的肋骨断了。但是，另外两只迅猛龙又扑了上去，小甲龙的脖子被咬断了。虽然迅猛龙失去了一个同伴，但它们得到了一顿午餐：一只小甲龙的肉。迅猛龙开始狼吞虎咽地吃着它们的猎物，之后便离开了。第二天，沙尘暴来了，那只较大的迅猛龙和小甲龙的尸体很快就被泥沙掩埋，它们的肉快速腐烂掉，几天过去了，一个月过去了，半年过去了，好几年过去了，层层泥沙不断地盖在它们的身上。渐渐地，几万年过去了，最初覆盖骨架的泥沙已经变成了坚硬的岩层。矿物质和化学物质把迅猛龙和小甲龙的骨头填死，使它们变成了像石头一样的真正的化石，这个过程叫作石化。

几百万年过去了，这里发生了大变化，地球的大陆板块在慢慢移动，现在的世界和它们死时的世界变化实在太大了，恐龙早已灭绝了，地球上的气候也变了，现在哺乳动物们统治着地球。又过了几千万年，迅猛龙和小甲龙的化石被慢慢移动到了上层，此时此刻，整个骨架早已乱成一团。又是一个风和日丽的下午，几位古生物研究者和几个当地老乡漫步在这里。一个人叫道："快来看看！这里好像有些什么！"原来他发现了那只迅猛龙的镰刀状锐爪的化石。就这样，迅猛龙和小甲龙的化石被世人所发现，重见了天日。

故事到这里就结束了。不过在研究者的不断探索中，可以知道有时动物的硬组织（比如骨头和牙齿）会全部腐烂掉。它们只在岩石中留下一个坑，古生物学家把这个坑叫作模子。在模子形成后，有时可能会有各种物质把它填充起来。然后，这些物质又会变成化石，所以组成这种化石的成分不是动植物的遗骸，这样形成的化石叫铸型化石。这种化石形成的可能性非常低。还有一种化石叫踪迹化石，这类化石主要是古生物遗迹形成的，如最常见的脚印化石、羽毛化石，甚至粪便所形成的化石。

化石可以告诉我们古代生物的形态、结构、功能、习性、分布、进化、灭绝等，还可以告诉我们地球的历史，比如气候、地形、板块运动、灾难事件等。因此，化石就成为揭示地球和生命演化的密码。

琥珀

中生代白垩纪至新生代第三纪松柏科植物和裸子植物分泌的树脂和树胶，经几千万年甚至上亿年的地质作用而形成的一种化石。开展琥珀中内含物的研究对于了解动物早期演化、分类系统学、古生态学和古地理学等具有十分重要的意义。

你可能会在博物馆或者古玩市场里见过琥珀。琥珀有淡淡的光泽，有些琥珀几乎是透明的，有些琥珀里还包裹着一些动物或植物，甚是好看。

有些人把琥珀比喻成树木的"眼泪"变成的宝石。听到这个比喻你可能有点奇怪，树木还有眼泪吗？树木的眼泪又是怎么变成琥珀的呢？下面咱们就来说一说，琥珀是怎么形成的。

其实，琥珀是远古植物的树脂（或树胶）变成的化石。很多植物受伤以后，都会分泌出黏稠的树脂来保护伤口。这些树脂在地下埋藏几千万年以后，会在地热和高压的作用下变成化石，琥珀就是这么形成的。大多数琥珀是松柏类植物的树脂形成的，所以也有人把琥珀叫作"松脂化石"。

琥珀可以分成两大类：一类是虫珀，一类是非虫珀。听名字你可能会问了，是不是里面包裹着小虫子的琥珀就是虫珀呢？

其实，在专业的琥珀分类里，虫珀指的不仅仅是包裹了虫子的琥珀，只要是包裹了生物的琥珀，不管包裹的是动物、植物，还是真菌，都可以叫作虫珀。那琥珀这个名字跟老虎有关系吗？还真有。中国古代有一个传说，说老虎死去之后，它的魂魄会钻到地下，凝结成宝石。所以在古代，人们会把琥珀写成"虎魄"。

琥珀属于非结晶质的有机物半宝石，摸起来触感温润细致。琥珀大部分是透明的，但颜色种类也很丰富，市场上最多见的是红色、黄色和绿色，而蓝色的琥珀是非常难得见到的。含有生物遗体的琥珀价值较高，它根据内部生物遗体的清晰程度、颜色和形状大小来决定实际价格。

琥珀看尽千百年间的沧桑变化，凝聚千百年间的万物精粹。每一块琥珀都蕴藏有一个独立的世界，都充满了生命的灵性和美好的寓意。它是时间的精灵、自然的天使，它被称为"世间的奇石"。

阿拉伯数字

数字是用来表示数的一种书写符号。它分为好几种，阿拉伯数字是最普遍的一种。阿拉伯数字并不是阿拉伯人发明的，而是印度人发明的。它只是因为先传播到阿拉伯，然后再传向世界，所以被称为"阿拉伯数字"。

我们现在都会书写 1，2，3……这些数字，但是你知道这是谁发明的吗？

公元 3 世纪古印度科学家巴格达发明了初期阿拉伯数字。那时的计数目至多到 3，4 就必须通过 2 和 2 加起来得到。同样，5 是通过 2 加 2 加 1 得到的，3 是通过 2 加 1 得到的。过了很长时间之后才出现了用手写的五指表示 5 和用双手的十指表示 10。

公元 500 年前后，印度次大陆西北部的旁遮普地区，经济繁荣，数学也处于领先地位。那时有个叫阿叶彼海特的人，不仅在天文学上颇有建树，还在简化数字方面有了新突破：他把数字记在一个个格子里，如果第一格里有一个符号，比如是一个代表 1 的圆点，那么第二格里的同样圆点就表示 10，而第三格里的圆点就代表 100。如此，数字符号本身及其位置次序就拥有了重要意义。紧接着，其他学者又对零作出符号表达。这些符号就是今天阿拉伯数字的雏形。

约公元 700 年，阿拉伯人征服了旁遮普地区。他们吃惊地发现，被征服地区的数学比他们还要先进，于是就设法吸收了这些数字。

公元 771 年，印度北部的数学家被抓到阿拉伯的巴格达，强迫他们向当地人传授新的数字符号、体系和计算方法。由于这些数字和计数法简单、方便，阿拉伯的学者都非常愿意学，阿拉伯商人们也乐于采用这种方法做生意，于是这些数字符号体系便流传开来。

此后，阿拉伯人把这种数字传入西班牙，公元 10 世纪又传至欧洲其他国家。至 13 世纪，这些符号和体系被欧洲学者们正式采用，并在数学家斐波那契的大力倡导下，阿拉伯数字在欧洲被广泛采用。阿拉伯数字的早期形状与现代我们所见的并不完全相同，经过许多数学家的不懈努力，才变成如今 1、2、3、4、5、6、7、8、9、0 的书写方式。

由于十个数字符号是由阿拉伯人传入欧洲的，所以被欧洲人称为阿拉伯数字。由于采用十进位的计数法，再加上本身笔画简单，易书写辨识，便于计算，于是阿拉伯数字逐渐在各国流行起来，成为世界沿用千年的数字。

公元 8 世纪左右，阿拉伯数字随佛教传入中国。由于书写系统差异大，当时中国并未予以采纳。大约进到公元 13 到 14 世纪之间，阿拉伯数字再一次随伊斯兰教进入中国，依然以失败告终。明末清初，中国学者开始大量翻译西方的数学著作，遗憾的是书中的阿拉伯数字仍被译为汉字数字，阿拉伯数字依然未在中国流行开来。阿拉伯数字在中国有明确的记载要追溯至清光绪元年（1875）。例如，原始版本的《笔算数学》里就有对引进的阿拉伯数字的介绍以及使用。

代数

研究数、数量、关系、结构与代数方程（组）的通用解法及其性质的数学分支，它包含算术、初等代数、高等代数、数论和抽象代数等。

在处理鸡兔同笼问题时，我们其实可以用代数的思想来解决。代数是怎样起源的呢？

代数是由算术演变来的，代数用有字符的表达式进行算术运算，字符代表未知数或未定数。公元3世纪古希腊数学家丢番图被西方人誉为代数学的鼻祖，公元9世纪古阿拉伯帝国的数学家花拉子米真正创立了代数，代数学的英文名称就源于他的著作名称。

在古巴比伦时代，人们就发展出了比较先进的算术系统，计算时就用到了代数方法。人们能够列出含有未知数的方程并求解，而如今人们则使用线性方程、二次方程和不定线性方程等方法来求解。相对地，这一时期大多数的埃及人及公元前1世纪大多数的印度、希腊和中国等数学家则一般是以几何方法来解答此类问题的。这些可在《兰德纸草书》《绳法经》《几何原本》和《九章算术》等著作中得到印证。

代数这个词出自"代数之父"花拉子米于公元820年所著的《代数学》。

此前，希腊数学家丢番图给出了解答二次方程的详尽说明。波斯数学家欧玛尔·海亚姆找出了三次方程的一般几何解法。印度数学家摩诃吠罗、婆什迦罗和中国数学家朱世杰则解出了许多三次、四次、五次及更高次多项式方程的解。

16世纪中叶，三次及四次方程的一般代数解成为代数进一步发展的关键事件之一。17世纪，日本数学家关孝和发展了行列式的概念，后来莱布尼茨将其进一步发展，目的是用矩阵来解出线性方程组的答案。18世纪时，加布里尔·克拉默在矩阵和行列式上做了类似的工作。而抽象代数的发展则始于19世纪，主要为伽罗瓦理论及规矩数。

值得一提的是，早在1859年，我国就正式使用"代数"这一数学专有名词并将其作为一门数学分支。那一年，清代数学家李善兰和英国人韦列亚力共同翻译了英国人棣么甘所写的一本书，译本的名称就叫作《代数学》。当然，代数的内容和方法，我国古代早就产生了，比如《九章算术》中就有方程问题。

经纬度

经纬度是经度与纬度组成的坐标系统，是一种利用三度空间的球面来定义地球上的空间的球面坐标系统，能够标示地球上的任何一个位置。

一八〇
地球上的空间坐标系统：经纬度

地球这么大，我们应该如何快速地找到自己的位置呢？那就是运用经纬度的方法。

经线和纬线是人们为了在地球上确定位置和方向，在地球仪和地图上画出来的，地面上并没有画着经纬线。国际上规定，把通过英国格林尼治天文台原址的那条经线，叫作 0° 经线，也叫本初子午线。从 0° 经线向东叫东经；向西叫西经。由于地球是个球体，所以东、西经各有 180°。东经 180° 和西经 180° 是在同一条经线上，那就是 180° 经线。

公元前 334 年，亚历山大渡海南侵，继而东征，随军地理学家尼尔库斯沿途搜索资料，准备绘制一幅"世界地图"。他发现沿着亚历山大东征的路线，由西向东，无论季节变换与日照长短都很相仿。于是他作出了一个有深远影响的贡献——第一次在地球上划出了一条纬线，这条线从直布罗陀海峡起，沿着托鲁斯和喜马拉雅山脉一直到太平洋。

后来，担任古埃及亚历山大图书馆馆长的埃拉托斯特尼，测算出地球的圆周是 46250 千米，他画了一张有 7 条经线和 6 条纬线的世界地图。公元 120 年，克罗狄斯·托勒密综合前人的研究成果，认为绘制地图应以已知经纬度的定点为根据，提出地图上绘制经纬度线网的概念。为此，托勒密测量了地中海一带重要城市和观测点的经纬度，编写了 8 卷地理学著作，其中包括 8000 个地方的经纬度。为使地球上的经纬线能在平面上描绘出来，他设法把经纬绘成简单的扇形，从而绘制出一幅著名的"托勒密地图"。

15 世纪初，航海家亨利开始把"托勒密地图"付诸实践。但是，经过反复考察，却发现这幅地图并不实用。亨利手下的一些船长遗憾地说："尽管我们对有名的托勒密十分敬仰，但我们发现事实都与他说的相反。"

正确地测定经纬度，关键需要有"标准钟"。制造准确的钟表在海上计时，显然比依靠天体计时要方便、实用得多。英国约克郡有位钟表匠哈里森，他用 42 年的时间，连续制造了 5 台计时器，一台比一台精确。第五台只有怀表那么大，测定经度时误差只有 0.54 千米。与此同时，法国制钟匠皮埃尔·勒鲁瓦设计制造的一种海上计时器也投入使用。至此，海上测定经度的问题终于初步得到了解决。

地球公转

地球按一定轨道围绕太阳转动。像地球的自转具有其独特规律性一样，由于太阳引力场以及自转的作用，地球公转也有其自身的规律。

我们现在都知道地球是围绕着太阳转动的，但是你知道是谁最先提出这个理论的吗？ 16 世纪，波兰天文学家哥白尼在《天体运行论》中提出"日心说"。为此他受到了当时教会的残忍迫害。现在我们都知道地球的公转遵从地球轨道、地球轨道面、黄赤交角、地球公转的周期、地球公转速度和地球公转的效应等规律。

椭圆的轨道是地球对附近的天体引力的折中。仅有一个行星和一个恒星的系统是没有任何意义的。早期的太阳系在形成过程中，原始的行星受到了小行星的撞击和其他一系列扰动，才导致椭圆轨道的形成。

地球公转就是指地球按一定轨道围绕太阳转动。地球公转的周期就是一年。地球公转的周期有两个，分别为回归年和恒星年。

回归年是指太阳连续两次通过春分点的时间间隔，即太阳中心自西向东沿黄道从春分点到春分点所经历的时间，又称为太阳年。一回归年为365.2422 日，或 365 天 5 小时 48 分 46 秒。

恒星年是地球公转的真正周期，在一个恒星年期间，从太阳上看，地球中心从天空中的某一点出发，环绕太阳一周，然后又回到了此点；如果从地球上看，则是太阳中心从黄道上的某一点出发，运行周天，然后又回到了同一点。在一个恒星年期间，地球公转360°所需时间约为365日6时9分10秒。

地球公转的轨道是一个椭圆形轨道，太阳并非位于椭圆的正中心，而是位于其中的一个焦点上，正因为如此，日地距离并非一个固定值，而是在不断地变化。我们把轨道上离太阳最近的那个点叫近日点，离太阳最远的那个点叫远日点。跟我们惯常思维不一样的是，近日点不是夏季，而是1月初；远日点不是冬季，而是7月初。因为地球的轨道是近似正圆的椭圆，近日点和远日点距离太阳的差距很小，对地球上的热量基本上没有影响。

促进人类认识宇宙的『千里镜』：望远镜

望远镜

望远镜，又称"千里镜"，是一种利用透镜或反射镜以及其他光学器件观测遥远物体的光学仪器。其利用透镜的光线折射或光线被凹镜反射使之进入小孔并会聚成像，再经过一个放大目镜而被看到。

16 世纪末的荷兰，有一位名叫李普希的商人，在米德尔堡小镇上经营着一家眼镜店。他有三个活泼可爱的孩子。由于家里玩具少，孩子们经常把一些磨制坏的镜片拿来玩。一天，三个孩子拿着镜片在阳台上玩。调皮的小弟将两个镜片叠在一起，眯着眼睛，看远处的景物。他突然大喊起来："哥哥，你们快来看，远处教堂的塔尖变近了。"两个哥哥照着弟弟说的那样做，果然，前方的教堂、树木变得高大清晰了。

"哥，这是为什么呢？"小弟问道。

"我也不知道。"两个哥哥异口同声地回答。于是，他们去找爸爸。

"爸爸，为什么将镜片一前一后地拿着看教堂塔尖，教堂塔尖变近了？"小弟问道。"这是因为……啊，没有这种事。不要胡闹了，爸爸很忙。"李普希放下手中正在研磨的镜片，慈祥地对孩子说。

"这是真的。"小弟说。"这确实是真的。"两个哥哥为小弟作证。

李普希只好跟着孩子们来到阳台上，照着孩子们说的那样，将两个镜子拿好。确实，他发现塔尖变近了。

"这是为什么呢？"他百思不得其解，经过进一步的试验，他发现只要将一块凸透镜和一块凹透镜组合起来，把凹透镜放在眼前，把凸透镜放得远一些，并调好两镜片间的距离，就可以看见很远的物体。

李普希制成一根粗细、长短合适的金属管，并把凸透镜和凹透镜放入管内恰当的位置，用这个装置可以看清远方的景物。作为商人，李普希立即就觉察到其中蕴含的商机。于是，他向荷兰国会提出了专利申请。

1608 年，李普希获得荷兰政府的专利权。荷兰政府除奖励他一大笔奖金外，还拨出专款，命他为海军制造可双眼观察的双筒望远镜。荷兰政府认为，海军装备了望远镜，就等于有了一双"千里目"，将如虎添翼。于是，秘密制造望远镜的工作开始了。但纸包不住火。很快，制造望远镜的方法便传遍欧洲。

1609 年 6 月，物理学家伽利略从同行那里听到这一消息，便想："或许可以用望远镜观测天体。"他立刻从眼镜店买来镜片，并加工了一个铜筒，然后将镜片装入铜筒中，一架望远镜制成了。果然，观察距离大大提高。之后，他又对望远镜进行了进一步改进。在一个夜晚，伽利略将望远镜对准了月球。自古以来，人们认为月球皎洁无瑕，可透过望远镜，他看到月球表面凹凸不平，既有平原，也有山脉。他不禁惊叹道："月球原来是一个满脸麻子的美人！"之后，伽利略还用望远镜观察了木星，发现木星边上有 4 颗小星星围绕着它转；用望远镜观察太阳，发现了太阳的自转；用望远镜观察银河系，发现它是由无数暗弱的恒星组成的。

伽利略发明的望远镜与李普希发明的望远镜一样，都是由凹透镜和凸透镜组成的。人们称这类望远镜为"折射式望远镜"。1668 年，英国物理学家牛顿在研究折射式望远镜的基础上，成功地制成了第一架反射式望远镜。之后，射电天文望远镜、空间望远镜等新型望远镜不断问世，人类的目光投向更深远的宇宙。

宇宙中的家园：太阳系

太阳系

位于距银河系中心 2.4 万—2.7 万光年的位置。太阳系包括太阳、8 个行星、近 500 个卫星和至少 120 万个小行星，还有一些矮行星和彗星。

在《流浪地球》中，有这样一个基本假设：太阳即将离开主序星阶段，会发生氦闪，从而造成人类无法再在地球上生存（准确地说，是地球轨道不再是宜居带），所以人类必须去寻找新的家园。

太阳系——被我们称为家的行星系统，太阳以 220 千米 / 秒的速度绕银河系中心运动，大约 2.5 亿年绕行一周，地球气候及整体自然界也因此发生 2.5 亿年的周期性变化。

太阳系内大部分的质量都集中于太阳，余下的天体中，质量最大的是木星。八大行星逆时针围绕太阳公转。此外还有较小的天体位于木星与火星之间的小行星带。柯伊伯带和奥尔特云也存在大量的小天体。还有很多卫星绕转在行星或者小天体周围。小行星带外侧的每颗行星都有行星环。

太阳系的形成有多种学说。1755 年，康德提出星云假说，认为太阳系由一个巨大的分子云在 46 亿年前的塌缩中形成。这个星云原本有数光年的大小并且同时形成了数颗恒星。从古老陨石追溯到的元素显示，这些是超新星爆炸后的核心部分产生的，所以包含了太阳的星团必定在超新星残骸的附近。超新星爆炸的震波可能造成太阳附近的星云密度增高，使得重力克服内部气体的膨胀压力造成塌缩，从而促进了太阳的诞生。

当这个区域将形成太阳系前，中心集中了大部分的质量，成为比周围环绕的盘面越来越热的区域。收缩的星云越转越快就开始变得扁平，形成原行星盘，大约 200 个天文单位的直径，在中心是高温、高密度的原恒星。行星经由盘中的吸积形成，在尘埃和气体的引力相互吸引下，逐渐凝聚形成越来越大的天体。在太阳系的早期可能有数以百计的原行星，但大多数被合并或被摧毁了，留下行星、矮行星和残余物构成的小天体。硅酸盐和金属的熔点很高，只有它们能在内太阳系的温度下保持固体形态，这些物质最终组成了岩态行星，分别是水星、金星、地球和火星。由于金属成分在原始太阳星云中只占据了一小部分，类地行星都没有发展得很大。冻结线在火星与木星之间的位置，巨行星（木星、土星、天王星和海王星）形成于冻结线的外侧，这里的温度很低，挥发物质能以固态形式存在。这一区域的冰比组成类地行星的金属和硅酸盐更多，所以该区域的行星发育得很大，可以捕获大量的氢和氦——它们是太阳系中含量最丰富的元素。太阳系中余下的那些不可能组成行星的物质聚集在小行星带、柯伊伯带和奥尔特云区域。

由于太阳内部的氢是它的燃料，为了能够利用剩余的氢，太阳的燃烧速度会越来越快，同时太阳也越来越热。太阳会变亮，约为每 11 亿年增亮10%。大约再过 16 亿年，太阳的内核将会热得足以使外层氢发生融合，这就意味着太阳膨胀到半径的 260 倍，变为一个红巨星，再往后几十万亿年可能形成黑矮星。

未来能源之星：可燃冰

可燃冰

即天然气水合物，是一种由水分子和甲烷分子在高压低温条件下形成的类冰状结晶物质。因其外观像冰，遇火即燃，因此被称为"可燃冰"，又被称为"固体瓦斯"或"气冰"。在标准状况下，一单位体积的天然气水合物分解最多可产生 164 单位体积的甲烷气体。

可燃冰主要存在于海洋底部和极地地区，如大陆永久冻土、极地大陆架、海洋和内陆湖的深水环境等。据估计，全球可燃冰储量达 2100 万亿立方米，可以满足全球数百年的能量消耗。

可燃冰是一种高热值、储量丰富、绿色环保的新型能源，被誉为未来能源之星。美国、日本、俄罗斯、加拿大等国家都投巨资对其进行研究和开发。我国对可燃冰的开发和研究虽然起步晚，但进展快。2007 年以来，我国接连在南海北部海域、祁连山南部冻土层等地发现可燃冰。2013 年我国开采出高纯度的可燃冰样品。2017 年"蓝鲸 1 号"钻井平台在南海神狐海域成功试采了可燃冰，并创造了连续产气时间和产气总量的世界纪录，有关报道称，"中国实现了历史性突破，将会推动整个世界能源利用格局的改变"。

目前，可燃冰采集技术上仍面临着诸如开采区域的恶劣天气、深海高水压环境，海洋生态环境不可逆转损害，以及国家间的地理权益归属等挑战。因此，在可燃冰研究开发过程中，要综合考虑社会、环境、法律、经济等层面，并建章立制定标准。

邮票

　　供寄递邮件贴用的邮资凭证，一般由主权国家发行。邮票的方寸空间，常体现一个国家或地区的历史、科技、经济、文化、风土人情。目前邮票除了具有邮政价值之外还兼具收藏价值。

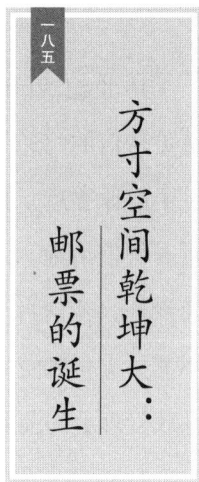

　　小小方寸间，乾坤大世界。这句话称赞的是邮票。邮票虽小，但承载的内容却异常丰富。特别是在互联网尚不普及的时代，很多人都是通过邮票认识和了解世界。那么，世界上的第一枚邮票又是如何诞生的呢？故事要从 19 世纪的英国说起。

　　1840 年 5 月 6 日，英国伦敦泰晤士河边的邮政总局工农业大厅非常热闹，人们围在桃花心木的柜台前，争相换购刚问世的"黑便士"邮票。一连两天，柜台里总能见到一位身材魁梧、长着络腮胡子的职员，在细心地观察邮票出售的情况。他在日记中写道："今天，邮票第一次在伦敦问世，邮局异常喧闹。"第二天他继续写道："昨天售出了价值 2500 英镑的邮票。"他就是罗兰·希尔，世界上第一枚邮票"黑便士"的设计者。

　　罗兰·希尔，英国吉德敏斯特人，历任中学校长、英国移民事业协会秘书和财政大臣的顾问等职务。

　　其实，他发明邮票缘于一次机缘巧合。

19 世纪 30 年代，时任伦敦某中学的校长罗兰·希尔有一天在街上散步，遇见送信的邮递员和收件的小姑娘发生了争吵，因为小姑娘没有钱收信。罗兰了解原委后，帮小姑娘付了邮资。小姑娘很是感激，告诉罗兰，远方的未婚夫寄信给她，但邮资昂贵超出了她的支付能力。此前，小姑娘与其未婚夫商量好，若信封上画有圆圈则表示他身体很好，只要在信封上看到圆圈，就不需要支付邮资。罗兰听后，知道了小姑娘拒收信件的理由，同时发现英国邮政管理上的漏洞。

1837 年，罗兰发表《邮政制度的改革》一文，提出"一便士均一邮资法"，即在英国本土对二分之一盎司以内的信件按统一标准收取，邮资为一便士且须预付。最终，英国政府采纳了他的改革建议。

1839 年，财政部对邮票图案公开有奖征集，收到 2500 多件作品，其中 4 件获得一等奖，但都未被选中。于是，罗兰亲自设计，用威廉·韦恩精刻的 1837 年维多利亚女王登基时的侧面肖像纪念章画了两幅邮票图稿。之后与设计师、雕塑家等共同努力，于 1840 年 5 月 1 日，创造出世界上第一枚邮票——黑便士。在白色无底纹纸上，对着阳光一照，可以看到每枚邮票的正中有一小皇冠水印。由于面值以便士计量，又用黑色油墨印制，故称"黑便士"。从此，邮票在世界上诞生了。

"黑便士"的问世，使英国邮政收入大幅增长，更使邮政工作大大前进了一步，标志着世界近代邮政的产生，具有划时代的意义。

生活水平的刻度尺：恩格尔系数

恩格尔系数

恩格尔系数源于恩格尔定律，即一个家庭收入越少，家庭收入中（或总支出中）用来购买食物的支出所占的比例就越大，随着家庭收入的增加，家庭收入中（或总支出中）用来购买食物的支出比例则会下降。因而，恩格尔系数等于食品支出总额占个人消费支出总额的比重。

你对恩格尔系数了解多少？为什么说恩格尔系数是衡量人民生活水平高低的一把刻度尺？这要从德国统计学家恩格尔对比利时不同收入的家庭的消费情况的调查说起。

19世纪中期，恩格尔对比利时不同收入的家庭的消费情况做了调查，就收入增加对消费需求支出构成的影响进行了研究，并据此提出了恩格尔定律，即一个家庭或个人收入越低，用于支付生存成本的比例就越大。对于国家来说，一个国家越穷，每个国民购买食物的平均支出的比例就越大。恩格尔系数由购买食物支出金额所占总支出金额的比重决定。恩格尔系数达59%以上为贫困，50%—59%为温饱，40%—50%为小康，30%—40%为富裕，低于30%为最富裕。

恩格尔定律是在假设所有其他变量均为常数的前提下才可适用，意味着考察食物支出占总支出比例变化问题时，还需要考虑城市化程度、食品加工、饮食业和食物本身结构变化等因素对于家庭食物支出增加的影响。只有当平均食品消费水平达到很高时，收入的进一步增加才不会对食品费用产生重要影响。

1978 年，中国农村家庭和城镇家庭的恩格尔系数分别为 68% 和 59%，平均系数超过了 60%，也就是说当时中国还有相当数量的人未解决温饱问题，属于贫困国家。改革开放以后，无论是中国农村家庭还是城镇家庭，恩格尔系数都在逐渐下降，这得益于国民经济的发展和人们整体收入水平的提高。2003 年，中国农村家庭和城镇家庭的恩格尔系数分别下降到 46% 和 37%，说明已经达到小康水平。随着我国经济的不断发展，国力不断增强，我们的生活水平也在不断提高。我们不仅要吃饱穿暖，还要去追求精神世界的丰富，消费种类较以往更是增加了许多。除了基本的吃穿住行，还有休闲娱乐、培训学习，健身养生等各类支出。可以预测，中国农村和城镇家庭的恩格尔系数在未来一段时间仍将持续下降。

现代的『千里眼』『顺风耳』：雷达

雷达

意为"无线电探测和测距"，即用无线电的方法发现目标并测定它们的空间位置。因此，雷达也被称为"无线电定位"。

小时候看《西游记》，觉得里面的千里眼、顺风耳非常神奇，要是人类也能拥有这个技能就好了。其实当时不知道，人类在二战的时候就用另一种形式——雷达实现了"千里眼""顺风耳"。雷达在白天黑夜均能探测远距离的目标，且不受雾、云和雨的阻挡，具有全天候、全天时的特点。雷达是怎样发明出来的呢？原来是科学家们在蝙蝠身上得到了启示，模仿蝙蝠探路的方法，发明出了雷达。

蝙蝠在夜间飞行还能准确捕捉一些极小的虫子，而且无论怎么飞，都不会撞上其他物件，即便是一根极细的电线，它也能敏捷地避开。难道它的眼睛特别敏锐，在漆黑的夜晚也能看清楚所有东西吗？

对此，科学家们做了三次不同的实验。第一次，科学家们在一间屋子里横七竖八地挂了许多绳子，绳子上系着许多铃铛，他们把蝙蝠的眼睛蒙上，让它在屋子里飞，蝙蝠飞了一会儿，铃铛一个也没响，那么多铃铛，它一个都没有碰到。

后来两次，一次是把蝙蝠的耳朵塞上，一次是把蝙蝠的嘴封住，让它在屋子里飞。它就像没头苍蝇一样乱窜，挂在绳子上的铃铛响个不停。三次实验告诉我们，蝙蝠飞行不是靠眼睛，而是靠嘴和耳朵配合起来探路的。科学家经过反复研究，终于发现了蝙蝠飞行的秘密，它一边飞，一边嘴里发出一种声音。这种声音人耳听不到，而蝙蝠能听到，这种声音就是超声波。超声波像波浪一样向前推进，遇到障碍物就反射回来，传到蝙蝠耳中，它就立即改变飞行的方向。科学家根据蝙蝠的启示发明了雷达，其原理是雷达设备的发射机通过天线把电磁波能量射向空间某一方向，处在此方向上的物体反射碰到的电磁波；雷达天线接收此反射波，送至接收设备进行处理，提取有关该物体的某些信息。雷达的天线就像是蝙蝠的嘴，雷达发出的无线电波就像是蝙蝠发出的超音波，雷达的荧光屏就像是蝙蝠的耳朵。有了雷达，即使是黑夜也不用怕开飞机会太危险。

1935年，英国罗伯特·沃特森·瓦特发明第一台实用雷达。1936年1月英国罗伯特·沃特森·瓦特在索夫克海岸架起了英国第一个雷达站。英国空军又增设了五个，它们在第二次世界大战中发挥了重要作用。二战以后，雷达发展了单脉冲角度跟踪、脉冲多普勒信号处理、合成孔径和脉冲压缩的高分辨率、结合敌我识别的组合系统、结合计算机的自动火控系统、地形回避和地形跟随、无源或有源的相位阵列、频率捷变、多目标探测与跟踪等新的体制。

后来，随着微电子等各个领域的科学进步，雷达技术不断发展，其内涵和研究内容也在不断拓展。雷达的探测手段已经由从前的只有雷达一种探测器发展到了红外光、紫外光、激光以及其他光学探测手段融合协作。

当代雷达的多功能使得战场指挥员能在各种不同的搜索、跟踪模式下对目标进行扫描，并对干扰误差进行自动修正，而且大多数的控制功能是在系统内部完成的。

莫比乌斯环

莫比乌斯环由德国数学家莫比乌斯和约翰·李斯丁于 1858 年发现。把一根纸条扭转 180° 后，两头再粘接起来做成的纸带圈，即是莫比乌斯环，它具有魔术般的性质。

1858 年，莫比乌斯和约翰·李斯丁发现：一根扭转 180° 后再两头粘接起来的纸条具有魔术般的性质。普通纸带的正反两个面可以涂成不同的颜色，而这种扭转粘接的单侧曲面纸带，一只小虫可以爬遍整个曲面而不必跨过它的边缘，这种神奇的单面纸带就被称为"莫比乌斯环"。

莫比乌斯环具有奇异的特性，可解决一些在平面上无法解决的问题，人们平常使用的手套左右两只非常像却有本质区别，我们把左手的手套戴在右手上感到不舒服，把右手的手套戴在左手上同样不舒服，也就是说左手和右手的手套都是一一对应的，假如你把它搬到莫比乌斯环上来，这个问题就迎刃而解了。自然界中有很多与手套类似的物体，都有完全相像的对称部分，因其左手系和右手系的存在使其具有不同之处。

莫比乌斯环能给人们的生产生活带来诸多便利。日常传送用的动力机械的皮带会磨损两面，若做成莫比乌斯环状，就只有一面受损了；录音机的磁带存在正反两面的问题，如果做成莫比乌斯环状也能解决这个问题。

莫比乌斯环是一种拓扑图形，拓扑所研究的是几何图形的一些性质，无论怎么变形都不会变化。拓扑变换指的是在原来图形的点与变换了图形的点之间存在着一一对应的关系，并且邻近的点还是邻近的点。橡皮几何学是拓扑图形的形象说法。如果图形都是用橡皮做成的，就能对许多图形进行拓扑变换。例如，一个橡皮圈能变形成一个圆圈或一个方圈，但是一个橡皮圈不能由拓扑变换成为一个阿拉伯数字8。因为不把圈上的两个点重合在一起，圈就不会变成8，而莫比乌斯环正好满足了上述要求。

现在我们看科学馆门前的许多环状雕塑，多半也利用了类似莫比乌斯环的性质。有空的话经过这些雕塑时可以数一下这些环有多少个面、多少条边，绝大部分结果都会是1。

公交的模式、地铁的感觉：有轨电车

有轨电车

亦称路面电车，是采用电力驱动并在轨道上行驶的轻型轨道交通车辆，是一种无污染的环保型公共交通工具。有轨电车通常在街道行驶，一般不超过五节。

你坐过有轨电车吗？ 1881 年，世界上第一辆有轨电车在德国柏林诞生，德国工程师维尔纳·冯·西门子在柏林近郊铺设了第一条电车轨道。这条电车轨道是靠一条铁轨通电，另一条铁轨作回路运行的，但是这种线路存在相当大的安全隐患。为解决这个问题，西门子采用输电线路架高的方式供电。1884 年，由美国范德波尔主导的电车运载乘客在多伦多农业展览会上亮相，这种电车采用带触轮的集电杆和架空触线输电，通过钢轨为另一回路供电。1888 年，美国斯波拉格改进了车辆的集电装置、控制系统、电动机的悬挂方法和驱动方式，制出了现代有轨电车。

运行可靠、舒适、节能、环保是现代有轨电车的特点，其技术特性和轻轨基本相同。如今很多国家在改建或新增现代有轨电车线路，国外城市如法国的斯特拉斯堡、瑞士的日内瓦和西班牙的巴塞罗那等，国内城市如大连、天津和上海等。截至 2022 年，中国现代有轨电车规划已超过 2500 千米，工程总投资达 3000 亿元，车辆市场规模达 600 亿元，年均需求 75 亿元。

现代有轨电车的形式多样，有可专用路权的有轨电车、可与铁路共享路权的有轨电车等。有轨电车非常适合人口密集的中心城市，其线路可从市中心向郊区辐射。

1890—1920 年，有轨电车在世界范围内发展非常迅速。在第一次世界大战之前，世界上大多数大城市都有有轨电车。由于有轨电车的路轨固定不变加之交通拥堵，部分城市（如法国巴黎、英国伦敦和美国纽约）就废弃了有轨电车，但欧洲大陆上也有不少城市保留了有轨电车。

墨尔本有全球最大的有轨电车网络。在很多城市摒弃了它的时候，墨尔本不仅保留了它还加以利用。1983 年，全球第一家开设在电车上的高级餐厅——殖民地电车餐厅诞生。有轨电车已经成为墨尔本的一种文化代表。墨尔本市有完整的和现代化的有轨电车交通体系，人们可在墨尔本的电车餐厅上享用美食并欣赏街景。墨尔本的有轨电车有专用通道并享有优先权，不受其他交通工具的影响，公共交通优先在墨尔本的交通体系中得到了充分的体现和淋漓尽致的发挥。

时区

由于世界各国家与地区经度不同，地方时也有所不同，时区因此诞生。以本初子午线为中央经线的时区为零时区，由零时区向东、西各分 12 区，东、西 12 区都是半时区，共同使用 180° 经线的地方时。

一九〇

人类与时间的博弈：时区

你能想象当你白天外出玩耍时，在地球的另一端，人们沉浸在梦乡！当你盛夏在海滨游泳时，在地球其他地方，一些小朋友却正在堆雪人。

《世界的一天》讲述了小男孩裘明亚遇到海难后漂流到南太平洋一个无人岛上，向八个国家的孩子求救的故事。这八个孩子分属不同国家、不同时区，因此书中的每一跨页都可以看到裘明亚和八个孩子同时出现，只不过每个孩子处于不同季节、不同的时间，有着不同的肤色、不同的打扮、不同的娱乐方法……

地球自西向东自转，所以东边先看到太阳，东边的时间也比西边的早。东边时刻与西边时刻的差值不仅要以时计，还要以分和秒来计算。

为了克服时间上的混乱，1884 年国际经度会议（又称国际子午线会议）将全球划分为 24 个时区（东、西各 12 个时区），以英国格林尼治天文台旧址为中时区（零时区），每个时区横跨经度 15 度，时间正好是 1 小时。最后的东、西第 12 区各跨经度 7.5 度，以东、西经 180 度为界。每个时区的中央经线上的时间就是这个时区内统一采用的时间，称为区时，相邻两个时区的时间相差 1 小时。

考虑到各地区的使用方便，大家又协商一致将地球表面按经线从东到西，划成一个个区域，并且规定相邻区域的时间相差 1 小时。同一区域内，东西两端的人看到太阳升起的时差最多不过 1 小时。人们每跨过一个区域，就将自己的时钟校正 1 小时（向西减 1 小时，向东加 1 小时），跨过几个区域就加或减几小时。这样使用起来就方便多了。例如，中国东 8 区的时间比泰国东 7 区的时间早 1 小时，比日本东 9 区的时间晚 1 小时。因此，出国旅行的人，可以参照时区，随时调整自己的手表。

全球总共有 24 个时区，有时一个国家或一个省份同时跨着两个或更多时区。因此，为了照顾到行政上的方便，常将一个国家或一个省份划在一起。这也是时区按自然条件划分，而不严格按南北直线划分的原因所在。例如，中国幅员辽阔，差不多跨 5 个时区，但为了使用方便、简单，现在只以东 8 时区的标准时（即北京时间）为准。

聚乙烯

俗称塑料，堪称 20 世纪人类的一大杰作。聚乙烯无疑已成为现代文明社会不可或缺的重要原料。生活中从建筑材料到生活日常用品有很多是由塑料制成。目前塑料已广泛应用于航空、航天、通信工程、计算机、军事以及农业、轻工业、食品工业等各行各业之中。

塑料，照字面上讲，是可以塑造的材料，也就是具有可塑性的材料。现今的塑料是用树脂在一定温度和压力下浇铸、挤压、吹塑或注射到模型中冷却成型的一类材料的专称。

塑料最早由帕克斯发明。19 世纪 50 年代，帕克斯看了处理胶棉的不同方法后，他试着把胶棉与樟脑混合，由此产生了一种可弯曲的硬材料。帕克斯称该物质为"帕克辛"，那是最早的塑料。帕克斯用"帕克辛"制作出了各类物品：梳子、笔、纽扣等。

1909 年 2 月 8 日，在美国化学协会纽约分会的一次会议上，一个叫贝克兰的美国人公开了世界第一种完全合成的塑料——酚醛塑料。这种塑料是向酚醛树脂中添加木屑后，再在高温高压下模压成型，因此又被称为"电木"。酚醛塑料具有绝缘、稳定、耐热、耐腐蚀、不可燃等特点，被贝克兰自称为"千用材料"。酚醛塑料可以被用来制作插头、插座、收音机和电话外壳，以及家庭中的各种把手、按钮、刀柄、桌面、烟斗、保温瓶、钢笔等。1940年5月20日，《时代》周刊将贝克兰称为"塑料之父"。

1918年奥地利化学家约翰制得脲醛树脂，用它制成的塑料无色且有耐光性，并有很高的硬度和强度，不易燃，能透光，又称"电玉"。20世纪20年代，脲醛树脂在欧洲被用作玻璃的代用品。

20世纪30年代，杜邦公司发明了一种"由煤炭、空气和水合成，比蜘蛛丝细，比钢铁结实，具有美丽光泽"的材料。这种材料就是尼龙。由于其坚韧、耐热、绝缘的特性，尼龙至今仍被广泛用于机械、汽车、电器、纺织器材、化工设备、航空、冶金等领域。

进入21世纪，随着科学技术的不断发展，纳米塑料、导电塑料、磁性塑料、记忆塑料等各种更新颖的塑料不断出现，并为人类社会的发展进步作出新的贡献。或许新的世纪才是塑料时代真正到来的时代，而过去的世纪只不过是塑料时代的序幕而已。

风力发电

即将风的动能转换为机械能，再带动发电机发电，转换成电能。风能作为一种清洁的可再生能源，越来越受到世界各国的重视。风很早就被人们利用——主要是通过风车来抽水、磨面等，而现在，人们感兴趣的是如何利用风力来发电。

一九二

追风逐电亮万家：风力发电

风是一种潜力很大的新能源，横扫英法两国的一次狂暴大风，摧毁了400座风力磨坊、800座房屋、100座教堂、400多条帆船，并有数千人受到伤害，25万株大树连根拔起。据估计，地球上可用来发电的风力资源约有100亿千瓦，几乎是现在全世界水力发电量的10倍，目前全世界每年燃烧煤所获得的能量，只相当于风力在一年内所提供能量的三分之一。因此，国内外都很重视利用风力来发电，开发新能源。

利用风力发电的尝试，早在20世纪初就已经开始了。30年代，丹麦、瑞典、苏联和美国应用航空工业的旋翼技术成功地研制了一些小型风力发电装置。这种小型风力发电装置，被广泛应用于多风的海岛和偏僻的乡村。在发电成本上，小型风力发电装置比小型内燃机低得多，只是发电量较低，大都不足5千瓦。

那么，风力是如何转化为电能的呢？风力发电的原理，就是利用风力带动风车叶片旋转，再借助增速机将旋转的速度提升，从而带动发电机发电。

风力发电机主要由风机叶片、尾翼、转体、转子、发电机、塔架和控制系统等组成。每个部分都不可或缺。风机叶片用来接受风力并通过机头转为电能；尾翼使叶片始终对着来风的方向从而获得最大的风能；转体能使机头灵活地转动以实现尾翼调整方向的功能；机头的转子是永磁体，定子绕组切割磁力线产生电能；发电机通过转动产生电能；控制系统可以根据风速和风向调整叶片的角度和转速，使风力发电机始终保持在最佳状态。风机叶片一般由玻璃钢、碳纤维复合材料或铝合金等制成。在叶片恒定转速的情况下，叶片受力增加，功率就会增加。风机的叶片越大，功率越大，相应发电量就越多。

由于风量不稳定，通常风力发电机输出的是 13 ~ 25V 变化的交流电，经过充电器整流后，再对蓄电瓶进行充电，让产生的电能先转换成化学能，然后再用有保护电路的逆变电源，把化学能转换成可用的交流电，从而达到能稳定使用的目的。

由于风力发电避免了燃料问题，也不会造成辐射或空气污染，因而风力发电逐渐成为世界上的一股热潮。但风力发电缺点也很明显，例如需要占用大片土地，对周围鸟类等野生动物造成一定的影响，同时还需要解决风力发电的储存问题。相信在不断克服各种缺点后，风力发电能够为我们创造更高的价值。

形状记忆合金

形状记忆合金是一种在加热升温后能完全消除其在较低的温度下发生的变形，恢复其变形前原始形状的合金材料，即拥有"记忆"效应的合金。形状记忆合金广泛应用于航空航天、生物医疗、机械电子、汽车工业、建筑工程等领域。

一般金属材料受到外力作用后，首先发生弹性变形，达到屈服点，就产生塑性变形，压力消除后留下永久变形。1932年，瑞典人奥兰德在金镉合金中首次观察到"记忆"效应，即合金的形状被改变之后，一旦加热到一定的跃变温度时，它又可以魔术般地变回到原来的形状。在发生了塑性变形后，经过合适的热过程，能够恢复到变形前的形状，这种现象就叫作形状记忆效应。具有形状记忆效应的金属一般是由两种以上金属元素组成的合金，称为形状记忆合金（SMAS）。以记忆合金制成的弹簧为例，把这种弹簧放在热水中，弹簧的长度立即伸长，再放到冷水中，它会立即恢复原状。而研发出能够随着操作环境自发地调节形状变化的形状记忆合金一直是工程师的梦想。

1963年，美国海军军械研究室在一项试验中需要一些镍钛合金丝，他们领回来的合金丝都是弯弯曲曲的。为了使用方便，他们就将这些弯弯曲曲的细丝一根根地拉直后使用。在后续试验中一种奇怪的现象出现了：当温度升到一定值的时候，这些已经被拉得笔直的合金丝，突然又魔术般地迅速恢复到原来弯弯曲曲的形状，而且和原来的形状丝毫不差。再反复多次试验，每次结果都完全一致，被拉直的合金丝只要达到一定温度，便立即恢复到原来那种弯弯曲曲的模样。就好像在从前被"冻"得失去知觉时被人们改变了形状，而当温度升高到一定值的时候，它们突然"苏醒"过来了，又"记忆"起了自己原来的模样，于是便不顾一切地恢复了自己的"本来面目"。

形状记忆合金被广泛应用于航空航天、生物医疗、机械电子、汽车工业等领域。

在航空航天领域，形状记忆合金常被用来制作飞机液压系统的管接头。由于形状记忆合金可以在高温、低压、低温等极端环境中使用，因此还被用在飞机的推进系统和机翼、航天飞机的伞形天线等部件中。

在生物医疗领域，最常用的形状记忆合金是镍钛合金，这类合金除了具有坚硬耐磨、不易被腐蚀的优点外，最重要的是安全无毒，不会对机体产生有害影响，因此被广泛应用于植入式的医疗器械中，如心血管支架、脊柱矫形器、人工关节、牙齿矫正丝等。

在机械电子领域，用形状记忆合金制成的弹簧在热水中会拉伸，再放到冷水中后，又会恢复原状。利用这一性质，记忆合金弹簧可以被用来制作火灾报警装置、淋浴的热水控制器、暖气自动开关等。此外，形状记忆合金还可以被制成弯曲、扭转或其他复杂的形状，用于精密仪器、机器人等设备的运动和控制。

在汽车工业领域，形状记忆合金优异的力学性能使其可以被当作缓冲吸能材料应用到汽车安全设备中，也可以应用在汽车发动机的可变气门系统中，从而提高能效和降低排放。

复合材料

由多种不同性质的单一材料通过先进的制备技术优化组合后得到的新材料。复合材料不仅保持各组分材料性能的优点，而且通过各组分性能的互补和关联可以获得单一组成材料所不能达到的综合性能。

广义上的复合材料的使用历史可以追溯到古代。从古至今沿用的稻草或麦秸增强黏土和已使用上百年的钢筋混凝土均由两种材料复合而成。现代意义上的复合材料，最早是 20 世纪 40 年代出现的玻璃纤维增强塑料（俗称玻璃钢），随后才出现了"复合材料"这一名称。复合材料由两个或更多的成分组成，其中通常包含一种纤维材料，如碳纤维、玻璃纤维或芳纶纤维。这些纤维被称作增强体，它们通过黏结剂（基体）与其他材料结合形成复合材料。因此，复合材料的性能取决于增强体和基体之间的相互作用。

与传统单一材料相比，复合材料具有许多独特的性能优势。例如，碳纤维增强航天复合材料，是一种具备优异性能的高科技材料，有着比金属更高的强度，通常可以承受更大的载荷，其拉伸强度可以达到 1400 MPa，而铝合金的拉伸强度只有 200—600 MPa 左右。与传统的金属材料相比，碳纤维增强航天复合材料具有更轻的重量，在航空航天领域可以显著减少重量和燃料消耗，同时能在高温、高压、强酸等极端条件下保持良好的性能。在医学领域，碳纤维复合材料具有良好的 X 射线透过性，因此用它来制造的医用 X 光机，成像效果大大提高。碳纤维复合材料在生物环境下稳定性好，对生命体几乎无毒性，因此也可用来制作生物医学材料。

此外，复合材料具有很好的阻尼性能。不同复合材料的硬度和密度不同，通过优化结构来引入阻尼材料，可以提高复合材料的阻尼性能。例如，聚合物基复合材料被广泛应用于汽车、航空器等领域，其良好的吸能和减震性能使其成为替代传统金属和塑料材料的主要选择。

复合材料因其独特的性能优势，正在逐渐取代传统材料，在各个领域得到越来越广泛的应用。随着科技的不断发展和材料性能的不断提升，复合材料的应用前景也越来越广阔。

火星探测器

　　一种用来探测火星的人造航天器，包括从火星附近掠过的太空船、环绕火星运行的人造卫星、登陆火星表面的着陆器、可在火星表面自由行动的火星漫游车以及未来的载人火星飞船等。

人类认识火星的探路者：火星探测器

　　人们对浩瀚的宇宙充满了好奇，科学探索的脚步也一刻不停地向前，随着科技和文化水平的不断进步和发展，人类获得了新的信息资源，打开了新的认知领域。

　　火星是自然环境最接近地球的行星，所以被认为是最适合人类移民的星球。近百年来，科学家们对这颗红色的星球进行了种种猜测，人们幻想着火星上布满蔚蓝色的大海、纵横交错的河流、郁郁葱葱的深蓝色的植物，甚至还有火星人等，飞往火星是人类多年的愿望。火星探测的主要目的是探索天体的演化过程，寻找生命存在的证据，进而揭示生命的起源。经过几十年的努力，人类已经对火星有所了解。火星表面有丰富的冰冻水，土壤按重量算，大约 2% 是水分，只需进行轻度的加热就可以得到水。

　　在探测火星方面，苏联和美国是两个最重要的国家。

　　1960 年，苏联向火星发射了火星 1A 号探测器，它是人类探测火星的开

/ 科学与科学家故事 /　169

端。此后几十年，苏联又陆续发射了多个火星探测器，虽然大多以失败告终，但是火星 2 号和火星 3 号都到达并进入了火星环绕轨道。火星 2 号的着陆器在进入火星后失联，而轨道器却完好地环绕火星运行了 8 个月；火星 3 号的着陆器实现了在火星的软着陆，但是着陆几十秒钟之后失联，这是人类首次在火星实现着陆。

1964 年，美国成功发射水手 4 号火星探测器，它是首个成功飞越火星并发回探测数据的探测器。1996 年 12 月，火星探路者号探测器发射升空，次年 7 月降落在火星表面，其携带的旅居者号火星车是人类成功登陆火星的第一辆火星车。在半个多世纪的时间里，美国共向火星发射了 20 多个火星探测器。2020 年 7 月 30 日，美国航天局毅力号火星车发射升空，携首架火星直升机机智号一同前往火星。2021 年 2 月 19 日，毅力号在火星着陆，是美国造访火星表面的第 9 个探测器，可能也是首个将从火星采集样本并带回地球的探测器。

此外，欧洲航天局，以及日本、印度、阿联酋等国家也陆续发射探测器，对火星展开探测。

随着中国航天事业的崛起，中国也加入火星探测之列。2011 年，中国首颗火星探测器萤火 1 号搭乘俄运载火箭，不幸发射失败。2016 年，长征 5 号横空出世，中国的空间运载能力显著提高。2020 年 7 月 23 日，中国用长征五号遥四运载火箭将我国首个火星任务探测器天问一号发射升空，成功将探测器送入预定轨道，开启火星探测之旅，迈出了中国自主开展行星探测的第一步。2021 年 5 月 15 日，国家航天局消息，科研团队根据祝融号火星车发回遥测信号确认，天问一号着陆巡视器成功着陆于火星乌托邦平原南部预选着陆区，在火星上首次留下中国印迹。

宇宙飞船

　　宇宙飞船是一种运送航天员、货物到达太空并安全返回的航天器。宇宙飞船可分为一次性使用与可重复使用两种类型。飞船上除有一般人造卫星基本系统设备外，还有生命维持系统、重返地球的再入系统、回收登陆系统等。

　　人类自古以来就有飞天梦。从中国古代的嫦娥奔月到现代在航天领域的不断探索，人类距离自由遨游宇宙的梦想越来越近。

　　我们知道，鸟儿靠翅膀扇动空气才能飞翔，但鸟儿受到地球引力的作用，飞行速度较低，克服不了地球引力。宇宙飞船的速度超过第一宇宙速度，就能够摆脱地球的引力，靠自身的速度与惯性翱翔太空。

　　世界上第一艘载人飞船是东方 1 号宇宙飞船。它由两个舱组成。其中，上面的是密封载人舱，又称航天员座舱。舱内设有能保障航天员生活的供水、供气生命保障系统，以及控制飞船姿态的姿态控制系统、测量飞船飞行轨道的系统、着陆用的降落伞回收系统和应急救生系统。另一个舱是设备舱，舱内有使载人舱脱离飞行轨道而返回地面的制动火箭系统、供应电能的电池、储气的气瓶、喷嘴等系统。它们和运载火箭都是一次性的，只能执行一次任务。

宇宙飞船完成科学试验和特定工作后，就要返回地球。地面人员通过测控通信系统跟踪飞船，掌握它的工作状态，对其进行干预和控制。

宇宙飞船的返地过程大致分为5步：

宇航员收到地面指挥中心决定返航的指令后，调整飞船的飞行参数，并启动与飞船飞行方向相反的制动火箭来降低飞船的飞行速度。这样，飞船就会脱离原来的飞行轨道，进入大气层内的轨道。

飞船进入大气层时的飞行方向与当地水平面的夹角，是飞船能否安全返回地面的关键。再入角过大，飞船就会像流星一样坠落地面；再入角过小，飞船又会飞回宇宙空间回不了地面。

飞船进入大气层后，因与空气剧烈摩擦，头部温度可高达几千摄氏度。为了防止飞船因过热而被烧毁，必须在飞船外部覆盖上防热材料。这种材料在高温时，它的表面部分会熔化蒸发或分解，从而把热量带走。

飞船在距地面约10千米高空时，速度已降至330米/秒以下。此时，飞船上携带的降落伞便会打开，配合着陆的软着陆发动机也会适时启动。

飞船着陆后，救援人员要立即接应宇航员。在太空飞行的宇航员，因长时间处于失重环境，一下子很难适应地面环境，需要地面人员的帮助。另外，为了防止宇航员从外太空带回可能危及地球生命的细菌，必要时还要对宇航员进行隔离和检疫。

中国的神舟飞船系列，从神舟一号到神舟十七号，从无人飞行到载人飞行，从一人一天到多人多天，从短暂停留到长期驻留……你又会想起什么呢？

改变世界的微观奇迹：纳米技术

纳米技术

用单个原子、分子制造物质的科学技术，研究结构尺寸在 1 至 100 纳米范围内材料的性质和应用。

纳米技术是一种非常神奇的技术，可以制造出极小的物质和器件。这些物质和器件的尺寸通常只有几纳米，可以说是人类制造的最小尺寸。纳米是长度单位，一纳米等于十亿分之一米，真是太小了。小到什么程度呢？打个比方：做一个直径一纳米的红色塑料球，把它放在乒乓球上，就如同把一个乒乓球放在地球上一样，需要用电子显微镜才能观察到纳米材料的性状和形貌。

所谓纳米材料，简单地说，就是把一些普通的材料，制成 0.1 纳米直至数百纳米大小的颗粒材料，它的粒径极小，但表面积大，结构特殊，由此便会产生特殊的性能。科学家们把纳米材料的特殊性能概括为四大效应：小尺寸效应、表面效应、界面效应、宏观量子隧道效应。

"纳米机器人"是机器人工程学的一种新兴科技。纳米机器人的设想，是在纳米尺度上应用生物学原理，发现新现象、研制可编程的分子机器人。科学家利用纳米技术制造了一种小小的机器人，这个机器人的尺寸只有几个纳米大小。他把这个纳米机器人注射到一只小白鼠的体内，想看看这个机器人能否在小白鼠的体内寻找到癌细胞并摧毁它们。经过几个小时的观察，科学家惊奇地发现，这个小小的机器人不仅找到了癌细胞，而且成功地将癌细胞摧毁了。这个发现引起了全球科学家的关注，他们开始研究如何利用纳米技术治疗癌症。

纳米技术还可以应用于污水处理。纳米过滤器可以把水中的有害物质过滤掉，使水变得清澈干净。这种过滤器可以用于净化水源，解决水污染问题，改善人民的生活质量。

纳米材料应用的例子可以举出许多。比如化纤衣服穿在身上时常会产生烦人的静电。小小的不起眼的静电火花，在某些特殊场合能引起爆炸和大火。如果在制作化纤布料时，加入少量的金属纳米微粒，那么，制出的化纤布料就不会再发生摩擦生电现象。又如在袜子等纺织品中加入某种纳米微粒，可以除臭、杀菌。目前，市场上已经出现了纳米洗衣机以及能除味的空调和无菌餐具、抗菌纱布等，这些产品中都使用了纳米材料。虽然纳米科技有点神秘莫测、难以理解，但是基于纳米科技的纳米材料已经悄悄融入了我们的生活。

纳米技术被广泛应用于电子器件、能源材料、新型材料等领域，可以说是一种非常有实用前景的新型技术。科学家指出，纳米科技是信息和生命科学技术能够进一步发展的共同基础，是今后科技发展的一个重点，是一次技术革命，或将引发 21 世纪的又一次产业革命，对人类社会将产生巨大且深远的影响。相信随着科学家的不断努力，纳米技术一定会为人类发展带来更多的惊喜。

和你想的不一样：
吸烟的危害

吸烟的危害

据有关数据，全世界每年有多达 600 万人因吸烟死亡，我国每年有超过 100 万人因吸烟而死亡。吸烟危害健康可见一斑。

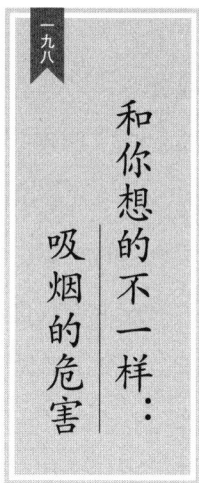

2012 年 5 月，中华人民共和国卫生部首次发布《中国吸烟危害健康报告》，指出香烟烟雾中的颗粒物（俗称"焦油"）含有尼古丁等 69 种已知的致癌物，这些致癌物极大地增加了恶性肿瘤发生概率。大量的资料表明，吸烟者比不吸烟者患肺癌的概率高 10—30 倍，患喉癌的概率高 6—10 倍。长期吸烟者患呼吸系统疾病（如支气管哮喘、肺结核等）、心脑血管疾病（如脑卒中、冠心病等）、消化系统疾病、生殖系统疾病、糖尿病等的概率都远高于不吸烟者。此外，随意丢弃烟蒂还会污染土壤和水源，甚至引发火灾。

吸烟不仅危害自己的健康，还会影响他人健康。根据研究，吸烟者吐出的烟雾中焦油含量明显高于被吸入的烟雾，生活和工作在吸烟者周围的人们，会被迫吸入含有烟雾尘粒和各种有毒物质的"二手烟"，从而导致罹患各种疾病的概率增加。

2021 年 5 月，国家卫生健康委员会发布《中国吸烟危害健康报告 2020》，特别强调了电子烟对健康的危害。已经有充分的证据显示，电子烟中的主要成分——尼古丁不仅会让使用的人产生依赖性，而且会严重影响青少年的大脑发育，导致学习障碍和焦虑症。而且电子烟中添加的甲醛、乙醛、丙烯醛、邻甲基苯甲醛等物质，都已被列为致癌物。由此可见，电子烟并不像大家想象的那么安全。

戒烟不仅能使身体的各项功能逐步恢复、显著降低各种疾病的发病风险、提高生活质量，而且有利于减少空气污染、降低家人和朋友受到"二手烟"危害的风险。

为了自己和家人朋友的健康，请大家不要吸烟！让我们携起手来，一起共建健康无烟的环境！

潜伏在食物中的"元凶"：黄曲霉毒素

黄曲霉毒素

黄曲霉和寄生曲霉等某些菌株产生的毒素，具有强烈的毒性和致癌、致畸、致突变性。在湿热地区食品和饲料中出现黄曲霉毒素的概率最高。动物食用黄曲霉素污染的饲料后，在肝、肾、肌肉、血、奶及蛋中可测出极微量的毒素。人们误食被黄曲霉素污染的食品或其加工的副产品后，经过消化道吸收，导致人体中毒。

20世纪60年代，英国约有十万只火鸡在两三个月内陆续死亡，病因不明。经过长时间的调查，人们终于发现，这些火鸡都是因为吃了被黄曲霉菌污染的花生粕中毒死亡。毒死这十万只火鸡的，正是黄曲霉菌产生的有毒代谢物质——黄曲霉毒素。

黄曲霉毒素存在于我们生活中的方方面面，尤其容易出现在湿热的环境中，小到我们食用的花生、玉米、大豆，大到土壤、动植物，都存在被黄曲霉毒素污染的可能。黄曲霉毒素毒性极强，比如黄曲霉毒素B1的毒性是砒霜的近70倍。1993年，黄曲霉毒素被确定为一类致癌物。

黄曲霉毒素会给人体健康带来多种危害。首先，黄曲霉毒素可以导致急性肝损伤。当摄入大量的黄曲霉毒素时，作为人体主要解毒器官的肝脏会遭受毒素的攻击，引起肝细胞死亡和肝细胞功能障碍。这些损伤可能导致黄疸、腹胀等症状。其次,摄入含有黄曲霉毒素的食品后,毒素会进入人体内部,增加患上肝癌的风险。因为黄曲霉毒素与其他致病因素(如肝炎病毒)等对人类疾病的诱发具有叠加效应。最后,黄曲霉毒素还可能导致免疫系统的抑制、神经系统的损伤、心血管系统的疾病等多种健康问题。

为了减少黄曲霉毒素对人体健康的危害,可以采取以下措施:首先,保持环境清洁卫生,特别是在农业、食品加工和贮藏等领域中。其次,加强食品安全监管,确保食品中的黄曲霉毒素含量符合标准。此外,普及相关知识,提高人们对黄曲霉毒素危害的认识。

3D 打印技术

3D 打印技术出现在 20 世纪 90 年代中期，是快速成型技术的一种。它实际上是利用光固化和纸层叠等技术的最新快速成型装置，运用粉末状金属或塑料等可黏合材料，通过逐层打印的方式来构造物体的技术。

改变未来的创新之举：3D 打印技术

二〇〇

2020 年 5 月 30 日，美国太空探索技术公司研发的载人飞船成功搭载猎鹰九号火箭升入太空，引发了全球的关注。你能想象这艘飞船的部分零部件居然是 3D 打印出来的吗？这一切都要得益于 3D 打印技术之父，美国发明家查克·赫尔。1983 年，赫尔在家具工厂制造家具时发现在其表面涂层涂漆，待其干燥后便会形成光亮、坚硬、耐用的家具表面。他灵光一现，假如把涂层一层层叠加起来，然后用光蚀刻它们的形状，是不是就可以做成任何他想要的形状的物品？于是，经过几个月的努力，赫尔成功制作了一个洗眼杯。首先，他在电脑上开发出一个系统，将光线照进光致聚合物的大桶中，并跟踪物体的水平形状，打印后续层直到完成，他把这项技术称为立体平版印刷，这也标志着 3D 打印技术正式诞生。然而，这一技术在当时并没有得到重视，他将技术展示给其所在公司的总裁时，却被以资金与时间不足为理由回绝。1986 年，赫尔在加州成立了世界上第一家生产 3D 打印设备的公司，在当时需要耗时六周至八周才能创建完成的一件一次性模具工艺缩短至数小时以内，带来了制造技术的突破。1988 年，赫尔将他的光固化 3D 打印机正式推向市场，3D 打印的概念也逐渐被外界了解，但由于设备价格昂贵，体型巨大，它只被用来打印少数样品，也只有少数科学家能够了解这项新技术。此时，美国人科特·克鲁普发明了熔融沉积快速成型技术。同年，在美国加州大学洛杉矶分校做访问学者的颜永年回国后建立了清华大学激光快速成型中心，成为中国快速成型技术的先驱。1993 年，美国麻省理工学院获得了 3D 打印技术专利，随后有公司从麻省理工学院获得授权使用 3D 打印技术并且进行商业化运营，开发出全球第一台彩色 3D 打印机。而在 20 世纪 90 年代的中国，西安交通大学卢秉恒教授带领团队从零开始研发国产 3D 打印机，他们研发的样机于 1995 年 9 月 18 日在国家科委论证会上获得很高的评价。卢秉恒教授也成为国内 3D 打印业的先驱人物。1996 年，美国多家 3D 打印公司各自推出了新一代的快速成型设备，此后，快速成型便有了更加通俗的称呼"3D 打印"。

　　3D 打印技术在 20 世纪经历了快速的发展后，其应用渠道逐渐横向扩展。日趋成熟的 3D 打印技术是人类凝聚的智慧和努力创造的结果。进入 21 世纪，人们对 3D 打印的热情迅速攀升，新的研发和商业活动大量涌现。2005 年，首个高清彩色 3D 打印机由一家美国公司成功研制。2010 年，美国一研发团队打造出世界上第一辆由 3D 打印机打印而成的汽车。2012 年，苏格兰科学家利用人体细胞首次用 3D 打印机打印出人造肝脏组织。2019 年，以色列特拉维夫大学研究人员以病人自身的组织为原材料，3D 打印出全球首颗拥有细胞、血管、心室和心房的完整心脏，这是全球首例 3D 打印心脏。而到了今天，3D 打印技术已被广泛应用到航空航天、汽车制造、工业设计、教育教学、文化创意等领域。

（一）图书类

［1］习近平：《高举中国特色社会主义伟大旗帜　为全面建设社会主义现代化国家而团结奋斗——在中国共产党第二十次全国代表大会上的报告》，人民出版社 2022 年版。

［2］习近平：《在科学家座谈会上的讲话》，人民出版社 2020 年版。

［3］中共中央宣传部宣传教育局：《时代楷模》，学习出版社 2021 年版。

［4］中国大百科全书总编辑委员会：《中国大百科全书》，中国大百科全书出版社 2002 年版。

［5］张品兴：《中华当代文化名人大辞典》，中国广播电视出版社 1992 年版。

［6］孙剑：《数学家的故事》，长江文艺出版社 2017 年版。

［7］朱斌：《科学家的故事》，云南人民出版社 1980 年版。

［8］张杰：《历史的天空——历史上著名的科学家》，吉林出版集团有限责任公司 2014 年版。

［9］凯叔：《榜样的力量：写给孩子100个名人故事》，南方出版社2021年版。

［10］松鹰等：《科学巨人：中国科学家的榜样故事》，人民邮电出版社2021年版。

［11］李迪：《中国数学通史》，江苏教育出版社1999年版。

［12］吴文俊：《中国数学史大系》，北京师范大学出版社1998年版。

［13］王莲凤：《李时珍》，中国社会出版社2012年版。

［14］施若霖：《李时珍的故事》，上海人民出版社1956年版。

［15］郭书春：《九章算术》，辽宁教育出版社1990年版。

［16］周瀚光：《刘徽评传》，南京大学出版社2011年版。

［17］吴文俊：《秦九韶与〈数书九章〉》，北京师范大学出版社1987年版。

［18］中华书局编写组：《历代天文律历等志汇编》，中华书局1976年版。

［19］《古历兴衰》，中州古籍出版社2016年版。

［20］薄树人：《郭守敬》，北京人民出版社2019年版。

［21］冯广宏：《都江堰创建史》，巴蜀书社2014年版。

［22］潘君瑶：《从大禹到李冰》，巴蜀书社2020年版。

［23］李思群：《建堰治水造福万代的李冰父子》，吉林人民出版社2011年版。

［24］郭熙汉：《杨辉算法导读》，湖北教育出版社1996年版。

［25］孔国平：《中国数学史上最光辉的篇章》，吉林科学技术出版社2012年版。

［26］祁淑英、魏晓雯：《袁隆平传》，山西人民出版社2002年版。

［27］姚昆仑：《走近袁隆平》，上海科学技术出版社2002年版。

［28］吴雪琴、来斓：《东方魔稻之父——袁隆平传》，江苏人民出版社

2010 年版。

　　［29］经盛鸿：《詹天佑评传》，南京大学出版社 2011 年版。

　　［30］陈群：《李四光传》，人民出版社 2009 年版。

　　［31］胡焕庸：《胡焕庸人口地理选集》，中国财政经济出版社 1990 年版。

　　［32］王元、杨德庄：《华罗庚的数学生涯》，科学出版社 2005 年版。

　　［33］丘成桐等：《传奇数学家华罗庚》，高等教育出版社 2010 年版。

　　［34］苏建军：《钱学森人生故事全集》，石油工业出版社 2010 年版。

　　［35］丘成桐：《卡拉比与丘成桐》，高等教育出版社 2019 年版。

　　［36］李响：《数学森林里的探险家：吴文俊的故事》，北京出版社 2022
年版。

　　［37］石磊、左赛春：《神舟巡天：中国载人航天新故事》，中国宇航出版
社 2009 年版。

　　［38］付婷婷：《陈省身传：微分几何大师》，江苏人民出版社 2009 年版。

　　［39］施一公：《自我突围》，中信出版集团 2023 年版。

　　［40］杨建邺：《杨振宁传》，长春出版社 2009 年版。

　　［41］《黄秉维文集》编辑组：《地理学综合研究》，商务印书馆 2003
年版。

　　［42］陈应松：《飞蝗物语》，浙江教育出版社 2019 年版。

　　［43］商周：《孟德尔传：被忽视的巨人》，湖南科学技术出版社 2022
年版。

　　［44］迟文成、良淑华：《火箭》，上海科学技术文献出版社 2011 年版。

　　［45］《邓广铭全集》（第六卷），河北教育出版社 2005 年版。

　　［46］孙竹生：《蒸汽机车工程》，龙门联合书局 1953 年版。

　　［47］梁宗巨等：《世界数学通史上》，辽宁教育出版社 2005 年版。

［48］许鹿希、邓志典等：《邓稼先传》，中国青年出版社 2015 年版。

［49］叶永烈：《走进钱学森》，天地出版社 2019 年版。

［50］王路：《青蒿女神屠呦呦》，海燕出版社 2019 年版。

［51］李建臣：《为数学而生的大师：华罗庚》，华中科技大学出版社 2020 年版。

［52］茅玉麟、李娜：《桥梁泰斗茅以升》，海燕出版社 2023 年版。

［53］［德］菲利普·弗兰克：《爱因斯坦传》，长江文艺出版社 2016 年版。

［54］胡媛媛：《外国名人绘本故事科学巨人牛顿》，湖北美术出版社 2017 年版。

［55］张清平：《万婴之母——林巧稚传》，团结出版社 2017 年版。

［56］李建臣：《中国克隆先驱：童第周》，华中科技大学出版社 2020 年版。

［57］《周培源文集》，北京大学出版社 2002 年版。

［58］吴大猷：《早期中国物理发展之回忆》，上海科学技术出版社 2006 年版。

［59］李建树：《谈家桢传》，宁波出版社 2002 年版。

［60］张怀亮：《吴健雄传》，南京大学出版社 2002 年版。

［61］江才健：《吴健雄：物理科学的第一夫人》，复旦大学出版社 1997 年版。

［62］陈丹、葛能全：《钱三强传》，中国青年出版社 2017 年版。

［63］葛能全：《钱三强》，贵州人民出版社 2005 年版。

［64］商周：《孟德尔传：被忽视的巨人》，湖南科学技术出版社 2022 年版。

［65］邓湘子等：《禾下乘凉梦：袁隆平的故事》，湖南少年儿童出版社2022年版。

（二）期刊类

［1］杨忙忙：《汉铜漏壶的保护修复及相关问题探讨》，载《文物保护与考古科学》，2016年第4期。

［2］霍菲菲：《指南针与航海》，载《军事文摘》，2023年第2期。

［3］曹兵、陈冠铭：《传承和赓续袁隆平科学家精神》，载《今日海南》，2022年第6期。

［4］胡紫霞：《中国古代四大发明之造纸术》，载《阅读》，2022年第z6期。

［5］郭建国：《张衡与地动仪》，载《中国多媒体与网络教学学报》，2020年第11期。

［6］胡顺奇、公维丽：《中国古代统计与〈九章算术〉》，载《中国统计》，2022年第4期。

［7］田梦圆：《浅论活字印刷术》，载《科技资讯》，2019年第20期。

［8］张波：《20世纪以来〈周髀算经〉研究综述》，载《山西大同大学学报（自然科学版）》，2019年第5期。

［9］孟红：《世界屋脊上建"天路"——青藏铁路》，载《党史文汇》2019年第4期。

［10］李平岐等：《长征五号系列运载火箭研制应用分析及未来展望》，载《导弹与航天运载技术》，2021年第2期。

［11］张玉磊：《科技助力"水立方"变身"冰立方"》，载《中国建设信息化》，2019年第22期。

［12］伍赛特：《热力发动机近代发明史及相关启示》，载《内燃机与配

件》，2018年第22期。

　　[13]王振东、姜楠：《3.14日（国际π日）谈——祖冲之与圆周率》，载《计量与测试技术》，2019年第3期。

　　[14]《中国空间站与国际空间站有哪些不同》，载《中国科学探险》，2022年第2期。

　　[15]秦川：《地图上第一条纬线的诞生》，载《中学地理教学参考》，2013年第3期。

　　[16]姚全兴、康德：《拉普拉斯星云学说与近代中国启蒙思想》，载《晋阳学刊》，1985年第1期。

　　[17]刘德林、邹曈：《科学家精神对中华优秀传统文化的继承与发扬》，载《决策与信息》，2021年第11期。

　　[18]邱凤才：《女性科技工作者，重塑事业驱动力》，载《人力资源》，2022年第7期。

　　[19]王炳林、郭清：《科学家精神的历史逻辑与科学内涵》，载《北京教育（德育）》，2022年第6期。

　　[20]韩广甸、金善炜、吴毓林：《黄鸣龙——我国有机化学的一位先驱》，载《化学进展》，2012年第7期。

　　[21]周维善、徐锦文：《缅怀著名的有机化学家黄鸣龙教授》，载《化学通报》，1980年第1期。

　　[22]刘欣：《为医而生——林巧稚》，载《中国医学人文》，2017年第3期。

　　[23]夏军：《裴文中与北京人头盖骨化石》，载《中国档案》，2014年第5期。

　　[24]高星：《裴文中：用一生去探索和创新》，载《科学》，2004年第5期。

　　[25]周蓉：《艺术、建筑学、文学交叠下的林徽因》，载《中国美术》，

2022 年第 2 期。

［26］青宁生:《我国抗生素事业的先驱——童村》,载《微生物学报》,2008 年第 10 期。

［27］胡仁宇:《王淦昌:我国核武器物理实验研究的奠基人——纪念王淦昌院士诞辰一百周年》,载《国防科技工业》,2007 年第 5 期。

［28］赵慧娟:《百年歌不尽 满目皆知音——记我国著名生物化学家王应睐院士》,载《科学新闻》,2001 年第 19 期。

［29］王应睐:《我是怎样选择生物化学作为终身事业的》,载《生理科学进展》,1985 年第 2 期。

［30］《张青莲教授生平》,载《无机化学学报》,2008 年第 8 期。

［31］倪葆龄:《张青莲》,载《化学教育》,1997 年第 6 期。

［32］甄朔南:《从练习生到古人类学家的贾兰坡》,载《文史杂志》,1986 年第 3 期。

［33］张扬:《贾兰坡与〈周口店学〉》,载《科技文萃》,1994 年第 7 期。

［34］赵无忌:《体外授精技术之父罗伯特·爱德华兹获诺贝尔生理学或医学奖》,载《世界科学》,2010 年第 11 期。

［35］王达康:《谷超豪的数学人生》,载《语数外学习（高中版下旬）》,2020 年第 11 期。

［36］周桂发、段炼:《谷超豪——莫斯科大学的第一位中国博士》,载《档案春秋》,2013 年第 4 期。

［37］周娜:《魅力数学 魅力人生——记著名数学家王元院士》,载《中国科技奖励》,2008 年第 8 期。

［38］丁天顺:《忆数学家王元采访记》,载《文史月刊》,2006 年第 12 期。

［39］许清:《交叉应用 尽显数学魅力——著名数学家华罗庚、王元侧

记》，载《科学新闻》，2015 年第 12 期。

[40] 王江山：《李振声：不辞辛苦究真理　惟愿小麦覆陇黄》，载《知识就是力量》，2022 年第 9 期。

[41]《中国科学院院士李振声：执着小麦育种　耕耘天地之间》，载《干旱地区农业研究》，2022 年第 3 期。

[42] 牛心如、王娜、黄宁昕等：《形状记忆合金综述》，载《江苏建材》，2021 年第 1 期。

[43] 郭良、张修庆：《金属基形状记忆合金研究进展》，载《功能材料与器件学报》，2020 年第 5 期。

[44] 李瑞晶：《从哥德巴赫猜想到陈景润》，载《中学生数学》，2023 年第 2 期。

[45] 黄祺：《"宇宙雄鹰"加加林，第一个看到地球全貌的人》，载《新民周刊》，2022 年第 8 期。

[46]《"化学中的莫扎特"李远哲》，载《大众科技报》，2004 年 11 月 30 日。

[47] 李江涛、王呈选：《科学巨匠与青年学子的对话——记杨振宁、李远哲、朱棣文、丘成桐在北大的演讲》，载《科技潮》，1998 年第 7 期。

[48] 顾春芳：《云中谁寄锦书来——樊锦诗的读书与行路》，载《语文世界（中学生之窗）》，2022 年第 4 期。